读客中国史入门文库

顺着文库编号读历史，中国史来龙去脉无比清晰！

韩信

越强大的人
越懂得忍耐

忍耐是一种策略，是一种智慧，
更是一种越挫越强的精神力量。

苏城育 著

江苏凤凰文艺出版社
JIANGSU PHOENIX LITERATURE AND
ART PUBLISHING, LTD

目 录

第一章　少年王孙

出身贫贱，在忍辱中参悟兵法

水乡淮阴，湖泊密布，流水潺潺。淮阴的河温柔静美，涓涓细流蜿蜒于青山碧峰之下，江平如练，像一条白绢环抱着满山的葱茏翠绿。一阵琅琅书声从岸边传来，与叮咚的溪流应声唱和。

"兵者，国之大事，死生之地，存亡之道，不可不察也。故经之以五事，校之以计，而索其情：一曰道，二曰天，三曰地，四曰将，五曰法……"

循声望去，岸上一位十三四岁的少年，手捧一卷竹书，一边来回踱步，一边摇头晃脑诵读《孙子兵法》。这部春秋时大将军孙武所著的兵法，少年读来，稚气的语声中透着一股庄重。他虽不过总角之年，未及弱冠，却生得牛高马大，仪表堂堂；浓眉深目，眼神里流动着自信、坚毅的光芒；一身粗布麻衣，穿着简陋却并不褴褛，素朴而洁净；腰间佩一柄青铜长剑，没有剑鞘，裸露的剑身闪着青绿的光。

"韩信！韩信！"

一群小孩儿围拢上来，领头的男孩肥头大耳，神气活现，冲那读书少年嚷道："韩信！我们要玩两军打仗的游戏，还缺一个人，你小子也一块来吧。"

韩信合上书简，瞥了对方一眼，昂首朗声道："要我加入也行，不过，我要当大将军！你们都听我指挥。"

"那怎么行！我才是大将军！你们都得当我的小兵，韩信你也一样！"肥壮男孩鼻孔朝天，趾高气扬。他是屠夫的儿子，大家都叫他"屠少"，是这群男童里的"孩子王"。

"我只做大将军，要不就不玩了。"

韩信转身要走，却被小孩们团团围住。屠少道："就你小子，也配当大将军！我年纪最长，个头最高，力气最大，我当将军，谁敢不服？"

韩信笑道："你也忒没见识了，当将军，靠的不是谁力气大。兵法有云：将者，智、信、仁、勇、严也。这五条，你可一条都不挨着。要知道，上战场杀敌，可不是上猪圈杀猪呀！"

小男孩们忍不住捂着嘴嬉笑起来。屠少大怒，抖着满脸横肉，吼道："都别笑了！韩信你个臭小子，又皮痒痒想讨打不成？你们都听着，我娘说了，韩信就是个小废物，家里穷得叮当响，还什么活儿都不干，成天厚着脸皮到别人家里讨饭吃！就是个不中用的窝囊废！"

少年韩信似乎早已习惯了这样的羞辱，那明锐如鹰的眼神分明在说，你们的冷语恶言根本伤害不了我。他只冷冷丢下一句：

"杀猪屠狗之徒，贩夫走卒之辈，又怎知我韩信之志！"

"给我打！"

韩信的高傲终于激怒了对方，屠夫的儿子一声令下，十几个小男孩纷纷扑上来，冲韩信一顿拳打脚踢。韩信双臂交叉紧紧护着头，蹲下身来，闷声不响地忍受着。他既不反抗回击，也不叫唤求饶，若仔细听，能听见他牙齿咬得咯咯作响，但就是不叫出声来，更别提讨饶了。

韩信打小就不爱与乡邻孩童们结伴玩耍，他像一头孤独的小狼，总是独自行走在淮阴的街市闾巷、水泊湖泽、密林原野，或是在夕阳下河岸边，伴着淙淙流水声，诵读他酷爱的兵法。这样一个不合群的异类，三天两头挨揍自然是家常便饭。但他好像永远学不会吸取教训，永远保持着那副孤高自傲、睥睨众人的派头。

韩信老不吭气，顽童们的拳脚像打在一具死尸身上一点儿反应也没有，很快便觉得索然无趣。屠少瞧见眼前潺潺溪流，灵机一动："别打啦！都听着，把这小子给我扔河里去！"

男孩们欢声雷动，扛起韩信，只听"扑通"一声，小韩信像块大石头一样被抛入水中，小鸭子似的扑腾着，水花四溅。男孩们取笑一阵，很快就散了。好在溪水尚浅，韩信水性又好，扑腾几下，自己爬上了岸。

当韩信浑身湿漉漉地回家出现在母亲面前时，韩母沉下脸来：

"又跟人打架了？怎么还落水啦？"

韩信嘻嘻笑道："屠少他们把我给扔河里了，嘿嘿……"

"还笑！你也是，怎么三天两头的老是跟人打架？"

"不对，母亲，他们来挑事，十几人打我一个，我可没还手。"

韩母一怔，语气缓和下来："他们打你，为什么不还手呀？"

"母亲您想啊，十几个打我一个，我肯定打不过，倘若还手，只会被打得更惨。当时的情况，上上之策，只有一条，就是忍着。孙子兵法里说：'主不可以怒而兴师，将不可以愠而致战。'母亲可知何意？孙子的意思是说，做大将军的，不能只凭一时之怒气，就兴师动众，发动战争。那么应当怎么办呢？孙子又说了，'合于利而动，不合于利而止'。今日我若还手反抗，必然讨不到一点好处，自然就应当'不合于利而止'，母亲说是不是呀？"

韩母发现，沉默寡言的儿子，只有在谈论兵法时，才滔滔不绝、神采飞扬。他们母子俩相依为命，小韩信自幼受人轻视与欺辱，难能可贵的是，这孩子自己学会了一个"忍"字，更准确地说，是生活的苦难教会了他。想到这儿，韩母心里涌起一阵酸楚，摩挲着孩子的头，柔声道："都是些无谓的争执，不还手是对的。可说到底，你能不能和邻家的孩子们交个朋友，睦邻友善，万一起争执了就向他们求个饶，讨个好儿，也免受这一顿顿的皮肉之苦……"

"不行！"韩母话音未落，韩信梗着脖子，头摇得跟拨浪鼓似的，"大丈夫顶天立地，岂能小狗似的摇尾乞怜！要我向他们求饶，没门儿！古时候那些大将军，可以战死沙场，但绝不向敌人投降！"

"好，好，好，别激动……"面对着小小少年的凛然正气，韩母渐渐湿润的眼角盛着晶莹的泪珠，更盛着满满要溢出来的欣慰与感怀。韩母又不免心疼道："打疼了没有啊？没伤着哪儿吧？快把湿衣服脱下来，别着凉了……"

"不疼，母亲，他们十几人打我一个，算什么本事！我不与他们一般见识，打一个人算什么，我要学能打千万人的本事！"

"能打千万人的本事？那是什么？"

"兵法呀，母亲！"韩信一边脱着湿衣服，一边手舞足蹈，"一人之力，纵使武艺再高强，也只能迎战寥寥数人，匹夫之勇而已，何足道哉。但领兵征战的大将军，能敌千军万马，那才真是纵横天下的大英雄！就说昔年燕国上将军乐毅，连破齐国七十城，何等传奇，眼看齐国要亡，又冒出一个田单，大摆火牛阵，以弱击强，救齐国于危亡……"

"好了，好了，先别管什么大将军了，快把裤子也脱了，娘给你晾干，不然明儿又没衣裳穿了。"

韩信一边打着喷嚏，一边接着道："母亲，孩儿今日入水，竟有意外收获，在水里游了一遭，忽然有所领悟，这水啊，可真是好东西！"

韩母一头雾水："说什么胡话呢？"

韩信一脸严肃认真道："孙子兵法有云：'兵形象水，水之形，避高而趋下；兵之形，避实而击虚。水因地而制流，兵因敌而制胜。故兵无常势，水无常形；能因敌变化而取胜者，谓之神。'我入水时想起这段话，忽然领悟了其中妙意。那时候，我越是使劲在水里扑腾，就越是要往下沉，正是水无常形、因地而制流的道理。这水看似柔和，却有无穷大的力量，用兵能如水，那才真是达到了出神入化之境……"

韩母哭笑不得，她听不太明白韩信所说的兵法之理，只知道这孩子对兵戎军事的酷爱，倒是有几分痴劲、几分疯魔。韩信在谈论兵法之时，神采是那样焕发，那张稚气未脱的小脸，在这家徒四壁的昏暗烛火中，发出动人的光亮，照亮了母子俩贫穷困苦的艰难岁月。

"孩子，你告诉娘，为什么将来非要当大将军不可呢？"

"孩儿之志，在封侯拜将，建功立业。唯有如此，我和母亲才能脱离这食不果腹的苦日子，也才能对得起先祖的荣光。母亲不是教导孩儿，孩儿是韩国王族之后？如今虽落魄了，但终究与杀鸡屠狗的市井之徒不同。"

韩母闻言，陷入一阵沉默。这孩子的志存高远、孤傲自矜，都与他的身世密切相关。

战国中期，韩襄王姬仓有位庶出的二公子，名叫韩虮虱，作为"质子"被派往楚国。那个年月，各诸侯国经常将王室子弟送往他国作为人质，以此换取两国邦交互信。韩虮虱始终没能归国，一直流落在楚地，直至老死。韩信正是韩虮虱的后裔。

战国末年，战乱频仍，秦国的铁骑横扫天下，六国王族的后裔流落离散，境遇之困顿，并不比平民百姓好多少。韩信是个遗腹子，韩父与韩母在逃难途中失散。韩母一路颠沛，避难到淮阴（今江苏省淮安市），生下了韩信。

韩信从未见过自己的父亲，母子二人相依为命，住在城西北角水泽边的小茅屋里。逃难途中家财散尽，只留下一柄青铜古剑、几卷古籍兵书，陪伴着韩信度过他贫穷饥困的童年。再后来，韩国亡了，楚国也亡了，天下归于大秦。秦王设三十六郡，原属于楚国的淮阴古城，也成为大秦帝国东海郡下辖的一个县。

"这些年，真是苦了我儿了。"沉默半晌之后，韩母道，"娘教过你的，孟子那段话，可还记得：天将降大任于斯人也，必先苦其心志，劳其筋骨，饿其体肤……将来我儿若真的有出息了，咱娘俩都得感谢这苦日子……"

"不！我才不感谢这苦日子！"

韩信突然打断母亲，眼中似有火焰在燃烧："有时候，孩儿恨透了这苦日子！母亲日夜操劳，积劳成疾，身子一天不如一天。儿子看在眼里，疼在心里。没有人天生就该受苦，我才不感谢这苦日子。但孩儿感谢母亲，感谢母亲的含辛茹苦，感谢母亲的养育之恩。"

生活的苦难令小韩信格外懂事，格外早熟，韩母不觉流下两行清泪。

韩信替母亲轻轻拭去脸上的泪水，他想逗母亲开心，嬉笑道："不只感谢母亲，我还感谢那柄青铜剑呢，它一直陪着我，教会我过苦日子的大道理。"

"剑？什么大道理？"韩母有点迷糊了。

韩信举起青铜剑，潇洒自如地挥舞起来："对呀，母亲可还记得，隔壁李家着过一场大火，整栋屋子被烧得干干净净，片瓦不留。当时孩儿突发奇想，明白一个道理。那木头房子、土砖瓦片，一遇大火，便烧得灰飞烟灭，可母亲看我手里这柄剑，咱家祖传的宝贝，却是在熔炉里用大火日日夜夜烧铸出来的。这无穷无尽的苦日子，就像是熊熊燃烧的大火，有的人是木头，一烧就给烧没了，但我是这青铜剑，并不怕火，反而越烧越利，越烧越强！"

韩母闻言，心里像打翻了五味瓶，说不清几分惊讶，几分佩服，几分欣慰感动。面对人生的苦难，很多人被打趴下了，再也爬不起来。这孩子难能可贵地身上充盈着一股狠绝的韧劲，苦难并没有消磨他的意志，反而使他越挫越勇。只有弱者才臣服于命运，强者永远"不服"，永远一脸骄傲地直面苦难，哪怕终身困顿，始终保有作为人的尊严。

那象征着高贵与荣光的青铜古剑，在少年手中舞动着，影影绰绰地，划出一道道绿光。绿光在暖暖烛火的摇曳之中，似乎也温和柔软起来，就像此刻母亲凝视着儿子的眼神。

高岗葬母，志要万户人守墓

时光荏苒，韩信一天天地长大。在淮阴乡邻们眼中，这是个古怪的年轻人。按理说，家中穷苦，一贫如洗，本该勉力谋生才是。可他一不种地，二不经商，更别提做什么苦劳杂役了。每年县吏、乡官推举本县才俊出仕为吏，自然一次也轮不上他。

幼年时，韩信曾在私塾里开蒙求学，如今私塾先生提到这个从前的学生，总是摇头叹气，怒其不争地留下四字评语："贫而无行"，这倒是精准地概括了大多数乡邻对韩信的看法。乡邻们每每谈及韩信，七嘴八舌的，毫不掩饰对这个异类的轻视与厌恶。

"哼！整日里背着把剑，在街市里晃荡，游手好闲，无所事事，派头倒不小，装什么大爷……"

"您还真别说，这韩信啊，听闻祖上原是韩国王室，寻常人家哪有人天天佩剑出门的，谁家有钱铸剑啊，那可是他祖传的宝贝，绝对是把好剑！"

"打住！什么王公贵族！祖上显贵，那是八百年前的事儿了。韩信这怪胎，好吃懒做也就罢了，我最看不惯的，就是他那副耀武扬威的神气，明明没什么能耐，酒囊饭袋一个，还一脸瞧不起人，真以为自个儿还是韩国王孙哪？如今六国早就不在了，这是大秦的天下！"

"正是这个道理！别看这小子派头大，从不拿正眼瞧人，可没饭吃的时候，就跑到乡绅家里，觍着脸吃白食，一点儿也没有不好意思，脸皮简直比城墙还厚……"

"谁要摊上这么个儿子，也是倒了八辈子霉！听说韩信在家里也是什么活儿都不干，如今都十七八岁了，全靠他母亲养活。饭都吃不上了，这位公子哥还天天抱着竹简，竟然在研习兵法，你说可笑不可笑？"

"就是！就是！可怜他母亲，砍柴、打鱼、漂衣、浣纱，将这不肖子养这么大。这不，终于累垮了，听说是昨夜里病死的……"

韩信十八岁时，韩母在贫病交加中逝世。

城南山坡上有一片荒地，高而宽敞，草木不生。韩信披麻戴孝，伫立于高岗之上。不远处，两名杂役挥动铁锹掘地挖土，小小的坟坑已具雏形。韩信的母亲由一卷草席裹着，安详地躺在一边。

午后的阳光洒在草席的褶皱间，为席面镀上一层金黄。日上三竿，铺洒而来的阳光带来一股暖意，就好像太阳也体察到了人间的冷暖，怜惜苦命的生灵。韩信低头瞧了一眼地上，家里只剩下这一条破烂的草席，能保全母亲最后的尊严。韩母虽贫苦一生，却向来是个体面人，韩信把草席洗得干干净净，就像母亲生前永远把他的衣服洗得洁净无尘一样。

韩信高岗葬母，这一奇观引来不少乡邻围观，有好事者抢先道出了大家心中的共同疑问：“我说韩信哪，后山明明有坟地墓园，怎么不将你娘安葬在那儿，却在这无人荒坡上掘坟造墓啊？”

韩信脸色微微一红，昂然道：“后山坟地，墓葬林立，拥挤促狭，叫家母如何安息？倒是这片荒地，开阔空旷，将来兴修陵园，足够容纳万户人家在此处为先妣守冢。”

话音一落，乡民们先是一阵静默，待回过神来，爆发出一阵哄堂大笑。

“守冢”之俗古已有之，王公贵胄亡故之后，墓地边安置一众平民百姓，为其看坟守墓。由卑贱的生者守护着高贵的死者，那是王侯将相才能享受的礼遇。乡民们心里嘟囔着：万户人家？你韩信自己穷光蛋一个，尚且只有片瓦遮身，竟然夸口要万户人家为你娘看坟，简直荒天下之大谬！这小子保准是疯了。

有素来看不惯韩信做派的乡民，不顾死者尚未入土，本应是凝重肃穆的时刻，嬉皮笑脸地嚷道：“我说韩信啊，有朝一日你万户封侯了，可别忘了，你当初可是开着裆、光着屁股，跟俺家牛大一起长起来的呀！”

马上有人接口道：“对呀对呀，你襁褓之时，韩母奶水不足，你可是吃着街坊好几家大娘的奶长大的，一奶之恩，哦不，众奶之恩，可万万不能忘呀！哈哈哈！”

韩信脸上迅速蒙上一层严霜，但他没有发作。母亲临终遗言犹在耳边："遇事能忍则忍，不与人争，自我保全为要。"韩信并不理会围观的乡民，坟穴既成，他与两个杂役一起，小心翼翼地将母亲安葬。

韩信没钱购置棺椁，只能以草席裹着韩母入土。松土一点点地填上，渐渐覆满韩母全身，他早在韩母脸上盖上一条洗得白净的帛巾，母亲皱纹深邃的面颊依稀可见。在松土完全掩埋住韩母脸庞的那一刹那，韩信的心一凉，心脏仿佛浸入万丈冰寒深渊，他郑重地对自己说：

"从此以后，在这悠悠天地间，我韩信再也没有至亲，只剩自己孤身一人了。"

封土之后，韩信在坟包旁植下一株柏树苗，安葬就算是完成了。他从衣袖中掏出一串秦半两，总共八枚钱币，交到其中一位杂役手中。那是韩信身上全部的家当，充作了雇用杂役掘墓筑坟的工钱。

"公子，把钱都给俺们了，你接下来可咋办呀？"

韩信微笑道："天无绝人之路，不妨事，今日辛苦二位了……"他正抬手作揖答谢，猝不及防地右手被抓住，手中被塞过来四枚半两钱。

那杂役道："韩公子，俺知道这是你仅剩的一点钱了，你也不容易，俺们就收你一半工钱吧。"

韩信一怔，尝尽世态炎凉的他，面对突如其来的善意，反倒有些不知所措。他直摇头道："不可，不可！"两位杂役拾起铁锹，快步下坡走了。独留韩信一人，背对着夕阳暮色，呆呆地伫立在高岗之上，在母亲的新坟边，默然许久。

山坡脚下，一位峨冠博带的锦衣男子仰头朝坡上望，一直注视着韩信的一举一动。此人一边缓步踏上山坡，一边高喊："韩公子！"

正沉浸在丧母之痛中的韩信恍如梦醒，认出了锦衣人是下乡南昌亭长。

"听闻令堂仙逝，还请韩公子节哀。"

韩信略有些拘谨矜持，微微欠身作揖，对亭长以示礼节。

"家中新丧，不知公子今后有何打算啊？公子也知道，鄙人生平最好结交豪侠名士，倘若不嫌弃，公子可像前些年一样，常来舍下做客，索性就搬到舍下来住，岂不美哉？鄙人虽算不得什么大富大贵，毕竟忝为一亭之长，保公子衣食无虞，倒还力所能及。公子以为如何？"

往日韩信吃不上饭时，便寄食于乡绅贵人家中，在亭长家也吃过白食。只是突然忆起方才乡民的哄笑与嘲弄，亭长想必也听见了。韩信不禁脸色一红，道："韩信不食嗟来之食。"

"公子此言差矣，养士之风，古已有之。当年孟尝君门下食客三千，鸡鸣狗盗之徒尚且礼遇……"

"韩信虽贫，却并非鸡鸣狗盗之徒！"

"那是自然！那是自然！"南昌亭长没料到韩信如此敏感，忙解释道，"鄙人的意思是，鸡鸣狗盗之徒尚且礼遇，更何况公子这样的王孙。"

沉默片刻之后，韩信道："亭长请回，容我考虑考虑……"

寄食南昌亭长，尝尽白眼

第二天午饭时分，韩信出现在南昌亭长家门口。亭长喜笑颜开，迎客入门。韩信倒也不客气，登堂入室，见大厅几案上豕肉羹热气腾腾，席地坐下，兀自享用起来。

韩信从此开始了在亭长家的寄食生活，每天一到饭点儿准时出现，吃饱了拍拍屁股走人。与其他门客不同，韩信这白食吃得格外坦然，仿佛一切都是理所应当，在他那张清朗又冷漠的脸上，瞧不见一丁点对主人的感激。

有门客好心劝道："这俗话说，吃人嘴软，拿人手短。公子怎么每次用完餐便径直走了，也不多跟亭长大人亲近亲近？当面奉承大人两句，聊表我辈谢意，也不枉大人供养之恩啊？"

韩信道："昔日孟尝君礼敬贤才，门下食客三千，何曾要门客说一个谢字？"

"话不能这么说，人情世故总要讲的嘛，哪怕给个笑脸也好啊，成天摆着个臭脸，趾高气扬的，给谁看呢？"

"歌姬舞女才争妍卖笑，韩信不卖笑。"

"孺子不可教也。"门客摇摇头走开了，"这榆木脑袋，朽木不可雕啊……"

韩信吃白食吃得香，日子一久，有人不乐意了。

这一天，韩信见餐食比往日简素，只一瓮米粥、一碟菜蔬，忽然想起当年孟尝君门客冯谖的故事来，他微微一笑，倚柱弹剑，学着冯谖唱道："长铗归来乎！食无鱼。"（长剑啊长剑，咱们还是回去吧，没有鱼吃。）

唱罢，韩信饭也不吃了，起身离去，浑然没有注意到帘幕后那双暗中窥视、冒着怒火的圆圆杏眼。

翌日，韩信依旧掐着饭点，闲庭信步而来。迎接他的，是空空如也的几案，还有等候多时的亭长夫人。

"夫人，今日之餐食……"

亭长夫人杏眼一瞥，粗眉一横："韩公子来得不巧，今日起的是晨炊，开饭开得早，我们都在床上吃过了。"

"有些剩菜剩饭也好啊。"

"剩菜剩饭也没有，都喂猪喂狗了。"亭长夫人阴阳怪气道，"韩公子，你不当家不晓得，这家畜牲口，可得好好养着。狗能看家护院，猪养肥了能卖个好价钱，宰来吃也是美的。牲畜用处大着呢，可不能让它们挨饿，你说是不是？"

韩信怎会听不出亭长夫人话里有话，只不过他一向远离是非，面对羞辱与挑衅能躲则躲，径直转身要走，却被亭长夫人拦住。

"公子留步，且听我啰唆几句。都说这光阴似箭，公子在我家中寄食，算起来也数月有余，妾身有几个问题，想请教公子，公子若能解答，自然大鱼大肉餐餐丰肴。"

"夫人但问无妨。"

"咱亭长府上的门客，各个身怀绝技。就说那李雄，力大如牛，能为亭长砍柴扛鼎，搬运重货。韩公子虽年轻，长得倒精壮，想必也可以吧？"

"韩信不能。"

"那赵铁，武艺超群，能为亭长戍卫宅院，保全府平安。韩公子天天剑不离身，想必也可以吧？"

"韩信不能。"

"那鲁儒生，善吟诗作赋，文采卓然，前日里还特地为亭长作诗一首。韩公子终日手不释卷，想必也可以吧？"

"韩信不能。"

"那孙算子，能掐会算，可为亭长占卜吉凶，预知祥瑞，不知公子……"

"韩信不能。"

亭长夫人一脸愕然，韩信如此坦诚，她倒有些无所适从，莫名生出一肚子火来："这也不能，那也不能，不知公子究竟有何能耐？"

"韩信不才，可领千军，攻百城，平十国，建不世之功业！"

亭长夫人先是一愣，随即扑哧一乐，鼻孔中"哼哼"出气，调笑道："要这么说，韩公子当真是经天纬地之大才呀，咱这小小的亭长府，哪里容得下您这样的大人物呢！"

亭长夫人故意把"大人物"三个字咬得格外响亮。韩信不禁摇摇头，暗自责怪自己，未及多想，就向这样一个见识浅陋的妇人袒露志向与抱负，活该自取其辱。他走到门口，耳边传来亭长夫人冷冷一句话，虽是喃喃自语，但一字一句都清晰响亮地传到韩信耳朵里。

"哼！想来就来，吃完就走，当亭长府是酒楼饭馆不成！要我说啊，养这么个'大人物'，还真不如养头猪、养条狗，我家狗儿吃饱了，还知道冲主人摇尾巴呢……"

那一瞬间，韩信一股热血上涌，怒喝一声，猛然回身，大步流星，挥剑而来。只见剑光如电，在亭长夫人身边，桌案一角被生生劈了下来。

这一剑，因亭长夫人而起，但说到底并不是针对这个妇人。长久以来，韩信一直将自己的愤怒深深地埋藏在心底，表面上总是一副冷漠淡然的模样，就像在汪洋大海的深渊之底，潜藏着滚滚怒火。这怒火一直在悄无声息、不为人知地燃烧着，一直在等待某一刻，像蓄势待发的炸药瞬间引爆，像火山爆发时的烈焰岩浆喷薄而出。

亭长夫人浑身战栗，吓得魂飞魄散，凌厉的尖叫声响彻整个院落。南昌亭长闻声火急火燎地闯进屋来。夫人惊魂稍定，躲在亭长身后狐假虎威，既心有余悸，又仗势跋扈，扯着嗓子道："韩信你疯啦！亭长日日供你餐食，何曾怠慢过你？忘恩负义的小子，还想在府上行凶不成？大人你快看看，看看你养的这白眼狼……"

亭长一看这架势，一时间窘迫非常，满脸堆着苦笑，他的懦弱与为难，都在这苦笑中了："韩公子，这……这……有话好好说，再怎么样也不能动武嘛……"

韩信终究不是鲁莽冲动之人，瞬间的爆发之后，怒火很快平息下来。他对亭长郑重地作揖、鞠躬，只当是无声的感谢，不再多言，大笑三声，弹剑高歌，拂袖而去。

"长铗归来乎！嗟来之食不可食，寄人篱下，不如天地为家……"

漂母赠饭，一语惊醒梦中人

不再寄食于亭长，只能自己养活自己。韩信有时在河边钓鱼，有时深入密林捕猎野味。若今日运气好，能饱餐一顿，若捕猎垂钓都一无所获，只能忍饥挨饿熬过一天。在那些日子里，韩信就这样饥一顿饱一顿，勉强度日。饥饿感，成为伴随韩信一生、富贵之后也挥之不去的记忆。

这一天日暮时分，他在城下溪边钓鱼，一个时辰过去，鱼儿的影子都没瞧见，看来今夜又是饥肠辘辘的一宿。一连饿了数日，那饥饿像一条小蛇，在他身体里欢快肆意地游走，一点一点地把他的五脏六腑掏空。韩信望着清澈见底的溪水，恍惚间一条肥大的鱼儿在游弋，一眨眼又消失不见。他摇头苦笑着：大概真的是饿昏了，都出现幻觉了。

"钓着鱼没有啊？"

韩信抬头，见一老妪正歪头瞧着他，脸上洋溢着淡淡微笑。韩信认出她是对岸那群漂洗棉絮的老妇人其中一位。

韩信苦笑一声，手往空空荡荡的竹篓一指，意思是："您看，这不明摆着呢。"

"王孙你可真有意思，鱼钩上不放鱼饵，钓不上鱼能怪谁？"

韩信有些不好意思，红着脸道："这半个月来，我都在这儿钓鱼，方圆十里的泥鳅都被我抓完啦，今天实在是抓不到泥鳅作饵，巧妇难为无米之炊，只能空钩生钓了呗！嘻嘻！老人家，你是不知道，这些鱼儿狡猾得很，今天可是一条都不上钩。"

漂母笑笑，柔声道："饿了吧？"

韩信好面子，摇摇头："习惯了，不打紧。"

"什么都能习惯，但没有人会习惯饿肚子的。王孙不嫌弃的话，吃点粳米羹吧……"

漂母掀开竹篮，一股稻米香气伴着凉风悠悠而来。

韩信瞅了一眼，默默地咽了口水，顽皮道："我身上可没钱啊。"

漂母笑道："谁要你的钱？吃吧。"

"婆婆，饭食都给了我，那您呢？"

"老太婆年纪大了，胃口不好，吃不了这许多，今日又恰巧多做了些，王孙尽管吃吧。"

韩信接过陶瓮，狼吞虎咽三口两口便吃完了，擦擦嘴，冲漂母嘿嘿一笑。漂母扭过头去，不多说什么，没等韩信道谢，转身走了，给韩信留下一个夕阳下佝偻蹒跚的背影。

第二日，同样的时间，漂母又来了，放下盛着饭食的竹篮，就漂洗她的衣服去了。这样一连十数日，天天如此。餐食虽粗简，韩信却吃得格外香。漂母话少，明明在表达善意，却故意冷着一张脸，一种恬淡与漠然刻在她脸上的皱纹间。说不清为什么，这反倒让尝尽人情冷暖的韩信感到格外安心。

忽然有一天，向来寡言的漂母主动跟韩信攀谈起来："王孙，我听人家说，前日里，你在亭长家大闹了一场，被赶了出来？"

韩信急道："我哪是被赶出来的，老人家别听那些闲话。南昌亭长府，就是皇帝御辇抬我去，我都不去！"

"为何不去呀？"

"哼！韩信不食嗟来之食。"

漂母眼中忽然闪出一丝狡黠和顽皮："那老太婆每日这餐食，王孙怎么倒吃得欢快？"

"那能一样吗？老人家听过嗟来之食的故事吧？当年齐国大饥荒，有个叫黔敖的人，煮了一大锅粥，摆在路边上，救济挨饿的人。见一人饿得有气无力，跌跌撞撞而来，黔敖大声吆喝道：'嗟！来食！'那人抬起头来，瞪着眼睛道：'你吆喝什么！我就是不吃你们这种人施舍的东西，所以才饿成现在这个样子！'黔敖意识到自己傲慢无礼，赶忙道歉。可那人说什么也不肯吃，最终饿死了。我娘告诉我，先贤曾子听说了这件事，并不完全认同那人的做法。曾子说：这人既对也不对。黔敖无礼羞辱之时，当然应当拒绝，但他诚心道歉之后，大可不必顽固坚持，还是可以去吃的。老人家，这个故事是说……"

"明白，明白，王孙不必多说，老太婆都明白。"

韩信不以寄食为耻，身处困顿之中，也并不拒绝受人恩惠，不排斥他人的善意。但他的底线，就像那个不食嗟来之食的齐人一样，不摇尾乞怜，不出卖尊严，不接受带有侮辱性的施舍与怜悯。

今日漂母一副欲言又止的样子，半天终于开口道："王孙，老太婆想说，我这一季漂洗的活儿，今日就做完了，明日起便不再来了，王孙还请自己珍重。"

十几日下来，韩信好像习惯了每天吃漂母做的饭，两人之间似乎也有了淡淡的忘年之谊，听说漂母不再来了，韩信心里五味杂陈："婆母大恩，韩信必不相忘，请婆母放心，有朝一日，韩信功成名就，必将重重报答婆母一饭之恩！"

"你说的这是什么话！"韩信没料到，漂母面露怒色，"大丈夫不能自食其力，何其可悲！我给你饭吃，是可怜你一个年轻人，却连自己都养活不了，并不是要你报答！"

韩信脸上火辣辣的，一时无言以对。

漂母怒气稍减，道："大家都说王孙是个怪人，是个不成器的假王孙。我也看出来了，公子虽然一贫如洗，落魄潦倒，但心比天高，志向与常人不同。唯其如此，王孙更应奋发振作，而不是这般意志消沉，终日在小溪边钓鱼度日。谁都想成就一番丰功伟业，可有几个人能真正实现？光会空口说白话的人，老太婆这辈子见得太多啦，希望王孙不要做这样的人。不要再说什么报答的话，王孙能养活自己，老太婆就谢天谢地啦，谁要你的报答！"

漂母面冷心热，话虽刺耳却振聋发聩。这位见识不凡的老妪点醒了韩信，向来自信高傲的他，第一次感到无地自容，开始自我反思。他空有王孙之名，实为布衣。虽为布衣，其志却与众异。二十年的苦难岁月算什么，不能再这么消沉下去，人生才刚刚展开，前方还有未竟的事业，等待着他去追寻，去实现。

韩信没想到的是，在离开淮阴、入世建功之前，还有一道严峻的考验在等待着他。

第二章　胯下之辱

菜市街口，忍受屠夫胯下之辱

大唐李白《赠新平少年》的开篇两联这样写道：

韩信在淮阴，少年相欺凌。

屈体若无骨，壮心有所凭。

李白在这首五言古风里，书写自己的寒苦孤立、怀才不遇，他跨越时空，遇见了九百多年前淮阴县城那个古怪少年，重述了那个流传千古的"少年相欺凌"的故事，描绘了那个"屈体若无骨"的离奇场景……

那一年，韩信二十岁。在遭受漂母的一番训斥之后，韩信更加勤奋地习武练剑、研习兵法。他不再总是避开人群，而是常往县城最热闹的地方跑，流连酒楼茶肆，暗中探听各地消息，只等一个出山入世的时机。

这一日，韩信刚从酒楼出来，经过菜市口，突然被一名彪形大汉拦住去路。

一个年轻的屠夫，袒露着粗壮的膀子，手持短而利的杀猪刀，好像生怕别人不知道他是干什么营生的。屠少是韩信的老熟人了，屠夫的儿子长大了，自然而然地也成为屠夫。小时候他就比韩信高出一个头，如今更是长得五大三粗，威风八面。身上生猪肉的浓郁恶臭，混杂着一股难闻的酒气扑鼻而来，熏得韩信直想逃。屠少双臂张开，横眉斜眼，一副寻衅的姿态。

"小子！买块肉啊！"

"不需要。"

"不需要？是买不起吧？哈哈！袖口掏出来给大爷瞧瞧，身上有几个钱啊？"

韩信眉头一皱，不愿纠缠，低头移步想从屠少旁边绕过。但那酒气一直跟随他的步伐，死死挡住去路。

"别走啊！没钱的话，把你的剑留下来，大爷给你换两斤猪肉也行啊！"

韩信压抑着愠怒，以迅雷之势拔出宝剑，往空中凌厉一挥，一道电光闪过，吓得屠少一哆嗦，连连后退几步，手中的杀猪刀也当啷啷掉在地上。

"你不配这把剑，还是杀猪刀更适合你。"

韩信一贯是这样冷淡孤傲的语气。他转身往回走，一群街头恶少围拢上来，有的凶神恶煞，有的嬉皮笑脸，很快形成一个包围圈。韩信前后被堵，无路可退。菜市口围观的人越来越多。

屠少怒道："韩信！你虽然块头大，整日提着剑四处招摇，哼！要我说，你就是个没用的孬货！"

"说完了？我可以走了吗？"韩信感到一阵厌恶，急于摆脱这麻烦事儿。

"着什么急呀！今日咱俩没完。方才我与兄弟们吃酒，说起你这淮阴县第一怪人，我说你就是个窝囊废，可有兄弟非不信，说什么你一身武艺，是个人物。呸！狗屁人物！"屠少啐了一口，"你要是真有种，今天就一剑刺死我；要是没种，就像条狗一样，从我胯下钻过去，怎么样？"

韩信盯着面前这位与自己年纪相仿的恶少，只见他抬起右脚，搭在满是猪肉的案板上，胯下形成一个"狗洞"。

人群不断聚拢过来，正午的炎炎烈日一点儿也阻挡不住看客们的好奇心。围观的人越多，醉醺醺的屠少越发得意扬扬，右脚掌轻轻拍打案板，掩饰不住受人瞩目的愉悦。对于韩信而言，他厌憎这样的众目睽睽，自己仿佛是戏台上的倡优伶人，被人观看，供人取乐。

韩信原以为自己会出离愤怒、暴跳如雷，但此刻却异常冷静。他心念电转，眼下有三条路：第一条路，逃之夭夭，远离这是非之地，本是上上之策，但一帮恶少紧紧包围，看来是避无可避、逃无可逃了。第二条路，一剑砍了这厮，易如反掌，倒是痛快。可这么多人围观，惹上人命官司，秦律严苛，这辈子不就完了？我韩信壮志未酬，只图一时快意，为这样一个杀猪屠狗之辈搭上自己性命，岂不糊涂？那么第三条路……士可杀不可辱！韩信瞅了瞅前面的"狗洞"，不自觉地紧咬后槽牙，握着剑柄的手捏得更紧了，浑身抑制不住地微微战栗。

韩信始终面无表情，熟视屠少良久，盯得对方心里发毛。屠少急嚷道："怎样！不敢杀我，那就钻啊！"

这时候，闹市的喧嚣仿佛一点点寂静下来，母亲临终的遗言在韩信耳边响起：

"遇事能忍则忍，不与人争，自我保全为要。"

那个夜晚，韩母用尽最后一丝气力，说完这句话，她的生命与斗室里熄灭的袅袅烛火一起，油尽灯枯，归于黑暗与虚无。

韩信将青铜剑小心翼翼地放在地上，冷漠的脸上浮现一丝转瞬即逝、耐人寻味的浅浅笑容，不像在嘲笑他人，倒像是在自我嘲弄，嘲笑自己何以沦落至此。他俯下身，低着头，匍匐向前，魁梧的身板缩成一团，像个四条腿的牲畜似的，紧贴地面，缓缓往屠少胯下钻。九百多年后，大诗人李白想象这一场景，在诗中留下"屈体若无骨"之语，形容韩信的身躯软得好像没有骨头一样。那么，他的骄傲与骨气，是不是也和躯体一样"无骨"了呢？

原来地面上的世界是这个样子的，韩信从来没有从这么低的视角观察过这个世界。抬头一瞧，眼前一排连着一排，好多人的腿儿，这些无聊的看客，真可谓是"接踵"而至。低头一瞧，蚂蚁、蜣螂在泥土地上爬行，近在咫尺，小虫蚁们纷纷停下脚步，好像也在纳闷，这大个儿究竟在干什么呢？

越靠近屠少的"狗洞"，那莫可名状的恶臭越浓郁。韩信钻过半个身子，正卡在屠少裆下，忽然听见"噗"的一声，屠少摇着屁股，放了个响屁。生猪肉的腥臭，屠夫的体臭，刺鼻的酒气，全都混杂在一起。可怜的韩信眉头紧锁，双手正撑在地上，腾不出手捂鼻，只能死命憋着气，像小猴儿一样快快地从屠少胯下钻过去。

那分秒之间，嘈杂的市集万籁俱寂。除了钻裆的韩信在动，画面里仿佛一切都静止了。众人先是张大了嘴巴错愕不已，继而爆发出阵阵狂笑。

"没出息的玩意儿，胯裆都能钻，今儿真是开了眼了！"

"白长那么大块头，原来是个懦夫！"

"什么懦夫呀，干脆以后就叫他'胯夫'得了，哈哈哈！"

韩信起身，拂去身上的灰尘，拾起地上的青铜剑，好像旁人都不存在似的，缓步离开菜市口。

千百年来，胯下之辱的故事广为流传，充满争议。有人赋予了这个故事"成大事者能忍常人所不能忍"的寓意，也有人对韩信主动钻裆的戏剧化举动不以为然。韩信为什么一定非要承受这样的奇耻大辱，这裆钻得值不值？他究竟是乡民们口中的那个孬种懦夫，还是后人赞誉有加的那个能够忍辱负重的"成大事者"？穿透历史的迷雾，哪个才是真实的韩信？

要解答这个疑问，不妨先听听宋代大文豪苏轼的一段名文。东坡居士写道：

> 古之所谓豪杰之士者，必有过人之节。人情有所不能忍者，匹夫见辱，拔剑而起，挺身而斗，此不足为勇也。天下有大勇者，卒然临之而不惊，无故加之而不怒。此其所持者甚大，而其志甚远也。（《留侯论》）

在这段话中，苏东坡提出了一个问题：究竟什么叫作"勇"？他区分了"小勇"与"大勇"、"假勇"与"真勇"、"匹夫之勇"与"豪杰之勇"。匹夫受辱，一时冲动，凭着动物的本能，拔剑而起，挺身而斗，这并不是真正的勇敢，而是愚蠢的鲁莽。那么什么才是真正的勇敢？苏东坡谈到了三种情况：遇到意外不惊慌，受到侮辱不愤怒，能忍常人所不能忍。毋庸置疑，淮阴乡民口中那个怯懦胆小的"胯夫"，才是真正的勇者。

忍，不意味着羸弱。恰恰相反，忍是强者才具有的品质。

能忍受常人所不能忍的屈辱，才配享常人得不到的荣光。

如何面对屈辱，是韩信青少年时期最重要的人生课题。韩信的过人之处在于，他身上呈现出了许多人所不具备的忍耐、韧性以及理智的决断力。譬如胯下之辱这件事，在当时的境况下，早早结束这场纷争，离开这是非之地，无疑是最理智的选择。

必须指出的是，忍耐本身并不值得歌颂，忍耐本身并不是目的。真正有价值的忍，是有强大的内在依托的。

苏东坡强调的另一个关键就是，真正的豪杰之士，之所以能够忍受屈辱，是因为"其所持者甚大，而其志甚远也"。韩信面对恶少的挑衅，心里唯一笃定的是，不能扩大事态，不能伤了自己，也不能伤了对方闹出人命官司，那样的话自己今后一切的宏图壮志，全都无从谈起。于是，最骄傲、最自尊、最自爱的韩信，反而忍受了最不堪的屈辱，成为一道奇观，成就一段奇闻。之所以产生这种戏剧化的、令人费解的矛盾，正是因为对韩信而言，有比此刻一时的颜面更为重要的东西，等着他去追寻。

陈胜吴广揭竿而起，天下大乱，时机来了

秦始皇三十七年（公元前210年）七月，始皇帝嬴政在东巡途中突然驾崩，天下震动。紧接着，正在边疆戍守、备受百姓爱戴的公子扶苏被莫名

赐死，年幼的公子胡亥继位，是为秦二世。新皇登基，秦始皇的二十多个儿子，也就是秦二世的兄弟们，一个接着一个步扶苏后尘，要么被赐死，要么主动请求为先皇殉葬。大秦朝局权力更迭、波云诡谲，韩信隐隐意识到，山雨欲来，天下大势骤变在即。

秦二世元年（公元前209年），泗水郡蕲县大泽乡（今安徽省宿州市）迎来一场暴雨，困住了一支九百余人的戍卒队伍。这些戍卒都是由各县征调而来，奉命戍守边关，正在赶往北部边郡渔阳的途中。狂风骤雨之下，道路泥泞，无法行军。部队若是不能按期抵达渔阳，依照大秦律法，将以"失期罪"斩首论处。眼看着如期抵达无望，军中两位屯长陈胜、吴广斩木为兵、揭竿为旗，鼓动戍卒举事反秦。

他们先杀了领军的将尉，占领大泽乡，在一个月之内，先后攻克蕲、铚、酂、谯、苦、柘等数县，以陈郡陈县为首都，以复兴楚国为旗号，建立张楚政权。在秦始皇一统天下之前，泗水郡本是楚国故地，陈胜、吴广以及起事的戍卒们多是楚人，所谓"张楚"，正是"张大楚国"之意。

韩信所在的淮阴县，同样是楚国故地。大泽乡起义的消息支离破碎地传到淮阴，韩信很快意识到，这场起义行动绝非小打小闹，陈胜、吴广在大泽乡雨夜里点燃的星星之火，霎时间就会成燎原之势，一发不可收拾。正如陈胜所言，"天下苦秦久矣"。多年来大秦暴政在黎民百姓身上所累积的痛苦与仇恨，一夕之间爆发出巨大的能量。陈胜、吴广一举起反抗暴秦的义旗，天下英雄云集响应，各地反秦势力风起云涌。

韩信注意到，自己所在的楚地，既是这一轮反秦运动的策源地，也成为反秦之火最为旺盛的核心地带。秦嘉、朱鸡石起兵于郯（今山东省郯城北），项梁、项羽叔侄起兵于江东会稽（今江苏苏州），英布、吴芮起兵于番阳（今江西鄱阳东北），陈婴起兵于东阳（今安徽天长西北），彭越起兵于昌邑（今山东菏泽巨野县），刘邦起兵于沛县（今江苏徐州沛县）。这些义军都以响应陈胜为名，以"张楚"为号。春秋战国以来，秦、楚之间数百年恩怨纠葛，剪不断理还乱，而今故事仍在继续。

楚地之外，也不太平——"六国"复活了。

秦二世元年（公元前209年）八月，赵国遗族武臣在邯郸自立为王，赵国复国。九月，齐国大族田儋起兵于狄，称齐王，齐国复国；韩广在蓟称王，燕国复国。秦二世二年（公元前208年）十二月，陈胜部将周市领兵进入魏地，拥立魏公子魏咎为王，魏国复国。六月，张良在项梁支持下，拥立韩国宗室后裔横阳君韩成为王，韩国复国。

战国末年六国为秦所灭，但数百年的邦国并不可能一夕之间消失殆尽，反秦复国运动一直暗流涌动，六国成为见不得光的幽灵，潜藏于大秦帝国熠熠光辉照射不到的阴暗角落。如今幽灵重见天日，六国王政复兴，刚刚统一不过十年的大秦，一时间危若累卵，陷入分崩离析的境地。

"王侯将相，宁有种乎？"

陈胜这句话广为流传，自然也传到了韩信耳中。韩信反复琢磨其中滋味，发现陈胜不仅点燃了民众对于大秦的仇恨之火，更煽动起某些危险的东西。天下大乱，一切重新洗牌，正是野心家、冒险家、权谋家孤注一掷、铤而走险的时候。乱世将至，正所谓时势造英雄，而那个让韩信一展宏图的时机与舞台，究竟在哪儿呢？

终于，项梁、项羽来了。

江东项氏是反秦势力中极为引人注目的一支力量。项氏一族，世代为楚国将领，名门贵族，声名远播。战国时，名将项燕率军抗秦，最终身死国灭，壮烈殉国，他的英雄事迹一直在楚国故地广为传颂。项梁正是项燕之子，秦始皇一统天下之后，原六国贵族一并编户齐名，成为平民百姓，项梁因杀了人，与侄儿项羽一直蛰居在会稽郡吴县。秦二世元年（公元前209年）九月，陈胜、吴广起义两个月之后，项梁、项羽杀了会稽郡守殷通，起兵反秦。后来，正在东海郡攻城略地的陈胜部将召平，来到吴县与项梁会面，他假借陈胜名义，封项梁为上柱国（楚国官名，位同丞相），命其西进攻秦。秦二世二年（公元前208年）二月，项梁征发江东子弟兵八千人，从会稽郡出发，北上渡过长江，进入东海郡。

韩信所在的淮阴县正属东海郡治下，眼看项梁大军距离淮阴越来越近了，这些日子，韩信依旧常在河边垂钓，面对碧波如镜的水面，他的心却难以平静，一个重要的抉择正在等待他做出。

项梁大军途经淮阴时，韩信以一名普通士卒的身份，加入了这支义军。他的行囊极简：一柄青铜剑，一卷兵书，别无其他。临行前，韩信回望一眼溪流蜿蜒的淮阴水乡，远眺荒坡上母亲的坟地，默默地与故乡作别，与过去的自己告别。

少年离家，只身闯荡天下。不待封侯拜相，誓不归乡！

秦二世二年（公元前208年）三月，在项梁军北渡淮水之际，韩信仗剑从军，开始了自己的戎马生涯。

他密切关注着项梁大军的行军路线，发现了不同寻常的地方。这支打着"张楚"旗号的江东军，并没有急着往西去进攻陈郡、泗水郡的秦军，而是继续北上，由淮阴方向渡过淮河，一路上招兵买马，最终屯兵停驻于下邳（今江苏徐州睢宁县古邳镇）。韩信敏锐而好思，很快领会项梁的战略意图：养精蓄锐，扩充军力，伺机而动。

项梁军一入东海郡，义军纷纷归附，勇将、谋士慕名而来。陈婴、范增、英布、蒲将军、钟离眜……这些日后将在楚汉争霸中举足轻重、声名煊赫的人物，都在这一时期投入项氏麾下。几个月之内，八千江东子弟兵发展壮大至六七万人，成为反秦势力中谁也不敢忽视的一支力量。此时的韩信，虽然只是一名普通士兵，但他亲眼见证着项梁麾下军容之盛、英雄如林，暗自庆幸自己军旅生涯的第一步，总算是迈对了。

一个人职业生涯的起步，因为初出茅庐，似乎并没有太多的选择，但也不尽然。默默无闻的韩信，只能以一介小卒作为军旅生涯的开端，这一点上他没的选，但他在众多可以投奔的反秦势力中，毫不犹豫地选择了江东项氏作为自己的第一任"雇主"，眼光不可谓不精准。正所谓，良禽择木而栖，贤臣择主而事，选择雇主也是一门学问。韩信选择项氏，自然有他的考量。

一则，项氏出身好、名气大、威望高。项梁之所以在楚地声名远播，起兵后能够一呼而百应，都源于一位故去的老将——其父项燕。战国末年，项燕曾是楚军统帅，他顽强抵抗秦人的铁骑，虽然最终仍然改变不了天下归一的大势，但在楚地却享有极高的声望。楚人爱戴他、缅怀他，甚至传言项燕并没有死，正藏身于某处，伺机再次奋起、重建故国。当初陈胜、吴广起义时，就曾打出项燕的名号，一度假称是项燕人马，以此凝聚人心。如今老将军如假包换的儿子扛起反秦大旗，在楚国故地的号召力不言而喻。

二则，韩信更看到了项梁军的独特优势：它是一支有生力量。眼下各路义军多如牛毛、良莠不齐，许多部队经不住秦军反击的考验，纷纷溃败，颓势尽显。而这支刚刚渡江的江东军是一支崭新的军队，正在快速扩编、不断壮大之中，展现出勃勃生机与活力。

事后证明，刚刚踏上历史舞台的江东项氏，很快成为历史的主角。而韩信追随着项梁、项羽，也一步一步地靠近了舞台的中央，投入时代变迁的滚滚洪流之中。

人生正是如此，只要迈对第一步，那接下来的精彩就会接踵而至。

牧羊娃摇身一变，成了楚怀王

秦二世二年（公元前208年）四月，韩信跟随项梁大军北上进入薛郡薛县（今山东省滕县东南）。就在这时，一个消息传来：陈胜死了。

陈胜建立张楚政权之后，挥师西进，部将周文率军一度攻破函谷关，打到骊山脚下，直逼秦都咸阳。就在骊山东面的戏水边，周文军遭遇秦军强悍阻击，最终惨败。随后，在秦国少府章邯的主导下，各地秦军被调动起来，开始疯狂反扑，镇压各路义军。章邯于秦二世元年（公元前209年）十二月攻破陈县，陈胜弃城而逃，此后下落不明。

张楚政权仅仅建立六个月便宣告灭亡，反秦的形势陷入低潮，局面急转直下。项氏江东军正是在这样的背景下渡江北上，介入反秦战事。主帅项梁一直在积蓄实力，观望局势，相机而动。

陈胜已死的消息早就在楚地传开了，但始终未能确证，这时候突然有了确切的消息。原来陈胜在逃亡途中，被车夫庄贾杀害，庄贾提着陈胜的头颅，献降于秦军主帅章邯。

"大楚兴，陈胜王……"

这是当初陈胜起兵时，为了笼络人心而四处散布的神秘预言。这几天，不知为何，韩信脑中反复萦绕着这魔咒似的谶语，陈胜这个"王"已然崩逝，那么"大楚"还能"兴"吗？

"嘿，小子，发什么呆呢？"

同帐歇息的士卒踢了韩信屁股一脚，韩信从沉思中回过神来："我在想，陈王乃义军领袖，而今崩逝，群龙无首，各地义军该当如何，项梁将军又将做何谋划？眼下正是情势瞬息万变之时，任何风吹草动，皆牵一发而动全身……"

那小卒乐了："此等军机大事，自有上面大人物们谋划，哪轮得着你一介小卒过问。"

小卒哂笑两声，离帐而去。韩信来到军中，与此前在淮阴老家如出一辙，又成了大家眼中的异类。他的不同凡响之处在于，并不因为自己地位卑微，就像井底之蛙一样只关注自己所处阶层的那点事儿。他一直在默默观察，并且敏锐思考着那些与他的地位并不相称的军机大事。韩信的抱负异于常人，相应地，他的站位与格局、他的眼光与视野，也已经先一步超越了自己所处的阶层。当小兵的时候，就已经在思考将军的事——这正是他能够成功实现阶层跃升的秘密所在。

这时，帐外冒冒失失闯进一人，也不寒暄，径直问道："陈王死了，接下来情势将如何发展？不知贤弟有何高见，快说来听听。"

韩信不用抬头，只闻其声就能知道，是钟离眛这个冒失鬼。此人与韩信大约同一时间加入项梁大军，不同于韩信有些文质彬彬的书生气，钟离昧生得虎背熊腰、气壮如牛，一股生猛昂扬的劲头，一看便知是员勇将，很快在军中冒出头来，备受项梁、项羽器重。钟离昧与韩信英雄相惜颇为投缘，他是韩信从军后结交的第一个朋友，也是唯一的朋友。

"我又不是算命先生，哪知未来情势如何。"韩信压低声音道，"可以肯定的是，这几日必有大事发生！"

"噢？有何大事？要出征啦？"

"那倒没有，钟离兄是否注意到，连日来营中宾客云集，各地义军首领纷纷前来拜会项将军。陈王崩逝的消息才刚刚传开，群豪毕至，绝不寻常。"

钟离昧不禁赞赏道："是是是，还是贤弟目光如炬啊。托贵宾们的福，这几日军中伙食都好多啦，哈哈哈！你说，他们来找项将军，究竟商量啥大事？"

"这我就不知道了。"

"……那好办，范军师出了趟远门，今日方归，晚上必有要事向将军禀报。今夜正好轮到我值守，贤弟与我一起在帐外听听，不就一清二楚了？"

韩信看着钟离昧洋溢着爽朗笑意的脸，觉得这个提议既危险，又令他难以拒绝。

当晚，钟离昧与韩信一边在帐外值守，一边屏息细听帐中动静。

"大喜！将军大喜，贵人找着啦！"

听那苍老沙哑的声音，说话的是范增。这位年逾古稀的老叟，神机妙算、奇计无双，全军上下人人折服。

项梁道："范老，此人虽身份特殊，终究不过是个牧羊娃娃，当真有号令天下群雄的能耐吗？"

范增并不直接回答，反问道："将军以为，陈胜败亡，原因何在？"

项梁沉吟半晌，不置可否。

"陈胜山野农夫，懂得什么征战谋略？四面出击，行军分散，一盘散沙，最终一败涂地，何足为奇！"

这浑厚雄健、意气昂扬的声音，来自项羽。

项羽，名籍，字羽，力能扛鼎，威风八面，乃项梁之侄，军中二号人物。

韩信听说，他刚打了胜仗回来，拿下了襄城（今河南省襄城县）。这几日军中都在传，项羽遭遇襄城守军顽强抵抗，久攻不下，勃然大怒，破城之后，下令屠城，坑杀守军不留一个活口，放任士兵们烧杀抢掠，免不了伤及城中平民百姓。

百年乱世，争战不休，那些顽强抵抗、久攻不下的城池，往往在被攻破之后遭受胜利者带有报复性的屠城。这已成为一条血腥的潜规则，本不是什么新鲜事。只是襄城之战，是年轻的项羽自江东起兵后独自领军出征的第一战，首战便行屠城、坑俘之举，韩信心里五味杂陈，对项羽此举，说不清有几分是敬畏与佩服，又有几分是忧惧与反感。

范增笑道："小项将军所言，一针见血，直指陈胜行军布局之弊，颇有道理，但依老夫谬见，却不是陈胜败亡之根源。"

项梁、项羽皆道："还请范老赐教。"

"大楚兴，陈胜王……大楚兴，陈胜王……"

韩信的心突然怦怦直跳，自己连日来脑中挥之不去的咒语，被范增慵懒沙哑的嗓音反复念诵，更显得魔力非凡。

"陈胜兴，在于楚；其败，也在于楚。"

项羽是个急性子，按捺不住道："此话怎讲，先生就别卖关子了，快快说来！"

"昔日秦灭六国，楚国最为无辜。当年怀王被骗入秦，再也没有回来，最终为秦人所谋害，崩逝于咸阳，对于此事，楚人至今念念不忘、耿耿于怀。楚国第一贤者南公先生曾有一言：'楚虽三户，亡秦必楚。'两位将军，可知何意？"

"楚虽三户，亡秦必楚……"

项梁、项羽低声呢喃，他们自然不会发现，楚南公这八字语也在帐外那个名叫韩信的小卒心中激起涟漪。

"说来此语含义极浅，就其字面意思，不过是说，即便楚国只剩下三户人家，将来灭亡秦国的，也必然是我大楚。难解的是，为何亡秦的就必定是楚呢？南公先生之意幽深隐晦，可有多种解读。数百年来，秦、楚两国命运交织，交缠不清，渊源之深，实非三言两语可以说清道明。陈胜于楚国故地起事反秦，一时间天下云集响应，他举起的可是'张楚'大旗，这不正印证了南公先生这句谶语？范某愿意相信，如若天命使然，大秦将亡，那么亡秦必楚！"

项梁、项羽都备感振奋，尤其是年轻气盛的项羽不禁连连拍案，他如洪钟般的喝彩声，同样震在韩信的心里。韩信亦为楚人，此刻既感到天命不可违的神奇魔力，也涌起复兴家国的一腔热血。

"楚地反秦力量一直暗潮汹涌，陈胜能够成事，正因为他举的是'张楚'大旗。这正是老夫方才所言，'陈胜兴，在于楚'之意。"

项梁抚掌道："范老之言大善！那陈胜败，为何也在于楚？"

"陈胜举'张楚'旗号，却不拥立楚王后裔，反而自立为王，名不正言不顺，难以服众，并不能够真正号令楚地各路义军。不能充分利用楚人之力，正是陈胜败亡的根源。"

"善！大善！本将军有范老，何愁天下不平！"项梁不禁有些得意忘形，"范老建议深入坊间寻那小娃儿，哦不，寻那'贵人'，为的正是吸取陈胜败亡教训，尔后……"

韩信透过军帐帘幕往里瞅，影影绰绰间，灯火越来越暗，越触及机密，三人对谈的声音越小，直到再也听不见什么。

对于项梁、范增口中的"贵人""小娃儿"，韩信一头雾水，但很快，他和整个天下都知道了答案。

秦二世二年（公元前208年）四月，项梁召集楚国各路起义军首领，大会于薛郡薛县。会上，项梁推出了一位少年，令众人惊诧不已。

那是一场声势浩大的露天聚会，韩信往会场中央瞧去，只见那少年驼着背，畏畏缩缩，战战兢兢，活像一只被虎豹豺狼包围的兔子。他身着锦衣华服，瘦弱的小身板显得衣裳极为宽大，一看便知是临时硬套在身上的。他的瘦小、怯弱，与身旁高大雄伟、威风凛凛的项羽有天壤之别，相映成趣。

项梁向群雄道："这位公子熊心，乃楚怀王之后，多年来流落民间，替人牧羊为生。万幸之至，公子熊心仁德聪慧、身体康健。本将军此番召集诸位前来，正是想昭告天下，如今陈王已逝，怀王后裔现身，自当以公子熊心为王，各路义军聚集楚王麾下，听从楚王号令，誓死复兴大楚，诛灭暴秦！"

艳阳之下，会场陷入一阵静默。义军首领们面面相觑，缄口不言。不用说韩信了，就连头脑简单的钟离眜，都已经感受到这阵静默的意味深长——它是诧异，是怀疑，是观望，是瞻前顾后的考量，甚至是某种无声的反对。

"都哑巴啦！说话！"

项羽的火暴脾气爆发，利刃出鞘，剑指苍穹，叱咤一声，如同雷鸣。

"那个……我说两句啊……"

群雄中一人起身跨步到会场中央，此人鼻梁高挺，上额凸起，须髯飘飘，奇人异象。只听他清了清嗓子道："在下以为，项将军所言极是。俗话说得好，'雁无头，飞不齐'。如今陈王已逝，群龙无首，反秦大业遭遇重创，情势岌岌可危啊！诸位！我刘季支持项将军，支持拥立这位公子熊……熊什么……公子熊心为楚王。不仅如此，在下以为，项将军乃名门之后，应当成为咱们大家的联军盟主才对啊！"

说话的是刘邦，当过泗水亭长，因出生、起兵都在沛县，人们称呼他为"沛公"。韩信上下打量此人，刘邦衣衫素朴，头发披散不束，流里流气，又隐隐显出一股豁然豪情。像这样一看便知出身于江湖市井之中的草莽枭雄，与项梁、项羽那般尊贵体面的贵族后裔，呈现出截然不同的精神气质。薛县大会上，实力微弱的刘邦并不是引人注目的主角，那时候的韩信自然做梦也想不到，自己今后一生的命运，都将与这个不起眼的刘老三纠缠在一起。

当前各路楚军，以实力论，无疑项氏江东军最强。群雄心里都明白，项氏召开薛县大会，本就有出任联军盟主之意。实力尚弱的刘邦审时度势，带头向项氏表示归顺，倒是识时务、知进退。

随后，各位义军领袖也效仿刘邦，纷纷对项梁拥立楚王的倡议表示支持。为了纪念当年客死秦国的楚怀王熊槐，熊心也称楚怀王。而项梁本人，自命为武信君，成为陈胜之后楚国新一任执牛耳者。

令群豪们屈服的是项氏军威，没有人把会场中央那个牧羊少年放在眼里。韩信心中却不禁生出疑问：这只小白兔，这头待宰的小羔羊，怎会流露出小狐狸一般的眼神呢？

韩信从少年怯生生的目光中，看到了某种危险的东西，某种他所熟悉的东西，那是一种对于声名、财富、权势，以及扭转命运的渴望。正是因为这种渴望，小白兔就算是再害怕面前这些虎豹豺狼，他还是来了。被项梁、范增从几百里之外的牧场挟持到薛县，他当然明白，自己被推到了这场大会的中心，更准确地说，被推到了历史舞台的中心。那个时候，在场的人都没能想到，这个大家心知肚明的"傀儡"楚王，这个项梁不知道从哪里找到的牧羊娃娃，这个被人瞪一眼就瑟瑟发抖的小羊羔，之后竟然对天下大势产生了重要的影响。

范增建议项梁拥立楚怀王熊心，比曹操早了四百多年走出了"挟天子以令诸侯"这一着妙棋。从军以来，每一次有机会听到范增这老叟讲话，韩信都仔细聆听。无一例外，每一次都醍醐灌顶、受益匪浅。韩信原以为，打天下，以兵法韬略配以百万雄兵，足矣。从范增身上，年轻的韩信逐渐意识到，原来闯天下、建功业，并不只是冲锋陷阵、驰骋疆场这么简单，还要有对天下大势的精准把握，对复杂局面的条分缕析，更要具备兵戈之外的权谋之道。有时候，一人之智，足抵千军万马。

项梁之死：其兴也勃焉，其亡也忽焉

薛县大会之后，反秦形势进入新的阶段。

秦国上将军章邯击溃陈胜张楚军后，紧接着灭亡了魏国魏咎政权，又于东阿城（今山东阳谷县东北）将齐国军队团团包围。韩信随项梁大军北上，赶赴东阿救援齐国，首战告捷，大败秦军。章邯率军迅速往濮阳（今河南濮阳市西南）撤退，楚军紧追不舍，于濮阳城东再一次重创秦军。秦军仓皇间撤入濮阳城中，壕沟深堑，坚守不出。

东阿一战，是项氏江东军北上以来，首次与秦军主力的正面对决。如此酣畅淋漓的胜利，全军上下群情振奋，士气高涨。

项梁自己率领主力部队，继续包围濮阳，章邯环绕濮阳城挖凿出一条壕沟，引滔滔黄河水入沟，成功阻挡楚军入城。项梁于是掉头转攻重镇定陶（今山东省菏泽市定陶区），大军在定陶城外驻扎下来。

与此同时，项梁另派一支部队，由项羽、刘邦统领，追踪逃亡成阳的秦军。这一时期，初出茅庐的项羽与刘邦，紧密合作，默契无间，很快拿下成阳。破城之后，年轻气盛的项羽一声令下，对秦军实行屠城报复，这是他继襄城之后第二次战后屠城。紧接着，大军开往雍丘，阻击来自三川郡的秦军支援部队，斩杀三川郡守李由。

一个又一个好消息从前线传回来，形势一片大好，武信君项梁志得意满，生出一股骄傲轻敌之气，每夜与帐下将军们欢宴畅饮，常有"秦军草台穷寇""章邯不过尔尔"之语。

章邯真的不过尔尔吗？

韩信心中充满疑虑。正所谓时势造英雄，这位在天下大乱中迅速崛起的秦军主帅，几次挽狂澜于既倒，拯救大秦于危亡之境。各路起义军之所以打得这么艰苦，反秦大业接连遭受重创，都是拜此人所赐。细数起来，楚王陈胜、魏王魏咎、齐王田儋，皆死于章邯之手。韩信隐隐觉得，如今龟缩在濮阳城内闭门不出的章邯，一点儿也没有穷途末路的样子，他似乎在韬光养晦，闷声不响地秘密谋划着什么，只等一个绝地反击的机会。

在楚军中，与韩信有着同样担忧和疑虑的，还有一位名叫宋义的部将。

"将军可知，自古以来，什么样的军队必败？"

这一日，宋义求见项梁，没头没脑地突然冒出这么一句。

项梁道："正所谓'得道多助，失道寡助'，如秦贼章邯那般不义之师，必败。"

宋义摇摇头："不然，兵戎之事凶险叵测，其成败，恐怕不全然依凭道义所向。老子言道：'祸莫大于轻敌，轻敌几丧吾宝。'兵法有云，骄兵必败。自古以来，那些连连得胜，而主将骄矜、士卒怠惰者，必败！"

项梁皱起眉头，不悦道："你究竟想说什么？"

"臣下斗胆进谏，如今我军将领士卒，已生骄矜怠惰之心，士气日泄。反观秦军，虽受重创，却深壁高垒，养精蓄锐，以静制动，且斥候来报，另有几路秦军正东出函谷关，恐为章邯援军。如今危机苗头已现，若不审慎应对，臣下为将军担忧啊！"

"杞人忧天！"项梁冷笑一声，"昔日，本将军听人说起杞人忧天的故事，觉得荒诞不经，不信有人会愚蠢至此，如今看来，倒也不稀奇……若无其他要事，你退下吧……"

"将军……"

项梁听不进宋义劝谏，嫌其烦人，于是打发他出使齐国，去与齐相田荣交涉合兵会战之事。讽刺的是，宋义必须感谢项梁对他的厌恶，正是这厌恶，救了他一命，让他逃过一劫。

韩信可就没有这么好运了。多年以后，韩信回溯这一生的军旅生涯，无论如何也忘不了那个噩梦般的夜晚。

秦二世二年（公元前208年）九月，定陶城外，灯火一盏一盏地熄灭，楚军大营正欲与夜幕上的漫天星辰一起坠入梦乡。夜黑风高、万籁俱寂之时，营外突然鼓声大作，轰鸣震天。一束又一束"天火"破空而降，绵延不绝，漫天星斗被火光照耀得黯然失色。

"不好！有敌军！""是火箭！""秦军突袭！"

瞭望台上的哨兵从打盹中惊醒，连声高呼，但为时晚矣。一支支利箭携带飞火铺天盖地而来，瞬间点燃了哨台、旌旗、军帐、粮草。星火燎原之中，成千上万的秦兵如潮水般杀来。

韩信从睡梦中惊醒，急奔出军帐，面对漫天飞火流矢，他意识到楚军大营已被团团包围，自己和数万将士成了笼中雀、瓮中鳖，就像陷入了阎罗王的天罗地网中，无所遁形。

正所谓"上梁不正下梁歪"，楚军上下，从主帅项梁，到普通将士，全都如宋义所言，轻敌骄纵，守备松懈，军心涣散，面对秦军狠厉决绝的进击与杀戮，毫无还手招架之力。楚军大营陷入一片混乱与恐慌之中，马匹狂奔溃散，士卒争相逃命。

项梁正一夜宿醉，猝然惊醒，但见火光漫天，敌兵无处不在，满地死尸越堆越高，他用尽气力嘶吼道："恶贼！趁夜突袭，算什么本事！领军的是谁，有种的站出来，与本将军一战！"

哪有人回应他。

项梁发出那种混杂着不甘、痛苦与绝望的嘶吼，这种吼声，韩信只在深山密林中濒死的野兽身上听见过。

项梁死命拽住一匹马的缰绳，想要踏镫纵身上马。那战马混乱中受惊不止，左冲右突不受控制，项梁踩着马镫，往上扑腾蹦跶数次，都没能上马，模样滑稽至极，与平日里那个体面、尊贵、自信非凡的武信君简直判若两人。

"畜生！连你也欺我！"

项梁跃马不上，挥鞭猛抽战马，那战马撒开腿儿一溜烟跑了。项梁徒步提枪，欲与秦军一战，竟一个趔趄，身体向前扑倒在地，摔了一个四脚朝天。没等项梁起身，一支箭矢直刺入他后背，随后赶来的秦兵又是一剑直穿入胸。

"恶贼！我是……"

不远处韩信的视线中，一只手颤颤巍巍地抬起，项梁用尽最后一丝气力想要起身，又一支箭矢飞射而来穿膛直入，他再也没能站起来，马蹄与士兵脚步不断来来回回，从他身上践踏而过。混乱之中，他们哪里知道，脚下踩着的是楚军主帅。

项梁就这样在韩信面前死掉了，被不知名的秦卒刺死，死得如此猝不及防，如此仓促草率，甚至死得有点滑稽。项梁最后的遗言是"我是……"，他没能说完这句话。然而，不管他想说的是"我是楚军上将军""我是武信君"，或者"我是项燕之后"，在无眼的刀枪面前，在战争的溃败面前，在公平的死神面前，无论你是谁，都没有用。这对于初入沙场的韩信，无疑是一次震撼教育。

主帅已死，楚军败局已定，无力回天。韩信与秦军厮杀一阵，很快体力耗尽，好汉不吃眼前亏，他当机立断，往营外小路撤退，加入逃亡的队伍。逃离途中，与一个彪形大汉撞了个正着，韩信一瞧，原来是钟离眛。

"韩信！你往哪里去？"

"如今败局已定，钟离兄，快逃吧，保命要紧！"

"临阵脱逃，岂是大丈夫所为！"

"大丈夫有所为、有所不为！明知必败，还舍命赴死，岂不糊涂！来日方长，兄长，快走啊！"

钟离眛犹豫迷茫之际，韩信勉力拉扯着这个彪形大汉，在滚滚浓烟、离离战火之中，一起飞奔出营，保住了两条性命。

项梁临死怎么也想不明白，那个夜晚从哪里冒出那么多秦军。而如今，项梁与营中堆积如山的骸骨一样，再也没有机会弄明白了。

后来韩信才知道，章邯一方面在濮阳城坚守不出，一方面暗中筹划，调兵遣将，秘密调动了河东郡、河内郡的秦军，沿黄河北岸西行前来，同时联络了正在漳河南岸由大将王离率领的北部军队（这是支负责抗击匈奴、训练有素的精锐之师）。秦二世二年（公元前208年）九月，几路援军渡过黄河，秘密集结，与章邯顺利会师。而对于定陶城外的楚军而言，虽有前方斥候来报，疑似有秦军异动，宋义也好意提醒，但是大意轻敌的项梁并未放在心上。秦军于是反戈一击，趁夜突袭楚军大营，项梁阵亡，江东军主力损失大半。

自己的第一任"雇主"就这么死了，韩信很郁闷。他没怎么被"雇主"瞧上眼，还只是楚军中的一介无名小卒，这可倒好，功业未建半分，主帅没了。

其兴也勃焉，其亡也忽焉。项梁迅速崛起，又迅速败亡，昙花一现。眼见他起高楼，眼见他宴宾客，眼见他楼塌了……见证了全过程的韩信内心深受震撼。项梁自江东起兵以来，一路顺遂，尤其在打了一连串胜仗之后，他脸上洋溢着的志得意满、不可一世、忘乎所以，那种对于功名的享受、对于胜利的沉醉，韩信都看在眼里。韩信也是个骄傲的人，项梁的败亡让他开始进行反思。兴亡转瞬之间，定陶一战，一支十万人的军队，一夜之间折损大半。鲜血淋漓的案例令韩信明白，月满则亏，福祸相倚，越是春风得意之时，就越是危机四伏，越需要警醒再警醒。

定陶之战时，项羽、刘邦正在砀郡围攻外黄县。战后，韩信跟随楚军残部，一起投入项羽麾下。

第三章　破釜沉舟

投入项羽麾下，任执戟郎中

多年以后，韩信仍然时常回想起第一次与项羽面对面的场景。

那是一个清冷萧索的清晨，刚从定陶死里逃生的韩信与钟离昧，箕坐在军帐外，百无聊赖，有一搭没一搭地闲谈着。

钟离昧问道："贤弟，我瞧你袖子里总是鼓鼓囊囊的，藏着什么宝贝？"

"一卷兵书而已。"韩信掏出袖中竹简，"我投军时，身上只有一剑、一书，别无他物。"

"我就说嘛，贤弟不像武将军，倒像是个文书生。前些年始皇帝下令举国焚书，如今书简越来越少，读书人也越来越少了。"钟离昧忽然狡黠地笑道，"倘若军中下令，每人身上只可留一件自己的物什，这一文一武两件宝贝，贤弟是留剑，还是留书啊？"

韩信思忖片刻，笑道："都是身外之物，弃之何妨！两件都不要了！"

"平日里宝贝似的，书藏袖中，剑不离身，如今怎么说不要就不要了？"

"这青铜宝剑，使得再出神入化，最多可敌百人。而兵法，可敌万马千军。二者相较，自然宝剑可弃，书简当留。"

"那为何连书简也不要了？"

"当年孙武将军携兵法见吴王阖闾，吴王道：'子之十三篇，吾尽观之矣，可以小试勒兵乎？'孙武将军只答一字，曰'可'，终成一番大业。"韩信抚摩着手中竹简，似乎跨越时空，陷入了遥想与回忆，"'子之十三篇，吾尽观之矣。'这《孙子》十三篇，我自幼研习，早已烂熟于心。如今韩信胸中自有万丈韬略，'可以小试勒兵'，又何需区区几片竹简！"

"口气不小啊！"

未见其人，先闻其声，洪亮如雷鸣之钟。项羽在众将士簇拥之下，健步而来。

项羽巡营时偶然听见韩信豪言，不禁想起历历往事，对众将道："年少时，叔父让我读书习字，我生来不好文，怎么也读不下去，叔父无奈，就让我改习剑术，学了两天，又厌倦了。叔父追问缘由，我答道：写得再漂亮，只不过能记人名姓而已；剑使得再精熟，只不过能敌匹夫一人。这些都不足学，要学，就学能敌万人的本事！叔父听了，对我大加赞赏，于是开始教授我兵法。现在想来，本将军昔日年少狂言，倒与你小子颇有异曲同工之妙啊……"

众将纷纷附和，称赞项羽少年英雄，气魄非常人可比。

"故事还没完呢，本将军学了几日兵法，略知其意，觉得纸上谈兵终究无趣，又心生厌烦，把竹书扔得老远，气得叔父是吹胡子瞪眼，哈哈……"项羽的声音忽然沉郁下来，"往事如在昨日，而今叔父仙逝，再也没有人与我畅谈兵法了……"

韩信听说，项羽得知项梁战死，痛哭一夜，悲号声震慑全军。那天夜里，军营外的野林中，传来一阵阵悲戚惨绝的狼嚎，与项羽的哭号声遥相呼应，军中人人心悸不已，彻夜难眠。第二天，项羽复归振作，接过叔父的旗帜，着手整编楚军残部，重整旗鼓，就像个没事人一样，也不再谈论定陶之败。此刻，项羽由韩信之语忆起往事，忽然主动提及项梁，众将士皆默然，无人敢多言。

项羽走到韩信面前，拿过韩信手中书简，一边展开阅览，一边漫不经心地问道："叫什么名字，哪里人？"

"回将军，韩信，淮阴人士。"

"从定陶回来的？"

"是。"

项羽抬头，眼睛直勾勾地盯着韩信，问道："你既然号称熟读兵法，本将军问你，定陶之战，我军因何而败？"

这么致命的问题，一言不慎就将小命呜呼，众人的目光都聚焦在这个名不见经传的小卒身上。

韩信不假思索，从容自若道："回将军，主将轻敌，士卒怠惰，守备不谨，敌军乘虚而入，所以败也。"

"大胆！"项羽身后侍从大喝一声，欲将韩信拿下，被项羽挥手拦住。钟离眜在后面焦急地拉扯韩信的袖子，示意他勿再多言。

项羽闪着灼灼光芒的眼神像把利剑一样刺向韩信，他不自觉地用力捏紧手中竹简，语声仍平静，不怒自威，道："口出妄言，你小子不怕死吗？"

"我怕。"韩信毫不回避对方逼人的目光，这个时候，他相信说真话才是真正的忠诚，"殷鉴不远，在夏后之世（《诗经·大雅·荡》）。臣下怕死，但臣下更怕的是，定陶之败，我军不能引以为鉴，他日重蹈覆辙。"

项羽默然，他眼中的光芒像被乌云遮蔽的星辰，霎时间就黯淡了下来。他心里明白，眼前这个狂妄小卒说的是对的。

项羽紧捏竹简的力道一下子泄了，将竹简扔回给韩信，怏怏不乐，扭头走开。迈出几步，他忽然回头道："嘿！你小子，牛高马大，看着倒挺气派，到我帐下，做个执戟郎吧！"

不等韩信回过神来拜谢，项羽一行便已离开。钟离眜和在场其他将士纷纷上前向韩信道贺。望着项羽逐渐远去的高大背影，韩信一时有些茫然，对于这个新职务，心内五味杂陈。

执戟郎，乃郎官之属，郎官为君主侍从，以守卫门户、出充车骑为主要职责。因手持枪戟戍卫于宫殿门口，故称"执戟郎"。秦、汉时，郎官分为议郎、中郎、侍郎、郎中四等。"执戟郎"虽然属于最末等的郎中，但从普通士卒被擢升到中下级武官，可是韩信军旅生涯的首次晋升。

"恭喜贤弟！贺喜贤弟！从军不到半年，便晋升郎官了呀！"钟离眜显得比挚友还要兴奋。

"执戟郎？"韩信像是在自言自语，摇摇头，苦笑一声，不再多说什么。因外形高大健硕，获得了这个仪仗兵兼警卫员的职位，通俗地说，成了个看门的，这对于心高气傲、志在将帅的韩信来说，颇感讽刺，只觉得造化弄人，命运跟自己开了个大玩笑。

钟离眜虽是粗犷之人，但也隐约猜到韩信心思，劝道："贤弟莫心急，一口吞不下一个大馒头，慢慢来嘛。依我看，贤弟还真别嫌弃郎中位卑，当初你哥哥我也干过执戟郎呀，那可是常在项将军身边的职位，近水楼台，总在将军面前露脸，贤弟总会有出头之日的。"

正如钟离眜所言，自此韩信更加接近军中权力核心，作为一个执戟守卫在大人物身旁的小将，亲眼见证了许多至关重要的历史时刻。

怀王之约：先入关中者为王

当初陈胜死后，项梁补位，统领群雄。如今项梁死了，你方唱罢我登场，又有谁将粉墨登台？令世人大感意外的是，"小羊羔"冒出头来。

牧羊儿熊心成为楚怀王之后，被项梁安置于盱眙，由东阳名士陈婴辅佐，既远离前线战事，更远离权力中枢。所有人都明白，他只是台前的傀偏、挂名的国王、虚设的君主。但"小羊羔"并不满足于此。

听闻项梁军溃败的消息后，楚怀王迅速北上来到彭城。在这样一个群龙无首的权力真空期，他抓住了这千载难逢的时机，拾起项梁弄倒的楚军大旗，着手重整局面。他以楚王之名，下令各路楚军撤回彭城，继而对各军进行重新部署：项羽军屯驻彭城西，吕臣军屯驻彭城东，刘邦军屯驻砀县。再后来，楚怀王又将彭城东西两支军队的指挥权统统收归于己。

兵权在手的同时，楚怀王进一步调整了人事布局：以陈婴为上柱国；任命吕臣为司徒，吕清为令尹；封项羽为长安侯，以鲁县为食邑；封刘邦为武安侯，任命其为砀郡郡长。

楚怀王与诸将约定，"先入定关中者王之"，并将此约公之于天下。

这一约定，史称"怀王之约"，它的效力并不只局限于楚国君臣之中，而是面向全天下反秦英豪、各路诸侯、六国王族。此时的局面，已是六国王政复兴、合力灭秦。一起灭掉秦国，是大家的共识，而"怀王之约"要解决的，就是战后如何处置关中秦地的问题。据此约定，灭亡眼前这个暴秦政权之后，秦国仍将保留，谁先进入并且平定关中，谁就将以新任秦王的身份，统治秦国故地。

所谓"关中"，是指秦岭以北、渭河冲积平原一带，地处散关、函谷关、武关、萧关这"四关"之内，故称"关中"。关中是楚怀王抛给野心家们的诱饵，遗憾的是，它并没有如怀王之愿，成为虎狼争抢的肉食。以眼前的局面，进击关中着实是个烫手的山芋。当年陈胜起兵之后，部将周文曾经一度攻破函谷关，直逼秦都咸阳，最终戏水一战还是大败于秦军，时任秦国少府的章邯，正是因那一战名震天下。从那以后，再也没有起义军能够危及关中。如今，关中作为大秦战略后方，远离前线战火，重重布防，易守难攻，绝对是块难啃的硬骨头。谁也没有十足的把握能够顺利入关，谁也不愿意蹚这趟浑水，只有愣头青项羽站了出来。

自从项梁死于秦军铁蹄之下，项羽对大秦的怨恨愈加深重，以他的火暴脾气和万丈豪情，哪里在乎什么关中易守难攻，只恨不能直捣黄龙、一举灭秦。他三番五次向楚怀王请愿，表示希望率军西进。

楚怀王对项羽的请求不置可否，楚军中有老将劝谏怀王道："项羽为人，剽悍狡猾。之前他攻襄城，坑俘屠城，一个不留，所到之处无不残灭。至于关中秦地，此前我军数次进击，前有陈王，后有项梁，皆以失败告终。如此看来，不如派遣仁义长者前去，告谕安抚秦地父老。百姓苦秦暴政久矣，只有仁义长者至，毋行侵暴之举，方可收服民心。项羽残暴，不可委此重任。放眼军中，唯独沛公素为宽厚长者，可堪此任也。"

最终，楚怀王经过审慎考量，否决了项羽率军西进的提议。

正在此时，北方传来消息：赵国危急！

话说章邯在击溃项梁军之后，认为楚地叛军大势已去，不足为忧，于是迅速掉转矛头，率军北渡黄河，转攻赵国。此时赵、齐两国已结成联盟，但两国联军哪里挡得住章邯的凌厉攻势，邯郸迅速沦陷，赵王赵歇不得已连首都都放弃了，仓皇东撤，退守巨鹿城。很快，秦将王离、涉间率军赶来，将巨鹿围得水泄不通。成为瓮中之鳖的赵王只能火速向六国求援，求助信很快被送到了楚怀王的案头。

楚怀王决定，以宋义为上将军，项羽为次将，范增为末将，北上救援赵国。同时，命刘邦领军西进，攻取关中。

这样耐人寻味的人事布局，可就很有意思了。

首先是宋义。这时候的宋义崭露头角、风头无两。他原是项梁部下，在定陶战前就预见了危机，苦心劝谏不被重视，被项梁打发出使齐国，反而逃过一劫。战后宋义回归楚国，这段经历为他染上传奇色彩，一时间声名鹊起，受到楚怀王的赏识，被任命为楚军新一任统帅，号为"卿子冠军"。在这一轮权力洗牌中，宋义迅速崛起，一跃居于项羽之上。第二位被委以重任的是刘邦，楚怀王听取了军中老将的意见，以"仁义长者"刘邦作为西进入关的人选，刘邦在军中的声望地位直线上升。而怀王抬举宋义、刘邦的深层考量，都指向了项羽。

项梁死后，项羽接棒成为项氏领袖。楚怀王亲政，当务之急就是要摆脱项氏对他的控制，同时削弱项氏的实力。对于项羽这个不稳定因素，既要有所倚重，又要加以抑制。如若让项羽独自领军远赴关中，不可控的因素实在太多，那就让这个刺头在宋义手下做个副将，去解决北边的危局吧。楚怀王很快就会发现，他高估了宋义，更低估了项羽。

斩杀宋义，项羽夺军

秦二世三年（公元前207年）十月，楚军兵分两路，项羽作为宋义副将北上救赵，刘邦西进攻秦，曾经密切合作的两人自此分道扬镳，各自踏上新的征程，也埋下了未来楚汉相争的种子。

此时的韩信，作为项羽麾下的执戟郎，随军奔赴河北。

大军行至安阳（今山东曹县东北），宋义下令停军，此后大军驻扎于安阳一个多月，不再前行。

这一日，项羽终于按捺不住，径自闯入上将军军帐之中，向宋义道："上将军可知，我军已在此地停驻多久了？"

宋义正闭目养神，懒懒道："天长日久，去日苦多……停军多久啦？"

"四十六日！我军已整整四十六日停滞不进！眼看大好战机就要消失殆尽，上将军难道不痛心吗？如今秦军围城巨鹿，项籍以为，如若速速引兵渡河，我军击秦贼于城外，赵军于巨鹿城内呼应，前后夹击，秦军腹背受敌，必破矣！"

项羽慷慨激昂，宋义却无动于衷。他缓缓睁开眼，用眼角瞟了项羽一眼，就像当初项梁蔑视他一样，蔑视此时屈居下僚的项羽。

"不然。正所谓，'搏牛之虻，不可以破虮虱'，懂吗？"

"项籍愚钝，不解其意，还请上将军明示。"

"孺子不可教也！"宋义摇摇头，叹口气道，"本将军的意思是，虻虫的目标，是搏击整头大牛，而不在于牛身隐处小小的虮虱，懂了吗？"

项羽是个头脑简单的人，对于这样隐晦的比喻难了其意，一脸茫然。

见项羽窘态，宋义更得意了："我问你，我军此行的目标是什么？"

"奉楚王之命，北上救赵！"

"错！大错特错！我军的根本目标，在于灭秦，而不在于救赵。今秦军攻赵，如若胜则必然兵疲，我趁其疲敝，一举灭之。如若秦军不胜，我则引兵鼓行而西，直捣关中，同样一举灭之。所以，眼下坐山观虎斗，让秦、赵两相厮杀，我坐收渔翁之利，方为上策。"

"可是……"

项羽正欲反驳，宋义抢白道："项公，你可知，为何本将军为主将，你为副将？"

项羽本就对楚怀王的任命心中不服，此刻宋义当面将此事挑明，他昂着头，瞪着眼，一时无言。

宋义道："那都是因为楚王识人善任。若论披坚执锐、征战沙场，我不如公。可若论坐而运策、统筹全局，公不如我。救赵一事，项公休要再多言。"

一直以来，宋义只把项羽当成勇猛莽撞的一介武夫，从没拿正眼瞧过他，自然也就看不见此刻项羽眼中越烧越旺的怒火。

随后，宋义向全军颁布一条军令："军中若有凶猛如虎者、不听命如羊者、贪婪如狼者、强不可使者，皆斩之。"明眼人一看就明白，这条军令针对的是谁。

宋义对救赵不热心，自然有他上心的事情。这时候他正在积极谋划儿子宋襄的大好前程，借着与齐国丞相田荣的交情，为儿子在齐国谋了个官职。儿子启程在即，宋义心花怒放，置全军于不顾，为子送行一直送到了齐、楚边境的无盐县（今山东省东平县东南）。宋义在无盐滞留多时，日日大摆宴席，饮酒高歌。

消息传回安阳营中，激起全军上下的愤恨。入冬以来，大雨滂沱，士兵们忍饥挨饿，军中怨声四起、人心惶惶。这些被宋义所忽视的人心异动，项羽都看在眼里。这天夜里，项羽召集帐下诸将商议机要，韩信也在其中。韩信发现，此刻项羽的脸上，多了几分平日不常见的狠辣与深沉。

项羽道："如今境况，天寒大雨，军粮告急，士卒饥饿受冻，苦不堪言。宋义竖子，因私滞留无盐不归，日夜饮酒高会，纵情享乐，不顾将士疾苦。眼下河北战事危急，宋义身为上将，却迟迟不引兵渡河、与赵国合力抗秦，反而说什么要等秦败之后方'承其敝'。何其荒唐！以秦之强，攻新立之赵，必然攻克无疑。届时赵灭而秦愈强，哪来的'敝'可'承'！"

韩信的心抑制不住地怦怦直跳，他知道，不久将有大事发生。

几日以后，晨曦微露，营中便热闹了起来。上将军宋义终于依依不舍地送别了儿子，在半夜里回到营中。项羽和其他诸位将领，依照礼法，一早便来拜会回归的主帅。韩信位卑，只能立在主帐外。他一直默默看着项羽，项羽从今晨起始终一言不发，满脸平静，是一种令人不安的平静。

项羽入帐，帘幕缓缓放下，挡住了韩信的视线。不一会儿，军帐薄薄的帷幕上似有剑光一闪，帐内惊呼声四起。韩信细看，帷幕上一片片猩红斑点不断扩大，越来越清晰，那是屠杀的证明。

一个高大威猛的身影大步迈出帐外。项羽右手持剑，左手高擎着宋义的人头，他的声音格外平静，但自有一股不容置疑的力量：

"宋义与齐国密谋，欲反楚国，楚王特令我诛杀此贼！"

众将士还处于惊愕之中，没有回过神来。鲜血顺着项羽手上的剑身一滴一滴地流下，现场一阵静默，静得能清楚听见滴滴答答的血滴声，像是所有逆反者的催命音符。

在帐中目睹杀戮一幕而惊魂未定的将领们，一个个踉踉跄跄地走出帐来，其中有反应快的，抢先向项羽跪拜道："将军诛贼平乱，杀得好！说句僭越的话，连楚王都是您项家拥立的呢，末将唯将军马首是瞻！"

项羽本就以勇武狠辣著称，此刻鲜血淋漓的人头当前，人人慑服于项羽之威，哪有人敢有什么异议。众将纷纷道："宋贼可恨，当诛！千刀万刚，死不足惜！""恭请项公代行上将军之职""什么代行！项公本就该是我军上将，这难道还有什么疑问吗？"

韩信眼见大势已定，忍不住瞧了一眼项羽手中的人头。宋义双目圆睁布满惊恐，张大的嘴巴尽显错愕，这位曾经短暂风光的上将军，生命永远定格在了那个惊恐与错愕的瞬间。

韩信感受复杂，心潮起伏，他亲历了政治斗争鲜血淋漓的残酷，也从项羽身上深刻地学到了"果决"二字。迅速决策，毫不犹豫，项羽就这样，手起刀落，"简单粗暴"地夺取了军权。更令韩信折服的，还有项羽接下来有条不紊推进的一系列举措：

其一，下令追击宋义之子宋襄，一直追到了齐国境内，将其斩杀，斩草除根。

其二，致信楚怀王，信中言道，"宋义与齐国密谋反楚，已被诛除"。项羽派遣部将桓楚前往彭城送信。形势已然如此，楚怀王无可奈何，只得任命项羽为上将军，将项羽暴力横夺的主帅之位合法化。

其三，项羽统领全军，依其意愿，重启停滞数月的救赵大事。

巨鹿之战，一战封神

秦二世三年（公元前207年）十一月，项羽大军抵达平原津（今山东省平原县），准备渡河。

此时，距秦将王离二十万大军包围巨鹿以来，已经是第三个月。巨鹿城内与城外的境况，可谓冰火两重天。

战事陷入僵持时，拼的是什么？归根结底，不是武器、兵力、战术，而是粮草辎重。攻城的和守城的，拼的就是谁的粮食先吃完，谁能熬得更久。显然，城外的秦军优哉游哉，一点儿也不着急，他们的底气来自章邯从敖仓源源不断输送来的军粮补给。而在巨鹿城中坐吃山空的赵国君臣，眼看着粮食一日一日地减少，心一点一点地往下沉。

巨鹿城外除了饿虎扑食般的秦军，还有作壁上观的诸国军队。魏王魏豹，齐国田都、田安，燕国臧荼，赵国左丞相陈馀，赵国右丞相张耳之子张敖，各领军队驻扎于城外，忌惮于强大的秦军，都观望形势，按兵不动。

巨鹿城内赵国军民对援军望眼欲穿、危在旦夕；城外王离秦军对巨鹿城虎视眈眈、士气正旺，又有章邯支援补给，仓禀充足；各路诸侯援军已至，却无所作为、袖手旁观——这就是项羽当前面临的复杂局面。六万对二十万，局面又如此不利，项羽要解答天下人共同的疑问：他有胜算吗？

项羽第一项决策部署出人意料：十二月，他派遣当阳君英布、蒲将军（楚军勇将，其名失载，史籍皆称"蒲将军"）率一支两万精锐先锋抢渡黄河，并不与王离军正面对抗，转而伏击棘原的秦军粮道。

秦军主帅章邯来到河北之后，第一件事便是占据敖仓这个大粮仓，保障全军粮草供应。三个月以来，通过巨鹿南面的转运码头棘原，章邯将补给物资一批批运往前线王离军营。这条粮道无疑是秦军的生命线，为确保它的安全与畅通，章邯在棘原到巨鹿之间，大兴土木工事，于驰道之上堆砌壁垒、筑造甬道。英布与蒲将军打击破坏的，正是这些防御工事。楚军四面出击，火烧甬道，秦军不堪其扰，疲于应对。

胜利的天平开始微微倒向楚军这一边，项羽下令主力军队渡河进击、破秦救赵。

渡过漳河以后，全军将士接到了一条奇怪的命令。项羽下令：凿沉所有战船，砸破所有釜甑（炊具），焚烧所有庐舍（屋舍营帐），每一名将士都备足三日干粮。

项羽的意思再清楚不过：要想活下去，只有一种可能，那就是向前，取得胜利。

将令发布之初，将士们人心浮动，议论纷纷："前方是敌军，背后是大河，船都沉了，战败了到时候往哪里撤？""只备三日干粮，三日若不能速战速决，没等敌军来杀，自己就断粮饿死喽！""这不就是自绝退路吗？此战若败了，大家伙都别想回去啦。""哼！都别想回去？项将军自己的大船不还好好地停靠在岸边吗……""嘘，休得妄言……"

大军出征在即，全员集结，主帅做战前动员。

项羽走出自己的营舍，环顾全军，许多士兵的脸上涌动着不安与慌张。最前排的一名小卒，长枪没拿稳掉在地上，响声分外刺耳。

那小卒知道所有人的目光都聚焦在自己身上，紧紧闭着眼，一动不敢动。项羽缓步上前，拾起长枪，道："当兵的，怎么连枪都拿不稳？"

"回上将军，我……我害怕……"

"怕什么？"

"怕……怕……"

小卒结结巴巴，半天吐不出第二个字来。这时，阵列中不知是谁，轻声悠悠唱道：

"风萧萧兮易水寒，壮士一去兮不复还……"

这是当年荆轲刺秦王临行前，人们送别壮士之歌，慷慨赴死，沉郁悲壮。此时唱来，既回答了项羽"怕什么"之问，更唱出了不少士兵此刻的心声。

"我也怕。"项羽平静地说。

队列中响起交头接耳、窸窸窣窣的声音："怎么连项将军也怕？"

"我也怕……"项羽登上高台，高声昂然道，"我只怕对岸的敌人还不够强！只怕我们赢得还不够快！只怕赵国的黄金美女还不够多！只怕胜利的荣耀来得太容易！"

黑压压的队列中，原本沉郁的乌云渐渐消散，军队的士气正一点一点地被鼓舞起来。

"沉船！"

项羽挥动楚戟，一声叱咤，声震八方。

顺着楚戟所指方向，众将士扭头望去，岸边停泊着目前唯一仅存的一艘战船，那是项羽自己乘坐的船。一支一支长枪刺向船底木板，河水猛灌入船，只见大船缓缓地往下沉，带着所有人战败生还的侥幸，没入滔滔漳河之中。

项羽跃下高台，迈着坚毅的步伐来到营舍边，高擎一把火炬，往军帐里一扔，当着全军将士的面，亲手点燃自己的营舍。大火四散蔓延，由布幕与林木临时搭建而成的营舍，渐渐被烈焰吞噬。

坍塌的屋舍前，站立着崛起的英雄。项羽巍然伫立在熊熊烈火之前，红光满天，将他的背影渲染得伟岸通天，奇妙地赋予他某种神性。此刻的项羽，就像是一个从天而降的天神，下凡来拯救万民苍生。

"而今，项籍身上唯有长戟一支、性命一条，别无他物。但我无所畏惧，那是因为，在前方，在巨鹿，有辉煌的胜利在等着我们，有美好的未来在等着我们！要归舟何用？要釜甑何用？要庐舍何用？我项籍发誓，不破秦贼誓不还！全军将士，沉舟破釜，勠力同心，与我浴血杀敌、共享荣耀！"

漳水岸边爆发出雷鸣般的欢呼与呐喊，全军将士的士气像涨潮拍岸的巨浪，像泛滥溢出的洪水，像喷薄而出的瀑布。项羽身上，那种万丈豪情，那种慷慨激昂，那种勇敢无畏，深深感染了在场每一位士卒，包括一直在主帅不远处执戟而立的韩信。

然而，真正触动每一位士卒心灵的，是项羽同仇敌忾的共情、身先士卒的风范。他刻意留下自己的战船与营舍，当着全军将士的面，沉船、焚屋，用实际行动告诉大家，身为主帅，我和你们同呼吸、共命运，生死系于一体，早已是不可分割的命运共同体。

战斗开始了。

那一日，在韩信的记忆里，晴空万里，风和日丽。秦、楚两军在巨鹿城东、漳河之畔短兵相接，展开厮杀，广阔的原野上硝烟滚滚，烽火连天。

破釜沉舟，项羽这一惊世骇俗的举动，激发了全军将士置之死地而后生的志气。抱着不胜必死之心的楚兵，无不以一当十，个个杀红了眼，呼号声震动天地。不杀了你，我就得死，正因为怕死，求生的本能反而激发出巨大的能量，那是野兽身上的原始本能。面对这样的野兽之军，秦军何来招架之力！

在一天之中，楚、秦两军一共交战九次，秦兵们像是遇到了阴魂不散的幽灵，一次又一次被猛击，防不胜防，逃无可逃。楚军九战九捷。

作壁上观的各国诸侯们，此刻目瞪口呆，震惊、喜悦与恐惧交织，半天才反应过来，纷纷开营，与楚军并肩作战，收拾已成强弩之末的溃逃残军。

战斗从清晨一直打到了傍晚，最终，围攻巨鹿的这支秦军几乎全军覆没，主将王离被活捉，副将苏角战死，副将涉间不愿投降，自焚而亡。

秦二世三年（公元前207年）十二月，项羽率领楚军，赢得了巨鹿之战的伟大胜利。身为执戟郎的韩信，也亲历了这场彪炳史册的战役，投身于烈火硝烟之中，与全军将士一道奋勇杀敌。

战后，项羽威震海内，赢得了天下人的景仰与敬畏，个人的功名与威望达到顶峰。诸侯们前来拜见，离军营越来越近，双腿都不自觉地发软，靠近辕门，竟有诸侯扑通一声跪地，再也站不起来，只能膝行向前。就像是面对着主宰自己命运的天神一般，没有人敢抬头窥视项羽，都匍匐着，埋着头，颤颤巍巍，诚惶诚恐。诸侯们拥戴项羽为联军盟主，尊称为"诸侯上将军"，各路诸侯军队皆归他统领。

这一年，项羽二十五岁。他一战而震动天下，自此走上神坛，不只成为楚军的领袖，更成为天下诸侯的领袖。

领袖的威望与权力，有的来自国家法理的赋予，有的来自神秘的宗教力量，有的来自古老的宗族传统。而项羽的威望与权力，极特别地，来自他个人非凡的人格魅力——他是顶天立地的男子汉，是叱咤风云的大英雄，是战无不胜的大将军。从安阳夺军到巨鹿之战，项羽的胆略、果决、担当、威武、勇敢，如太阳光芒一般的人格魅力展现得淋漓尽致。

巨鹿之战，无疑是一场彪炳千古的伟大战役。

战前局面重重不利，敌我力量对比悬殊，项羽最终以六万楚军几乎全歼二十万秦军，成为中国战争史上以少胜多的著名案例。从军事谋略的角度，项羽的破釜沉舟，完美生动地演绎了《孙子兵法·九地篇》中的战争智慧："投之亡地然后存，陷之死地然后生。"

也许此刻连韩信自己都没有意识到，亲历巨鹿之战，对于他日后的用兵之道，产生了怎样潜移默化的影响。多年以后，由他演绎的那场同样名垂青史的"背水一战"，总让人隐隐瞧见当年漳水之畔"破釜沉舟"的影子。

与此同时，复盘此役，我们也必须看到英布、蒲将军的重要贡献。在大战之前，项羽已派遣英布、蒲将军为先锋，切断王离军的粮草供应，同时牵制住秦军另一支主力章邯军，将王离、章邯两军分隔开来，使其难以策应，成功避免了项羽与王离决战之时腹背受敌。由此看来，"破釜沉舟"并不是一时头脑发热的冲动选择，绝非不管不顾的莽撞冒险，而是项羽在经过审慎考量与周密部署之后，最终时刻的孤注一掷。

更为重要的是，"破釜沉舟"这四个字，字字千钧，远远超越了军事谋略的层面，深刻地镌入中国人的精神世界。它代表了一种民族精神：面对逆境无所畏惧，昂扬向上，勇往直前。它的独特之处在于，它是悲观主义与乐观主义的奇妙结合，让你先自绝退路，然后于绝处逢生，于万丈深渊处开出生命之花。

第四章　弃楚归汉

刘邦入关，大秦灭亡

巨鹿之战对秦国军力造成了毁灭性的打击。原本秦军主力部队共有两支，各二十万兵力。一支由王离统领，于巨鹿城外几乎被全歼；另一支由章邯统领，被英布、蒲将军阻截，战后往漳河方向撤离，退守邯郸一带。

项羽率诸国联军乘胜追击、步步紧逼。秦二世三年（公元前207年）七月，被四面包围、走投无路的章邯，带着二十万秦军将士，在洹水南岸的殷墟正式向楚军投降。项羽承诺，将来灭秦之后，封章邯为雍王，由他统治秦地。

眼前已然没有敌手，项羽的下一个目标，就只剩关中了。

秦二世三年（公元前207年）九月，楚、赵、齐、韩、燕、魏六国军队总计四十万，以及新降秦军二十万，组成一支规模庞大的七国联军，旗鼓相望，绵延百里，在"诸侯上将军"项羽的率领下，浩浩荡荡往关中进发。

韩信自从被任命为执戟郎以来，肩负贴身护卫项羽之责，时常紧随主帅身旁。他并不满足于做一个小小的郎官，借着近水楼台的机会，第一次向项羽献上谏言，那是在七国联军出发之前。

"臣以为，二十万秦军降卒一同前往关中，甚为不妥。一则，六国兵众已达四十万之巨，行军速度必然迟缓，粮草辎重必为负累，更何况还要添上二十万降卒；二则，臣还担心，秦与六国势同水火，仇恨深重，六国将士与秦卒一同行军，恐将滋生祸乱；三则，即便二十万秦兵顺利抵达关中，关中可是他们的故乡啊，如何令他们与我军一同攻秦……"

"一则……二则……三则……"项羽模仿韩信的语气，报一个数，就往地上扔一尊酒爵。他没拿正眼瞧韩信，头也不抬，以不容置喙的语气道："瞻前顾后，畏首畏尾，如何成事！军国大事，还轮不到你小子多嘴，退下！"

此时的项羽，功勋卓著、不可一世，包括韩信在内，世人对他的仰慕崇拜达到顶点。正是从这时候开始，韩信窥见了这位大英雄身上的人性弱点，自信昂扬与刚愎自用，在项羽身上一体两面地并存着。此刻欲与天公试比高的项羽，哪里听得进小小郎官的意见。

六十万大军继续西进，行军途中，关中突然传来消息：大秦亡了。

但亡秦的不是还在路上的项羽，而是刘邦。

就在项羽西进途中，奉楚怀王之命入关的刘邦大军攻破武关，驻军灞上，一步步逼近咸阳。秦相赵高逼死秦二世胡亥，改立公子婴，取消"皇帝"称号，只称"秦王"，秦王子婴又杀赵高。子婴眼见大势已去，出咸阳城二十里，在轵道（今陕西西安市东北）投降于刘邦。

"朕为始皇帝，后世以计数，二世，三世至于万世，传之无穷……"（《史记·秦始皇本纪》）这是秦始皇的美梦，讽刺的是，他对于永恒的贪婪、对于不朽的奢望，只到二世就戛然而止。

但历史的进程步履不停。这一年十月，新年伊始（秦汉时以十月为岁首），历史正式进入大汉纪年。

在多数人的想象中，项羽得知刘邦抢先入关后，必会爆发雷霆之怒。有趣的是，暴脾气的项羽这一次反倒格外平静，只冷笑一声："看来，此刻哪怕是一条狗，也能入关亡秦啊。"

秦军两大主力章邯军与王离军，皆败于项羽之手，秦国的军事力量被釜底抽薪，自此再也无力回天。正是在这样的大好形势下，刘邦入关才能如此顺利。说项羽是"亡秦第一人"，恐怕没有人会提出质疑。纵然刘邦抢得先机，功高盖世的项羽，也并没有把草莽出身的痞子刘老三放在眼里。

军师范增在项梁败亡后，一直追随项羽，此时任楚军亚将（即次将、副将），项羽尊称他为"亚父"。范增提醒项羽："上将军难道忘了怀王之约？"

"什么约？"

"怀王与众将约定：先入关中者为王啊！"

"亚父不说，我都快忘了，这个什么'怀王之约'，算数吗？"

"此约早已公之于天下，尽人皆知，立约之时，将军也在场，怎么不算数？"

项羽一字一顿道："现在我说不算数，它就不算数！"

嗜血的项羽，坑杀降卒二十万

诸侯联军西进的脚步，因刘邦入关的消息而加快了。当联军抵达新安（今河南渑池县东）时，由二十万降卒引发的矛盾与危机浮出水面，愈发不可收拾。

以楚国为盟主的联军，并没有表面看起来那么和谐统一，尤其是秦与六国之间的仇恨之火，正一点一点地燃烧、蔓延。秦始皇统一全国后，大兴土木，横征暴敛，徭役赋税繁重，六国军队中许多士兵，此前都曾被征调到关中服役，受尽秦国官吏的奴役虐待。六国军民原是大秦的受害者，如今风水轮流转，秦人成了阶下囚，六国士兵于是将怒气与仇恨通通发泄在秦卒身上，打骂、折辱甚至杀害降卒的事件不断发生。一则未经证实的传言被上报到了项羽这里，流言说，二十万降卒人心动荡，秦军中原先就有不少人对章邯投降心怀不满，如今又遭六国士兵打击报复，降卒们已生异心，正在秘密谋划发动叛变！

项羽召集英布、蒲将军商议应对之策，两位武夫半天吐不出一个字来，项羽心中已有主意："罢了！当断不断反受其乱，二位将军听令，今夜突袭秦营，坑杀二十万降卒！"

正在一旁值守的韩信心中一凛，不顾自己的身份原本不配参与商谈机要军情，长戟一扔，抢步至项羽面前，高声道："不可！万万不可！上将军请三思啊！"

项羽眉头一皱，对这个近来总是喜欢多嘴的执戟郎，越来越感到厌烦，没好气道："你小子，又有什么一二三四要啰唆？"

韩信思维缜密，论事条分缕析，反倒成了项羽讽刺挖苦的对象。事态紧急，韩信顾不得许多，苦谏道："上将军担待，且听臣下再啰唆几句：坑杀降卒，大错特错！其错有三：一则，如今天下未定，便坑杀秦民二十万，是为大不仁，绝非圣王之道；二则，坑杀降卒，只会加剧秦人对上将军的仇恨，上将军尚未入关，民心已失，将来如何统御秦民？三则，降卒二十万之巨，一夕之间屠戮殆尽恐非易事，倘若掀起一番血战，我军难免伤亡。坑杀降卒之举，百害而无一利，还请上将军收回成命……"

"妇人之见！"项羽不屑道，"啰里啰唆这么多，我只问你一句：秦卒二十万之众，如今其心不服，密谋叛变，奈之若何？即便暂且相安无事，抵达关中之后，倘若不听调遣，起兵造反，使我里外受敌，又当如何？"

"臣下建议，将秦军妥善安置于某处，不随我军入关……"

"妥善安置？天真！愚蠢！"韩信话未说完即被打断，项羽眼中闪出狠辣的光芒，"凶险的敌人已经露出爪牙，怎能坐以待毙！"

"秦卒的爪牙早就已经被拔掉了，缴械投降的士兵又怎会是凶险的敌人？"韩信单膝跪地，面目肃然，"当年长平之战，秦军坑杀赵国四十万降卒，人神共愤，罄竹难书，无道之暴秦，世人无不唾弃，人人得而诛之！将军今日之举，与那暴秦何异！"

这话犹如一道霹雳，语惊四座。

"大胆！你小子活腻啦！"

英布大喝一声，从后面猛踹一脚，韩信一个趔趄倒地，蒲将军箭步上前将他擒拿。韩信并未反抗，赤诚的眼神望着项羽，不断高喊"将军三思"。

光有直言敢谏的忠臣是不够的，还需要有虚怀若谷的明主才行，遗憾的是，项羽对此无动于衷。他面色阴沉，问道："小子，你叫什么？韩……韩什么……"

蒲将军一边按住韩信，一边抢答道："回上将军，这小子叫韩信，是个钻人裤裆的怂货！"

"哦，我想起来了，老听人说，军中有个'胯夫'，说的就是你吧？男儿膝下有黄金，宁可站着死，绝不跪着生。堂堂七尺男儿，怎么做出那种事来？你说说，当时究竟是怎么想的？"

韩信脸色涨红，觉得此刻做什么辩解都显得荒唐可笑。

蒲将军斥道："上将军问你话呢！方才还喋喋不休，怎么哑巴啦？"

"陈年旧事，韩信无话可说。"

"无话可说？"英布迈步上前，抬起右脚搭在几案上，"那就以行代言，再钻一次胯下，给上将军取个乐，以谢妄言冒犯之罪！"

韩信抬起头，英布此刻的模样就像当年淮阴菜市口的屠少一样，颐指气使、趾高气扬，极尽羞辱之能事。韩信最不愿意回忆的一幕就这样毫无预兆地重演了，他朝地上啐了一口，咬着牙，眼冒怒火，狠狠瞪着英布。

项羽摆摆手道："当阳君退下，君乃楚军上将，不是市井屠夫。蒲将军，放开这小子吧。"

韩信起身，平复怒气，向项羽深深作揖，献最后一言："比起臣下的逸闻轶事，上将军更应当关切眼下军中危局。臣下忠心希望，上将军能够以宽仁之德，怀柔民心，不负二十万秦军将士归楚之诚！"

项羽抬起手，食指直勾勾地指着韩信鼻子："你，如果还想在我帐下，就去把长戟捡起来，在一边好生待着，做好你的执戟郎。倘若不想干了，现在就给本将军滚出去！"

那一刻，韩信心如死灰。二十年来，他常有灰心失望的时候，但从没有像此刻这样，对眼前的一切感到一种巨大的沮丧和无可奈何。

当夜，英布带领一支楚军，夜袭新安城南的秦军大营。秦兵们毫无防备，只能束手就擒。最终，二十万降卒被坑杀于新安城南。

那是一个充满杀戮与罪恶的无眠之夜。

韩信远眺南方，遥望冲天火光，想象着那里正在发生的屠戮景象：茫然又绝望的秦兵，一个挨着一个，像猪狗牛羊一样，被驱赶到挖好的土坑边上。一阵箭雨袭来，只听"嗖嗖嗖"，秦兵们纷纷坠入坑中，有的当即一命呜呼，有的并没有死，而是被倾泻而下瀑布般的泥石流生生活埋。降卒实在太多了，一个大坑哪里盛得下，只能在边上接着挖，边挖边杀，边杀边埋。

无论从理智还是感性的层面，韩信都坚决反对坑杀降卒。由此韩信发现，项羽虽然是毋庸置疑的军事天才，却在政治上缺乏深谋远虑，做重大决策时头脑简单。他那种快刀斩乱麻的行事风格，简单粗暴，一了百了，看似解决了眼前的问题，却不能进行更长远的筹划。

譬如二十万降卒，固然已经成为潜在威胁，全部坑杀倒是干净痛快，可痛快之后的深远后果，项羽全然不顾。更准确地说，此时正处于云巅之上的项羽，自信爆棚，骄傲狂妄，认为一切都不足为虑。

从这件事上，韩信还清晰地看到了项羽嗜血的一面。如果说巨鹿之战，他是带领众人赢得伟大胜利的天神，此刻则像是来自阴曹地府的魔鬼。神魔之间，咫尺之隔。

新安坑俘的消息很快传遍八方，惊骇天下。世人都畏惧项羽，臣服于他的凶狠与残暴，却没有发自内心的尊敬与归服。尤其是关中百姓，二十万秦兵背后是二十万个破碎的家庭。项羽埋葬了二十万生灵，也亲手埋葬了关中黎民对他的忠诚与拥戴，自此项羽在关中尽失民心。

旁观鸿门宴

项羽坑杀降卒之后，四十万联军继续西行，来到函谷关外，却吃了个闭门羹。"刘邦这老朽，竟然封锁关门，拒我入内！"项羽大怒，下令英布即刻攻关。英布破关之后，项羽领军驻扎于新丰鸿门（今陕西西安市临潼区东）。此时，刘邦大军十万驻扎于灞上（今陕西西安市东）。

两军对峙，相隔仅四十里，剑拔弩张，战事一触即发。

就在这时，项羽营中迎来一位不速之客，自称受刘邦麾下左司马曹无伤委托，来向项羽报告机要军情。

"曹司马命小人禀报上将军：沛公封锁函谷关，妄图阻挡上将军于关外，正是想要称王关中，狼子野心昭然若揭。曹司马身处沛公营中，早已探知，沛公正暗中筹划，以秦降王子婴为丞相，自任秦王，尽享关中沃野千里、珍宝无数。如若沛公得逞，上将军您来了，恐怕将两手空空一无所获。曹司马特命小人提醒上将军，多多提防沛公其人。"

对于刘邦封锁函谷关之举，项羽本就憋了一肚子火，如今连刘邦身边人都如此说，更坐实了刘邦想当秦王的传言。项羽大怒，当机立断：

"传令下去！今晚杀猪宰羊，犒赏士兵，明日一早，全军进发灞上，为我击破沛公军！"

项羽一举消灭刘邦的决策，正与范增的想法不谋而合。范增对项羽道："沛公昔年在山东（指函谷关、崤山以东）时，贪于财货，又好美色，全都是市井之徒的举止做派。可老夫听闻，如今沛公侥幸入关，财物分文不取，美女视而不见，为何？只因沛公今日之志向，在大而不在小也。"

项羽冷笑一声："这个刘老三，还真以为他当得了这个关中王吗！"

"将军切不可掉以轻心。老夫近日命人远眺云气，见沛公军营上空，云气五彩缤纷，呈龙虎之象，此乃天子之气。眼下沛公势力尚弱，羽翼未成，我军当速击之，斩草除根，切勿失手！"

项羽点点头。谁也没发现，同在军帐之中的项伯眉头紧锁，忧心忡忡。

生死攸关之际，人心浮动，各谋出路，忠诚还是背叛，波云诡谲。刘邦军中负责司法事务的曹无伤，大概是认为十万比四十万，两军实力悬殊，刘邦必死无疑，于是铤而走险，向项羽示好投诚，意外促成了项羽火速进攻的决定。项羽军中虽然没有这样的叛徒，但也有人生了异心。

楚国左尹、项羽叔父项伯急急出营，骑着快马往灞上方向奔去，直至深夜方匆匆归来，径直快步闯入项羽军帐。

"这么晚了，叔父何事？"

"我刚从沛公营中归来！还请将军收回军令，明晨沛公将亲至鸿门，向将军请罪。"

原来，项伯有一故人，此时正在刘邦身边，那便是闻名遐迩的智者张良。早年间，项伯混迹江湖，因杀了人，逃亡于下邳，受到张良庇护，二人结为生死之交。如今，张良虽名义上为韩国司徒，但与刘邦交好，一直在刘邦身边出谋划策。项伯得知项羽将于明日进军，担心张良安危，便私自离营，单骑快马跑到敌方营中。张良将项伯引见给刘邦，刘邦听闻项羽马上就要打上门来，大惊失色。眼前的项伯就是刘邦此时唯一的救命稻草。刘邦对项伯以礼相待，称呼他为兄长，献上卮酒。初次见面，两人便为子女立下婚姻之约，结为亲家，可谓一见如故。酒酣耳热之际，项伯答应为刘邦做说客，劝说项羽罢兵。

"沛公让我转告将军，他入关之后，对秦都咸阳一切财物，秋毫不敢有所近，登记吏民，封存府库，只等将军到来。之所以派遣将士封锁函谷关，是为防备盗贼出入，并非阻挡将军之意，一切全都是误会。我临走前，沛公涕泣言道：'吾日夜盼望将军到来，岂敢反乎！'"

"沛公当真这么说？"

"千真万确。"见项羽开始犹豫，项伯推波助澜道，"将军想想，倘若不是沛公先破关中，我军岂能如此顺利就开进秦地。人有大功，将军不封赏，反而发兵击之，此不义也。依我之见，沛公既然已表臣服之心，明早将亲来拜谢，将军不如善待之。"

项羽虽凶狠悍勇，却是个软心肠和没定见的人。一则，当年他与刘邦并肩作战，有出生入死的战友之谊，一直以来，同属楚军阵营，并无仇恨嫌隙，项羽对刘邦，没有非杀之不可之心。二则，他下令发兵，是听了曹无伤密报，以为刘邦要反抗他，一时怒气攻心才做此决定。如今刘邦既然信誓旦旦明确表态并无反意，他的怒气来得快、去得也快。三则，项梁死后，项伯辈分最高，为项氏族长，是项羽敬重之人，他的意见在项羽心中颇具分量。

最终，在项伯斡旋之下，项羽改变主意，同意与刘邦和解。

第二天一早，刘邦率五名近臣、百余骑兵，从灞上出发，行四十里，来到鸿门。那五名近臣，分别为张良、樊哙、夏侯婴、纪信、靳强。

刘邦、张良被要求卸下佩剑，下马独步入营，其他人等被拦在大营之外。

对于刘邦而言，此行凶多吉少，是生是死全在项羽一念之间。来鸿门的路上，刘邦一想到项羽那一怒便坑杀二十万降卒的暴烈性情，就不寒而栗。奇妙的是，此刻一步一步离项羽越来越近，刘邦反倒越发平静。终究过了几十年刀口舔血的日子，出生入死，什么样的危险没遭遇过？事已至此，险关在前不得不闯，索性把心一横，一切相机行事、听天由命吧。这么想着，刘邦脸上现出凛然决绝的神色。

身在鸿门楚营中的韩信，一早就听闻沛公要来，大为诧异。他的第一反应是：这不是羊入虎口吗？主动送上门来，刘邦还能活着回去吗？但是经过更深入的思考之后，他不由得钦佩刘邦的魄力与胆识。明眼人都看得出，以目前的军事实力而论，刘邦与项羽完全不在一个量级，向项羽求和是唯一明智的选择。刘邦毅然决然主动来赴这一场鸿门宴，正是为了赢得项羽的信任，这是最为冒险却也最为有效的选择。

刘邦来了，虽然笑容多少有些僵硬，但气定神闲、步履稳健。营中楚兵聚拢围观，人人侧目之下，不由地为沛公让出一条道来。

生死关头刘邦依旧能够从容若定，韩信不禁心生敬意。他目送刘邦入帐，随后与门口执戟侍卫站在一起，透过微风不时掀起的帷幕，密切关注军帐内的情形。他敏锐地意识到，这方寸之地内所发生的一切，关连着整个天下未来的命运。

刘邦、张良一入帐，迎面就瞧见项羽板着面孔，像一座硕大的石钟一样，在主帅之位上正襟危坐。二人叩拜行礼毕，接下来的舞台，就是刘邦的表演时间。

"可喜，可叹，可恨；可喜，可叹，可恨啊……"

刘邦摇头晃脑，做痛心疾首状，成功地将所有人的目光都聚焦到他身上。

项羽问道："沛公何意啊？"

"项将军啊，与君彭城一别，如在昨日，细数起来，一年又二月有余，岁月如梭，今日得见故人，此可喜也；遥想当初，臣与将军勠力同心，共击暴秦，将军战河北，臣战河南，未承想，臣如此侥幸，竟抢先入关，与将军此情此景之下复见，物是人非，此可叹也；今者有宵小之言，从中挑唆，搬弄是非，令将军与臣徒生嫌隙，此可恨也！"

"曹无伤说，沛公想当秦王，可有这回事？"

刘邦言不由衷，头摇得跟拨浪鼓似的："荒唐！何其荒唐！将军明鉴，绝无此事！谁来做秦王，自然由将军定夺。我刘季一个沛县楚人，当秦王作甚？岂不是笑话！"

"曹无伤还说，沛公封锁函谷关，欲将关中之地据为己有，可有这回事？"

刘邦头摇得更起劲了："绝无此事！关内百姓可以做证，臣入关后，咸阳城秋毫无犯，盼星星盼月亮，只等将军到来。这不，一听闻将军入关，臣等不及天亮摸黑起身，特来拜见将军……"

"曹无伤还说，沛公十万大军屯兵灞上，拥兵自重，欲与本将军一决胜负？"

"笑话！天大的笑话！"刘邦高声道，"这个曹无伤，满口胡言，真小人也！公为楚国上将军，我刘季乃楚国砀郡郡长，麾下部众，自然任由上将军调遣，何来拥兵自重？当真荒谬！荒天下之大谬！"

短短三个来回，刘邦已明确表示：臣服项羽，不争秦王；关中土地及百姓，皆归项羽；在最为关键的军队归属问题上，刘邦承诺让出指挥权，十万大军尽数交给项羽统领。这些讲和条件，诚意十足，刘邦几乎是将自己的身段放低到了尘埃里，话都说到这份上了，只求项羽能够饶他一命。

一直紧绷着冷脸的项羽，眼见年长自己二十多岁的刘邦如此低姿态，软心肠的毛病又犯了，态度逐渐缓和下来，道："沛公既如此说，本将军就明白了。这一回，倘若不是宵小献谗言，我何至于此？说起来，那曹无伤可是沛公营中的人啊……沛公快快入座，切勿因小人之言，伤了你我同袍之谊。"

刘邦总算暂时逃过一劫，赶紧偷偷擦了擦额头冷汗。正事都聊完了，项羽设宴款待刘邦、张良。刘邦心有余悸，知道接下来将面临新一轮考验。

依照身份尊卑，宴中人次第入座。东向为尊，楚国上将军项羽、左尹项伯东向而坐，楚军亚将范增南向而坐，楚国砀郡郡长刘邦北向坐，韩国司徒张良西向侍立在旁。

宴会的气氛波云诡谲，怎么也热络不起来。觥筹交错之间，宴中人心思迥异、各怀鬼胎。在刘邦一一允诺了苛刻的议和条件之后，项羽对他已无杀心。项伯更是交定了刘邦这个朋友，认定了刘邦这个亲家，认为自己从中斡旋，为天下太平做了件大好事。亚父范增则不食不饮，冷若冰霜，面露杀机。另一边，刘邦战战兢兢如履薄冰，小心翼翼地应酬唱和，他好不容易取得项羽信任，刚从鬼门关逃了出来，生怕说错一句话，又被推回黄泉路上去。谋士张良立在一侧，高度警觉，冷静沉着地观察眼前局势，随时准备应对任何不测。

昨天还计划一举消灭刘邦集团，今天竟然坐在一起开心地喝酒。局势的演变出乎范增意料。他看到了至关重要的一件事，那就是如今刘邦虽弱，将来却是最有可能与项羽一争天下的人——这正是项羽所没有意识到的。范增心想：如今刘邦主动送上门来，索性一不做二不休，一刀将他宰了，倒也免了再动刀兵，不失为意外之喜。

范增的座位就在项羽旁边，他数次给项羽使眼色，将腰间的玉玦轻轻举起又放下，如此反复三次。"玦"与"决"同音，范增的意思，是让项羽速速做出决断，杀了刘邦。项羽明明瞧见了，却装作没看见，继续与刘邦饮酒、闲谈。

范增心中生出一股怒其不争的怨气，很快又心生一计。他起身走到帐外，找到项羽堂兄弟项庄，对其言道："项将军心慈手软，不忍杀沛公。你入前敬酒祝寿，而后请求剑舞，击沛公于其座，杀之。不然，今日若沛公不死，他日尔等都将为其俘虏。"

项庄领命，入帐道："将军与沛公宴饮，军中简陋，无以为乐，庄愿以剑舞，助将军、沛公雅兴。"

"可。"项羽没多想，点头同意。

项庄拔剑起舞，起初还在场地中央装模作样，很快，步伐就慢慢往刘邦一侧游移，剑尖不时直指刘邦。剑光带着杀气，与透过帘幕照射进来的朝阳交相辉映，亮堂堂的，晃得刘邦心慌意乱。剑影越来越近，刘邦如坐针毡，心生绝望。

危急之中，张良数次以目示意，提醒项伯。项伯发现不对劲，猝然起身，喝道："一人独舞，有甚趣味，我来助兴！"言罢迅速抢占有利位置，死守在刘邦前面，展开双臂，像大鹏之翼一样庇护沛公。项庄屡次尝试进击，皆未能得手。

刘邦汗如雨下，瞧着面前项伯矫健的身姿，心里只有一个念头：万幸昨夜结交了这个好亲家！

项羽并不愚钝，也看出端倪来，他意兴阑珊，当即叫停了这场醉翁之意不在酒的舞剑。

范增既然步步紧逼，那张良也决定有所行动，"投桃报李"。他走出军帐，快步来到军营辕门，刘邦近臣和骑兵部队都滞留在那儿。

樊哙最先抢步上前，焦急道："里面情形如何？"

张良道："甚急！项庄拔剑舞，其意在沛公。宴会之上，杀机四伏，危亡关头，沛公生死一线之间！"

樊哙急道："如此紧迫，那还得了！臣请入帐，与沛公同生共死！"

樊哙像头野牛一样，带剑拥盾，横冲直撞，先闯过辕门，大步流星疾奔至军帐前。正在帐外的韩信远远瞧见一头"野牛"狂奔而来，卫士们交戟而立，阻拦其入内，樊哙猛力挥动盾牌，撞倒数名卫士，径直闯入。

正对着主位之上的项羽，樊哙怒发冲冠，双目圆睁，眼球好像要爆裂似的，左手高擎宝剑，右手扬起盾牌，威风八面，震慑全场。

项羽原本与大家一样，跪坐在席上，这时本能地抬起臀部，半身而立，紧按剑柄，保持这样跽起防备的姿势，问道："你是谁？"

紧随樊哙入内的张良道："这是沛公的参乘，樊哙。"

"壮士！赐酒！"

樊哙也不多说，拜谢项王，咕噜咕噜将一大杯酒一饮而尽。

项羽赞道："好！赐彘肩！"

下人递上来一大块生猪腿肉，樊哙将盾牌往地上一扔，哐哐作响，接过猪肉，放置在盾牌上，挥剑切肉，旁若无人地大口吃起来，活像一头正在吃人的虎狮野兽。

项羽大笑道："壮士！还能喝酒吗？"

樊哙抹一抹嘴角，道："臣死且不避，还怕一杯酒吗？秦王有虎狼之心，杀人无度，天下人于是都反叛秦王。当初，怀王与诸将约定，先破秦入咸阳者为王，今沛公先入咸阳，毫毛不敢有所近，封闭宫室，还军灞上，以待将军来。之所以遣将守关，只是为防备盗贼出入而已。沛公劳苦功高如此，未有封侯之赏，也就罢了，将军却还听人谗言，欲诛杀有功之臣，此举难道不是步亡秦之后尘吗？臣窃以为将军不可取。"

樊哙这个莽夫，竟然滔滔不绝说起道理来，而且义正词严、有理有据，在场的人无不对他刮目相看。项羽自觉理亏，没有正面回应，只吐出一个字："坐。"樊哙见好就收，在张良旁边坐下。

小插曲结束，气氛尴尬又诡谲的宴会继续进行。

刘邦借口如厕离席。方才项庄舞剑虽然有惊无险，但刘邦还是吓出一身冷汗，好几次都觉得自己今日真的就要命丧于此。一出军帐，刘邦深深吐出一口气，就好像一口气吐出了所有的危险与恐惧。

樊哙、张良也紧跟出来。张良劝刘邦马上离营，走为上策。刘邦虽然恨不能即刻逃离这凶险之地，但还是有些犹豫："就这么溜了，未向项王辞行，这样真的好吗？"

樊哙道："大行不顾细谨，大礼不辞小让。如今人为刀俎，我为鱼肉，还辞哪门子行啊？"

"罢了！命都快没了，顾不了那许多，走就走！"刘邦一咬牙，求生的本能超越了一切顾虑与恐惧。

刘邦抛弃来时的车骑士兵，只身独骑，只带随从樊哙、夏侯婴、纪信与靳强，四人持剑携盾，徒步跟在刘邦后面。一行五人悄悄离开鸿门大营，从骊山下，经由芷阳，抄小道逃之夭夭。

张良没有逃，他在军营中四处闲走，估摸着刘邦差不多已经回到灞上了，才复入宴席，对项羽道："启禀将军，沛公不胜酒力，不能告辞，特命臣下奉上白璧一双，再拜献将军足下；另有玉斗一双，再拜奉范将军足下。"

"沛公安在？"项羽有些糊涂了。

张良脸不变色心不跳，言道："沛公听闻大王有意督过，惴惴不安，脱身独去，眼下已至灞上军营。"

项羽脸色下沉，但没有发怒，接过白璧，瞅了一眼，随手放在座席一边。

范增将张良奉上的玉斗狠狠往地上一扔，拔剑劈为两半，剑指项庄，怒道："唉！竖子不足与谋！"

表面上是在骂项庄，却指桑骂槐，隐晦地暗含指责项羽之意。范增把剑一扔，万念俱灰，痛心疾首道："夺项王天下者，必沛公也！有朝一日，吾辈将成为沛公的俘虏矣！"

项羽快快不乐，一言不发，做醉酒闭目养神状，只当没听见范增的话。

刘邦回到灞上，第一件事，就是诛杀曹无伤。

鸿门宴时，韩信只是个执戟立于帐外、无关紧要的旁观者，作为舞台下的观众，亲眼见证了这场千古一宴。

以韩信的视角看来，从新安坑卒到鸿门宴会，项羽的弱点愈发清晰地显露出来：优柔寡断、感情用事、目光短浅。这一次的新发现是，项羽太自信了，那种与生俱来高人一等的贵族优越感，反而蒙蔽了他的双眼，造成了他的误判。傲视群雄的项羽，并没有把刘邦当作一个真正可敬的对手。他不认为刘邦将对他造成巨大的威胁而有非杀不可的必要——这一重要的政治误判，才是鸿门宴上项羽放走刘邦的根本原因。

范增那一句"竖子不足与谋"，将他对项羽的失望表达得淋漓尽致，这句话也一直萦绕在韩信耳边。是啊，竖子既然不足与谋，那么天下诸侯究竟谁才是明主，谁才"足与谋"呢？

鸿门宴上，韩信有惊喜的新发现。沛公刘邦以及他手下的张良和樊哙，都令韩信印象深刻。比起项羽的简单直接、单纯浪漫，刘邦其人则要复杂得多。那是一种在泥土市井里打滚半生而磨砺出来的狡黠、世故与隐忍。他城府之深沉、心思之细密，令人猜不准、看不透。鸿门宴上，刘邦虽然看起来卑微又窝囊，但对于韩信而言，他太熟悉这种屈居人下的低姿态，太明白今日的窝囊只是一时，太懂得这种忍辱负重背后是绝地逢生的强大力量。刘邦身边也都是奇人异士：张良名不虚传，果然智慧超群，丝毫不逊色于范增，虽不是刘邦属下，却甘心为刘邦卖命，足见刘邦魅力；樊哙冲冠一怒更令人过目难忘，一番豪言慷慨激扬、粗中有细，绝不是个头脑简单的赳赳武夫。

韩信还听说，刘邦入咸阳后，严禁士兵烧杀抢掠，废除严苛秦律，只与秦人约法三章（杀人者死，伤人及盗抵罪）。他那宽德爱民、忠厚仁义的政治形象越发深入人心，秦人感恩戴德，唯恐刘邦不做秦王。对比刚刚在新安屠杀了二十万降卒的项羽，当真是天壤之别。

新安坑俘之后，韩信就已经在心里种下离开项羽的念头。此时这个念头根深蒂固，从一棵小苗逐渐长成一株大树。

咸阳的大火，韩信的抉择

鸿门宴后，项羽面前再也没有什么阻碍，他以诸侯盟主之姿，风风光光地率军开进咸阳城。此后项羽的所作所为，一桩桩一件件无不令韩信彻骨心寒。

第一件事——杀戮。秦降王子婴原本受到刘邦善待，最终还是难逃一劫。不仅子婴，所有嬴姓王族、宗室子弟，项羽没有留下一个活口。

第二件事——纵火。项羽下令焚毁秦国的宫城殿宇，这场大火整整烧了三个月仍未完全熄灭。昨日的琼楼玉宇、雕梁画栋，今日都灰飞烟灭。更令天下读书人痛心疾首的是，秦宫里珍藏的书册档案、诸子典籍、百家著作统统毁于一旦。后世有人评说，项羽这把火的罪恶，丝毫不亚于秦始皇"焚书坑儒"。秦始皇只在民间禁书，将天下典籍尽收于秦宫，而武夫项羽此举，则是真正意义上的文化灭绝。

第三件事——抢劫。项羽与军中高级将领们"身先士卒"，大肆掳掠秦宫的奇珍异宝、美人佳丽。上行下效，从关外远来的士兵们，在咸阳城烧杀抢掠，项羽对此也视若无睹。

以上种种行径，除了人性的贪与恶之外，还有一层内在心理动因，就是"报仇"。身为楚国贵族之后，项羽的祖国亡于秦，祖辈父辈（项燕、项梁）皆死于反秦战争。国仇与家恨，在此刻尽数宣泄。项羽入咸阳后对"秦"的所有打击，从人到城，都是报复性与摧毁性的，他就是要将"秦"彻彻底底地毁掉，毁得连渣都不剩。

而这种对于秦的仇恨，绝非项羽一人所独有，"天下苦秦久矣"，来自关东六国的士兵们与项羽感同身受、同仇敌忾。经年累月的仇恨就在这一刻，变成了烧杀抢掠的罪恶。

自从战国时期秦孝公迁都咸阳以来，百年经营之下，咸阳已成为一个富庶繁荣的都城。而如今咸阳如人间炼狱，千疮百孔，暗无天日，犹如废墟。关中百姓之前有多爱戴刘邦，现在就有多憎恨项羽。

韩信站在这废墟之上，心内无尽悲凉。这一次，他心灰意冷，放弃了劝谏。因为他明白，这个时候，哪里还有人能够劝得动那个不可一世的天下霸主呢？

作为此时绝对的主宰者，秦亡之后天下往何处去，全在项羽一念之间。项羽不是秦始皇，并没有一统天下的意愿。既然"六国"复兴已经成为既定事实，又回到了战国时诸侯割据的局面，那就索性进行"大分封"。依照周礼，封邦建国，各得其所。

首先，尊奉楚怀王这个名义上的天下共主为"义帝"，以郴县（今湖南郴州市）为都。郴县是偏远蛮荒之地，将楚怀王打发到那儿，无异于流放。

然后，项羽自立为"西楚霸王"，成为名副其实的诸侯盟主，统治西楚九郡之地，以彭城（今江苏徐州市）为首都。

最后，项羽将"怀王之约"视若废纸，按照他的意愿重新分割天下，封立十八路诸侯，分别为：汉王刘邦、雍王章邯、塞王司马欣、翟王董翳、西魏王豹、河南王申阳、韩王韩成、殷王司马卬、代王赵歇、常山王张耳、九江王英布、衡山王吴芮、临江王共敖、辽东王韩广、燕王臧荼、胶东王田市、齐王田都、济北王田安。

在这十八路诸侯之中，分给刘邦哪块地盘，项羽颇费思量。依"怀王之约"给刘邦关中重地那是绝对不可能的，范增出了个好主意：赐他巴、蜀之地，那里交通不便、与外界隔绝，自古以来就是流放罪臣的地方。刘邦哑巴吃黄连，气得直跳脚。张良再一次通过项伯从中斡旋，项羽耳根子软，大手一挥，"多赏沛公一块肉吃"，又划给刘邦一块地盘——"汉中"（约为今陕西秦岭以南地区）。刘邦仍然不痛快，憋了一肚子气，但是人家的拳头硬，自己被打掉了牙齿只能往肚子里咽。

最终，项羽立刘邦为汉王，统治汉中、巴、蜀，以南郑（今陕西汉中市）为首都。项羽收编了刘邦的十万大军，只拨给他三万人马，打发他速往南郑，去当那个偏居一隅的汉王。

大分封之后，天下重新回到四分五裂的局面，但并不是所有受封的诸侯都感到心满意足，只是敢怒不敢言而已。表面的祥和之下，潜伏着重重危机。而这一切，正沉溺在无上荣光与美酒佳人之中的西楚霸王，自然都没有瞧见。

汉高帝元年（公元前206年）四月，项羽启程归楚，包括刘邦在内，各路诸侯纷纷打道回府、各归其国。就在这个时候，韩信做出了他人生中最重要的抉择：离开楚王项羽，投奔汉王刘邦。

临行前，韩信犹豫要不要当面向项羽辞行。可一想到，项羽每次与他交谈，都唤他"你小子""那高个""那个谁"，恐怕直到现在，项羽都记不住自己这个小小执戟郎的名字。就好像卑微的韩信甚至不配拥有一个姓名，能够让高贵的项羽费神记住。一想到这儿，韩信感受到一种比胯下之辱更加刺痛的轻视，斩断了当面辞别的念头。

韩信在项氏楚军中的历程正式结束，这是他军旅生涯的开端，历时两年零两个月。回首过往，这段时光可以分为前后两个阶段。

第一阶段，项梁为主帅时，四个字足以概括韩信的境况："无所知名"。那个年头，来投奔项梁的，要么是带着兵马来的地方豪强（如陈婴），要么是带着智谋韬略来的军师谋士（如范增），要么一看就是勇猛非凡的武将（如蒲将军、钟离眜）。反观韩信，仗剑从军，孤身而来，没有任何名望，也不带兵马财物，虽然长得英武，却也不是那种沙场上能够以一敌百的武夫，于是直到项梁战死，韩信始终没能受到青睐脱颖而出。

第二阶段，项梁死后，韩信投入项羽麾下，机缘巧合，成了执戟郎。这时候韩信的境况同样是四个字："屡策不用"。他能够接近主帅，屡次建言献策，却始终不被采纳。这对于韩信来说，比默默无闻还要难受。韩信知道自己人微言轻，可有时候他也闹不明白，究竟自己是因为"人微"所以"言轻"，还是由于"言轻"所以"人微"？

下一站往何处去，鸿门宴后，韩信心中已有答案。

原本不被看好的草台穷寇刘邦集团，率先入关抢下头功，广施仁义，收服民心。大分封时虽然遭受项羽打压，但从沛公到汉王，刘邦已然成为可与项王一争天下的不二人选。

良臣择明主而侍，韩信毫不犹豫地做出了他的选择，和当时数万名自愿追随刘邦的关东子弟一起，投入汉王阵营，随军前往南郑，开始一段全新的旅程。

初出茅庐的韩信，遇到了许多"社会新鲜人"都会面临的困境，那就是怀才不遇，英雄无用武之地。韩信给出了他的解决方案：毫不眷恋，头也不回，转身离开，没有一丝一毫的犹豫，这是韩信的过人之处。在进行重大选择时，并不瞻前顾后、畏首畏尾，不对已有的东西恋恋不舍，而是始终目光向前。因为犹豫不决，只会令脚步停滞，唯有果敢决断，人生才能向前进，迎来柳暗花明的那一刻。

第五章　韩信拜将

寒溪夜涨，萧何月下追韩信

连敖，是韩信投奔汉军之后被任命的新职务，一个管理粮饷仓库的小官。

在前往南郑的行军途中，韩信终日与粮草为伴，面对一车一车的稻谷黍粟，仿佛听到了命运之神对自己的嘲笑与讽刺，不由得心生悲凉。

脱楚归汉，尤其是在刘邦最低潮时前来投奔，本以为可以受到赏识、得以重用，没承想只被任命为连敖小官。以前在楚军中还能常侍项羽左右，如今可倒好，压根儿连刘邦的面都见不着，成天对着满车的粮草干瞪眼。

久而久之，韩信萌生去意。

况且，并不只是他一个人想要逃，如今汉军中三天两头就有士兵开小差，逃兵问题日益严峻。当初，项羽只分配三万兵众给刘邦，这三万人大都是刘邦在楚国起兵时的本部兵马，多来自砀郡、泗水郡。此外，仗着刘邦这些年积累的深厚名望，入关的四十万大军中，竟有数万名诸侯国子弟自愿追随刘邦，一起建功立业，奔个好前程，韩信正是其中之一。大军出发前，大家都知道汉中路途艰险、环境恶劣，可还是低估了此行的艰难，越深入汉中腹地，士兵们就越思乡心切，面对眼前的深山峭壁、荒无人烟，越发感到前途渺茫。众人心中共同的疑问是：汉王被楚霸王发配到这与世隔绝的地方，还有机会卷土重来、扭转乾坤吗？这个问题的答案并不让人乐观，在人心惶惶、军心动荡的氛围下，越来越多士兵溜之大吉、逃之夭夭。

刘邦大为震怒，与其说是震怒，不如说是恐慌。一两个逃兵事小，可倘若人心散了，队伍失去凝聚力，那一切就都完了。一向以宽厚示人的刘邦，露出狠辣的面目，下令追截逃兵，抓回的一律处死。

韩信也开溜了，不幸的是，才跑出去不过两里地，就被抓了回来。

韩信扭头一瞧，这一整排逃兵三十多人，都被五花大绑，跪在地上。刑场就设在军营中开阔的广场，临时搭了一个木台子，刽子手背持长刀，像尊石像似的伫立台上。

韩信忽然觉得，这像极了一个戏台，只不过上演的不是歌舞杂耍，而是鲜血淋漓的砍脑袋。汉王的意思再清楚不过，他就是要让全军将士都看看，逃兵将落得什么下场。

韩信排在第十四个。他前面的逃兵颤颤巍巍地，一个接着一个被押上台，刽子手手起刀落，利落得很，只听得一声声凄厉的惨叫，便身首分离，一命呜呼。

韩信历经过沙场上的浴血奋战，生死危亡，投军从戎，本就是把脑袋拴在了裤腰上，越是千钧一发的时刻，他越是平静。

台上滚下来第十三个颗人头，停在韩信身边不远处，只见那人头面孔狰狞、死不瞑目，布满血丝的眼睛里充满了对生的渴望、对死的恐惧。

死神的脚步在逼近，韩信前面终于空无一人，眼看他马上就要成为那第十四个被斩首之人。

韩信哪里是轻易屈从于命运的人，只要还有一口气在，就要拼死一搏！

他早就留意到，台上监斩的是滕公夏侯婴——刘邦的同乡、亲信兼车夫，此人无疑就是今日活命的唯一希望。韩信在被两名大汉押上行刑台时，突然冲着夏侯婴方向大喊：

"汉王不是想夺取天下吗？为何斩杀壮士！"

夏侯婴原本一直低埋着头，百无聊赖地例行监斩公事。韩信狂言乍起，监斩官缓缓抬起头来，被成功勾起了好奇心："何人大放厥词？带上来。"

韩信被带到夏侯婴面前，这个即将被处死的逃兵，面无惧色，高昂着头，灰头土脸却难掩英豪之气。夏侯婴心中暗暗称奇，这种从骨子里往外迸发的狂傲与豪情，他可只在西楚霸王的身上见到过。

夏侯婴手指行刑台："壮士是怕死吗？"

"死有何惧！"韩信直视夏侯婴审视他的眼神，"人固有一死，只恨平生之志未遂，功业未立，天下未平！"

夏侯婴不自觉地被眼前这个狂生所吸引："暴秦已亡，西楚霸王分封天下，各路诸侯各归其国，何来'天下未平'啊？"

韩信啐了一口："哼！项羽小儿，无谋莽夫，哪里担得起天下之主！汉王贤德，民心所向，难道就甘心屈居于汉中、巴蜀之地，不敢与楚王一争吗？"

韩信所言，正是目前刘邦集团最为迫切的第一等事。夏侯婴闻言大奇，亲自为他松绑，邀其入帐。一番长谈之后，夏侯婴对韩信钦佩不已、大为折服，第二日就向刘邦举荐韩信。

"这位韩……韩什么……"也许是正受逃兵问题困扰，刘邦显得心不在焉。

"韩信，大王。"

"哦，对，韩信，此人现在所任何职？"

"任军中连敖一职。"

"哦，管粮食的，那好办，就擢升这个韩……韩什么的，任治粟都尉，统管我军粮饷，岂不善哉，哈哈……"

夏侯婴大喜："叩谢大王！韩信此时就在帐外，烦请大王召见，命新任治粟都尉亲来拜谢。"

刘邦摆摆手："不必啦，滕公举荐之人，必定是人才呀，寡人信得过，不必见了……"

夏侯婴拜退出帐，对韩信作揖道："恭喜足下，贺喜足下！鸿运已至，官升三级，今后足下就是我军治粟都尉啦！"

"哦……"韩信满是期望的目光黯淡下来，"可否与汉王一见？待我当面向汉王陈说胸中韬略。"

"这个……"夏侯婴面露尴尬，"汉王今日有些疲乏，早早歇下了，足下莫急，来日方长，今后有的是机会……"

"戚姬去哪儿啦？我的美人儿！快传！传戚姬来陪寡人饮酒……"

帐内传出刘邦鄙陋粗鲁的声音，夏侯婴的脸一下子红到耳根上，硬挤出一丝笑容，窘迫得双手都不知道往哪儿放。韩信苦笑一声，摇摇头，拂袖走开了。

于是，韩信从管粮草的小官，晋升为管粮草的大官。经过这一番波折，韩信又回去跟他那满车满谷的稻粟干瞪眼了。若换成其他人，有这一番奇遇，早就心满意足。可志在将相的韩信，哪里在乎什么治粟都尉之职。韩信心里明白，汉王只是看在夏侯婴的面子上，给他升了官儿，对他本人压根儿连见一面的兴趣都没有，更别谈赏识与重用了。

祸兮福所倚，福兮祸所伏，正是这个韩信瞧不上的治粟都尉之职，让他遇见改变一生命运的人。

那是在汉军一路颠沛终于到达都城南郑之后。

这一日，粮仓深处，韩信正躺在高高的谷堆上呼呼大睡。

"都尉！都尉！快醒醒，丞相来啦……"

韩信被下僚唤醒，迷茫昏沉之中睁开眼来，一位长髯老者，正笑容可掬地站在他面前。

大汉国上下，谁人不认识萧何，他是汉王最为信赖倚重的左膀右臂。韩信第一次这么近距离地与萧何面对面，只见他年过半百，一脸的老成持重、沉稳忠厚，最令韩信印象深刻的是他的温文柔和，润物无声地融化在笑容、体态、行止之中。

韩信纵身一跃跳下谷堆，谷粒飞舞，金黄漫天，身上宛如缀满点点黄金，他也不拂散，俯身向萧何作揖行礼。

萧何道："都尉睡得可好？这都日上三竿了，怎么还在梦周公呀？"

"甚矣，吾衰也！久矣，吾不复梦见周公……（《论语·述而》）下官虽还年轻，今日却也和孔夫子一样遗憾，没能梦见周公呀。"韩信笑道，"回禀丞相，虽日上三竿，却闲来无事，不睡觉又能干吗呢？"

"闲来无事？本相正因此而来。有人向本相报告，检举新任治粟都尉尸位素餐，成日里在粮仓中睡大觉。如今看来，所言非虚。身为治粟都尉，却玩忽职守，你做何解释？"

自从追随刘邦以来，萧何一直负责主管后勤粮饷事宜，是粮官韩信的直接上级。收到对韩信的检举后，萧何带着好奇亲自前来一探究竟。

韩信环顾粮仓，拂去满身谷粒，不屑一顾道："都是些粮饷小事，何须劳神费力？"

"哈！好大的口气！那敢问什么事，才是韩都尉愿意劳神费力的大事啊？"

韩信心思敏感细腻，他能够感受到萧何语声中的宽厚与友善，与从前那些嘲笑他的人并不相同。韩信朗声道："在下自幼熟读兵法，胸中万丈韬略，拜将封侯、统领千军、征伐天下，这才是韩信要做的大事！"

以前，每当韩信这样口出狂言，引来的总是对方的冷眼与嘲笑。这一次不同，萧何仔细凝视着这位狂傲的年轻人，收起笑意，肃然道："本相问你，你既熟读兵法，又怎会不知，两军交战，兵马未动，粮草先行。治粟之事，何其重要！怎会是小事？"

韩信目光灼灼，应对如流："治粟之事固然要紧，可若军中无将，纵然粮草满仓，又有何用？"

萧何心中一动，像有根琴弦突然被拨动声响，脸上仍不露声色："笑话！我汉军之中，樊哙、曹参、灌婴、周勃，皆为悍勇猛将，何来'军中无将'之说？"

"将者，智、信、仁、勇、严也。我说的，不是空有一股子蛮力的武夫，而是能够带领汉军决胜千里、最终打败项王的大将！"

萧何沉默了，韩信所言，正中他的心事。

这个狂妄的年轻人步步紧逼："敢问萧丞相，我军中可有这样的大将？"

萧何沉吟半晌，叹息一声："西楚霸王勇冠当世，我军中确实无将帅之才，可与其匹敌。"

"丞相错了，我军中正有这样的人。"

"你是说……"

"远在天边，近在眼前。"

还真是初生牛犊不怕虎，虽然没有恶意，萧何还是忍不住笑出声来。但萧何明白，韩信说到了关键处，刘邦若要与项羽一争天下，正缺少一位深通军事谋略、能与楚霸王相抗衡的大将军。萧何心里打鼓：眼前这个名不见经传的小伙子，会是汉王和我一直苦苦寻找的那个人吗？

很快，萧何的疑虑被彻底打消了。

那天夜里，萧何邀请韩信来到丞相府中，二人彻夜秉烛长谈。

萧何似乎有一种令人由衷信赖他的神奇魔力，韩信与他一见如故。此前就曾听闻，当初刘邦率军入咸阳，所有人都去抢夺金银珠宝，唯有萧何独自进入秦国丞相府、御史寺，收集律令文书、档案图册，这些重要资料最终逃过项羽那场大火得以留存。汉王由此知晓天下扼塞、户口多少、强弱之处、民所疾苦，成为大汉未来统御天下的重要依据。萧何的远见与睿智，令韩信钦佩不已。

而此时的韩信，经历过数次重大战役的洗礼，早已不再是那个涉世未深的毛头小子。那天晚上，面对眼前这位忠厚长者，韩信将从军两年以来的所有观察与思考毫无保留地和盘托出。关于天下大势，关于项羽其人，关于大汉国眼前的困境，关于楚与汉的优劣势对比，关于未来东向争夺天下的宏图伟略……

烛火摇曳之中，萧何脸上的神色像正在演奏的乐章，时时流动变化，先是迟疑，然后欣喜万分、拍案叫绝，继而诧异又钦佩，最后是难以抑制地兴奋激动。

"足下归汉，实乃大汉之幸也！"

烛光渐暗，晨曦拂照，第一缕阳光透过薄薄窗牖铺洒进来。萧何觉得，大汉的未来也如这朝阳一般，充满生机与希望。

怎奈，好事多磨。萧何以丞相之尊，数次向刘邦举荐韩信，刘邦却始终置若罔闻、无动于衷。

也许刘邦打从心底里就不相信，一个项羽身边的执戟郎能有什么经天纬地之才。如果有，那为何项羽不重用，反而让他给跑了？他破格提拔韩信为治粟都尉，已经很给夏侯婴面子了。又或许，刘邦派人暗中调查了韩信的履历，对于他逃军的前科始终心存芥蒂。到达南郑后，逃兵叛将有增无减，刘邦头疼不已，深以为忧。作为汉国之王，对部下他最在意的品质就是忠诚。韩信一介逃兵，不砍头已经格外开恩，难道还要提拔他做将军不成？真是笑话！刘邦心中纳罕：在这件事情上，一向稳重老成的萧何怎么如此糊涂？

韩信空欢喜一场，怀抱希望然后又幻灭失望的滋味令他更感挫败沮丧。萧何一次又一次信誓旦旦地承诺，一定请汉王见他一面，对方越是诚恳真挚，韩信感动之余，越发感到彻骨的悲凉。

他所遭遇的，不过是自古文臣武将时常面临的境遇：才高运蹇，壮志难酬。千百年来多少诗词歌赋都在书写这一主题，自怨自艾者有之，心怀不甘愤恨者有之，故作洒脱通透者有之。韩信的与众不同之处在于，他一点儿都不眷恋和纠结。既然连萧何的举荐都徒劳无功，看来自己终究与大汉无缘。于是，韩信又跑了。

天下之大，往何处去？韩信不知道。他策马一路北上，因为往南是巴蜀荒僻之地，毫无希望，只能北行先出汉中，再做筹谋。

夜幕降临，一条奔腾的河流横亘在韩信面前，拦住他的去路。这是褒水支流寒溪（今汉中市留坝县马道河），入夜后河水涨潮，波涛翻滚。

涨潮不能渡河，韩信信马由缰，在寒溪边缓辔前行。这晚月色皎洁，白夜如昼，迎面凉风习习，身侧涛声滚滚。见此良辰美景，韩信心中的抑郁渐渐舒缓释然。

"韩信！韩信！足下留步！留步！"

焦急的呐喊伴随着鼓点般急促的马蹄声而来。萧何出现在韩信面前，马背上的老丞相气喘吁吁、大汗淋漓，显得有些狼狈。

韩信心中百般滋味，一时难以尽言。

"丞相，你怎会来……"

"大汉不能没有足下，我怎能不来！"

韩信不敢直视萧何的眼睛，一低头就瞧见他的坐骑，马儿一副快要虚脱的模样，显然是急速狂奔了许久。

几个时辰之前，萧何收到臣僚报告，得知韩信又跑了，大叫一声"不好"！牵马出府，都来不及向刘邦禀报，一人一骑，披星戴月，火急火燎地追逐韩信。

寒溪暴涨，韩信慢了下来，萧何才得以在午夜时分追上他。二人止辔下马，于寒溪岸边对月而谈。

萧何问道："敢问足下，此行将去往何方？"

韩信苦笑道："天下之大，四海宇内，总有栖身之处。"

"本相只问足下一句，天下之大，四海宇内，能与楚王一争天下者，有几人？"

"唯有汉王一人。"

"既如此，良禽择木而栖，良将择主而侍，足下抱负未展、壮志未酬，为何离汉王而去？"

韩信叹息道："怎奈何，我欲为管仲，汉王却非齐桓呀。"

"那都是汉王未能与足下当面一见的缘故。只要足下随我归去，本相允诺，足下定然得以面见汉王，到那时，足下只须将胸中韬略倾囊相授，汉王必将委以重任！"

"委以重任？任何职？难不成又回去当那个治粟都尉吗？"

"以足下大才，非当我汉军大将不可！"

萧何不是狂言妄语之人，这时候如此说，倒令韩信有些意外。

"韩信无所知名，未建半分功业，汉王怎会任我为大将？"

"能否说服汉王，那是本相的事。"萧何面向寒溪，恳切道，"恳请足下再相信我一次！寒溪夜涨，拦住足下离汉之路，这岂非天意？听这浪涛之声，就连滚滚溪流也在挽留足下啊！"

月白风清，浪涛拍岸。萧何的眼神炽热而真挚。韩信本是性情中人，此情此景，让他的心与涨潮的寒溪一样热烈澎湃。

"如若汉王依然不用足下，我这个大汉丞相，不当也罢！"

萧何突然涌起一腔热血，意气满怀。如此罕见的表现，比许给韩信功名利禄更令他动容。萧何与刘邦一样，也是平民出身，但与刘邦的草莽气息不同，人前的萧何始终是个温文尔雅的体面人，待人接物进退有度，一切都那么平和有序，从来没有冲动失控过。这样一个人，竟然星夜策马，令自己陷入焦急、慌乱、狼狈之中，只为月下追韩信。虽然韩信并不会天真地相信萧何真的会为了他抛弃一切，但即便只是这一时冲动之言，对于一直饱受轻视冷落的韩信来说，也如钻石般弥足珍贵。千里马常有，而伯乐不常有。潦倒半生，突然得遇知己，韩信倒有些不知所措了。他仰望苍穹中的一轮明月，喃喃道：

"待你我回到城中，大约天也就亮了吧……"

登坛拜将，梦想照进现实

萧何一回南郑就听说，刘邦得知"丞相逃了"，大发雷霆，一个人在大殿上破口大骂，演了半天独角戏。说起骂人，刘邦可是一绝，平日里，他兴之所至便随意辱骂臣下，满嘴污言秽语，尽是些不堪入耳的俚语脏话。这次，一会儿骂"萧何忘恩负义"，什么"背槽抛粪""狼心狗肺""过河拆桥"云云，一会儿又痛哭流涕，高呼"丞相为何弃我而去""寡人痛失左右手矣"。

当第二天一早，萧何出现在刘邦面前时，刘邦先是一怔，又气又惊又喜，拉起萧何右臂，使劲一握，很快又甩开，拂袖转身，恢复汉王的架子。刘邦背对萧何，以责备夹杂委屈的语气道："走都走了，还回来作甚！人心叵测，寡人真是做梦都想不到啊，连你也逃！连你也要离我而去！"

萧何道："王上放心，臣不敢逃，也不愿逃、不会逃。昨夜臣是替大王追逃者去了。"

"追逃者？"这倒勾起了刘邦的好奇心，他转过身来，"追何人啊？值得丞相亲自跑这一趟？"

"韩信。"

"谁？"

"治粟都尉韩信。"

"治粟……哦，那小子呀！"刘邦莫名地气不打一处来，咧嘴骂道，"近来军中逃走的将军，少说也有十位，都没见丞相去追，反倒去追什么韩信？唉，近日萧公你这脑子，究竟在想些什么？"

"臣在想：诸将易得，但韩信却是国士无双。"

"国士无双？"

这四个字可谓字字千钧。萧何追随刘邦几十年，刘邦深知他并非口出狂言之人，这位老伙计为人处世谨小慎微，这世间竟然有人能让他给出"国士无双"这样的评价，刘邦的好奇心越来越重了。

"丞相说说，怎么个'国士无双'法？"

"如若王上只愿长居汉中，了此余生，那么就不必在意韩信。如果王上欲东争天下，那么非起用韩信不可，无韩信则不能成事。"

"寡人无时无刻不想图谋大业，安能郁郁久居于此地！"

"欲图大业，必用韩信！"

"……那小子，真有这么神？"

"臣愿以丞相之位作保，若韩信无能……"

"不至于，不至于，萧公多虑了，你我是怎样的交情，寡人没了谁也不能没了萧公啊。既如此，那就听你的，任命韩信为将军。"

"不可！韩信绝非普通将才，就算任命他为将军，他也不会久留。"

"什么意思？"刘邦瞪大了眼，彻底蒙了，"难不成，还要寡人封他为大将不成？"

"正是如此。"

"哈，哈哈，哈哈哈……"刘邦感到不可思议，发出一阵狂笑。

"大将，那可是全军主帅，汉军的最高指挥官。一个没有半分军功与名望的人，还是个逃兵，竟然要寡人任命他为大将，萧何你是疯了吗？"

刘邦很快不再笑了，敛容屏气，开始认真严肃地思考萧何的提议。因为他意识到，萧何没有在跟他开玩笑，素来稳重的萧何也不是爱开玩笑的人。刘邦自认为对萧何很是了解，可是今日这么不按常理出牌的老萧，倒是从来未曾见过。刘邦不是见识浅薄的人，在识人用人方面更是眼光毒辣，他能够看得出萧何这一次的不同寻常。萧何这样的举荐方式，无疑是一场冒险、一次赌博，赌的是大汉国未来的前程与命运，押上的赌注则是刘邦对萧何的信任与倚重。能让萧何这么求稳的人沾染上了赌性，刘邦对韩信的好奇被推升到了顶点。以刘邦的世故老到与城府之深，自然不会轻易相信一个未曾谋面的年轻人能有什么冠绝当世之大才。但骨子里，刘邦也是个好赌之人，乱世之中出来混，就是一场豪赌。天下大乱，奇人异士辈出，英雄莫问出处，话说那姜太公在遇到周文王之前，不也就是个爱好钓鱼的糟老头吗？

"也罢！寡人就依丞相之言，任命韩信为我汉军大将，替大汉开疆扩土、东争天下！"

"幸甚！幸甚至哉！王上英明！"萧何伏地叩谢。

"那小子现在何处？叫过来，让寡人瞧瞧。"

汉王粗鲁傲慢的老毛病又犯了，萧何道："不可！王上对臣下，素来轻慢无礼，现今拜大将，如同呼唤小儿一般。不能礼敬贤才，正是韩信离开的原因。王上如若真欲拜韩信为大将，那么请择一良辰吉日，斋戒沐浴，开设坛场，礼数俱备，乃可耳。"

刘邦嘿嘿一笑，道："行行行，沐浴、开坛，一切都依你，萧大人！寡人倒是等不及想瞧瞧，我军未来的大将，究竟是何模样！"

登坛拜将的那一天，韩信永生难忘。

韩信记得，那一天的阳光是柔和的，碧空如洗，万里无云。拜将高坛巍峨耸立，那里虽然只是方寸之地，却是一名军人的荣耀之巅。宽阔的广场上，汉军红旗迎风招展，猎猎作响，像是在演奏雄壮威武的颂歌乐章。全军将士齐聚观礼，乌压压一片。汉王只昭告全军将行拜将之礼，却没有通报新任大将是谁，众人满心好奇，不时窃窃私语。

正午时分，汉王刘邦衮服华彩，冕旒灿烂，伫立在高坛之上。文武百官两侧分列而立，恭谨庄重地等待大将到来。

韩信缓步走来，身着金盔铁甲，神采奕奕，威武非凡。他拾级登坛而上，踏上台阶的每一步，都好像是这二十多年来走过的岁月，步履维艰，格外沉重，也格外坚毅笃定。

主角亮相了，将士们交头接耳，窸窸窣窣。"这是谁呀？""这不是韩信吗？""谁？""韩信，那个治粟都尉。""听说前几日他已逃营了，怎么今日……""此人有何能耐？凭什么担任大将？""都别说了，汉王的任命自有道理，岂是你我可以置喙的……"

韩信登上拜将坛，在万众瞩目之中，来到汉王面前，行三跪九叩之礼。礼官高声宣读汉王诏命，向世人宣告韩信为汉军大将。韩信俯身低头，双手持奉，从汉王手中接过将印、符节——那是军权的象征。

黄金锻造的将印和铜铁冶制的虎符捧在手上沉甸甸的，韩信双手微微颤抖，手上的分量让眼前不可思议的一切变得真切可感。

从小，他就立志成为大将军，如今，梦想照进现实。一切如此虚幻，又如此真实。韩信心中只有一个声音："母亲之灵在上，您可都瞧见了这一切？"

刘邦向来不喜欢繁文缛节，萧何却执意要求举行拜将之礼，这背后自有他的良苦用心。一则，韩信名不见经传，唯有这样一场荣耀至极的盛大典礼，才能让韩信在军中树立威信、慑服众将；二则，韩信是何等孤高之人，唯有这样一场荣耀至极的盛大典礼，才能让他切实感受到汉王恩遇之重，才能安放他那颗骄傲的心。

萧何慧眼识英雄，月下追韩信。刘邦虚心纳谏、知人善任，连韩信的面都没见过，就任命他为全军主帅。千百年来，这段故事传为美谈，也不乏质疑的声音。无名小卒一步登天，一夜之间青云直上——这一切，未免显得太过于儿戏、太过于传奇。如何理解这样的"儿戏"与"传奇"，前人已有高见妙论。明朝文人黄淳耀指出：

"高帝（刘邦）之于韩信，未尝亲见其状貌，孰察其计画，以萧何一言之故遂拜为将，将又不足而至大将，此类儿戏，然足用此得天下何也？盖帝不知信（韩信）而知何（萧何），以何之不妄而知信之可用也。"（黄淳耀《史记评论·淮阴侯列传》）

诚如其言，刘邦相信的不是未曾谋面的韩信，而是他的老伙计萧何。正是刘邦对萧何充分地了解与无条件地信任，成就了这一段传奇。

也许刘邦当时心里想的是：哼，一个大将而已，有什么大不了，要是将来这小子不顶用，老子随时撤了便是。那时候的刘邦并没有意识到，他做出了一个改变历史的决定。

汉中对策，韩信指点江山

拜将典礼结束，刘邦和韩信对坐畅谈。

刘邦上下打量这位年轻人，一身甲胄已经卸下，只着常服，仍然目光炯炯、英气不凡。

"丞相数次言及将军，称足下为百年不遇的将帅之才。敢问将军，有何平定天下之良策，可以教授寡人？"刘邦开门见山。

韩信拜谢，反问道："今大王欲东向争权天下，然否？"

"然。"

"东向争权，大王之敌，岂非项王邪？"

刘邦沉默片刻，嘿嘿笑了两声，道："然。"

"臣冒昧一问，大王自料，论勇悍仁强，大王与项王相比，孰强？"

刘邦这次沉默得更久了，半天才吐出三个字："不如也。"

对于刘邦的坦诚，韩信面上不动声色，心中却暗自鼓掌。愿意承认不如项羽，证明刘邦不妄自尊大，有自知之明，是个磊落坦荡的大英雄。更为重要的是，当着韩信的面承认这一点，表明他愿意与韩信交心，真心诚意地向韩信求教。

韩信再拜，贺道："臣也以为，大王不如项王。虽如此，臣却要恭喜大王！贺喜大王！"

"喜从何来啊？军中无戏言，将军休要妄言调笑。"

"臣投军从戎之后，曾于项王身边侍奉，大王可愿听臣说说项王为人？"

刘邦来了兴致，身子前倾，道："将军直言无妨。"

"世人言及项王，总离不开一个'勇'字。平日里，楚霸王暗恶叱咤，声若洪钟，摄人心魄，纵使千人当前，亦闻风丧胆。沙场之上，项王身先士卒、所向披靡，堪称当世第一勇将。然而，项王不能选贤任能，不能团结诸侯，不能凝聚民心。一言以蔽之，项王之勇，匹夫之勇而已。"

刘邦忍不住抚掌称善："说得好！继续，将军继续……"

"项王见人，恭敬慈爱，言语温和，士卒有疾病，榻前涕泣连连，与患者分食分饮，可谓仁爱至极。然而，当将士立下军功当封爵犒赏之时，项王却扭扭捏捏，来回抚摩将印，恋恋不舍，都快把将印棱角给摩挲坏了，还是舍不得盖章封赏有功之人。由此可见，项羽之仁，妇人之仁而已。"

这可把刘邦乐坏了，他笑得前仰后合，随手操起一尊酒爵有样学样，揽在怀里来回摩挲，笑道："此情此景，活灵活现，如在眼前。要不是亲眼所见，只怕将军就是想编也编不出来呀。真想不到，项王竟是这种人，有趣，有趣得紧！将军接着说……"

韩信对项羽的评价，不仅刘邦感到意外、新奇，两千年以后，大清乾隆皇帝透过丹青史册，遥想刘邦、韩信对谈场景，也不禁感慨道："韩信登坛数语，刘（刘邦）兴项（项羽）蹶（跌倒，失败）已若指掌。以项羽为匹夫之勇，人人能言之。以为妇人之仁，信（韩信）所独见也。"（《乾隆御批纲鉴·卷十二·楚汉》）

知人认事，最为可贵的就是能有自己的"独见"，能够拨云见雾，看到别人看不到的东西。项羽的匹夫之勇，是当时许多人普遍的观感，并没有什么特别。但是韩信精准地捕捉到了项羽的妇人之仁，这是他的眼光独到之处。

韩信对于项羽的观察，还远不止于此。

"项王之勇，为匹夫之勇；项王之仁，为妇人之仁；而项王之智，无谋之智也。虽雄霸天下、臣驭诸侯，项王却犯下大错，犯下一个无谋少智的重大失误！"

刘邦双目放光："是何大错？"

韩信又开始兜圈子："大王在咸阳时，可曾听闻韩生之事？"

"韩生？韩生……寡人想起来了，被项王煮了的那个？"

韩信点点头。

当初，项羽入咸阳后，谋士韩生进言："关中宝地，据有山河之险，四面皆有关塞屏障,易守难攻。且咸阳富饶殷实,土地肥沃,大王倘若定都于此,霸业可成。"

项羽瞅了一眼秦宫,已被他一把火烧得残破不堪,他心里又思念故土,急欲还乡,遂道:"富贵不归故乡,就有如身穿锦衣绣袍,却在幽暗黑夜中行走,谁人瞧见?谁人知之?"

韩生退下后,别人问他拜见项王的情形,他没有直言,冷笑道:"人都说,楚人愚鲁无知、虚有其表,就好像猕猴穿戴着帽子,假装自己是个人,如今看来,果然不假。"言罢狂笑而去。

"沐猴而冠"之语传到项羽耳朵里,楚霸王大怒,下令抓捕韩生,将这狂妄之徒扔到油锅里活活烹了。

韩信此时提起此事,自然有他的深意。

"项王大错,就在于放弃关中,而远居西楚!诚如韩生所言,关中据山河之险,且秦人经营百年,沃野千里,人口众多,富庶丰饶。当今大争之世,欲成帝王之业,上上之策,唯有抢占关中,据为本营,进而征略四方、统御天下!"

刘邦的眼神越发明亮,万万没想到后面还有惊喜在等着他。

韩信续道:"不居关中,项王之错一也。臣以为,数年以来,项王已然犯下四大错,而今追悔莫及,终究难成霸业!"

"四大错?"刘邦张大了嘴巴,"寡人没听错吧?足下说的,可是那位天下诸侯盟主、战无不胜攻无不克的西楚霸王?"

"正是!且听臣一一道来。项王不居关中而以彭城为都。而彭城远离中原,对四方诸侯鞭长莫及、难以统辖,此项王错一也;

"项王违背义帝之约,不以先入关中者为秦王,分封之时,任人唯亲,诸侯中多有愤愤不平者,蠢蠢欲动,随时可能起兵,此项王错二也;

"项王驱逐义帝,将其弃置于江南,新封诸侯纷纷效仿,也各归故国,驱逐旧主,引得诸国动荡不宁,各地战事一触即发,此项王错三也;

"项王自起兵以来,所到之处,无不生灵涂炭,天下多怨,百姓不亲附，只是被迫臣服于项王之威强而已。表面张牙舞爪之强，内在虚浮脆弱，强将变弱，弱可转强，转瞬之间强弱就将颠倒转易。虽名为西楚霸王、诸侯盟主，实则已失天下人心，此项王错四也。"

刘邦一边听一边频频点头，嘴角忍不住上扬："谁说项王不可胜？如此看来，寡人与项王一战，还是很有获胜的希望嘛。"

"何止是希望！大王方才坦言，论勇悍不如项王，此言或许不假，但韩信以为，也不尽然。楚强汉弱，不过是表象，由表及里，则是另一番景象，我大汉未必不如楚。"

刘邦好像想到了些什么，忽然摇摇头，颓唐道："将军休要诓我，寡人清楚得很，如今被困在这贫瘠荒僻之地，论财富、地利、兵力，处处落于人后，拿什么与强楚一争？"

"民心！"韩信掷地有声。

刘邦倒有些不好意思了："这个嘛……寡人素来爱民如子，这倒是不假，可项王之威名，四海宇内，谁人不敬服？就说这次大分封，将军也看到了，十八路诸侯，屁都不敢放一个，全都唯项王马首是瞻。若说民心在我，恐怕不尽然……"

韩信对"民心"显然有更深刻的认识："民众对项王，只有畏。畏只是表面服从，畏的深处是仇恨与恐惧。而唯有敬与爱，才是真心归附。大王宽厚之名远播，岂能不自知啊？"

刘邦脸色微红，有骄矜之色："愿听将军详谈。"

韩信道："当初，大王入武关，秋毫无所犯，废除严苛秦律，只约法三章，简政薄敛，秦民无不欢欣鼓舞，衷心期望大王为关中之主。世人皆知，依怀王之约，大王本应统御关中。怎奈项王分封，大王错失应有之位，不得已入汉中，秦地父老无不扼腕叹息，替大王不平。反观项王，坑杀二十万秦卒在先，火烧咸阳在后，秦人无不怨之。如此，人心向背，昭然若揭矣。方才韩信恭贺王上大喜之因由，正在于此。"

绕了一大圈，韩信终于通过对楚汉双方优劣势的深刻剖析，指出了刘邦以弱胜强的可能性所在。韩信关于"民心"的这番奉承，虽然不乏溜须拍马的成分，但也并非虚言，无疑是对当时民心向背的精准把握。

刘邦大喜过望，眉毛挑高扬起，那么接下来就该来点实际的了："将军之言，振奋人心。寡人迫不及待欲与项王一决高下，依将军高见，当从何处入手？"

"项王刻薄寡恩，倘若大王能够反其道而行之，任用勇武之将，什么样的敌人不能诛灭！以天下城邑封赏功臣，什么样的人才不能归服！大兴义兵，顺从将士东归之心，那么什么样的阻碍不能击散！"

"好！甚好！那么首战当在何方？"

"出汉中，还定三秦，据有关中！"

刘邦沉吟道："三秦王，可不好对付啊！尤其是那章邯，难缠得紧。项王留下这三秦王，哼，不就是为了防住寡人，不让寡人出汉中吗？"

所谓"三秦王"，是指项羽大分封时，将关中秦地一分为三：雍王章邯，以废丘（今陕西兴平东南）为都；塞王司马欣，以栎阳（今陕西西安市临潼区北）为都；翟王董翳，以高奴（今陕西延安北）为都。项羽正是依靠这"三秦王"扼守关隘，阻止刘邦北上。

"韩信以为，三秦王不足为虑。章邯、董翳、司马欣，皆为先秦武将，统领秦兵子弟多年，损兵折将，屡遭败绩，秦军中逃亡、战死者，不可胜计。此三人率军投降项王，致项王坑杀降卒二十万于新安，惨绝人寰，唯独三人得以逃脱，关中父老怎能不怨之恨之。今日，楚霸王凭其威强，封三人为王共御秦地，却已失民心。与三秦王正相反，大王备受秦人拥戴，倘若大王一举而东，三秦可传檄而定也！"

刘邦喜不自胜，开心得像个孩子，抚掌道："我与将军，相见恨晚！寡人得遇将军，如齐桓得管仲、秦王得白起，何愁霸业不成！"

韩信这番策论，史称"汉中对"，与诸葛亮"隆中对"一样，成为流芳千古的战略对策，为刘邦勾画了逐鹿天下的蓝图方略。在"汉中对"中，韩信的谋篇布局精巧严密、循序渐进、环环相扣。他先从项羽的性格特点入手，精准独到地概括出项羽"匹夫之勇""妇人之仁""无谋之智"的弱点，进而一针见血指出项羽"放弃关中，定都彭城"这一重大战略失误。紧接着更进一层，全面总结项羽历年来犯下的"四大错"，点破许多人都没有看到的关键一点：人心在汉而不在楚。在全面分析楚汉双方优劣势之后，韩信清晰地勾勒出大汉国未来的战略蓝图，那就是"据关中为本，而后东向逐鹿天下"。这一宏伟蓝图的第一步，就是"由汉中出，还定三秦"。

此时，韩信不过二十几岁，但"汉中对"绝不是韩信一时灵光乍现，而是来自韩信自少年时起日日夜夜地学习积累，来自他投军后从不间断地观察与思考，是由漫长时光和勤奋好思共同锤炼出来的智慧结晶。韩信多年的沉淀积累，终于厚积而薄发，"汉中对"横空出世，震惊了汉王。

韩信能够提出"汉中对"，三样东西缺一不可：一是兵法谋略，二是战争实践，三是将兵法谋略与战争实践相结合的分析思考能力。"汉中对"的诞生表明，一项伟大智力成果的问世，既需要理论知识，也需要社会实践，更需要将理论与现实联结打通的智慧。

"汉中对"的另一个启示是，对于有志于成就一番事业的人，眼光与格局有多么重要。在登坛拜将之前，韩信一直身居下僚，郁郁不得志，但难能可贵的是，地位的卑微并没有限制住他的眼光与格局。只有进行超越自身地位处境的思考与探索，才有可能实现向上跃升。一切不寻常的成就，都来自最开始的那一点点"非分之想"。不论如何沉沦困顿，韩信永远往高处看，往远处看，从全局看。如此，才有了"汉中对"的惊艳。

都说机会是留给有准备的人的，韩信显然准备好了。

属于韩信的时代开始了，历史正式进入"韩信时间"。

第六章　暗度陈仓

歧路当前，走哪条道

由汉中出，还定三秦。

这是韩信为刘邦构建的"东争天下"大方略的第一步。

这一步的核心要义在于，大汉国摆脱牢笼般的汉中、巴蜀，主动出击，反攻关中，拿下八百里秦川，在秦地扎稳脚跟后，以关中作为大本营和根据地，下一步再图谋向东与楚国一战。

坦白说，这一战略方针对于刘邦而言并不新鲜。早在他不得不接受项羽分封来到汉中之前，萧何就曾经劝慰刘邦忍一时之气，先在汉中韬光养晦，"养其民以致贤人，收用巴、蜀，还定三秦，天下可图也"。（《汉书·萧何曹参传》）"还定三秦"的大方向，刘邦无疑是认可的，关键在于如何实现反攻关中，这一点，萧何没能说出个所以然来。

怎样将脑海中或者纸面上的宏伟蓝图变成活生生的现实？这是每一个有志于开创一番事业的人都必须面对的问题。从宏观的战略，到中观的战术，再到微观的决策；从预设的目标，发展为周密的计划，再落实到具体的行动……创业艰辛，荆棘密布，这是一条漫长且艰难的路。

现在，如何实现"还定三秦"就成了摆在韩信面前的课题。

天险，是韩信必须跨越的第一道难关。

"地者，远近，险易，广狭，死生也。"（《孙子兵法·计篇》）在孙子兵法中，地形被列为用兵必须考量的最重要的"五事"（道、天、地、将、法）之一。路程的远近、地势的险要或平坦、战场的广阔或狭窄，无一不关乎生死存亡。

困居汉中的汉军若想北上入关，横亘在他们面前的，正是秦岭山脉这一天险。

秦岭，先秦时被称为"昆仑"，东西绵延八百余里，巍峨险峻，有诗为证："古今传此岭，高下势峥嵘。"（孟贯《过秦岭》）从地理位置上看，秦岭是南北之间一道重要的军事屏障。汉中、巴蜀在秦岭以南，关中平原则位于秦岭北麓，汉军能否翻越巍巍秦岭，是最终能否实现"还定三秦"的关键。

秦岭怎么翻？唯有修建栈道。

高山深谷之中难以行军，人们于是在山峰绝壁上凿开一个个石孔，嵌入一根根木梁，然后在木梁上铺设木板，于悬崖峭壁一侧凌空铺就出一条路来，这就是栈道。

在山脚下抬头望去，宛如在山崖绝壁之上搭设了一座长长的天桥，直通云霄，人马行走于其上，仿佛走向无边的天际，壮观而神奇。栈道是鬼斧神工的艺术品，象征着先民与大自然抗争不息的拼搏精神。

通过修建栈道跨越秦岭天险，那么紧接着第二个难题，就是大军从哪一条道路入关。

韩信凝视墙上舆图，视线自西向东，又自东向西来回游移。这一战，行军路线的选择颇费思量。

秦岭山势险峻、峰谷崎岖，哪有宽敞大道可走，只有山间羊肠小道。栈道工事正是修筑在一条条蜿蜒小道上。舆图显示，由汉中出发翻越秦岭入关，自西向东共有这几条道可走：

褒斜道。连接褒水、斜水河谷，南端起点在褒城（今陕西汉中市中部），就在南郑北面不远处，北端终点在斜水谷口（今陕西眉县）。褒斜道始建于殷商，是先民最早修建的一条官道，在秦岭多条栈道中最为知名，距离汉国都城南郑也最近。无论从哪个角度来看，都是汉军出汉中的最佳选择。

子午道。也称"蚀中道"，贯穿子午谷，南起于午地（今陕西洋县东），北止于子地（今陕西西安市东南子午关）。当初刘邦受封来到汉中，走的正是子午道。刘邦听取张良建议，大军通过以后，将子午道上的栈桥全部烧毁，一方面阻断外部敌人攻入汉中的可能，另一方面也是在向项羽表态，他入汉中乖乖做汉王去了，再也没有反攻回来的意思，让项羽放心。

望着舆图上一条条蜿蜒曲折的道路，韩信忽然想到，战国时魏国哲人杨朱有一次面对分岔路口，不知该向左还是向右，突然崩溃大哭，慨叹道："此夫过举跬步而觉跌千里者夫！"（《荀子·王霸》）敏锐的哲人意识到，关键时刻的选择，踏错半步，差之千里，觉之晚矣，于是陷入对于抉择的忧虑之中。韩信此时的处境，不正是如此吗？

"杨朱哭歧路"的故事之所以能够流传千年，是因为它具有更为深邃的生命哲学层面的涵意。杨朱哭的是人生不确定性所带来的那种深刻的迷茫，哭的是全人类共同的生命困境。

后来，魏晋名士阮籍一个人驾车出游，行至一条死路，也忽然痛哭流涕。"阮籍哭穷途"，哭的是天大地大，人生竟然走到穷途末路的境地，连选择的余地都没有了。

韩信当然不至于如此，他有的选，而此战真正考验他的，正是歧路当前应当如何做出最正确的选择。

这是韩信拜将后的第一战，也是大汉立国后的第一战。一着不慎，满盘皆输。韩信并不着急做出选择，他在军中发布了一条奇怪的命令，准确地说，是一则寻人启事，寻找汉中出身的将士。

每日午时，韩信在将军府上接见汉中籍士兵，只问一个问题：

"本将军问你，由汉中出发，翻越秦岭，抵达关中，共有几条道可走？"

"回禀将军，共有三条，褒斜、傥骆、子午。"

韩信不动声色，吐出一个字："赏。"

答案是明摆着的。回答正确的士兵每人获得黄金一两，心满意足，其他尚未被召见的汉中籍将士，都迫不及待地想要拿到这份天底下最好挣的钱。

这一天，韩信有些疲乏，卧在榻上，闭目养神。还是例行的问话：

"汉中入关，共有几道？"

"回将军，道有无穷，不可计数。"

韩信睁开眼睛，心中一动，终于等来了与众不同的答案。他直起腰板，细观此人，一个瘦弱矮小的男子跪在地上，尖嘴猴腮，眼睛滴溜溜转着，一副精明机敏的样子。

"起来吧。说来听听，何为'道有无穷，不可计数'？"

"所谓'道有无穷'，只因道路原本就是人走出来的，前方没有路，开辟出一条便有了。秦川绵延八百里，欲往关中去，逢山开路，遇水搭桥，从哪儿不能走？"

韩信微笑道："有理。"

"所谓'不可计数'，小人的意思是，自古以来，由汉中入关路途险峻，先民不畏艰难，辟出许多古道来。现如今，不少古道久久无人行走，渐渐地也就鲜为人知了。鲜为人知，却不代表它不存在，只是无法计入具体数目而已。由此看来，入关之道，又何止人尽皆知的那三条！"

"说得好！"

韩信拍案而起，高声称善。事实证明，他的分析与猜测是对的，眼前这位瘦弱男子，正是他要找的人。

"你叫什么名字？在军中任何职？"

"小人赵衍，谒者（负责传达通报消息的奴仆）是也。"

"为何从军？"

"无他，求富贵耳。"赵衍眼中闪过一丝狡黠，露出坦诚的笑容。

"好小子，倒是直言不讳。"韩信直勾勾地盯着赵衍，"你想告诉本将军的是，你知道入关还有其他古道可走？"

赵衍没有直接回答，反问道："敢问将军，其他将士都得赏黄金一两，不知小人能得赏黄金几两？"

韩信豪迈大笑道："纵是黄金万两，本将军眼中，如草芥耳！谒者赵衍，尽管为我军引路，与本将军一起杀入关中，平定三秦，将来封侯拜爵，共谋富贵功名，如何啊？"

在赵衍那张写满功名欲望的脸上，眼珠子转得更勤快了："小人一切听从将军驱策。"

那天以后，韩信不再召见其他汉中将士，人们只知道，韩信常在府中对着舆图与赵衍密谈，没人知道他们在谈些什么。再后来，赵衍独自一人出了趟远门，十数日后才回到南郑。也没有人知道，他去了哪里，又给韩信带回了什么。

经过一个多月的缜密思考，韩信制定出"还定三秦"的完整方略。那宏大虚无的蓝图构想，终于幻化成具体细致的行动方案。韩信成竹在胸，求见汉王，将满腹韬略一气呵成、全盘托出。

刘邦眯着眼，仔细听完后，半晌不出声，扭过头去，若有所思。一旁的萧何也不言语，室内寂静无息。韩信这才发现，原来寂静能够拉伸时间的长度，片刻的安静竟然如此漫长。

"妙！妙哉！妙极啊！"

刘邦终于发话了，他转过头来，抚掌称善，又对萧何道："大将这一番筹谋布局，丞相以为如何啊？"

"臣以为，大将奇计无双，关中可平矣！"

刘邦点点头，还是忍不住吐出心中疑虑："兵法有云，知己知彼，百战不殆。大将对三秦王可有了解？尤其是那雍王章邯，曾为秦军主帅，可着实不好对付呀？"

"塞王司马欣、翟王董翳，皆庸才耳，不足为虑。至于雍王章邯，大王放心，一年前此人败于项王之手，败军之将，如今也绝不是我汉军对手！"

"敢问大将此番出征，有几分得胜的把握？"

"臣愿立军令状，此战若败，韩信自斩项上人头以谢汉王！"

"此战若败，亡的岂止大将，亡的是我大汉国！韩将军奇谋巧计，但终究是一场冒险、一场豪赌……"

看来，刘邦对不曾统兵为帅的韩信，多少还是有点不放心。

"臣还定三秦之策当然是冒险，可汉王欲与项王一争天下，正是最大的一场豪赌，赌上的可是黎民苍生和整个天下的命运啊！"

"说得好！"刘邦受到鼓舞，显现草莽英雄的万丈豪情，拍案喝道，"狗娘养的，老子就信你一回！跟大将一起，赌这一场！"

韩信道："机不可失，时不我待！东方战报，田荣已兴兵反楚，此刻，正是我军北上的天赐良机！"

就在韩信整军备战、厉兵秣马之时，关东局势风云突变，第一个跳出来反抗项羽的，是齐国的田荣。

田荣何许人也？话说陈胜、吴广起事后，六国复兴，齐国宗室田儋自立为齐王，后来战败为章邯所杀。田儋从弟田荣整编残军，拥立田儋之子田市为王，自任齐相，成为齐国真正的掌权者。反秦战争中，田荣一直与项羽较为疏远，对配合楚军作战显得十分消极，本人甚至都没有追随项羽入关。项羽大分封的主要依据有二：一是反秦战争中的军功大小，二是与他本人的亲疏远近。田荣没能在分封中讨得半点好处，齐国领土也如秦国一般被一分为三，分属齐王田都、胶东王田市、济北王田安。田荣认为遭受到不公正的对待，堆积了一肚子怨气，成为反楚急先锋。他兴兵击败齐王田都，联合巨野泽大盗彭越，除掉胶东王田市、济北王田安，将一分为三的齐国又重新统一起来，自立为齐王。

此时，距离项羽大分封才过去三个月。西楚霸王挥斥方遒、凭借一时威势构建起来的天下秩序，竟然如此脆弱。战火在齐鲁大地率先点燃，新一轮大混战即将展开。

刘邦道："如今项王挥师齐国平乱，无暇顾及关内，确是大好时机。大将，还定三秦，第一步该从何处入手？"

韩信微笑道："那就先从'明修栈道'开始吧……"

明修栈道，暗度陈仓

此时，雍王章邯的桌案上摆放着两份文件。

一份来自千里之外的范增。他特地从西楚发来信函提醒章邯，项羽北上平定田荣叛乱，在这样的关键时期，一定要密切关注汉中动向，谨防刘邦伺机作乱。

另一份是来自前线的军报，一切都被神机妙算的范增料中，汉中果然有异动。

章邯裨将、胞弟章平问道："汉中军情如何？汉王可是要来了？"

章邯道："前线来报，褒斜道上，汉军将领樊哙、周勃正征调民夫大兴工事，日夜不停抢修入关栈道。"

章平见兄长一脸严肃，一点笑意都没有，问道："兄长何所忧？"

"我在想，汉王到底打算从哪条道入关？"

"费时费力抢修栈道，自然是准备从褒斜道入关喽。兄长是担心，其中有诈？"

"若我是汉军主帅，也会选择从褒斜道出，此道最近、最短、最易行，无疑是上佳之选。但兵不厌诈，多留个心眼总是好的。"

"费脑子猜这哑谜作甚？管他从哪条道出，每条道上都布上重兵，紧守各个关隘，不就得了？"

"糊涂！"章邯皱眉道，"我军兵力有限，倘若每个道口皆分兵布防，力量势必分散，到时候任何一个道口都守不住，必败无疑。此战若要得胜，关键就在于能够料中汉军行军路线，然后以我军主力重兵防御，方可阻挡汉王入关。"

章平挠挠头："那兄长以为，汉王将走哪条道？"

"我已派出多路斥候，在褒斜道上暗中探查，汉军修复栈道的确为真。而子午、傥骆两道上，风平浪静，一切如常。如此看来，汉军主力，最终将从褒斜道出。"

"那不就结了，算了半天，不还是走褒斜道吗？"

"我还有一点担忧，汉中谍者来报，汉王新任命了一位大将，名唤韩信，默默无闻，不知何许人也。"

"管他何许人也！如今的汉王，被项王逼迫到了汉中那不毛之地，穷途末路，听说汉军中逃兵叛将源源不断，如今任命一个无名小卒为大将，不正说明汉王麾下无人吗？何足为惧！"

章邯难得地露出笑容："贤弟所言不无道理。修复栈道，费时费力，若要能够承载十万以上的大军通行，耗时一年半载是逃不掉的。到那时，项王恐怕早已平定东方，西来助我。眼下并不急迫，尚可高枕无忧，咱们大可一边畅饮佳酿，一边守株待兔。"

于是，章邯将雍军主力布防于褒斜道北口，严守废丘至眉县一带，同时密切关注子午、傥骆两道情况，不敢掉以轻心。

汉元年七月，章邯突然收到来自西边的紧急军报：

"急报！八百里加急！汉军出散关，渡渭水，直逼陈仓（今陕西宝鸡市东）！陈仓告急！"

哪儿？陈仓？

章邯呆若木鸡，百思不得其解，满脑子涌出一个又一个疑问：汉军怎会突然出现在陈仓？为何是陈仓？不是正在修筑褒斜道吗？他们究竟走了哪条道？

章邯回过神来，急思应对之策，这才发现为时晚矣，驻守在褒斜道口的主力大军短时间内难以调回，只能就近拼凑数万兵众，急匆匆赶往陈仓应战。

章邯百里驱驰，引军来到陈仓城下时已是黄昏，蔼蔼暮色之中，但见城门紧闭，空无一人，悄无声息。

"雍王驾到！城中守军，还不开门？"

话音未落，一阵箭雨从城门楼上铺天盖地而来，雍军慌忙摆出盾牌阵，抵挡箭矢攻击。俄而，呼吼声、擂鼓声齐鸣，震天巨响中，城楼上竖起一面面红色汉旗，现出汉军将士一张张意气风发的脸庞。

陈仓城已经沦陷，章邯心中残存的最后一点希望化为泡影，心凉了半截，他下令主帅战车前进，朝城门楼上高喊："楼上汉军主将是谁？可是汉王来了？雍王章邯在此，可否出来一见？"

此时，刘邦、韩信及一众汉军将领都在城楼之上，听到章邯叫阵，刘邦默默后退两步，显然不愿露面，他也不言语，抬手示意韩信上前回话。

韩信进前两步，凭栏朝城下喝道："我乃汉军大将韩信！汉王即将入主关中，雍王还不快快受降！"

章邯道："韩信何许人也？无名小卒！敢不敢打开城门，出来与本王一战？"

汉将樊哙上前对韩信道："大将，让樊某下去，十回合之内必斩了这厮！何须劳烦大将亲自出马。"

"我出马不出马，一点儿都不重要。"韩信笑道，"樊将军也少安毋躁。两军对阵，比的可不是匹夫之勇。"

"那比的是啥？"

"你瞧……"

雍军面对着陈仓城门列阵，正欲攻城，军阵后方突然黄沙漫天、硝烟滚滚。左右两侧各杀出一支埋伏在密林暗处的汉军精锐。雍军仓皇应战之际，韩信从容下令道：

"开城门，三面合围，全歼雍军！"

这时候，汉王刘邦迈步到韩信身边，凭栏远眺。他亲眼瞧见，落日霞光之下，汉军如何气势如虹、锐不可当，雍军如何在三面夹击中顾此失彼、溃不成军，只能拼死突围、落荒而逃。刘邦喜出望外，情不自禁地握住韩信的手臂："暗度陈仓，奇计无双！寡人果然没有看错大将！雍军这一败，再也无力回天矣！"

韩信笑道："何止雍军，三秦之师，都将是我汉军手下败将！"

陈仓之战后，汉军乘胜追击，两军再战，雍军又败，章平退守好峙（今陕西乾县东），章邯退守雍国都城废丘，坚壁深垒，据守不出。韩信一面组织军队围攻废丘，一面派遣诸将平定陇西、北地、上郡（皆为秦郡名）等地。

章邯始终想不通，汉军究竟是如何神出鬼没地出现在了陈仓？

原来，韩信"明修栈道"，使了一招"声东击西"之计。修栈道是真，但汉军主力并不从褒斜道出，其根本目的在于转移敌人注意力，迷惑敌人双眼，致使对方误判。章邯果然中计，错误地安排了主力部队的防守位置。

"明修栈道"这一出戏，韩信还有另一层考量，那就是抢修栈道工程耗时费力，敌方完全可以预估完工时间，这又令章邯形成另一大误判——没个一年半载汉军根本出不了汉中，于是在心理上放松警惕，失去紧迫感。万万没想到，汉军仅在一个月之内，就神兵天降，奇袭陈仓。

明修栈道是为"声东"，暗度陈仓则为"击西"。

汉军主力由韩信统领，军中主要将领周勃、灌婴、傅宽、郦商、靳歙等全员到齐，汉王刘邦也御驾亲征，参与这至关重要的第一战。

大军从南郑出发，先走褒斜道，一路北上，中途在白水河谷突然变道，往西北方向而去。从那时开始，汉军就像是一个盲人，而谒者赵衍就像条导盲犬，在前方带路，引领大军在黑暗中秘密行进。

赵衍对韩信说，褒斜、子午、傥骆之外，他还知道一条废弃许久、无人知晓的小路可以穿越秦岭入关。此道名叫"故道"，在褒斜道的西边，穿过它北面就是陈仓。陈仓位于雍国西部，既是著名的大粮仓，本身也是军事重镇。如果能够占领陈仓，那就相当于出其不意地绕到了敌人的后方，汉军将具有极大的优势来组织后续的进攻。

一路上，为掩人耳目，汉军只在夜幕降临后行军。除了赵衍一人，谁也不知道该往哪儿走。这种黑暗中抓瞎的感觉，一度令刘邦心烦意乱、莫名恐惧，他召来赵衍骂道：

"谒者！最好能给老子寻出一条路来，否则，老子宰了你喂荒山野狼！"

赵衍大骇，伏地叩首不止。

韩信劝道："大王息怒，韩信身为大将，倘若此行失利，罪责在我。不过大王尽管放心，早前臣已派谒者探过路了，确定陈仓故道可行，方才有此奇袭之策。"

刘邦嘟嘟囔囔道："打仗就痛痛快快地打，拼个你死我活，干什么非得这般偷偷摸摸，走什么劳什子小道，搞什么劳什子突袭？"

韩信道："兵者，诡道也。用兵之道，约略可以分为两种，一曰正，二曰奇。汉王方才所言，亮亮堂堂，面对面开打，那是'正'。而所谓奇兵，出其不意、攻其不备是也。凡战者，以正合，以奇胜。故善出奇者，无穷如天地，不竭如江河……"（《孙子兵法·势篇》）

刘邦眉头紧锁，不耐烦地打断道："现在不是背诵兵法的时候，眼下的关键是，如果前方没路怎么办？如果走错路又该怎么办？要不，大将考虑考虑撤军……"

"不可！路本来就是人走出来的，前方没有路，踏出一条便是了！胜利就在前方，怎可半途而废！"

刘邦慢慢冷静下来，拂袖、摆手道："罢了，罢了，泼出去的水就收不回来啦，事已至此，寻路要紧，但愿大将是对的……"

最终，韩信彻底打消了刘邦的疑虑，充分展现了他的用兵之"奇"。

汉军沿陈仓故道，出大散关，渡过渭水。陈仓城中雍军寥寥守卫薄弱、毫无防备，汉军不费吹灰之力就攻占陈仓，然后以逸待劳，只等章邯一步步进入韩信布设好的包围圈。

首战告捷，韩信继续有条不紊地调兵遣将，攻略三秦之地，关中捷报频传：

曹参攻占咸阳，并在漆县之战中击溃三秦王联军的反击。

周勃相继平定汧县、郿县、频阳等地。

郦商攻克北地郡郡城，俘虏章平。

靳歙击败陇西雍军，平定陇西六县。

三秦之中另外两国更为弱小，塞王司马欣、翟王董翳见大势已去，也相继举起白旗。除了章邯仍然死守于废丘城中，三秦之地尽数平定。这整个过程，韩信只用了一个多月。

"奇兵"与"庙算"，智慧与勇气

"还定三秦"之战是楚汉战争的开端，这"第一战"意义重大。

对于刘邦和大汉国而言，通过此战，终于摆脱汉中、巴蜀的桎梏，突破了项羽布下的封锁圈。刘邦如愿以偿地获得八百里秦川，大汉的版图一下子成倍扩充，政治、军事、经济实力迅速增强，具备了与项羽相抗衡的国力。刘邦终于能够扬眉吐气、趾高气扬地向东看，底气十足地向世人展现他争霸天下的宏图雄心。

对于韩信而言，"还定三秦"他无疑是首功。这是他第一次以主帅的身份带兵，打响了漂亮的第一仗，韩信在汉军中的威信得以初步确立。出汉中以来，刘邦一直在不动声色地暗中观察他的上将，令他惊讶又佩服的是，韩信运筹帷幄，指挥若定，完全没有生涩稚嫩之感，一点儿都不像是第一次带兵打仗的新手。

从兵法角度解读，这是一次"庙算"与"奇兵"的完美结合。

所谓"庙算",是指作战之前在宗庙举行仪式,商讨作战计划,制定战略部署。《孙子兵法》中强调了"庙算"的重要性:

> 夫未战而庙算胜者,得算多也;未战而庙算不胜者,得算少也。多算胜,少算不胜,而况于无算乎!吾以此观之,胜负见矣。(《孙子兵法·计篇》)

军事家孙武在战争实践中发现了这样一种有趣的现象:在战前"庙算"中认为自己胜算多的,常常就真的胜利了;战前"庙算"中认为自己胜算少的,往往就真的失败了。算得多就胜,算得少就不胜,由此得出推论,只要战前筹划周密,进行了详细精确的计算,"胜负见矣"。

"还定三秦",韩信无疑经过了周密严谨的"庙算"。韩信的"庙算"是全方位、立体式的,从地形天险的考量,到行军路线的选择、出兵时机的确定,再到奇袭、伏击、围城等一系列进攻策略的选择,都步步为营、环环相扣,一切尽在运筹帷幄之中。

"庙算"之外,三秦之战还初次向世人展现了韩信奇诡如神的用兵风格。

正如韩信所说,用兵之道,可以笼统地分为"正""奇"二法,奇正相生,二者对立统一、相辅相成。"明修栈道,暗度陈仓",无疑是军事史上"奇"战的经典范例,成为具有固定含义的战争术语。它在军事层面的含义是,将自己真实的意图隐藏起来,用一些具有误导性的行动去迷惑对方,使敌人产生错觉与误判,从而取得胜利。它奇妙地融合了信息战与心理战的元素,是一种大胆突破常规的用兵法则。

"明修栈道,暗度陈仓",之所以千百年来能够进入中国人的日常语言之中,是因为它和"破釜沉舟"一样,已经不仅仅是兵法谋略,而是一种关于在人生中如何取得胜利的斗争智慧。其核心要义一言以蔽之,就是不按常理出牌,出奇然后制胜。

出奇制胜，看似容易，但不容忽视的是，"奇"是有风险的。为人处世、创业奋斗，倘若常常出"奇兵"，那么所要承担的风险无疑比走"正道"要大得多。奇与正的对立，不是邪恶与正义的对立，而是冒险创新与循规蹈矩的对立。瞻前顾后、生性谨慎之人是不敢出"奇兵"的，"奇"的表面是智慧，但"奇"的内在，是无畏的勇气。毋庸置疑，"暗度陈仓"，就是一场疯狂的冒险，因为它是勇敢者的游戏。

此外，"暗度陈仓"还有一个珍贵的启示，那就是"陈仓故道的发现"。韩信入关，走了一条鲜为人知的路，最终奇兵方成。陈仓故道原本就在那里，只是废弃许久，被人们忽略了。而能够看到他人熟视无睹、视而不见的东西，是一种难能可贵的能力。

"发现"陈仓故道的是赵衍，这位一心渴望功名的小小谒者，在汉朝建立后，仅仅凭借陈仓引路之功，就被封为须昌侯，位列145位大汉开国功臣侯者之中，享尽功名利禄，当然这是后话。

第七章　独当一面

彭城大战，楚霸王再显神威

汉高帝二年（公元前205年）三月，成功还定关中之后，刘邦决定挥师西征楚国，楚汉之间真正要面对面、硬碰硬开战了。

"萧丞相、韩将军，大军即将出征，还请二位留守关中，另有重任。萧丞相坐镇栎阳，主持政务之外，可别忘了为前线输送粮饷，保障补给。至于韩将军嘛，继续围攻废丘，灭了章邯这个老不死的，斩草除根，以绝后患。二位爱卿务必守好关中，等寡人胜利归来！"

韩信怔住了，道："大战在即，韩信身为全军主帅，理当身先士卒，怎么……"

"陈仓一战，将军辛苦了，此次远征，就不劳烦将军了。"

"我若不去，还有谁人可统领数十万大军？"

刘邦目光冷峻、一字一顿道："寡人挂帅，领兵亲征。"

"这……"韩信一时愕然，无言以对。

"听闻近来军中人议论，说什么反攻关中、还定三秦，都是韩将军一个人奇谋巧计的功劳……怎么，大汉国离了韩将军，就打不赢胜仗了吗？"

韩信跪下道："军中将士胡言妄语，还请大王不要当真！"

刘邦扶起韩信，右手重重地搭在他肩上："韩将军，关中重地需要将军镇守，替寡人看好家护好院，任务艰巨，责任重大呀！"

刘邦赌上汉军大部分兵力，并且联合多国诸侯，组成反楚大联盟，以前所未有的五十六万联军，向楚都彭城进发。

此时或甘愿或被迫倒向刘邦阵营的，有常山王张耳、西魏王魏豹、韩王韩信（与本书传主韩信重名）、河南王申阳、塞王司马欣、翟王董翳等，史称"五诸侯之兵"（"五"是虚指，并非确数）。此外，代王陈馀、赵王赵歇、齐王田荣与大盗彭越，早早就举起了反楚大旗。项羽一时间面临众叛亲离的局面，而刘邦俨然就是新一任诸侯盟主。

形势一片大好，韩信心中却隐隐不安。刘邦脸上的春风得意，多年以前他在项梁的脸上也见到过，然后项梁很快就败亡了。从那以后，韩信对人脸上的那种扬扬自得和忘乎所以的神情十分警惕。他深刻领悟到：今日得胜连连，明日折戟沉沙，胜败不过转瞬之间。人站在山巅高峰上面，随时都有坠落的危险，云巅之上，亦是危局之中。而这一点，云巅上的人往往并不自知，正如此时的刘邦。

刘邦率军从临晋关（今陕西大荔县城东）渡过黄河，攻下河内，虏获殷王司马卬，设置河内郡。再南渡平阴津（今河南孟津县东北），大军行至洛阳，传来了义帝熊心被项羽秘密杀害于郴县的消息。刘邦闻之，穿上白衣丧服，裸露臂膀，痛哭流涕——这是对尊长者的哭丧之礼。丧礼举行了三天三夜，刘邦也在人前声情并茂地痛哭了三天三夜。

同时，刘邦发布檄文一则，通告天下诸侯：

> 天下共立义帝，北面事之。今项羽放杀义帝于江南，大逆无道。寡人亲为发丧，诸侯皆缟素。悉发关内兵，收三河士，南浮江汉以下，愿从诸侯王击楚之杀义帝者！（《史记·高祖本纪》）

"名不正，则言不顺；言不顺，则事不成。"（《论语·子路篇》），刘邦举起正义的大旗，正式向楚国宣战。

此时的项羽正深陷齐地战事的泥潭。原本，项羽很快就将田荣击败，但得胜后他残暴嗜血、刻薄寡恩的性情又暴露无遗，下令坑杀齐军降卒，放纵楚兵焚烧城郭、掳掠平民，引发齐国人的满腔愤恨。田荣弟弟田横收拾残兵游勇，立田荣之子田广为齐王，齐人云集响应，一时间集聚数万人，反楚势力死灰复燃。项羽大军接连受挫，被困于齐地。

趁着项羽难以回师，西楚空虚，刘邦率五十六万诸侯联军，兵分三路而来。一路上畅通无阻，几乎没有遇到什么抵抗。汉高帝二年（公元前205年）四月，联军成功进入彭城，一举端了项羽老窝。

俗话说，江山易改，禀性难移。即便是再伟大的英雄，也有自身难以克服的人性弱点。如果说项羽的禀性是残暴嗜血，那么刘邦的禀性就是永远改不了的"好酒及色"。进入彭城后，刘邦尽收项羽的美人宝物，夜夜置酒高会，寻欢作乐，得意忘形。他被一时的胜利冲昏头脑，被无穷的金银蒙蔽双眼，一点也没有嗅到危机将至的气息。

正在齐国的项羽听闻彭城陷落，冷笑一声，当机立断，命属下将领继续击齐，自己领三万轻骑兵，火速回师奔袭彭城，经由薛郡鲁县（今山东曲阜市），出胡陵（今山东鱼台县东南），仅用了三日时间，便神鬼不觉地逼近彭城。

项羽用兵，并不纯然靠着一股横冲直撞的莽劲儿，而是审慎冷静、判断精准、布局精巧。项羽或许不擅长政治上纵横捭阖的权谋之术，但他的智慧与才情，无疑都酣畅淋漓地挥洒在了沙场之上。

在兵力明显处于弱势的情况下，项羽并不直接进攻彭城，他已探知，刘邦将主要防守军力部署在东北方向，用以防备距离较近的楚军，而西边防守薄弱，这无异于将自己的后背毫无保留地袒露给敌人。刘邦之所以出现这样的失误，是因为他根本就没有料到项羽能在短时间内从齐国杀回来，只依照常理布防近处楚军。

项羽三万骑兵迂回至守备薄弱的彭城西部，乘着夜色掩护攻下萧县（今安徽宿州市萧县），犹如一把尖刀径直插入汉军后背，然后正式对彭城中的联军发动突袭，反戈一击。

战斗在旭日东升时打响。在灵璧（今安徽灵璧县）以东的睢水边上，一面是来势汹汹、立誓收复失地的楚军，一面是醉生梦死、仍在酣眠之中的汉军。刘邦与各路诸侯闻讯大惊失色，猝不及防。在楚军凌厉不绝的攻势之下，汉兵们像无头的苍蝇一样，慌不择路，四散逃亡。那场大逃亡是灾难性的，人马相踏，自相蹂躏，投入睢水者不可胜计，尸堆如山，睢水为之不流。一日之内，已有二十万汉卒命丧黄泉。楚军将余下的汉军残部团团包围，里里外外围了三圈，密不透风，令汉军插翅难逃。

也许是刘邦天命所归，命不该绝，就在他陷入绝望之际，大风突然从西北而起，狂风席卷，砂石飞扬，树木被折断，房屋被吹倒。本来还是熠熠白昼，倏忽间风雨如晦，遮天蔽日，昏暗有如黑夜。这风沙冲着楚军方向而来，楚军战马受惊，队列方寸大乱，包围圈露出空隙。

"夏侯婴！还等什么，快跑啊！"主帅战车上的刘邦大吼着。

就在这转瞬即逝的天赐良机中，由夏侯婴驾御马车，数十位骑兵护卫在后，刘邦得以突出重围。

在逃亡途中，刘邦恰巧遇到儿子刘盈、女儿鲁元，赶忙抓起他们上车。楚兵穷追不舍，眼看就要追上了，刘邦冷汗涔涔，不断催促夏侯婴"快点！滕公快点！再快点！"。

刘邦瞅了一眼刘盈、鲁元，心想：车上人这么多，载重过大，马儿如何跑得快！他一咬牙，对刘盈、鲁元道："跟着我太危险了，你俩下车，自行逃命去！"

马车仍在快速行进中，还没等刘盈、鲁元反应过来，刘邦不由分说将儿子、女儿推下车去。夏侯婴听见惨叫声，悬缰勒马，跳下车来，将刘盈、鲁元抱起带回车上。刘邦冷眼一瞥，气鼓鼓的，没有说话。马车开动了，刘邦又将儿女推下，夏侯婴再次停车救人。如此反复了三次。

"夏侯婴你疯啦？"刘邦终于气急败坏。

夏侯婴一向对主君忠诚顺从，但老实人也有被逼急了的时候，他两手一左一右抱着嘤嘤啼哭的俩孩子，抑制不住胸中怒火，高声道："疯的只怕是大王！虎毒尚且不食子啊！"

"老子都快没命啦！顾不得这许多！"刘邦露出市井无赖的嘴脸。

夏侯婴凛然道："情势虽急，并非走投无路、非得抛家弃子不可。天理人伦，奈何弃之！"

那一瞬间，刘邦恨不能一剑宰了夏侯婴，可是杀了夏侯婴谁来替他赶车啊？逃命之际，有个好车夫可比黄金万两还金贵。刘邦只能作罢，抬手往前方指，示意夏侯婴赶快驾车逃命要紧。

马车又一次在兵荒马乱中开动。刘盈、鲁元惊魂未定，止不住地颤抖、啜泣。刘邦扭过头去，脸上火辣辣的，不敢直视刚刚被自己数次抛弃的一双儿女。

彭城一役，项羽三万轻骑兵击溃刘邦五十六万联军，几乎在顷刻之间，就将形势逆转，项羽再一次向世人展现了他无与伦比的军事才能。

各路诸侯都是墙头草，眼见项王神威依旧，汉王果然不中用，又纷纷倒戈，投入西楚阵营。除了殷王司马卬战死、河南王申阳下落不明，塞王司马欣、翟王董翳、赵王赵歇、代王陈馀都重新投入项羽怀抱。就连项羽的死对头齐王田广，也开始寻求与楚国谈判和解。这一战，让诸侯们坚信，刘邦不可能是项羽的对手。诸侯之中，只剩下常山王张耳仍追随刘邦，短暂存在的以刘邦为首的反楚联盟，就在一夕之间瓦解云散。

张良下邑画策，韩信"独当一面"

彭城之战时，刘邦妻子吕后的哥哥吕泽统领一支汉军，正驻扎于下邑（今安徽砀山县），刘邦一行逃往下邑，收拾败军残部，谋划下一步何去何从。

彭城大败，与项羽的第一战就吃了这么大的苦头，对于刘邦而言无疑是致命的打击。但刘邦在泥土里摸爬滚打半辈子，并不是那么容易就被打倒的人，作为有心争夺天下的枭雄，他来不及沮丧消沉，就已经在反思失败的教训，寻找翻身逆袭的机会。

刘邦问张良道："子房啊，你说，五十六万大军，怎么就打不过区区三万楚军呢？原本大好局面，何以沦落至此？"

"臣以为，诸侯联军虽有五十万之众，但真正直属汉王麾下的本部兵马不过十余万。其他诸侯之军，乌合之众而已，心怀鬼胎，其心各异，大战之时断然不会为我大汉拼死奋战。加之项王悍勇，奇兵突至，我军疏于防备，诸侯军只求自保，这才……"

刘邦点点头，张良这么说，既客观分析了战败原因，也保全了汉王的脸面。

"彭城之败，令寡人深思。正所谓，单丝不成线，孤木不成林。孤军奋战，不能成事。若要战胜项王，得有真正得力的帮手才行。俗话说，舍不得孩子套不着狼。寡人打算，将来一统天下之后，函谷关以东之地，索性豁出去不要了，将关东土地作为封赏之资，赏给能替寡人灭楚之人，子房以为如何？"

"重赏之下必有勇夫，大王此举，弃小利而成大业，大善！"

"可如今各路诸侯背信弃义，纷纷倒戈于楚。寡人身边，连一个得力的人都没有！放眼天下，谁能立此大功，谁配受此封赏，与我同创万世基业呢？"

"有三人当前，可为大王驱使，大王怎会视而不见？"

刘邦来了兴致："哪三人？"

"这第一人，九江王英布，原为楚国枭将，如今却与项王嫌隙愈重、隔阂愈深。当初项王攻齐，令英布率兵援助，英布只派一偏将前往，本人未至，项王对此多有不满。种种迹象表明，英布已生离叛项王之心。第二人，巨野泽大盗彭越，此人始终未曾臣服于项王，田荣反楚时更是积极响应，如今坐拥重兵于梁地，割据一方，实力不容小觑。二者皆为大王可用之人，可遣能言善辩者，说服英布、彭越与我结盟反楚。"

刘邦点点头，问道："那第三人呢？"

"汉王麾下将领，唯独大将韩信，可以独当一面，托付大事。汉王如若能够捐让出关东沃土，重用韩信，则破楚指日可待也！"

说到韩信，刘邦的脸拉了下来。

当初萧何盛赞韩信"国士无双"，今日张良评价韩信能够"独当一面"，刘邦心里酸溜溜的，颇不是滋味。

"子房你说，倘若韩信随寡人出征，是不是就不会有今日之败局？"

张良沉默了，沉默也是一种回答。

承认韩信的军事才能，也就意味着承认自己在军事上的无能，刘邦越想越不平，生出一肚子怨气，啐了一口："我就不信这个邪，离了他韩信，大汉国就不行了？"

张良道："韩将军虽初掌将印不久，但在三秦之战中，用兵如神，已显将帅大才。项王之勇，世人皆知，多少名将折戟沉沙、败于项王手下。臣以为，能与项王一争胜负者，恐怕唯有韩信一人。"

张良的眼光精准毒辣，他所点名的这三个人，史称"灭楚三杰"，成为刘邦彭城之战后扭转败局的强大助力，最终都为大汉战胜楚国立下汗马功劳。这其中，张良对韩信"独当一面"的评价千古流传（"而汉王之将，独韩信可属大事，当一面"《史记·留侯世家》），也成为后来人们对那些可以独立担当大事之人的溢美之词。可以说，张良是继萧何之后，第二个慧眼如炬发掘韩信才能的人，命运就这样奇妙地将"汉初三杰"（萧何、张良、韩信三位汉朝开国功臣）联系在了一起。

刘邦很快冷静下来。大汉也不乏勇将，而张良此时独独提及韩信，并将他高举到全军之冠的位置上，这令本有意打压韩信风头的刘邦，不得不重新评估韩信的作用与价值。

"传寡人诏令，叫韩信那小子……哦不，命上将军韩信即刻领军，驰援荥阳！"

京、索阻击战，韩信挽狂澜

汉高帝二年（公元前205年）五月，在下邑稍作休整之后，刘邦退军至荥阳（今河南荥阳市东北）。与此同时，彭城战败的消息和刘邦的诏令一起传到汉国临时首都栎阳，主持关中政事的萧何一收到消息，急匆匆奔赴废丘前线军营。

听完萧何简略叙述彭城之战的经过，韩信眉头紧锁，扼腕叹息道："攻防之道，永远不要将后背袒露给敌人，汉王怎可如此大意轻敌！若韩信在彭城，何至于此！"

萧何忙制止道："将军若见了汉王，可千万别这么说！"

"汉王现在何处？眼下战事焦灼，不知何年何月才能再见汉王哪！"

"日子不远喽。"萧何笑着从袖中掏出一绢帛书，"汉王诏令，命将军即刻启程，驰援荥阳！"

韩信接过帛书，阅毕拍案道："好！太好了！老虎不发威，还以为我是病猫！就让韩信会一会楚军，让他们见识见识何为虎威之师！"

萧何向来审慎持重，诚心劝道："将军此言甚为不妥。本相倒要问问：谁是'老虎'？谁是'病猫'？如此譬喻，究竟在影射什么？若传到汉王那儿，汉王将作何感想？将军心高气傲，口无遮拦，但为人臣子，还是谨言慎行为好。"

韩信嘿嘿笑道："我是'老虎'，楚军是'病猫'，成了吧！我可没有别的意思，丞相咬文嚼字，未免也想得太多啦。"

不是萧何想得太多，而是他老辣世故，有着极强的政治敏感。这一点，显然是胸无城府的韩信不具备的。

萧何道："汉王千里传书，邀请将军驰援助力，可谓诚心实意，极为倚重将军。还望将军此行尽心竭力，再显暗度陈仓那般神通，复振我军之威啊！"

"那是自然！丞相等我凯旋，烹羊宰牛，痛饮三百杯，不醉不休！"年轻将军脸上的笑容洋溢着蓬勃的自信。

原本，韩信正在围攻废丘，城中章邯据守不出，久攻不下。临行前，韩信召集部将朱轸，部署道："章邯此人，骁勇善战。在我军凌厉攻势之下，屡尝败绩，锐气大挫，现今如惊弓之鸟，龟缩于废丘城中，不敢轻易出城迎战。本将军走后，留给尔等有限兵力，上上之策，便是打着本将军的旗号，虚张声势，万万不可与之正面对阵，以免暴露兵力短缺之破绽。只要荥阳局势稳定，我便立时率兵杀回。尔等只须继续围城一月，令章邯不得出，一切保持原状，便是奇功一件，切记，切记！"

此时，萧何也没闲着，充分发挥了他后勤大总管的功能，调运关中粮草辎重，源源不断输送往荥阳前线。同时下达征兵令，紧急征调关中民丁入伍，少年、壮年、老年一并算上，短时间内组建起一支新军，以补充刘邦兵源之不足。

韩信信心满满，带着粮饷与大军来到荥阳。

"韩将军，你可算来啦……"

比起出征前的狂妄自大，刘邦像是换了一个人，他拉起韩信的手，做出要啜泣的样子，终究没能哭出来，长叹一口气，好像一切挫败、颓丧与悔恨，都在这一口气里了。

"一败涂地，一败涂地呀……"

"臣救驾来迟，还请大王恕罪！"

"将军何罪之有！只恨那项王骁勇，用兵如鬼神，寡人这回算是领教了。韩将军，我军可还有得胜的希望？"

"楚兵何足惧！项王又何足惧！"

"光说不练假把式，将军有何破敌妙计？"

"组建骑兵！"

"骑兵？"

"正是！臣听闻，奇袭彭城的正是三万轻骑兵。一直以来，我军以步兵为主力，在平原作战，哪里敌得过灵活机动的楚国骑兵。因此，欲破项王之军，组建骑兵乃当务之急。"

刘邦忍不住拍着大腿，有拨云见日、豁然开朗之感："将军所言极是！这回可没少吃骑兵的亏，那楚军骑兵在屁股后面穷追不舍，就像不散之阴魂，可怕至极！"

张良若有所思，提出疑虑："组建骑兵，并非一朝一夕之功，敢问将军，兵从何来？将从何来？马匹良驹又从何来？"

韩信笑道："子房先生莫急，且听我慢慢道来。我军中有两员大将，名唤李必、骆甲，原是秦军骑兵统领出身，可为左右校尉。大王麾下灌婴将军，也深谙骑兵之术，可为中大夫。三将到齐，必将为汉王训练出一支铁骑雄兵。至于战马，那就要多多感谢萧丞相，丞相已筹措关中良驹百余匹，载着粮草辎重而来，此刻正在城外大营中，只等汉王检阅。此番临行前，臣已拜托萧丞相，继续于关内关外购置战马，不用多久，就将有宝马良驹源源不断从关中发来。"

刘邦喜道："甚好！有了这支骑兵，就能牢牢守住荥阳，抵挡楚军兵锋了。"

"非也！"韩信摇摇头，"此刻不应只求固守，当主动出击！"

刘邦、张良不免都有些诧异。汉军刚刚经历了一场巨大的溃败，楚军紧追不舍、势头正盛，项羽虽然没有亲自挂帅，但楚军乘胜追击，攻势十分凶悍，汉军则疲于应付。此时能够维持守势都已经十分吃力，这样的情形之下选择主动出击，无异于以卵击石，并不是一个常规意义上的理性决策。

可韩信用兵，就在于打破常规。进攻就是最好的防守，敌方越是料不到你会主动出击，就偏要主动出击。

"好！就听将军的！"刘邦咬紧后槽牙，仿佛赌徒赌上了身家性命似的。

经过一个月的整军备战，一支"郎中骑兵"组建成功，归属灌婴统领，士卒大多是擅长骑射的关中秦人。汉高帝二年（公元前205年）六月，韩信以这支骑兵军团为主力，打响反击战役，突袭驻扎于京、索（两城均在今河南荥阳市境内）之间的楚军大营。两城之间广阔平坦的平原地带，成为楚汉骑兵一决高下的绝佳战场。

成千上万匹战马飞奔疾驰，马蹄嗒嗒，与隆隆战鼓的节奏相应和。战马之上，两军骑兵兜鍪铠甲护身，长枪剑戟奋力厮杀。万马齐鸣，萧萧马嘶之声夹杂着战士们的呐喊嘶吼，震天动地。

楚军遭遇突袭，仓皇应战。汉军"郎中骑兵"行动迅捷，攻势凌厉，出手狠辣，招招致命，显然是一支训练有素、武艺绝伦的精锐之兵。

楚军四面逃散，只见一将跃上瞭望高台，剑光一闪，斩断楚军旗帜。那将高擎汉旗，迎风屹立，威风八面，露出一张年轻果敢的脸来，正是韩信。

京、索之战，韩信打了一个漂亮的防守反击。这场战役虽然规模不大，双方投入兵力不过数万，却是彭城大战后汉军取得的第一场难能可贵的胜利，韩信重挫楚军兵锋，也极大提振了汉军低靡的士气。

随后，韩信有条不紊地组织防守与反攻，令曹参、灌婴、靳歙等将领四面出击，接连拿下雍丘、外黄、燕县、衍氏、武强、菑南、昆阳、叶县等城池。韩信运筹帷幄、调兵遣将，帮助刘邦构建了贯穿荥阳、成皋、广武一线的纵深防御体系，犹如布下一道不可逾越的天堑，楚军自此被阻挡于荥阳以东，不能再西进一步。

韩信受命于危难之际，挽狂澜于既倒。汉军不仅转危为安，而且恢复元气、军心大振。此后，楚汉战争进入一个全新的阶段，以荥阳为中心，双方陷入长久的拉锯战。两军对峙，维持着脆弱的均势。

水淹废丘，章邯败亡

汉高帝二年（公元前205年）六月，刘邦回到栎阳。此时他在关中尚有一块心病，那就是废丘城中的雍王章邯。

章邯展现出惊人的耐力，已经死守废丘十个月之久，一直拒绝投降，任凭汉军如何挑衅叫战，就是不为所动，闭守不出。也许章邯仍然心存希望，相信项羽终有一日将杀回关中来解废丘之围。

关中已然尽归大汉版图，唯有这废丘城，就像是广袤平原上插着敌军旗帜的一座孤岛，更像是插在刘邦心里不得不拔掉的一根刺。

这根刺怎么拔，刘邦第一个想到了韩信。经过京、索阻击战，他对韩信的军事才能已经彻底拜服。这一日，他召见韩信，在庭院中信步闲谈。

"寡人近日有一件头疼事，还想请教将军如何破解。"

"臣惶恐，愿效犬马之劳。"

下人抱着一个陶瓮进前来，韩信往里一瞧，瓮中卧着一只硕大的绿乌龟。

"将军快来瞧瞧，这是寡人新得的玩意儿，据说是只千年老龟。"刘邦手持短剑作势要劈，"你瞧！一逗弄这玩意儿，头和脚就立马缩进龟壳里，任你再怎么敲打龟壳，就是不伸出来，无趣得很哪！将军你说，这可如何是好啊？"

韩信心领神会，明白刘邦意有所指。"还定三秦"之战他是主帅，如今"三秦"却留着一条"尾巴"，始终是自己心里一个疙瘩，从荥阳前线回来后，他一直在思考攻下废丘的策略。

"大王放心，臣有办法，可使这乌龟探出头来。"

韩信捧起陶瓮，往庭院水池大步迈去，猛地将陶瓮往池中一掷，陶瓮半浮在水面，池水源源不断地灌入其中。那乌龟突然入水，冒出头和四脚，漂出瓮来，在池中慢条斯理地游弋着。

韩信笑道："大王请看，这不就出来了吗。"

刘邦怔了片刻，陷入沉思。

"将军确定，此法行得通？"

韩信收敛笑容，正色道："臣必不辱使命，破废丘、擒章邯，为大王消除这心头之患。"

"很好！寡人心中这一根刺，一日不拔则寝食难安啊。一切就都仰赖将军啦，将军即刻动身。"刘邦笑道，"对了，那老龟就赠予将军，闲来无事，可逗闷解乏呀。"

韩信领命，再次投入废丘前线。他没有马上下达攻城的命令，连日来，总是带领部将朱轸、侍从数人，爬上废丘城对面的高坡山崖，东瞧瞧、西看看，四处游荡，谁也不知道他到底在看些什么。

这一天，朱轸实在按捺不住好奇心，问道："末将斗胆请问将军，咱们每日在这荒坡之上徘徊，究竟在察看何物？"

"天井。"

"天井？"朱轸更糊涂了。

韩信道："孙子兵法言道，行军作战应当避免诸多不利地形，其中之一，唤作'天井'，朱将军可知何意？"

"末将孤陋寡闻，还请将军赐教。"

"所谓'天井'者，四周为高地，中间低洼如盆，形状似井也。朱将军试想，两军对战，我若处于'天井'之中，有何不利？"

朱轸思忖片刻，答道："处在'天井'中，就有如笼中之雀、瓮中之鳖，若四面被围，则逃无可逃。"

"何止逃无可逃，若遇大水浸漫、火烧连营、漫天飞矢，'天井'中人插翅难飞，唯有死路一条！"韩信目光如电，举剑指向山坡对面的城邑，"朱将军瞅瞅，那废丘城，像不像一座'天井'？"

朱轸循剑指方向望去，四四方方的废丘城，地势低洼，三面环山，妙的是城邑之前，沣河之水环城流淌而过，水流湍急。

朱轸突然领悟韩信意图，不禁汗毛耸立，大惊道："将军难道想……"

韩信笑而不语。

"将军，山间老农带到。"

韩信命人找来一位当地农夫，笑问道："老伯可知，近日何时有雨呀？"

老农道："回禀贵人，瞧这天象，三日之内，必有暴雨。"

"当真？"

"这还有假？这几日，蜻蜓低飞，虫蛇出洞，蛙鸣不止，可不就是暴雨将至吗？"

"老伯说得对，农人靠天吃饭，还能有谁比老伯更熟悉时令气象呢？来人！赏老伯黄金十两。"韩信满意地点点头，"这些日子，还请老伯在家中好生待着，暂且不要出门了。"

此刻他们站立的山坡不远处，正是沣河上游。韩信道："朱将军听令，即刻于沣河上游处，堆砌泥土沙袋，拦河筑坝，堵塞河道，积蓄水流。"

"末将领命！那……那敢问接下来当如何？"

"接下来？一切准备就绪，接下来，就让我们与城中的雍王章邯一起，等待狂风骤雨的到来吧。"

三日后，乌云压城，果然天降倾盆暴雨。大雨如注，沣河水位瞬时高涨。韩信下令拆除事先堆筑的泥沙堤坝，高处的河水于是如瀑布般倾泻而下，淹没过废丘的城墙，绵延不绝涌入城中。

废丘汪洋一片，成为泽国。大水漫漫，从上游往下奔涌，仿佛来自天上的银河。不论城中的雍军，还是城外的汉军，许多士兵原本只在传说中听过大水淹城之事，今日第一次亲眼目睹，无一不瞠目结舌，被眼前水漫天地的壮观奇景所震撼。在如万马奔腾的大洪水面前，在大自然的鬼神之力面前，再多的精锐士兵、再精良的守城工事，都显得那么不堪一击、渺小无力。

章邯登上高楼远眺，汹涌大水一浪接着一浪拍打城墙，激起滔滔浪花，也一波一波地撞击在他的心上。

"大王，大势已去，快逃吧！"

章邯悲怆道："我这一生，命运沉浮，大起大落，享受过辉煌胜利的荣耀，也经受过一败涂地的屈辱。自陈胜吴广作乱，我临危受命执掌秦军以来，赢得的胜利不可计数，楚王陈胜、魏王魏咎、齐王田儋、楚将项梁，哪一个不是我手下败将？而论败，我这一生只败过两次，第一次败给了项羽，四十万秦军啊，二十万战死巨鹿，二十万降而被坑，大秦就这样葬送在了我的手上！第二次便是今日，败给了韩信这么一个不知从哪儿冒出来的无名小辈，用兵奇诡狠辣，比之项羽有过之而无不及，这是天要亡我啊……兵家自然要面对胜败常事，可胜利那么多次又有何用，只败了两次，便满盘皆输，一切都完了……第一次失败，我觍颜苟活了下来，如今再败，还有何脸面活在世上！"

言罢，章邯拔剑自刎。

一代将星陨落，韩信唏嘘不已，上书征得汉王刘邦同意后，在废丘城外，依诸侯王之礼厚葬章邯。

水淹废丘之战，是韩信第一次在战争中充分利用"水"这一因素。"智者乐水，仁者乐山。"（《论语·雍也篇》）生长于淮阴水乡的韩信，从"水"中领悟出无限的兵法智慧，在未来的战事中还将一次又一次地惊艳世人。

第八章　奇谋破魏

不堪受辱，西魏王豹反汉引战火

汉高帝二年（公元前205年）五月，韩信赢得京、索之战不久，西魏王豹求见刘邦。

魏豹当初追随项羽入关，大分封时被封为西魏王，统辖河东之地（黄河东岸、今山西西南部），以平阳（今山西临汾市西南）为都。彭城之战前，刘邦大军经过河东，西魏王豹虽然心不甘情不愿，但迫于刘邦威势，只能加入汉营，领兵与各路诸侯出征西楚。彭城大溃败后，西魏王豹随汉军撤退到荥阳。

这天，炎炎烈日之下，西魏王豹忐忑不安地等待与刘邦一见。

"汉王睡了个午觉，刚醒过来，还乏得很，就不在正殿接见魏王了，还请西魏王到内室叙话。"

"这……这成何体统！"西魏王豹脸上挂不住了。

传话的下人斜斜瞥了一眼，没好气道："西魏王是走，还是不走呀？"

西魏王豹长叹一声，摇头拂袖。他被引入汉王内寝，迎面瞧见刘邦身穿亵衣，头发未束，衣衫不整，瘫坐在床榻边，两名侍女正跪在两侧服侍他洗脚。

"加水！加热水！不够烫……西魏王来啦，快近前来……西魏王此来何事啊？"

粗鲁无礼的刘邦自在放松，恭谨守礼的西魏王豹反倒羞臊得慌，眉头微皱，低下头，俯身鞠躬道："特来向汉王请辞。"

"请辞？"刘邦先是一怔，随手操起身边的湿手巾朝西魏王豹一扔，呵斥道，"怎么？你也要反！"

彭城战后，各路诸侯纷纷弃汉归楚，只剩常山王张耳与西魏王豹仍属汉营。

手巾湿漉漉地打在西魏王豹身上，他下意识地伸手接住，水珠沿着手指缝往下滴，他摊开手掌捧着手巾不敢扔，就像是捧着刘邦对他的羞辱，只能恭恭敬敬地默然承受。

西魏王豹道："汉王息怒，何反之有啊！只是河东传来消息，老母病危，时日无多，臣不得不归国探视，以尽天伦孝道……"

"你老母病危，我老爹现在还在项王牢里呢！楚军都打到家门口啦，还尽哪门子的孝道！"

刘邦一生气，骂骂咧咧，唾沫横飞，时而像个闺中怨妇，时而像个市井泼皮，耍横谩骂，污言秽语，还不停猛跺泡在盆里的右脚，水花四溅，铜盆噔噔作响，每响一声都像是一根大鼓槌猛敲了西魏王豹心脏一下。

"你们这帮王侯贵族，哼！装什么高贵！在老子看来，都是他娘的势利眼、墙头草！不就是打了场败仗吗？一个个跑得比兔子还快，赶着去投胎呀！"

刘邦骂到兴起之处，大脚一抬，将铜盆踢翻，水流一地，两名跪地的侍女受惊倒在西魏王豹身边，西魏王豹本能地后退一步，不让侍女碰到自己。

刘邦瞧见了，嚷道："西魏王，将寡人的侍女扶起来！"

"这……"

"怎么，扶寡人的侍女，脏了魏王那尊贵的双手吗？"

西魏王豹何曾受过这样的羞辱，他满面通红，咬紧牙关，半闭着眼，微微弯腰俯身，向其中一位侍女伸出像是注了铅似的双手。

"奴婢不敢！"两位侍女识趣地迅速站起身来。

刘邦又嘟嘟嚷嚷骂起来。地上的流水沾湿了西魏王豹的鞋履，他能感受到刘邦的洗脚水满满浸湿他的脚掌，心中涌起一阵厌恶。

"滚！都滚吧！"刘邦大概是骂累了，朝雕塑般伫立着的西魏王豹摆摆手。

西魏王豹铁了心要走，强留也无济于事，刘邦只能应允。没想到，一渡过黄河，西魏王豹立马翻脸不认人，下令封锁黄河渡口，严守出入魏国的交通要道，派遣使者与项羽重新建立邦交，并且公告天下：西魏正式脱离汉国。项羽很高兴，令侄儿项他领一支楚军前来支援魏国。

"真是墙倒众人推、树倒猢狲散啊！天杀的魏豹，还说什么他娘有病，无耻小人！"

刘邦再怎么怨怒也无济于事，那时他正忙于应付荥阳前线的楚军，无暇抽出手来对付西魏王豹。汉高帝二年（公元前205年）六月，刘邦回到栎阳短暂休整，立刘盈为太子，命萧何辅佐太子治理关中，同时令韩信解决废丘城中的雍王章邯。稳定关中大本营之后，汉高帝二年（公元前205年）八月，刘邦再次奔赴荥阳，这一次，他腾出手来准备处置西魏王的问题。

倘若能够不战而屈人之兵，自然最好不过。刘邦召来旗下第一辩士郦食其。

"寡人记得，郦公有一句话，怎么说来着？说打仗靠的不是拳头，而是舌头，对吧？"

"臣说的是：三寸不烂之舌，强于百万之师。"

"对对对。现在就是舌头发挥作用的时候啦！魏豹背信叛我，河东不宁，还请郦公走一遭，替我婉言劝解魏豹，若能化干戈为玉帛，寡人允诺，赏黄金千两，封魏地万户。"

郦食其领命，来到魏都平阳，以其如簧巧舌，晓之以情、动之以理。

然而，西魏王豹始终面目肃然，不为所动。郦食其无可奈何，发出最后一问："楚汉相争，这才刚刚开始，鹿死谁手尚未可知，在下就不明白了，西魏王哪怕保持中立也是好的，何苦非要与汉为敌不可？"

西魏王豹半天没言语，脸上现出悲愤的神色，道出肺腑之言："人生一世间，如白驹过隙。汉王向来傲慢无礼，以侮辱他人为乐，肆意责骂诸侯群臣，就像在骂他的家奴一样，毫无上下尊卑礼节。'儒者，可亲而不可劫（威胁）也，可近而不可迫（逼迫）也，可杀而不可辱也。'（《礼记·儒行》）我此生再也不想见到汉王！"

一向能言善辩的郦食其，这时候也哑口无言。西魏王豹对刘邦的形容，并没有造谣污蔑。他作为魏国王族后裔，论军事实力也许不如刘邦，但仍然勉力保留最后一点点尊严和体面，不愿再受乡野鄙夫的侮辱。既如此，多说无益，郦食其只能无功而返。

刘邦冷笑道："哼！好你个魏豹，给脸不要脸，软的不吃，那就只能来硬的了！"

平定魏国的人选，除了韩信还能有谁？

"大将，可知寡人急召将军前来，所为何事啊？"

韩信道："可是为了伐魏之事？"

"伐魏之事固然要紧，可眼下更要紧的，是一件大喜事呀！寡人已草拟诏书，不日将昭告天下，擢升大将为大汉左丞相！"

左丞相之尊，地位仅在萧何之下，韩信万万没想到这么快又获晋升，他郑重地向汉王叩拜致谢。

"左丞相快快请起。寡人还有一件大礼，哦不，两件大礼要赠予丞相。传曹参、灌婴入殿！"

曹参、灌婴进前，刘邦道："左丞相，这两位将军皆为寡人麾下勇将，他们随左丞相北上，助丞相平定魏国，如何呀？"

韩信大喜。曹参、灌婴智勇双全，都不是空有一股子蛮力的莽夫。曹参虽为武将，却文质彬彬，老成持重，为人处世倒有几分神似萧何丞相，这样稳重的人在军队中十分难得。灌婴五短身材，军中戏称"灌小儿"，短小精悍，聪明机警，更是当世一流的骑兵统帅，此前韩信建议刘邦组建骑兵军团，那"郎中骑兵"正是由灌婴统领。从此，曹参、灌婴投入韩信麾下，与他并肩作战、征讨四方。韩信如虎添翼，自然欣喜万分。

官职也升了，副将也有了，韩信心满意足，正式领受讨伐魏国的任务。

郦食其毕竟去过一次魏国，暗中探得不少敌情，大军出征前，刘邦召来郦食其问话。

"魏军大将谁也？"

"回汉王，柏直。"

刘邦哼了一声："乳臭未干，哪里是韩信对手！魏军骑将谁也？"

"冯敬。"

刘邦"哦"了一声："原秦国丞相冯无泽之子，名门之后，虽有贤能之名，但也不是灌婴的对手。魏军步卒将领谁也？"

"项他。"

"项王族侄，纨绔子弟，也不足为惧，敌不过我的曹参。如此看来，此战必胜，寡人可以安枕无忧、静候佳音了。"

有趣的是，韩信临行前，也邀请郦食其前来一叙。

韩信与刘邦一样，同样关心敌方大将人选，不同的是，韩信问道："西魏王是否以周叔为大将？"

郦食其答："非也，大将为柏直。"

韩信追问："郦公可否确认？"

"千真万确，就是柏直。"

韩信松了一口气："柏直，竖子耳，年轻气盛，刚愎自用，不值一提。反倒是，我闻周叔其人，韬略满腹，用兵如神，是个可怕的对手。魏王有眼无珠，不能识人用人，周叔不在魏军，此战无忧矣。"

兵法云："知己知彼，百战不殆；不知彼而知己，一胜一负；不知彼，不知己，每战必殆。"（《孙子兵法·谋攻篇》）韩信显然深谙此道，他早已四下派出谍者、斥候，搜集魏国一切政治、军事信息，因此得知"周叔"其人，才有了被刘邦所忽略的"周叔"之问。

"周叔"究竟何许人也？有什么通天的本事？由于史籍失载，已无从知晓。但此事彰显韩信对于构建情报网络的重视，这是确定无疑的。同样是刺探敌情，他比刘邦更深入一层，真正践行了"知己知彼，百战不殆"的原则。

临晋设疑，木罂飞渡

汉高帝二年（公元前205年）八月，大汉左丞相韩信领军三万，北上平魏。副将曹参领步兵，副将灌婴领骑兵，大军行进至临晋关乃止。

一条大河横亘在汉军面前，河对岸就是魏国领土。汉军在黄河西岸，驻临晋；魏军在黄河东岸，守蒲坂（今山西永济市西南）。汉军处攻势，魏军处守势，双方隔岸对峙。

黄河之险，是魏军拒敌自守最大的优势，也成为汉军面临的最大阻碍。渡河问题是此战胜败的关键。汉军渡不过黄河，就踏不上魏国领土分毫，更不必奢谈其他。而汉军将从哪儿渡河、几时渡河、如何渡河，是双方关切的焦点、博弈的核心。

来到临晋后，韩信一日也没闲着，常在河岸边来回行走，勘察河流走势、山川地貌。八月盛夏，黄河大涨，水势浩荡。眼前滚滚奔腾的黄河壮丽雄伟，与韩信所熟悉的淮阴温柔静美之河迥然不同。水高浪急，渡河成了个大难题，一向自信从容的韩信，也不禁眉头深锁。

"报将军，斥候回来了。"

"快传。"

"此行走出多少里？"

"谨遵将军之命，沿河北行往上游去，行一百二十里，至夏阳（今陕西韩城市南）而归。"

"上游水势如何？"

"越往上游，水道越宽，水流越平缓。"

韩信追问细节："有多浅？马能渡否？人能渡否？"

"回将军，水深约略淹没至人之脖颈，战马肯定不行，士兵的话，恐怕也难以潜渡。"

韩信眉头皱得更深了，继续问道："水最浅处何在？"

"在夏阳。"

"夏阳？"韩信若有所思，"夏阳兵防如何？"

"三三两两，守备松懈，并无大军驻守。"

"夏阳距此多少里？几日行程？"

"一百二十里，约两日行程。"

"若快马加鞭，最快几时可达？"

"一日内或可抵达。"

经过连日来的地形勘察与战术思考，破魏之战的大方略已在韩信脑中隐约成形，只是在这宏大复杂的战略部署当中，还有至关重要的一环，也就是最为关键的渡河问题，仍然没有圆满的解决方案。这一环节一旦扣上，就将形成完美的闭环，倘若扣不上，其他所有的布局筹谋都将毫无意义。

韩信这才发现，领军打仗就像是诗人作诗、乐人谱曲，也需要创作灵感。而灵感这东西，就像是天外飞仙，你绞尽脑汁苦苦寻它不得，蓦然回首却早已悄然而至，近在眼前。

此时韩信的眼前，有两个小男孩正厮打在一起，起初难解难分，渐渐的，矮瘦男孩打不过高胖男孩，干脆往大河方向冲去，转眼间像条鲤鱼跃入大浪里，矮瘦男孩冲高胖男孩喊道："有种就入水来呀！"高胖男孩显然怕水，吐舌做了个鬼脸，扬长而去。

韩信瞧那矮瘦男孩自在游弋，有如一条小白龙在浪花里奔跃飞腾。男孩上岸后，韩信迎上前去。

"小孩儿，方才你和那胖子正打架呢，胜负未分，为何突然入水呀？"

"胖子块头大，在陆地上我打不过他，但在水里，别说他了，天王老子都打不过我，我可是'河东小蛟龙'！"

韩信和随行将士都被"小蛟龙"的可爱逗乐了，韩信笑道："好一个'河东小蛟龙'，我看你方才游得可欢了，水势这么急，就不怕沉下去？"

"我水性好，才不怕呢！若大浪来了，真要往下沉，就赶快在水面上抓住木板、竹子、陶罐之类的，有什么抓什么，死死抱住，不就浮上来了！"

韩信心中一亮，似有所悟。他回想起小时候与乡邻少年打架被扔进河里的情景，回想起兵法中"兵无常势、水无常形"的妙论，那大方略中缺失的关键一环，眼看就要扣上了。

韩信突然高声叫道："高邑！"

一位飒爽俊朗的青年快步上前，正是韩信侍从高邑。

"将军有何吩咐？"

"你，把衣服脱了，找一根木棍抱着，跳进河里去，游出一里地再回来。"

"这……这个……启禀将军，小人不习水性，恐怕……"

韩信露出狡黠的坏笑："不习水性？那太好啦，要的就是不习水性之人。别磨蹭，快去！找不着合适的木棍，就让'小蛟龙'帮你找，哈哈……"

"小蛟龙"眼疾手快，捡起一根树枝，朝高邑笑嘻嘻道："兵大哥，你看这个行不？"

高邑急了："这么小哪成！小子想淹死我呀，再找根粗的大的……"

高邑左挑挑右捡捡，寻得一个粗大如柱的树根，一步三回头地走向河边，整个人趴在大树根上，紧紧抱住，小心翼翼地让树根浮下水去。

韩信冲"小蛟龙"笑道："小孩儿，你也下去吧，没有你'小蛟龙'在一旁，万一那傻大个真给淹着了可咋办？"

"小蛟龙"认真地点点头，高喊一声："哥哥等等我，我陪你一起！"

说完，动如脱兔一般跃入河。

韩信仔细观察两人在水中沉浮的情况，思忖道：树根虽然安全稳当，缺点也很明显，慢慢悠悠，难以行进。瞧那高邑趴在树根上，就跟一只千年老乌龟似的，这要猴年马月才能渡过河去呀！树根之类的木材看来并非士兵泅渡的上佳之选。

高邑上岸后，心有余悸，一副逃过大难、劫后余生的样子。没想到，韩信往地上一指："我已命人寻来竹筏、陶瓮、罂甒，全都是常见的可漂浮之物，高邑来，一个一个试给本将军瞧瞧。"

高邑目瞪口呆，"小蛟龙"在一旁欢呼雀跃："我陪哥哥一起玩儿！"

不止高邑，十几位随行士兵借助各式各样的漂浮物，纷纷在黄河上如小舟般游弋漂流，直到暮色降临，夕阳的余晖洒在黄河的浪涛上。

高邑抱着罂甒入水，圆滚滚的罂甒极为轻巧，正好适合环抱于胸前。游速一下子快起来，高邑一不留神，罂甒脱手，身体失控下沉，呛了几口黄河水，好不容易才挣扎上岸，一副委屈巴巴的模样。

"将军，末将不明白，大敌就在对岸，将军怎么还有此闲心，拿将士们玩耍取乐？"

韩信严肃道："本将军何曾与你玩耍取乐！高邑听令，即日起，给我掘地三尺，方圆百里遍寻罂甒、瓮缸、竹木、麻绳等物，汇集于夏阳。这件事办好了，攻破魏国，你小子就是大功一件！"

高邑挠头道："竹木还好说，林中砍伐便有了，罂甒可不易得，还得从附近村落人家中找找看。不知将军总共需要几个罂甒？"

"一万个。"

夕阳西下，晚霞与暮霭中，只留下高邑目瞪口呆的一张脸，以及韩信起身归去的背影。

韩信回到军营时已经入夜，副将曹参、灌婴等候多时。

"两位将军，为何愁眉不展？"

曹参、灌婴道："敢问左丞相，此战，我军胜算几何？"

"那还用说，我军必胜！"

曹参道："北上河东之前，我二人也信心满满，西魏王、柏直皆庸才耳，无足惧哉，怎奈到了河东才发现，原来此战真正的敌人不是魏、柏，而是滔滔黄河啊！"

灌婴接过话头："如今盛夏，正是大河暴涨泛滥时节，大军渡河极为不易。即便勉力行舟强渡，若魏军守株待兔，趁我半渡之时发兵击之，后果不堪设想。"

韩信道："两位将军言之有理，如何渡河，的确是此战关键所在。"

"还请丞相赐教，我军将从何处渡河？可是由临晋强渡？"曹参、灌婴异口同声地问出当前所有人最关切的问题。

"是，也不是。"韩信道，"灌将军，你领麾下骑兵继续驻守临晋，征集船只，日夜演练，摆出马上就要渡河攻打蒲坂的样子来，不必遮掩，就是要让对岸的魏国人瞧瞧我军之威。曹将军，迅速整编步兵军团，卸下粮草辎重，轻装简从，随我北上夏阳！"

"夏阳？"

"二位附耳过来。"

韩信压低声音，将破魏谋略巨细靡遗地和盘托出，这两位久经沙场的将领也不禁双目放光。

翌日起，灌婴将所有舰船归集于黄河西岸，大张旗鼓地演练载马渡河，呼声震天，气势汹汹。对岸的魏军自然都看在眼里，于是将主要兵力布防在与临晋一水之隔的蒲坂，其他渡口仅留少量守军。

魏军主帅柏直对西魏王豹信誓旦旦："大王放心，汉军绝过不了黄河！休想踏上魏国领土半分！韩信胆敢强渡，就让滔滔黄河成为他葬身的坟墓！"

西魏王豹道："听闻三秦之战，韩信明修栈道，暗度陈仓，奇兵突袭，打了章邯一个措手不及。这一次，韩信会不会故技重施啊？"

柏直摇摇头，一副胸有成竹的样子："汉军倘若要奇袭，派出的必然是灌婴麾下那支郎中骑兵，因为骑兵灵活机动，行军迅捷，比起步兵更适合奇袭。臣请问大王，如今日夜在对岸操练渡河的汉将是谁？"

"据探报，正是灌婴。"

"如果有奇袭之兵，断然没有将骑兵留在临晋的道理。大王尽管放心，哪来什么奇袭！据臣听闻，那韩信原不过是项王帐下一介执戟郎中，转投汉王，只是凭着侥幸打了几场胜仗，何足挂齿。此战，我据黄河天险之利，只须固守，韩信必败！"

就在柏直扬扬自得以为看透了一切的时候，韩信、曹参带领骑兵团之外的所有步兵约两万人，从临晋出发，沿黄河北上，经过一天一夜的急行军，抵达夏阳少梁渡口。

尽管已有心理准备，但当亲眼目睹渡口上的奇观盛景，曹参还是惊诧不已，半天说不出话来。

韩信在一旁笑道："曹将军瞧瞧，这就是我军渡河的秘密。"

河岸上，数不尽的罂、瓯、瓮、缶等容器一个挨着一个，星罗棋布，上万个罂罐密密麻麻一眼望不到头。再往远处眺望，临岸的河面上停泊着许多小木筏，不可胜数，每个木筏可以运载十数人。

韩信露出神秘的笑容："曹将军上前瞧瞧，木筏底下还有秘密呢！"

曹参快步小跑到岸边，伸长脖子往木筏上瞧。长条形状的木筏是由木板横竖交叉钉在一起的，形成三横三纵九个中空的小方格子，每个格子里捆着一个罂瓯，罂瓯大肚在下，小口在上，从竹筏面上冒出个小头来，九个圆滚滚的罂体则半浮在水面上，撑起了整个木筏。曹参生平从未见过这般奇物。

这时高邑冒了出来，面带骄傲地说："禀报曹将军，这些都是我和将士们连夜赶制而成的！"

原来，高邑领受韩信之令，率一支先遣部队先期抵达夏阳。一路上砍伐林木，收集罂、瓯、瓮、缶等肚大口小的容器。这些容器空腹密封起来，本身就是士兵能够借力浮游的器皿，像是"河东小蛟龙"那样水性好的将士，一人抱着一个罂瓿，就能游过黄河去。但这还远远不够，大量不习水性的士兵怎么办？高邑这支先遣队将沿途砍伐的木材编制成近千个小木筏，然后依照韩信的奇思妙想，用麻绳将罂瓿一个个串联起来，捆绑在木筏中空的方格里，以此增加木筏的浮力。更重要的是，不会游水的将士站在木筏这一平面上，不必入水也能安然渡河前行。

韩信发明创造的这个神奇物件，姑且称之为"木罂"好了。

（"木罂"一词出自《史记·淮阴侯列传》："魏王盛兵蒲坂，塞临晋，信乃益为疑兵，陈船欲度临晋，而伏兵从夏阳以木罂䋽渡军，袭安邑。"

北宋曾公亮《武经总要·前集·卷十一》对"木罂"形制进行了大胆猜想："木罂者，缚瓮罂以为筏。瓮罂受二石，力胜一人。瓮间容五寸，下以绳勾连，编枪其上，形长而方，前置筏头，后置艄，左右置棹。"

韩兆琦《史记笺证》援引清代郭嵩焘的分析："河流湍急，岂木罂瓿所能渡者？当是造为浮桥，施木板于罂瓿之上，以其轻而能浮，又易于牵引以通两岸也。"）

这时候，高邑完全不像怕水的样子，跨步一跳，站在木罂上，手舞足蹈，朝韩信高声道："将军！万事俱备，我军几时渡河啊？杀他魏军一个片甲不留！"

韩信道："高邑你稳重些，嚷什么嚷！生怕对岸的敌人听不见吗？"

夜幕降临之后，两万步兵在夜色掩护下泅渡黄河。

比起下游临晋的浪涛汹涌，上游夏阳河道宽阔，水流平缓。上千名士兵怀抱罂瓿，一个两个三个，扑通扑通跳入黄河，朗朗月色之下，如成百上千条鲤鱼在浪花中翻腾飞跃，蔚为壮观。

然后便是木罂了。士兵们从来没有见过这种非船非舟的奇怪玩意儿，更别说乘坐了。大家面面相觑，都有点忐忑不安。

烛火映照之中，韩信大踏步走向岸边，身轻如燕，纵身一跃，稳稳地落在木罂上。在主帅身先士卒的激励下，将士们纷纷上筏。每个木罂上一左一右各有两名将士划桨，驱动木罂在河中前行。

木罂一排连着一排，如万舟齐发，浩浩荡荡朝黄河对岸驶去。倘若你是天上的月亮，往下俯瞰，黄河之上仿佛架起了一座又一座浮桥，这浮桥是"活"的，在水中漂浮游移。河面上不时跃起飞鱼，白鹭与海鸥乘着月光，三三两两地落在木罂上。这些鱼儿、鸟儿好像也在好奇，夜半三更的，你们乘坐这奇怪的玩意儿要到哪里去？

"高邑，你这个碎嘴子，怎么半天不说话？"韩信发现同乘一筏的高邑坐立难安，有些不对劲。

高邑羞赧道："回将军，我又兴奋，又有点儿害怕……"

"害怕什么？"

"这木罂摇摇晃晃，我……我还是有点怕水。上游水势的确比下游平缓许多，可将军您瞧，黄河凶险，依然是浪涛连绵。这木筏可是我和将士们临时造出来的，毕竟不像大船那般稳固，万一掉下去如何是好？"高邑说得自己都有点不好意思，好在夜色遮掩了他发红的脸。

韩信微笑道："你知道吗？这水呀，可是上苍赐予凡间众生的礼物。水的性子奇怪得很，你若是惧怕它，它就是你的敌人，你若是喜欢它，它就是你的朋友。你把水当作你的敌人，它就会毫不留情将你吞噬，可当你把水当作你的朋友时，它那无穷无尽的力量都将为你所用，助你成就大事！"

高邑一脸茫然，不解韩信话中深意。

韩信从木罂中站起，缓缓挥动那把追随他多年的青铜古剑。皓月当空，星光璀璨，韩信在滔滔黄河之上对月起舞，一招一式，舒缓而优美。木罂随着波浪摇曳，舞剑之人乘风破浪。群鸟在韩信身边盘旋飞翔，剑光与月光交相辉映，水天共一色，将军伴月舞。

将士们纷纷鼓掌喝彩，触景生情，和着剑舞，唱起歌来：

"河水洋洋，北流活活。施罛濊濊，鳣鲔发发……"（《诗经·卫风·硕人》）

不知不觉间，韩信两万步兵就以这样神奇的方式渡过了黄河。上岸时，天已拂晓，晨曦初露。韩信命士兵们在岸边简单用些小食充饥。

"将士们，前方就是魏国重镇安邑，诸位随我拿下安邑，午间我等在安邑城设宴庆功，尽享美食，开怀畅饮，如何啊？"

将士们齐声欢呼，迅速杀向安邑（今山西夏县西北）。城中守军不过数千，而且毫无防备，全城军民尚在昏睡之中，整座城池便被汉军攻占。安邑守将王襄正做着美梦，从兵戈铿锵声中惊醒，稀里糊涂地成了俘虏。

安邑沦陷的消息传到蒲坂，柏直觉得不可置信："不可能！这不可能！汉军不正在对岸操练吗？怎么可能出现在安邑？他们从哪里渡河？如何渡河？军报一定是哪里弄错了！"

魏豹悔之晚矣："柏直啊柏直，聪明反被聪明误，你误我大事！"

安邑是军事重镇，也是此战中蒲坂魏军的后方粮饷补给之所。只因安邑在蒲坂侧后方，西魏王豹与柏直怎么也想不到汉军能够飞跃黄河，迂回绕道攻击安邑，于是安邑疏于防备、兵力空虚。如今汉军占领安邑，就切断了蒲坂与魏都平阳之间的联系，魏国岌岌可危。西魏王着急忙慌地调集蒲坂的魏军主力，回师救援。

蒲坂的魏军一走，对岸临晋的灌婴大喜："韩将军果然神机妙算！"

依照韩信的部署，灌婴骑军兵团抓住这一大好时机开船渡河，百舸争流，战鼓隆隆，一上岸，先以迅雷不及掩耳之势攻占蒲坂，然后马不停蹄追击魏豹。

而这一边，韩信派曹参率军迎战魏豹，在东张（今山西永济市东北）击败魏将孙遫，再破魏军。随后，曹参乘胜进击。西魏王豹在曲阳遭遇曹参军伏击，掉头往南逃窜，正好遇上灌婴骑兵迎面杀来，前后被夹击，逃无可逃。

接下来就是猫捉老鼠的游戏，汉、魏之间上演围追堵截与仓皇逃窜的戏码。最后，西魏王豹在东垣（今陕西垣曲县）被曹参俘虏，魏军主力全军覆没。韩信分兵略地，有如风卷残云、势不可挡，先北上攻占魏都平阳，继而一举平定河东五十二城。战后，韩信遣人将西魏王豹押送到荥阳，交由刘邦处置。

八月出兵，九月灭魏，韩信以区区三万之兵，一个月内尽收魏国五十二城，再立奇功。自此河东魏地归属大汉，韩信依刘邦诏命，在魏国设置河东、上党、平原三郡。

灭魏之战，战争规模并不大，汉军不过三万，魏军兵力至多也不超过十万。此战独特之处，依然在一个"奇"字。

兵法云："出其所不趋，趋其所不意。行千里而不劳者，行于无人之地也。攻而必取者，攻其所不守也。守而必固者，守其所不攻也。故善攻者，敌不知其所守。善守者，敌不知其所攻。微乎微乎，至于无形；神乎神乎，至于无声，故能为敌之司命。"（《孙子兵法·虚实篇》）

攻就要攻敌人不守的地方，守就要守敌人不攻的地方，才能成为敌人命运的主宰。韩信深谙兵法虚实之道的精髓，破魏之战几乎是"明修栈道，暗度陈仓"的重演，他故技重施，先是临晋设疑，大肆演练迷惑对手，继而避实击虚，从夏阳潜渡，出敌之背，一招制敌。

韩信完美演绎了什么叫"出其所不趋，趋其所不意"。敌人万万没有想到韩信从一百多公里外的夏阳渡河，万万没有想到不是骑兵船渡而是步兵泅渡，万万没有想到不是骑兵突袭而是步兵奇袭，万万没有想到汉军竟然绕到后方首先攻打安邑……在破魏大方略中，韩信每一条决策看似都违背常理，实则遵循了更高深精妙的兵法智慧，神乎其神，已臻化境。

战后，曹参、灌婴等将领纷纷好奇问道：

"请恕属下孤陋寡闻，木罂飞渡这等奇事可有先例？"

"将军究竟是如何想出木罂渡河这一妙法？"

"可是哪本兵书上曾记载此法？《孙子兵法》《司马法》《尉缭子》？"

韩信笑道："哪本兵书上都没有记载。说起来还请将军们莫取笑。韩信年少时，常与乡邻少年打架，打得急了，就被扔入河中。有一次水高浪急，我在水中挣扎，眼看就要沉溺水底，忽然抓到一个大大的罂罐，紧紧抱着，趴在上面，竟然漂浮了起来，保住一命。我也与那'河东小蛟龙'

一样，十分熟悉河上各种能漂浮行渡之物。今日这黄河之水，唤起我年少的记忆，这才有了木罂飞渡的主意。"

众将啧啧称奇，皆赞韩信渡河妙法旷古未有，必将百世流芳。

自古渡河作战，无非两种方式，一是大军乘战船，二是士兵寻水浅处泅渡。韩信发明了第三种奇特方法——木罂飞渡，大胆而富有开创性，充满创造力与想象力。创造力弥足珍贵众所周知，可问题是，创造力究竟从哪里来？

木罂飞渡，奇则奇矣，但依然其来有自，它来自韩信少年时在淮阴水乡的人生经验。由此观之，任何创造都不是毫无依据地凭空想象，都有它的土壤与根基。创造力首先是对既有经验的继承，然后才是打破常规，举一反三，触类旁通。这是一个从接受、继承到打碎、归零、重塑，最终实现再造的过程。

木罂飞渡，不仅奇，而且美。

"故善出奇者，无穷如天地，不竭如江河。""微乎微乎（微妙啊微妙），至于无形；神乎神乎（神奇啊神奇），至于无声。"孙子眼中那至高无上的兵法境界，就是艺术。

破魏之战中，韩信的创造力与想象力，让战争有了美感，上升到了艺术的层面。这种美，不仅仅是形而上的战略精巧之美、军事智慧之美、学理知识之美，更是黄河之上、明月之下，万罂飞渡的奇观盛景之美。这美不胜收的一幕，永远镌刻在了中国古代战争史的悠长画卷之中。

"三步走"定天下，韩信开辟第二战场

汉高帝二年（公元前205年）九月，西魏王豹作为战俘被押送至荥阳，随之而来的还有韩信上呈刘邦的一封书信。这封信是军令状，是请战书，更是关于大汉平定天下的战略策论。

韩信在信中写道："愿益兵三万人，臣请以北举燕、赵，东击齐，南绝楚之粮道，西与大王会于荥阳。"（《汉书·韩信传》）

既然是策论，那就要解决现实问题。大汉国当前的困局不外乎十六个字：彭城溃败，众叛亲离，荥阳对峙，勉力维持。彭城之战后，魏国、代国、赵国、燕国、齐国全都倒向楚国阵营，北方诸国与楚国连成一片，对汉国形成从南至北的广大包围圈。刘邦与项羽以荥阳为界对峙僵持，几轮攻防战下来，刘邦屡尝败绩，楚强汉弱的总体形势似乎难以扭转。

韩信这封信，正面回答了"大汉国如何扭转眼前败局"这一关键问题。

韩信平定魏国，无疑将北方诸国对汉国的包围圈撕开了一个口子。韩信受此启发，意识到北方战场的重要性。北方广大地区如果归楚，那么大汉就将四面受敌，永无出头之日。北方广大地区倘若归汉，那么楚国的大后方就将暴露在汉国面前，韩信在北、刘邦在南就可以对项羽形成两面夹击之势，楚强汉弱的形势就将全面逆转。

在楚汉战争陷入僵持之际，韩信提出平定天下的"三步走"战略。

第一步，北上，开辟北方第二战场。在荥阳正面主战场之外，开辟黄河北岸的第二战场。魏国灭亡后，黄河以北仍有代、赵、燕、齐等国雄踞一方，作为楚国的北翼。北方战事将由韩信主导，他将逐一平定代国、赵国、燕国、齐国，击破楚国的包围圈，对楚国形成反包围。

第二步，南下，攻略侵袭楚国后方。待北方安定之后，韩信将领军南下，绕道袭击楚国大后方，断绝楚军粮道，征讨淮南、淮北等地。

第三步，西进，与刘邦连兵亡楚。最终，韩信将转兵向西，与刘邦会师于荥阳，将项羽一举击溃，天下归汉。

这"三步走"，从宏观战略层面解答了楚汉战争接下来该怎么打的问题，可以视为"汉中对"的升级版。韩信提出"汉中对"时，楚汉战争尚未打响，只是画出了一张战略蓝图。如今，大战已经进入第二个年头，在瞬息万变的战场形势面前，韩信一刻都没有停止思考，不断调整战略规划，经过深思熟虑，在紧要关头，提出开辟北方第二战场的战略。韩信再一次展现了他的眼光与韬略，为迷途中的大汉国指明了方向。

世人皆知，韩信会带兵、能打仗，但少有人知道，武将之外韩信还是一位优秀的战略家。普通的将军只能打赢一场又一场局部的战争，而顶级的将军能够统筹全局、通盘考量，最终赢下所有。韩信的"三步走"战略可贵之处在于，能够跳脱出具体某一场战役，以宏观的、全局的视野来看待楚汉争霸的大形势。这种超越具体事务进行宏观抽象思维的能力，正是"战略"要义之所在。

刘邦将韩信的书信递予张良："韩信之议，子房以为如何？"

张良览毕，沉思片刻，赞道："妙！妙哉！"

"妙在何处？"

"格局之宏大，视野之宽广，纵横九州，挥斥方遒，臣自愧不如。能有此等韬略之人，当世寥寥无几。臣曾说过，韩信是可以独当一面的将才，如今看来，臣倒把韩将军之智说小了！"

韩信"三步走"战略，一胜在与时俱进，是紧随战争形势变化不断调整而生发出的新鲜方略；二胜在格局宏大，韩信的目光放眼天下，覆盖北、中、南三大空间维度，总览全局，视野宽广，尽显大战略家的宏伟气魄；三胜在侧面迂回策略之巧思，开辟北方第二战场无疑是"三步走"的核心，由刘邦死守正面战场，不断拉锯消耗楚军，韩信则另辟蹊径从敌人侧翼强攻，在北方不断蚕食楚国外围领土，打破各诸侯国反汉同盟，如断项羽之右臂，对中线主战场的楚军形成牵制与威胁，最终力挽狂澜，扭转汉军颓势。

楚汉战争后来的走向，几乎是按照韩信"三步走"的"剧本"在往前发展。只不过，当时的韩信没想到，他将一直被困在北方战场，而南方战场袭扰楚国后方的任务，将交由彭越、英布等人来完成。这是后话。

第九章　背水一战

韩信灭代，不出奇兵也能赢

韩信自愿开辟第二战场，主动为汉王打江山，刘邦没有理由拒绝。只不过，放任韩信在北方攻城略地，眼看他一天天领地愈广、声名愈盛、威势愈强，刘邦也始终心存忧虑。他打算再派个人前往华北，一则为韩信助力；二则作为监军，替刘邦监视韩信一举一动；三则分韩信之功，对韩信有所抑制，免得世人以为大汉国只有韩信一人。此人既要有名望、镇得住，又要熟悉华北形势，能胜任者除了张耳还有谁？

当日，刘邦召见常山王张耳，开门见山道："张公可曾忘了被陈馀驱逐出赵国的耻辱？"

张耳道："一刻也不能忘！有朝一日，我必杀回赵国，将陈馀那厮生吞活剥，解我心头之恨！"

"不必有朝一日，机会来了。"

"哦？汉王将伐赵？"

"不是寡人，是寡人的大将、左丞相韩信。他已平定魏国，如今向寡人请兵三万，立誓踏平赵、代之地。寡人心想，平赵大业，怎么少得了张公啊？"

"臣叩谢汉王！必尽心勠力，辅助左丞相平定赵国！"

刘邦扶起张耳，嘻嘻笑道："张公过谦了，哪里是'助'，平赵大业张公可要当仁不让啊！只要杀了陈馀，赶跑赵歇，那赵王之位，除了张公还有谁可担此大任呢？"

说起张耳、陈馀的恩怨情仇，在当时可谓闻名遐迩、路人皆知。

张、陈都是魏国名士，是中原地区有头有脸的人物，秦末起义浪潮中，二人共同扶持赵国宗室赵歇为王。张耳年长于陈馀，二人结为忘年之交，原本亲密无间、高山流水，直到巨鹿之战的爆发。

那一年，秦将章邯围攻赵国巨鹿城，赵王歇与张耳被困在巨鹿城中，陈馀领数万兵马于城外。张耳请陈馀发兵来救，陈馀认为兵力不足，想等各路诸侯援军一同前来解围，一直按兵不动。张耳三番五次来催，最后派张黡、陈泽二将来到陈馀军中，陈馀无奈拨出五千兵马交予二将，结果在秦军铁蹄之下全军覆没。后来巨鹿之战项羽大显神威，解救了赵国。张耳责怪陈馀不愿发兵救援，更怀疑张、陈二将是陈馀所杀，于是张耳、陈馀撕破脸，由此结下仇怨、分道扬镳。

后来，项羽大分封，从赵国分割出代国，改封赵王歇为代王，封张耳为常山王，陈馀未获任何分封，心存不满。齐国田荣起兵反楚，陈馀积极支持，借齐国之兵攻击张耳，张耳被迫逃亡，投奔故友刘邦，自此归入汉营。而另一头，陈馀风生水起，将赵歇再一次扶上赵王的位置，赵歇在项羽分封时受到打压，偏居一隅，能够复为赵王自然对陈馀感恩戴德，于是投桃报李，封陈馀为代王、兼任赵国相国。陈馀辅佐赵王歇，成为赵国实权人物，自称"成安君"。同时派偏将夏说任代国相国，替他代理国政。

彭城之战前，刘邦联合天下诸侯伐楚，陈馀表示，只要刘邦将张耳的项上人头送来，他就以代、赵之兵声援刘邦。刘邦两边都不想得罪，灵机一动，寻得一位与张耳面目极为相似之人，将假张耳的头颅送给陈馀，换来代、赵军队的支持。彭城之战后，陈馀发现自己被骗，怒不可遏，大呼

"刘季无耻小人"，自此与汉国势不两立。

冤冤相报何时了，张耳、陈馀的恩怨终于到了要了结的时候。

汉高帝二年（公元前205年）闰九月，张耳领军三万，来到魏国都城平阳与韩信会师。张耳重回赵代故地，急于向宿敌复仇："韩将军，我军何时启程攻赵？"

"常山王莫急。我军下一战，并不攻赵。"

"不攻赵？难道远攻燕、齐？"

"非也。"韩信摇摇头，指向舆图上山西、河北之地，"常山王难道忘了唇亡齿寒的道理？欲破赵，必先取代！"

韩信下一个目标是代国。代国虽然是个小国，但赵、代本为一体，唇齿相依，代国是赵国外部的一道屏障，若绕过代国，贸然攻赵，必将遭受两国前后夹击，因此欲破赵必先取代，既解除后顾之忧，也瓦解赵国外围防线。

张耳又问道："听闻将军善出奇兵，暗度陈仓，木罂飞渡，用兵出神入化，不知将军此番，又有何奇计灭代？"

"常山王又错了，这一次没有奇计，咱们与代军硬碰硬，堂堂正正地打！"

代国方面，得知汉军来犯，代王兼赵相陈馀不敢怠慢，展开防御部署，命令代相夏说领军南下驻守邬县（今山西介休市东北）。代国兵少将弱，汉军具有绝对优势，无需什么奇谋巧计，打就是了。韩信不怕夏说来战，反而怕夏说闭门不战。

韩信、张耳领军从平阳出发，沿汾水河谷北上，一路声势浩大，大张旗鼓直奔邬县。

韩信早已探知，代相夏说原是陈馀帐下一名谋士，并非武将出身。他命军中善作文者，书写讨伐夏说檄文一篇，文采斐然，尖酸刻薄，将夏说祖宗十八代骂得狗血淋头。邬县城门下，这篇檄文由一名大嗓门的汉军将士高声诵读出来，反反复复，听得城门楼上戍守的代军将士都快能够背诵全文了。

到了第三天，夏说终于不堪受辱，打开城门，亲自率军与汉军决战。

两军在邬县之东展开厮杀。这一回，韩信没有埋伏、佯败、奇袭，而是以精兵强将的绝对实力碾压敌人。兵法"奇""正"两道绝非互相对立，而是互为依存、相辅相生。什么时候"奇"，什么时候"正"，考验的正是主帅相机而动的智慧。

代军溃败，丢盔弃甲，逃亡者众。夏说拼死杀出重围，领残军往东逃去。大战得胜，汉军欢欣鼓舞，正欲入邬县解决城中残余守军，继而占领这座城池。

韩信却下令："勿入邬城，全军追击夏说，务必全歼代军！"

韩信用兵，向来不在意一城一地的得失，他最为在乎的是敌人的有生力量是否被全部消灭。因此，韩信对敌军的打击，几乎都是毁灭性的，绝不让敌人有机会死灰复燃。至于城池，敌军如果都已经消灭殆尽，还愁拿不下几座城池吗？

汉军一路穷追不舍，一直追到阏与（今山西和顺县西北），两军再次决战，夏说兵败被杀，代军主力被全歼。韩信这才命曹参引本部兵马，从容不迫地回师邬县。

代国已亡，接下来的赵国才是真正难啃的硬骨头。赵、代一体，韩信很清楚，破代容易，攻赵难，赵国一日不灭，代国就不算真正平定。

就在韩信运筹帷幄谋划攻赵方略之时，汉王使者带来了令韩信五味杂陈的消息。

刘邦遣使来向韩信要兵要将。荥阳前线战事不利，刘邦怎么都打不赢项羽，连吃败仗，损兵折将。刘邦说："老子快撑不住了，韩信你快将麾下数万精兵交出来，这是你为人臣子应尽的本分。哦对了，我要把曹参将军也调回来。"

北方战事虽然顺利，但也并不轻松。韩信心里不情愿，但他没的选择，只能将手下这支战京索、灭章邯、破魏豹、擒夏说的精锐之师拱手相让，由曹参率领送往荥阳。这支精兵自然是肉包子打狗——有去无回。此前刘邦曾从荥阳送来三万兵马，大多是残兵败将，如今倒意外成为韩信仅存的主力部队。韩信兵力大为削弱，只能紧急在魏、代当地征调兵卒，聊以补充。

赵国强敌在前，兵力又被釜底抽薪，韩信将如何破解困局？

背水布阵，疑兵示形巧破敌

汉高帝三年（公元前204年）十月，破代之后，韩信、张耳领兵伐赵，汉军驻扎于井陉道西口（今山西省平定县旧关）。赵王歇、赵相陈馀早已扼守井陉道东口（今河北鹿泉市土门关），号称二十万大军，严阵以待。

"陉"是指山脉中断之处，亦即山隘口。井陉口因四周群峰环绕，中间低洼，其形似井，因而得名。井陉乃"天下九塞"之一，这条大峡谷中的小径，狭窄幽长，车马不能并行，可谓一夫当关万夫莫开，自古为兵家必争之要冲。

韩信从山西出发征讨河北，井陉道是穿越太行山的必经之路。大战在即，双方大军隔着巍峨险峻的太行山，集结于井陉道东西两侧，剑拔弩张，蓄势待发。

陈馀帐下谋士李左车，号"广武君"，足智多谋，向陈馀献策道：

"臣听闻，汉将韩信渡涉西河，虏获魏王，生擒夏说，新近又喋血阏与，声势极盛。今韩信又得张耳辅助，意欲灭我赵国，这是乘胜进击、离国远征，兵锋锐不可当。虽如此，依臣愚见，汉军也并非全无软肋。臣闻行军作战，倘若千里运粮，供应难以保障，士卒必将面有饥色；行军途中临时打柴烧火做饭，兵士必将难以饱食。今井陉之道狭长，战车不能两车并行，骑兵不能排成行列通过。敌军行军数百里，粮草辎重必定在队列尾部。愿足下借臣奇兵三万，从间道小径突袭，断其辎重。足下则深沟高垒，坚守营寨，切勿与其正面对战。如此，韩信前不得斗、退不得还，臣再以奇兵绝其后，不出十日，韩信、张耳的项上人头，就将送到您的面前。愿君用臣之计，否则，韩信奇谋善战，吾辈必为韩、张二子所擒矣。"

李左车的计策高明之处在于，既充分利用了自身据守井陉要塞的地理优势，又敏锐地抓住了韩信长途远征与井陉狭窄所导致的补给困难这一致命弱点。李左车原本自信满满，不料，陈馀却不为所动。

"吾闻兵法云：'十则围之，倍则战。'（《孙子兵法·谋攻篇》）今韩信之兵，号称数万，其实不过数千，能够行军千里远来袭我，必然精疲力竭。面对这样的敌人，不迎头痛击，反而龟缩营中，避而不打，岂不贻笑大方？我成安君颜面何存？天下诸侯只会笑我怯弱无能，于是轻易前来攻伐我。将来若有比韩信更强大的敌人来犯，难道还是依君之计，深沟高垒、坚守营寨吗？那与束手就擒何异？"

李左车道："姑且不论将来，眼下汉军就在井陉西口，能有奇谋巧计克敌制胜，何必劳师动众冒险正面与之硬战？"

"正义之师，不用诈谋奇计！"陈馀丢下这一句慷慨陈词，面露不悦，不再理会李左车。

李左车心内慨叹："儒生领兵，就有如叫小娘子去打虎擒狼，最终只能成为虎狼口中之食。"

陈馀是位儒生，讲究仁义道德，瞧不上那些阴谋诡计，他要堂堂正正地打阵地战，要光明正大地赢得胜利，这与春秋时那位著名的宋襄公如出一辙。宋襄公认为，趁敌军渡河时"半渡而击之"有违仁义，非得等到敌人渡河列阵完毕之后，才击鼓为号正式开打，最终一败涂地，沦为笑谈，宋襄公本人也在历史的长河中被耻笑了几千年。今日陈馀"义兵不用诈谋奇计"之论，与宋襄公"不半渡击敌"可谓异曲同工，千百年来他们遭受了"迂腐""愚蠢"的恶评，然而事情恐怕远不是这么简单。

陈馀的观念深刻体现出当时儒家与兵家思想的对立矛盾。《孙子兵法》开宗明义就定性了战争这件事："兵者，诡道也。"而儒家是关于仁义礼智信的道德学说，从儒家的观念来看，《孙子兵法》简直满篇都是不堪入目的阴谋诡计。这是两家思想对于战争这件事在认知上的巨大分野，各自所捍卫的价值观不同而已，难有高下之分。

以更纵深的历史维度来看，众所周知，孔子向往西周礼乐之制，高呼"郁郁乎文哉，吾从周"（《论语·八佾》），痛惜于春秋以降礼崩乐坏、大道不行。宋襄公、陈馀看似迂腐不知变通的行为背后，所恪守的其实是春秋战国以来逐渐失落了的贵族精神——讲礼、守信、重道、体面有尊严，不屑于阴谋诡计、蝇营狗苟。只不过这种贵族精神，在数百年争战不休的乱世里，显得那么不合时宜，只能在一次又一次历史叙述里沦为笑柄。

无论如何，陈馀最终没有采纳李左车的计策，而他也将为自己的"不合时宜"付出代价。

汉军有间谍回到井陉西口，将他所探知的李左车之计支离破碎地向韩信报告。韩信将这些只言片语编织起来，李左车的计谋逐渐在他脑中拼接完整，大惊失色，叹道："想不到，赵国竟有这样的智者！巧计奇谋，正中我军软肋，这可如何是好！"

谍者道："可是小人听说，成安君当面将李左车数落了一番，说什么'义兵不用诈谋奇计''深沟高垒，天下人将笑我'云云。"

"什么？此话当真？"韩信先是感到诧异，难以置信，继而大喜过望，笑道，"成安君清高骄傲，更有眼无珠，智者在旁竟不能识人，简直天助我也！"

另一位主将张耳可就没这么乐观。他与韩信帐中密谈，剖析敌我优劣势所在："在下以为，此战着实不易啊！赵军拥兵二十万，我军不过数万；赵军养精蓄锐、以逸待劳，我军长途奔袭、士卒疲敝；赵军训练有素，乃精锐之师，而我军……"

韩信替张耳补上他没能说出口的话："而我军多数将士，乃汉王从荥阳遣送而来的残兵败将，卒不经练，士不亲附，可谓'乌合之众'。"

韩信手下精锐部队已被刘邦调走，投入荥阳战场。刘邦从荥阳打发三万弱旅给韩信，只轻巧地丢下一句话，让韩信在当地自行解决兵源问题。韩信只能在短时间内紧急收编魏国、代国的散兵游勇。韩信并不回避问题，这一战的难处就在于，手下是一支"乌合之众"。

张耳深深叹了口气："将军果然也这么想。这支队伍在荥阳屡吃败仗，并非精锐，而且将不知兵、兵不知将，彼此陌生，大战在即，这可如何是好？"

韩信笑道："常山王切莫忧虑。只要陈馀不用李左车之计，就没有什么可担忧的。我军长途奔袭，不宜打持久战，只能速战速决。我打算在一个早晨之内，全歼赵军主力！"

张耳第一次与韩信合作，还不太习惯韩信这种"狂言妄语"的风格。从明修栈道、暗度陈仓，到临晋设疑、木罂飞渡，张耳早就对这位汉军大将用兵之奇有所耳闻。这一次，他与全军将士一样好奇，韩信又将使出什么样匪夷所思的招数。韩信果然没有令人失望，接下来他所下达的每一条军令、做出的每一项部署，都令将士们丈二和尚摸不着头脑。

汉军沿井陉道向前推进，行进至距离井陉东口三十里处，韩信下令停军，安营扎寨，在此处过夜。

那天，士兵们的晚餐格外丰盛。韩信传令道："明日就将破赵入城了，留下那么多军粮有何用，将现有的稻粱肉食全都烹煮了，好好犒劳全军将士，明日可有一场漂亮的胜仗要打。"

虽然主帅这么说，但手中的羹汤越是热气腾腾、香气扑鼻，士兵们心里就越是七上八下打着鼓，这晚饭吃得味同嚼蜡。

明天还有一场胜仗要打？听说赵军有二十万，哪里是一天就能打胜的？听说牢里的死囚临刑前都会吃顿好的，难道今晚这就是"最后的飨宴"？这还活得过明天吗？

那天晚上，士卒们就在这样的惴惴不安中渐渐睡去，少有人注意到，韩信营帐里的烛火一直亮着。

"夜如何其？夜未央，庭燎之光。君子至止，鸾声将将。"（《诗

经·小雅·庭燎》）

寅时（凌晨3点至5点），微光摇曳之中，营帐帷幕掀开一角。韩信低声传令："召靳歙将军来见。"

须臾，靳歙一身甲胄，穿戴齐整，精神奕奕地挺立在韩信面前。

"靳将军，昨晚休息得怎么样啊？"

"回禀将军，重任在肩，不敢懈怠，甲胄未脱，一夜无眠！"

韩信笑道："你有何重任啊？"

"这个……末将不知，将军令末将随时待命，末将心想，今日必有重任交予末将。"

"不错！"韩信声量虽轻，在夜深人静中听来，却清晰而庄严，"靳歙听令！现命你优选轻骑二千人，每人手持一面赤旗，从小路间道秘密行军，务必于天亮之前，逼近赵军大营，埋伏于营外山冈之上，居高临下，时刻瞭望赵营动静，伺机而动，可听明白？"

"末将领命！"靳歙很快领会自己将统领一支骑兵突袭，但仔细一琢磨，似乎还有许多迷惑不解之处，"敢问将军，士卒手中红旗何用？山间埋伏至何时方出？赵营怎么攻？攻下赵营后当如何？倘若攻不下又当如何？"

韩信道："别急，本将军早有筹谋。正所谓，兵不厌诈。明日大战，我军将佯装不敌，败退而走。赵军见我后撤，必开营拔军，倾巢出动前来追我。你埋伏于山间，一见赵营已成空巢，火速抢占敌军营寨。切记，入营第一件事，便是拔除赵军旗帜，一个不留，将我汉军赤旗插满敌营……"

韩信没有再往下说，靳歙心领神会，激动不已："将军奇谋妙策！末将敬服！赵军必破矣！"

韩信气定神闲道："时不我待，靳将军即刻出发。赤旗飘扬的赵营之中，我将与君会师！"

天渐渐亮了。晨曦依旧和煦，朝露依旧晶莹，与往昔每一个普通的早晨没有什么分别。但数万汉军将士心里清楚，今日一役是形势险峻的生死之战，若时运不济，也许就再也看不见明天的晨曦与朝露了。

韩信特意走到营中士兵密集之处，下令为全军将士发放早点小食。他高声对众将士道："诸位且简单用些小食，待破赵之后，我将大宴全军，会食庆功！届时再请诸位大快朵颐！"

韩信这话现场很多人都听见了，一传十、十传百，迅速传遍全军。就算是行军打仗，吃饭也同样是头等大事。韩信通过对餐食的安排，来向将士们表达此战必胜的决心。而军中人心如何浮动，也通过吃饭这件事显露无遗。

"韩将军究竟什么意思？"

"什么意思还不清楚吗？就让你先随便垫补点儿，破赵之后再来吃大餐。"

"这……这可能吗？赵军可有二十万呐！"

"咳……你问我，我问谁呀？"

"事已至此，只能听天由命啦。赶紧吃吧，横竖都是死，宁做饱死鬼，也不做饿死鬼。"

"哼，瞧你们这点志气，要做鬼你们自己做去，既然横竖都是死，那不如拼死一战，没准还能起死回生，捡回一条命呢！"

在这样将信将疑的情绪中，汉军出征了。韩信接下来的行军部署更是出人意表，令人捉摸不透。他下令拨出一万人组成前锋军，先行出兵井陉口，渡过绵蔓水，在大河东岸，面向赵营背水布阵，以待与赵军决战。

领命的将领脸上写满了迟疑、犹豫与恐慌。

韩信道："心里有话，但说无妨。"

"末将愚钝，请教将军，井陉道狭窄险峻，倘若出井陉之时，遭遇赵军伏击，如何是好？"

"凡伐国之道，攻心为上，攻城为下。你可知赵王歇、赵相陈馀此时的心思？"

那将领茫然地摇摇头。

"如今赵军占据有利地形，修筑营垒，以逸待劳，坐等我军入瓮。赵王、成安君心中所想的是一鼓作气、全歼我军。只要他们没看到我军主将的旗帜，就不会轻易出击，一定会放行令尔等通过。他们在等着放长线钓大鱼，深恐如若贸然进击我前军，后边的主力大军将因前锋受挫而全身而退，那他们便前功尽弃了。"

那将领道："将军所言极是，只是出井陉之后，背水布阵，有违兵家常理，恐怕不妥……"

韩信脸色拉了下来："岂不闻，尽信书不如无书！还轮不到你来教本将军兵法，一切依令便是，勿再多言！"

那将领唯唯诺诺，领命而去。果然如韩信所料，这支前锋军顺利通过井陉道，并没有遭遇赵军阻击。渡过绵蔓水后，前锋军背靠河流排布列阵，摆开与对面赵军决一死战的架势。

赵营中，陈馀登上哨台，远远瞧见汉军背水布阵，想起《尉缭子》中有言"背水阵为绝地，向坂阵（向着山坡列阵）为废军"，哈哈大笑道："今日还真是开了眼，背水列阵，将自己陷于死地，犯兵家大忌。韩信，真庸才耳！"

赵军众将纷纷附和，唯有李左车凝视着绵蔓水岸那违背常理的奇怪阵形，心中隐隐不安。那个连续平定关中、河东的韩信，真的是不懂兵法常识的庸才吗？当敌人这么刻意地向你展示他的笨拙时，谁信以为真，谁才真的是庸才。

朝阳东升，一切准备就绪。韩信、张耳率主力部队击鼓进军，大张旗鼓地通过井陉口，径直朝赵军大营杀来。这时候的汉军，一改韩信以往神出鬼没的行军风格，鼓声隆隆，旗帜招展，大摇大摆，生怕敌人不知道汉军主帅来了。

陈馀下令开营，杀出一支先锋部队。汉、赵两军交战良久，胜负一时难分。主帅战车上的韩信，突然拔起车上帅旗，往地上掷去，大声喝道："鸣金收兵！"汉军佯装不敌，士卒们纷纷效仿主帅，将旗帜、战鼓弃之不顾，迅速后撤，往绵蔓水方向逃散，与早在岸边背水布阵的前军合二为一。

陈馀见汉军作鸟兽散，旗鼓丢弃满地，仓皇逃至河岸边，已然退无可退，不禁冷笑道："汉军弱旅，大势已去。全军听令：乘胜追击，一鼓作气，全歼敌军！"

陈馀就这样一步步精准地踩入韩信的圈套中，他亲自统领士兵，命留守营中的赵军倾巢而出，往绵蔓水边疾奔，与韩信大军展开厮杀。

陈馀很快发现不对劲，片刻之间，他好像遭遇了一支面貌焕然一新的汉军。对于数万汉军将士而言，前方是强敌，后方是河流，无路可退，要么胜，要么死，陷入绝境的士兵们，爆发出惊人的战斗力，好像沉睡的猛兽突然醒来，露出骇人的青面獠牙，人人拼死搏命，对赵军进行致命反击。

陈馀眼见横尸绵蔓水上的赵卒越来越多，形势急转直下，为保全军力，无奈下令后撤回营。一路惶惶然如丧家之犬，好不容易回到大本营，眼前的情景令陈馀与赵军将士瞠目结舌、大惊失色。

只见赵军大营辕门紧闭，赵军旗帜被弃如敝屣，扔得满地都是，一面一面猩红色的汉军旗帜插满营垒，迎风飘扬，在冷风中猎猎作响，仿佛一片红色的海洋。哨台高处站满了汉兵，发出震天怒吼，令人战栗不已。

怎么回事，赵营怎么成了汉营？不过离开一炷香的时间，为何就改天换地了？难道都城襄国也已失守，赵王也已被俘？

陈馀目瞪口呆，想破了脑袋也想不明白究竟发生了什么。

原来，在陈馀领军出营后，早早埋伏在不远处山冈之上的汉军两千轻骑兵，以迅雷不及掩耳盗铃之势奇袭赵营。此时营中空虚，守军寥寥无几，汉军几乎不费吹灰之力，就成功上演了鹊巢鸠占的戏码。

赵营的大门再一次被打开，但此时主客颠倒，杀出的汉军骑兵，如猛虎出柙，攻势凌厉。陈馀急忙掉转方向往回撤，韩信、张耳正领着背水之军追来。赵军被前后夹击，陷入天罗地网之中，插翅难逃。

赵军军心大乱，将士斗志全无，四散奔逃遁走。陈馀在混乱之中，挥剑斩杀了几位逃兵以儆效尤，试图重整军列，可兵败如山倒，一切为时已晚。陈馀只能在巨大的绝望中迎接自己和整个赵国的大溃败，他在逃亡途中被斩杀于泜水边上，赵王歇被生擒于赵都襄国。

而这一切，都发生在汉高帝三年（公元前204年）十月短短一个早上的时间。

韩信在破魏、平代之后，又成功灭亡赵国，开辟北方战场的大方略迎来"开门红"，为大汉国再立不朽功勋。

诸位将领得胜归来，纷纷献上敌军将领首级、俘虏，向韩信贺喜。

有将领问道："末将斗胆请问将军，可曾听闻，兵法有云：'右背山陵，前左水泽'？"

这是前人总结的行军经验，意思是说，行军布阵，右面、背面要靠山，左面、前面要靠水，才有利于行进，也有路可退。

韩信微笑着点点头。

那将领趁机提出了所有人心中共同的疑问："今日，将军违背兵法常理，令臣等背水布阵，称'破赵后将会宴庆功'，我等原本不服，谁承想，竟然大胜而归！末将愚钝，还请将军不吝赐教，这究竟是什么兵法战术，如此神奇？"

韩信哈哈大笑，难得笑得如此畅怀。

"我用的也是兵法，只是诸君没有发现而已。岂不闻，兵法云'陷之死地而后生，置之亡地而后存'？现在这支队伍，并非长期追随我身边的部队，而是汉王临时从荥阳遣送而来。战事急迫，本将军来不及像对待亲信之兵一样，对众将士抚爱关照，众将士也自然不会为我韩信卖命。带领这样一支军队，就好比驱使市集之徒、乌合之众一样。要充分发挥他们的战力，非置之于死地不可，迫使他们人人为自己而战，而不是为我韩信而战。倘若按照兵法常理，给予他们逃生的余地，战事一起，稍有不利，士兵们必然不愿拼命而溃散奔逃，那么何来今日之大胜呢？"

诸位将领都佩服得五体投地："善。非臣之所及也。"

背水一战，韩信完美践行了"攻心为上"的兵法理念。

"凡伐国之道，攻心为上，攻城为下；心胜为上，兵胜为下。是故，

圣人之伐国攻敌也，务在先服其心。"（赵蕤《长短经·攻心》）

"攻心"的思想贯穿在中国古代军事谋略当中，用现代的语言来说，就是打心理战。这无疑是韩信的看家本领。他先是背水布阵，故意向敌人展示自己的笨拙，引敌方嘲笑、看轻自己，令敌人放松戒备与警惕。两军开战后，又佯装不敌败退，再次示弱，使敌军滋生骄纵情绪，更重要的是勾引出陈馀认为"汉军既然如此羸弱大可以一举全歼"的贪功之心，于是全军出动，留下一座空营，让山冈伏兵乘虚而入。整个过程中，韩信对于敌人的各种心态洞察深刻、把握精准、巧妙利用，令人叹为观止。

不仅仅对敌人"攻心"，韩信对自己人也"攻心"。背水之战像极了当年巨鹿之战破釜沉舟的重演，都是置之死地而后生的经典战例。比起当时项羽手握楚国精兵，韩信面前更添一层困难，他所拥有的是一支战力不强的"残兵败部"。为破解这一难题，韩信兵行险着，借鉴破釜沉舟的成功先例，充分抓住将士们退无可退只能拼死一搏的心态，成功激发出"乌合之众"原本并不具备的强大战力。

背水一战，韩信将"疑兵示形"演绎得出神入化。

"兵者，诡道也。故能而示之不能，用而示之不用，近而示之远，远而示之近。"（《孙子兵法·计篇》）这就是所谓"示形"之术，有实力就要装作没实力，想要进攻就要装作不想进攻，想从近处打就要装作想打远处，想从远处打就要装作想打近处。

"示形"之术背后有其深刻的哲学理念，那就是"形"（表象）与"实"（真相）之间的辩证关系。眼见未必为实，很可能是诈。你眼睛所见的只是"形"，只不过是外在的表象。"形"与"实"未必一致，倘若天真地以为"形"就是"实"，那么就将落入"疑兵示形"的陷阱。利用"形"与"实"之间的模糊暧昧，示之以形，隐之以实，营造假象迷惑对手，这就是"疑兵示形"的精髓所在。

在这里，"示"既是展示，更是一种伪装。韩信在灭赵之战中，前后三次游刃有余地"疑兵示形"，将敌人耍得团团转。

第一次"示形"，前锋军先出，背水布阵，展示笨拙，成功麻痹敌人。

第二次"示形"，主力军攻营，佯装败退，展示弱小，成功引蛇出洞。

第三次"示形"更妙，在赵军大营中大举汉旗，让赵军误以为赵王已败、都城沦陷，这不再是"示弱"，而是"示强"，成功震慑敌人，将压垮了赵军将士的最后一根稻草放上。

这棋局中的每一步，都思维缜密，环环相扣，韩信编织了一张无懈可击的罗网，令敌人不知不觉之间便已无可挽回地步入圈套之中。

背水一战，更有它超越兵法谋略层面的意义，它是对教条主义最强有力的反击，启发我们去反思如何看待与运用"规律"。

背水布阵原是兵家大忌，但韩信巧妙地利用这一禁忌，既将它化为激励士兵拼死奋战的力量，又使它成为令敌人轻敌大意的迷魂阵。战国时赵括"纸上谈兵"的故事贻笑千年，古往今来不乏有人说得一嘴好兵法，一上战场真刀真枪就露怯了。因为战场上的情况时刻都在变化，实战与理论完全是两回事，如果固守兵法陈规，就将陷入刻板的教条主义。孟子有言："尽信书，则不如无书。"（《孟子·尽心下》）书本上的"规律"只是对外在世界宏观抽象的概括总结，而现实的情境千变万化。韩信自幼熟读兵书，难能可贵的是，他并不是个不知变通的书呆子，他知道自己面对的是瞬息万变、无比复杂的现实世界，需要随机应变，需要具体问题具体分析，于是才有了明明违背了"规律"却最终赢得精彩胜利的"背水一战"。

师侍俘虏，不战而胜燕国平

赵国虽灭，但有一个人韩信始终念念不忘。

大战之初，韩信就下令全军，切勿杀害广武君李左车，能将他活着带到韩信面前的人赏赐千金。韩信明白，千金易得，而智者难求。

重赏之下必有勇夫。果然，战后有士卒捆着李左车而来。韩信高呼

"先生""广武君"，亲手为他解开绳索，请李左车东向而坐，韩信西向对坐，像对待老师一样，恭恭敬敬谦卑有礼地侍奉他。

向来高傲的韩信，极为罕见地谦称自己为"仆"，诚心实意地向李左车请教："仆欲北攻燕国，东伐齐国，还请广武君不吝赐教，当如何谋划，方可建功立业？"

李左车辞谢道："臣闻'败军之将，不可以言勇；亡国之大夫，不可以图存'，今臣为败亡之俘虏，何足以妄议大事？"

韩信道："仆闻之，当年，智者百里奚，居虞国而虞亡，在秦国而秦霸。究其原因，并非百里奚在虞国时愚钝、在秦国时睿智，而是两国主君对百里奚用与不用、听与不听的分别。就以今日之战而论，倘若成安君能听足下之计，那么韩信早已沦为赵国的阶下囚。我要感谢成安君，感谢他有眼无珠，不用足下，才令我今日得此良机，能够侍奉足下。仆一片赤诚，倾心问计，愿足下勿再推辞。"

李左车望着韩信的眼睛，被他的诚恳真挚所打动，起身作揖，道："臣闻'智者千虑必有一失，愚者千虑必有一得'。故曰：'狂夫之言，圣人择焉。'臣原本担忧臣之计策愚浅，未必足用，但将军一片赤诚，臣愿敬效愚忠。"

李左车客气自谦了半天，终于愿意归顺，成为韩信的智囊。

韩信喜不自胜："足下过谦了，韩信得先生辅佐，何愁北方不平！还请先生赐良策。"

李左车道："成安君原有百战百胜之计，一旦而失之，军败于鄗下，身死于泜水之上，此为前车之鉴。今将军渡涉西河、虏获魏王、生擒夏说，一举攻下井陉，不终朝（一个早晨之内）而破赵军二十万之众，诛杀成安君，名闻海内，威震天下。这是将军目前的优势与长处。"

亲耳听见这一席褒奖誉美之词，韩信有些飘飘然，没想到李左车话锋一转："然而，数月以来，兵戈不止，众将劳顿，士卒疲敝，其实难用。今将军欲举倦弊困顿之兵，攻打燕国固若金汤之城。此战恐怕将拖延日久，徒耗军力，而不能攻拔其城。旷日持久，粮草日竭，而弱燕不服，东方齐国势必据守而自强。燕、齐相持不下，则刘、项之胜负难以见分晓。这是将军目前的劣势与短处。"

李左车的分析鞭辟入里、一针见血，韩信点头如捣蒜："先生所言，甚是有理，正是韩信心中所忧。依先生之见，燕国、齐国都不打了？"

"臣愚钝，窃以为攻燕伐齐之策，还须仔细斟酌。善用兵者，不以己之短击人之长，而是以己之长击人之短。所以，打也可，不打也可。既要打，又不要打……"

"足下就不要再跟我打哑谜了，有何良策，还请不吝赐教。"

"方今臣为将军谋划，与其穷兵黩武，以疲惫之兵勉强出战，莫如按甲休兵，镇守赵国，抚恤赵军阵亡遗孤，百里之内，日日供给牛羊醇酒，犒赏将士。至于弱燕，我军佯作将北向攻击之势，造成对燕国的威胁，然后派遣能言善辩之士，奉咫尺之书，向弱燕显示君之所长，燕国必不敢不听从。燕国归服之后，再派遣长于诡辩者东告于齐，齐国必从风而服。即便有智者，也无法再为齐国做何巧计谋划。如是，则天下事皆可图也。兵法云：'兵固有先声而后实'，先虚张声势，而后采取实际行动，此之谓也。"

韩信连连抚掌拍案道："善！大善！足下之智，媲美项王之范增、汉王之张良也！"

燕王臧荼可就没有这么开心了，他此后一个月的心情可谓跌宕起伏。

先是燕国南部边境急报，一支汉军从赵国出发，北上逼近燕地，已在赵燕边境一带驻军，兵戈操练之声日夜不绝于耳，俨然一副即将大举进攻的架势。燕国举国震恐，君臣皆惶惶不可终日。燕王臧荼耳边整日环绕着文武群臣们的七嘴八舌、喋喋不休：

"听闻那韩信，一年之内连下魏、代、赵三国，锐不可当，如今终于轮到我燕国了！"

"燕国国土狭小，兵力不强，如何抵抗得了汉军虎狼之师？"

"眼看就要打上门来啦！还请大王快快修书一封，遣使向项王求援，以解燃眉之急。"

"哼！求援只怕无用。如今项王与汉王对峙于成皋，分身乏术，等楚国援军不远千里而来，只怕早已城破国亡，我等皆为韩信俘虏矣……"

燕王臧荼大怒道："全是些废话！满朝文武，竟然提不出一条退敌良策，一个个无用的废物，本王养你们何用！"

李左车这棋局的第一步，同样深藏"攻心""示形"之妙。燕国君臣就这样在惶恐中度过了十几天，是时候布下第二颗棋子了。

韩信亲笔修书一封，派出一名能说会道的辩士出使燕国。在信中，韩信先是以汉军威势相逼，向燕王剖析利害得失，而后好言相劝，施以善意，表示为了苍生百姓，愿兵戈止息，与燕国交好，保燕国君臣无虞，只有一个简单的小条件，那就是燕国臣服于汉国即可。燕王臧荼读着信，使者在一旁摇唇鼓舌、推波助澜，替韩信威逼利诱。

"不比齐、赵，我燕国本就是蕞尔小国，从来无意与汉王相争。今日本王读此信，感慨万千，想不到，韩将军不仅神勇，而且如此宽厚仁义，能为我燕国子民考量，本王感激涕零，更敬重韩将军德行，请来使务必向韩将军转达本王的谢意与敬意。"

燕王臧荼寝不安席、食不甘味，忧心忡忡了十几天，韩信的信飘然而至，燕王由悲转喜，就像是在大浪中抓到了一根浮木，死死拽住再也不愿放开。韩信不费一兵一卒，迫降了燕国。继魏、代、赵之后，再攻下一国。

李左车对于韩信优劣势的分析，可谓切中要害。韩信虽然接连攻下魏、代、赵三国，声势正盛，但也应当看到这把双刃剑的另一面：连续征战，士兵疲惫。事实上韩信并不具备马上掀起一场大规模战役的能力。倘若此时强攻燕国，燕国虽弱，但如果选择死守顽抗，鹿死谁手还真未可知。因此，在这个时间节点上，能够兵不血刃、不战而胜，无疑是扬长避短的上上之策。

韩信不战而屈燕，是整个楚汉战争中极为少见的以外交手段取得胜利的典范，彰显了古典兵法中"不战而屈人之兵"的精神。

值得一提的是，《孙子兵法》实际上并不像人们通常所认为的那样，一味地强调征伐与杀戮。恰恰相反，这部兵学圣经将"兵不血刃"的政治外交方式，抬到了"善之善者"的高度。

孙子曰："夫用兵之法，全国为上，破国次之；全军为上，破军次之；全旅为上，破旅次之；全卒为上，破卒次之；全伍为上，破伍次之。是故百战百胜，非善之善也；不战而屈人之兵，善之善者也。故上兵伐谋，其次伐交，其次伐兵，其下攻城……故善用兵者，屈人之兵而非战也，拔人之城而非攻也，毁人之国而非久也，必以全争于天下，故兵不顿而利可全，此谋攻之法也。"（《孙子兵法·谋攻篇》）

原来凭着暴力威强而百战百胜，在孙子看来，并没有什么了不起。真正了不起的是"伐谋"与"伐交"，是以最小的伤亡换来最大的保全（注意上面这段话中"全"字一共出现了七次），这种保全不仅仅是对我，更是对敌人的保全。一向以阴谋诡道面目示人的《孙子兵法》，在这里也流露出一丝仁慈与温柔，闪耀着儒家仁者爱人的人性光辉。

此外，韩信与李左车的故事，也传为一段佳话。富贵者骄狂放纵，贫贱者遭受欺凌，人们似乎已经习惯了这样的世道，韩信却能够以俘虏为师，不耻下问，敬礼尊贤。后来，北宋王安石读史至此，心生感慨，作七言绝句一首，纪念这件人世间值得歌颂的"寂寥之事"：

贫贱侵凌富贵骄，功名无复在刍荛。

将军北面师降虏，此事人间久寂寥。

晨闯卧榻，修武夺军寒臣心

韩信连下魏、代、赵、燕四国，在北方战场对楚国形成巨大威胁，终于引起项羽的重视，一支楚军渡过黄河，与魏、赵残余势力一起反击韩信。

为应对北方诸国尚不稳定的局面，同时声援荥阳正面战场，韩信、张耳将十万大军集结于修武（今河南获嘉县）。韩信上书刘邦，请封张耳为赵王。

使者带回来好消息，刘邦同意加封张耳，也带回来坏消息，荥阳前线战况极为不利。

与韩信连战连胜正相反，刘邦在正面战场节节败退、焦头烂额。彭城战败后，刘邦收缩战线，转为战略防御，死守荥阳、成皋、广武这道防线，基本方略就是誓死不让楚军西进一步，达成这一目标已经勉为其难，更别提主动出击了。如今已经死守荥阳一年多，面对项羽一轮又一轮猛攻，眼看就要顶不住了。

这天刚入夜，荥阳东城门突然打开，士兵、妇女、小孩各色人等共两千余人蜂拥而出，簇拥着一驾富丽堂皇的马车，径直奔往城外楚军大营。大营辕门外戍守的楚兵将马车拦下，惊奇道："这可是汉王车辇？"御者掀开帷帘，只见车厢内一人正襟危坐，峨冠博带、锦衣玉袍。御者自称汉王使者，高声道："兵戈不休，生灵涂炭，为黎民苍生，汉王愿意开城，与楚言和，还天下太平！"楚军将士一听，欢呼雀跃，高呼"万岁"不止。汉王投降的消息一传十、十传百，迅速在楚军大营传开，荥阳城内城外灯火通明，欢呼震天，像除夕夜一样热闹欢庆。

项羽闻讯出营，穿过一片拥挤混乱的人群，好不容易来到汉王车辇之前，大手一挥掀开帷帘，先是一怔，继而火冒三丈："何来汉王！刘季老儿，又欺我也！刘季何在？"

车内的"汉王"冷笑道："汉王如今怕是已到成皋了吧。"

刘邦亲信近臣纪信假扮汉王，前来楚营诈降。而真正的汉王，趁着城外一片混乱之际，在数十名骑兵的护卫下，从荥阳西门逃之夭夭。

"烧了！把这车辇，还有这假冒的汉王，通通都给我烧成灰烬！"项羽咬牙切齿，只能以此发泄满腔怒火。

刘邦又一次弃城而走，先是就近逃入成皋，成皋是荥阳以西数十里处的一座军事要塞，可屁股还没坐热，就收到紧急军报，项羽亲自率军追来。项羽带兵的风格，雷厉风行，来去如风，刘邦不知尝过多少项羽的苦头，什么都抵不上对楚霸王深入骨髓的畏惧，于是三十六计走为上策，刘邦一路向西逃回关中，成皋被项羽攻占。

刘邦自己带兵打仗糟糕得很，所幸战友都很能干。除了北方的韩信，依据张良下邑画策的部署，英布、彭越此时都已归顺刘邦。刘邦与英布一道领兵南下，出武关，攻占宛城、叶间，成功将楚军引向南方。彭越则遵照刘邦指示，在东郡、砀郡等地游击作战，毁坏楚军粮道，大肆骚扰楚国后方。趁着项羽东归攻击彭越之时，刘邦又迅速将成皋夺回。

然而，刘邦没高兴几天，项羽的神勇再一次震撼世人。项羽打跑彭越之后，并没有乘胜追击，而是突然掉转兵锋，火速回师，先攻拔荥阳，再一刻不停地包围成皋。刘邦站在城门楼上遥望楚军大营，那一瞬间心如死灰，因为"五十而知天命"的刘邦忽然意识到，自己可能一辈子都赢不了对面那个可怕的西楚霸王。他没有选择，只能又一次弃城而走，已经数不清第几次踏上了逃亡之路。

而韩信这一边，大军驻扎于修武，忙于镇抚赵代之地，依据"三步走"战略，下一步本该进攻齐国，如今只能暂时搁置。

那一夜，韩信做了一个诡异的梦。

迷迷蒙蒙之中，韩信梦见，军中将士们外出田猎，弯弓射鹰，放狗捕兔，满载而归。天色将晚，暗夜渐沉。营寨宽阔的广场上，将士们搬来一尊饕餮纹大圆鼎，底下堆起柴薪，点燃大火，烹煮兔肉野味。一位魁梧将士手中抓着一头猎狗，来到大鼎面前："狡兔死，走狗烹！田猎已毕，要这猎狗何用，不如煮了吃了！"那猎狗一条腿被将士拽住，在半空拼死挣扎，狂吠不止。"煮了它！煮了它！"士兵的呼喊声一浪高过一浪。魁梧将士将猎狗高高举起，猛力往大鼎里一扔。鼎下正燃烧着旺盛的大火，鼎内沸水滚滚，热气腾腾。猎狗在鼎中跳跃扑腾，引起了韩信的注意，韩信隐隐约约瞧见猎狗口中好像衔着一件物什，方方正正的，看不清究竟是什么。韩信眯着眼细瞧，失声道："不好！我的将印！"猎狗好像听懂了韩信的话，张开嘴，将印坠入沸水里，那狗也沉入鼎中。韩信急道："快捞！快捞将印！"轰的一声，大鼎被打翻，沸水流了一地，奇的是，鼎内空空如也，猎狗不见了，将印也消失不见了。突然，整个军营摇摇晃晃起来，鼓声隆隆，地动山摇，眼看一切就都要坍塌了……

"将军！将军！快醒醒！醒醒！汉王驾到！汉王来啦……"

侍卫好不容易摇醒韩信，韩信的心神还沉浸在诡异的梦境中，皱眉对侍卫道："你嚷什么！"

侍卫正要回话，帐外响起隆隆鼓声，原来梦中的巨响是从这儿来的。刚从梦魇中逃离出来的韩信头痛欲裂，怒道："没我命令，何人擅自击鼓！"

侍卫道："将军，汉王来啦！传令击鼓，召将军速速觐见。"

"胡扯！汉王远在成皋，如何……"韩信话没说完，见侍卫一脸严肃，不像在胡言乱语。

远在成皋前线的汉王怎会突然出现在修武？韩信将信将疑，起身穿衣，快步前往中军宝帐一探究竟。途中，与同样急忙赶来的赵王张耳相遇，不用问，一脸茫然的张耳也闹不清究竟怎么回事。

张耳一肚子狐疑："汉王果真来了？这怎么可能？"

韩信抓起张耳的手："何必多想，一起去看看不就知道了！"

东方既白，拂晓中的军营没有了往日的宁静，震耳欲聋的鼓声唤醒全军将士，士兵们不明所以，纷纷走出军帐，营中弥漫着骚动与不安。

韩信、张耳进入中军宝帐，果然瞧见主帅之位上一人正襟危坐——不是汉王又是谁？

刘邦一身粗麻素衣，褴褛脏乱，与平素锦衣华服或金盔铁甲的汉王判若两人。他半眯着眼，面目凛然，冷峻而威严，与韩信印象中那个嬉笑怒骂、喜怒形于色的汉王不太一样。刘邦身后，滕公夏侯婴侍立在旁。更奇的是，韩信、张耳麾下八名主将，左右各四人依次排开，早在韩、张到来之前就被传唤到主帐中。

虽然已经有了心理准备，但是当刘邦真人活生生地出现在眼前，韩信内心的震撼与惊诧有增无减。他向刘邦行叩拜大礼，起身后才意识到，汉王坐在了原本属于他的主帅位置上，一时不知该落座何处，只能与诸将一起先站立在一旁。

刘邦缓缓睁开眼，冷冷道："左丞相、赵王，睡得可好啊？"

韩信忆起夜中怪梦，突然瞧见自己的将印与兵符端端正正地安放在刘邦面前的几案上——它们本该锁在韩信的床头密匣之中！韩信不敢相信眼前所见，心脏抑制不住地怦怦直跳。

张耳见韩信半天不言语，忙回道："回禀大王，臣等一切安好。不知大王驾到，未能远迎，还请大王恕罪……"

韩信突然莽撞地冒出一句："大王不是在成皋吗？怎会突至修武？"

刘邦没有回答，目光如鹰，直勾勾地盯着韩信。军帐内陷入可怕的静默，一秒如年，静得可以听见每个人的喘气和呼吸声。

"左丞相韩信、赵王张耳听令！"刘邦的声音不大，却威震全场，"今日，寡人拜韩信为相国，收编赵国未发之兵，进击齐国；赵王张耳备守赵地，剿除残余，安抚赵民；营中八将权责职守，寡人方才已重新归置，不再归二位统辖；营中十万兵众，即刻起全数整编，随寡人西进击楚！"

"臣领命！"虽然事发突然，变化剧烈，一时还来不及完全消化，韩信、张耳只能先唯命是从。

刘邦以不容置疑的态度，一口气发布四条重要军令：命韩信击齐、张耳守赵，尚在情理之中。令韩、张大感意外的是，早在他二人还在睡梦之中时，刘邦就率先召见军中八将，重新安排部署诸将职属，同时尽数收编了修武军营里十万兵众。

"哦，对了。"刘邦好像突然想起什么，指了指案上的印符，以轻松随意的口气道，"韩相国、赵王，既然有了新的位份，两位的将印、兵符，寡人就都收回来了……"

汉王褫夺大将军权，却好像在说一件鸡毛蒜皮的小事。贴身的将印、兵符，究竟是怎么不可思议地落入刘邦手中，韩信、张耳想不明白。事已至此，除了接受，还能如何？

众将拜辞退下，独韩信一人被留了下来。此时，军帐中只有刘邦与韩信二人相对，就连汉王亲信夏侯婴都被支出帐去。

刘邦一直紧绷着的冷脸渐渐缓和下来，招手道："韩将军，站着作甚，快坐！来寡人身边坐！"

韩信在刘邦右侧席地坐下，虽然有一肚子疑问，但还是恭敬地等待汉王先说话。

刘邦抓过韩信的手臂，方才威严不可侵犯的汉王，此刻忽然变得亲和恳切，眼神中甚至有一丝令人怜悯的柔弱。他深深叹了口气，语声中竟有些哽咽："相国不会责怪寡人吧？"

"汉王，这从何谈起啊？"刘邦这出戏，倒令赤诚纯良的韩信有点慌了。

"将军你瞧寡人这身衣裳，褴褛破陋，狼狈到这等地步，寡人可是刚刚从鬼门关中逃出来的呀。楚军强悍，成皋大败，寡人一出城，就命滕公驱车，披星戴月，前来投奔将军！"

刘邦忽然假作大哭，一边涕泣连连，一边断断续续地向韩信讲述成皋战败、东渡黄河、与夏侯婴二人驱车赶往修武的大略经过。

讲述过程中，刘邦看似不经意地随手拿起一个将印，在手中来回摩挲把玩。也不知是故意还是无心，将印从刘邦手中坠了下来，啪嗒一声，落在它原先的主人身边。

这可不是普通的印章，这是军权的象征。

刘邦霎时间又露出那如鹰似虎般的肃杀与锐利的眼神，盯着韩信，并不伸手去捡将印，静静地等待着，看韩信将做出怎样的举动。

韩信缓缓把将印拾起，低下头，双手捧着，恭恭敬敬地呈上。刘邦接过将印，眉毛上扬，露出心满意足的神色。

刘邦讲完他的故事，最后说道："……如今我汉军主力遭遇重挫，正急需修武此军补足兵力，重整旗鼓，与项王再战！这些道理，将军，不，相国都能懂吧？"

"韩信明白，一切遵从汉王圣命！"

刘邦握住韩信的手："将军原为左丞相，今日寡人拜将军为相国，地位更在萧何丞相之上（秦汉时，相国地位高于丞相，相国一般仅设一人，而丞相分设左、右），放眼我大汉国之中，何人能有将军这般荣耀？希望将军不要辜负了寡人一片诚心。如今大业未竟，前路艰险，一切就都拜托相国啦！"

韩信一直以来就对刘邦的知遇之恩万分感激，此刻听汉王如此说，内心颇为感怀，涌起一腔热血："请汉王放心！臣必鞠躬尽瘁、夙夜奉公，替汉王灭强敌、平天下，以报汉王知遇之恩！"

直到最后，刘邦不说，韩信也就没能知晓，刘邦究竟是如何天降神兵突至军营，又是如何神鬼不觉地拿到他和张耳的将印兵符。

原来，汉高帝三年（公元前204年）六月，成皋被围，面对项羽猛烈攻势，刘邦无可奈何，只能弃城而逃。这样的仓皇逃命，对他来说已经数不清是第几次了。刘邦、夏侯婴共乘一车，悄悄从北门溜出去，轻装简从，甚至都不敢大张旗鼓地召集一支护卫军队。逃亡逃出了丰富经验的刘邦明白，战乱之中，有时候人越少越有利于活命。

"大王，咱们往西走，主力大军还在洛阳……"车夫夏侯婴的话还没说完，就被刘邦打断。

"不！往东走！"

"往东？去往何处？"

"修武！"

"修武？左丞相军中？"

刘邦点点头。

夏侯婴想了一想，赞道："汉王英明，眼下情势，韩将军必将是汉王最大的帮手！"

刘邦冷笑一声："滕公只说对了一半。眼下情势，韩信既是寡人最大的帮手，更是寡人最大的威胁。"

"威胁？"

"前线成皋失守，残军尚未重整，项王咄咄逼人，而韩信坐拥精兵十万，兵势正盛，风头无两，倘若此时韩信伺机造反，我后院起火，大汉危亡矣！"

夏侯婴是刘邦最信赖的人，每次逃命都让他负责驾驭马车，好像只有坐上夏侯婴的车刘邦才能安心上路。在夏侯婴面前，刘邦向来坦诚，毫不避讳。

一路上，二人换上粗布麻衣，乔装改扮，快马加鞭，星夜驱驰，直奔修武而去。经过一天一夜的奔波，他们到达修武时已经入夜。军营就在不远处，刘邦忽然令夏侯婴停下，二人先不入营，也不向营中传报消息，而是秘密在传舍过了一宿。

那天晚上，明月高悬，夏侯婴忍不住问道："大王，明日到了营中，将如何？"

刘邦故作神秘，一时兴起，手舞足蹈地模仿戏台上倡优伶人的做派："明日这出戏，咱先来个瞒天过海，再来个顺手牵羊，紧接着鹊巢鸠占，最后则是釜底抽薪……"

天刚蒙蒙亮，夏侯婴就被刘邦脚踢屁股唤醒。二人驱车奔赴韩信军营，向守卫出示汉王符节、诏书，自称是"汉王使者""来向左丞相、赵王传汉王令"。使者是假，但符节为真，守卫不敢阻拦，刘邦与夏侯婴就这样不动声色悄然而至，与朝阳的第一缕晨曦一起来到营寨，这正是刘邦口中所谓"瞒天过海"是也。

"大王，臣这就去通报左丞相、赵王。"

"且慢！"刘邦眼中露出诡谲的光，"不急，就让这二位在美梦之中多享受片刻。滕公莫声张，随我来便是。"

刘邦领着夏侯婴，蹑手蹑脚地闯入韩信军帐。韩信尚在沉睡，他的梦中此时正在上演"狡兔死，走狗烹"的奇景。夏侯婴紧随刘邦入帐，大气不敢喘，紧张得心都提到嗓子眼儿，他不知道刘邦要做什么，难道要趁机杀了韩信？

刘邦镇定自若，右手紧握着剑柄，压低声音对夏侯婴道："兵符！将印！"

夏侯婴明白了，二人四下翻找，很快就发现韩信床头那个上了锁的匣子。

韩信如雷鼾声低沉下来，他辗转翻身，右手搭在匣子上。

韩信那稳定响起的鼾声原本是两位不速之客的定心丸，此刻帐内突然悄无声息，夏侯婴觉得心脏都要跳出来了。刘邦瞧了他一眼，努了努嘴，示意他上。夏侯婴眼神游移，犹豫踟蹰。刘邦低声啐了一口"废物"，大步上前，轻轻地拿过韩信右手下的匣子。原来一切就是这么简单。二人正准备离开，突然背后有人喝道：

"不好！我的将印！"

刘邦、夏侯婴大惊，二人都本能地挥剑回身。离奇的是，韩信并未起身，躺在床上，双目紧闭，四仰八叉，仍在熟睡之中。原来是虚惊一场，两人听到的是韩信的梦话。

"我的将印！""快捞！快捞将印！""别让那恶犬跑了！"

两位不速之客哪里会知道，韩信那个"狡兔死走狗烹"的奇梦，此时大鼎沸腾，猎狗上蹿下跳，嘴里正咬着将印。梦境与现实，奇迹般地应照着。

方才那一句"我的将印"突如其来，一直镇定从容的刘邦霎时间冷汗直下、背脊发凉。确认韩信未醒之后，他往前大步一迈，剑指韩信，面露杀机。夏侯婴急忙上前拉住刘邦袖口，低声道："汉王三思！"刘邦意味深长地瞅了床上韩信一眼，心中暗道："狡兔尚未死，走狗姑且先留着吧。"于是收剑离开。

二人疾步出帐，在帐外劈开金锁，取出匣中将印、兵符。随后，又如法炮制，故技重施，抢得张耳的印符。这正是刘邦口中所谓"顺手牵羊"是也。

夺得印符之后，刘邦心里踏实了，不再遮遮掩掩、偷偷摸摸，正式显露出汉王的庐山真面目。他来到中军宝帐，下令传召除了韩信、张耳之外的八位主要将领。八将一见汉王突至，惊诧得下巴都要掉下来，清晨所有的困倦一扫而空。

刘邦重新部署了军中事宜，对八将的权责职守进行一番调换重置，这一看似毫无意义的举动，实则是将韩信、张耳的军队指挥权收归刘邦手中。这正是刘邦口中所谓"鹊巢鸠占"是也。

"击鼓传令，命左丞相、赵王前来觐见！"

然后就是韩信被唤醒的那一幕。韩信、张耳匆匆赶往宝帐拜见汉王，刘邦先冷面施威，颁布军令，三下五除二，直截了当地褫夺韩、张军权，彰显君王不可侵犯之威。刘邦尽收修武精兵为己用，又一次明抢韩信军队，只留给韩、张二人些许兵马，打发韩信在赵国收编所谓"未发之兵"（尚未征调入伍的青壮年），自行解决接下来攻齐的兵源问题。然后，软硬兼施，独留韩信一人，以柔弱示好，与韩信交心，赐予韩信相国高位、委以灭齐重任。最终，虽然军权被夺、精兵被抢，韩信却毫无怨言地一一接受了。这正是刘邦口中所谓"釜底抽薪"是也。

晨闯军帐、修武夺军，这恐怕是刘邦波澜壮阔的一生中，做出的最离奇、最富有戏剧性也最具胆识魄力的举动。千百年后，明代大儒王夫之不禁发出这样的感慨："何以使信帖然听命而抑不解体飑去哉？此汉王之所以不可及也。"（王夫之《读通鉴论》）

韩信为什么就这么服服帖帖乖乖听话，这正是刘邦身上他人不可企及之处。君威与怀柔，明争与暗抢，威逼与利诱，坦诚与诡诈，这一切权谋之术、驭臣之道，刘邦运用得得心应手、出神入化。

而韩信之所以欣然接受军权被夺而毫无怨言，也有其内在原因。王夫之指出："信固知己之终为汉王所倚任，而不在军之去留也，故其视军之属汉也无以异于己。无疑无怨，何所靳而生其忮愅（违逆，忌恨）乎？"（王夫之《读通鉴论》）

诚哉斯言！韩信太自信了，认为自己始终是汉王最为倚重的人，不论手下有没有兵马都没有什么差别；韩信太天真了，在他看来，军队归刘邦统领，或是归自己统领，都一样是汉军，并没有什么分别；韩信太赤诚了，功盖震主，屡屡被猜忌打压，依然无疑无怨，始终没有动过背叛刘邦的念头。

第十章　韩信灭齐

三寸之舌与威武雄兵，究竟是谁灭的齐

话说刘邦夺得韩信大军，有如濒死之人起死回生，声势复振。汉高帝三年（公元前204年）八月，他引兵至黄河岸边，驻军于修武之南，气势汹汹，欲与项羽再一决高下。

郎中郑忠劝道，项王屡战屡胜，兵锋正盛，不宜正面硬碰，不如高垒深堑，消耗楚军士气，同时打击楚军后方，切断其粮饷补给，使其腹背受敌进退失据。这一建议，与韩信"三步走"战略如出一辙。刘邦采纳了郑忠的建议。

此时彭越正在楚国大后方，刘邦派刘贾、卢绾领两万步兵、数百骑兵，渡过白马津，与彭越的游击部队合军一处，在梁地（约为今河南东北部，旧魏国地区）四处出击，焚烧楚军粮仓，切断楚军粮道。趁着项羽正在成皋前线作战分身乏术，彭越攻城略地，连续拿下外黄、睢阳等十七座城池。

"彭越这厮，一介土匪贼盗，竟如此猖狂！简直自寻死路！本王非生吞活剥了他，方解心头之恨！"

梁地的军报如纸片般飞来，项羽不堪其扰，怒火中烧，决定亲自前去平乱。项羽对大司马曹咎道："将军替我谨守成皋。若汉军前来挑衅，切记勿与战。只要令汉军不得东进一步，就是奇功一件。我十五日内必平定梁地，很快就回来，到时再与大司马一道剿灭汉贼。"曹咎领命。

项羽还是那个战无不胜的楚霸王，一入梁地所向披靡，大破彭越军，收复外黄、睢阳等十七城。彭越好汉不吃眼前亏，逃得远远的，并不与项羽纠缠。项羽到达睢阳时，西边传来急报：成皋失守！

原来，项羽走后，曹咎一开始依照他的嘱托闭门自守，后来汉军一连五六日在阵前叫战，污言秽语，曹咎不堪其辱，意气用事，率军渡汜水迎战。大军正半渡之时，汉军杀来，大破楚军，掳获大批金玉货赂，曹咎自刎于汜水之上。

项羽原本打算一鼓作气彻底解决彭越这个心腹大患，万万没料到曹咎这么不中用，成皋沦陷，前线危急，只能暂时放过彭越，速速引兵西还。

与此同时，汉高帝四年（公元前203年）十月，韩信领军逼近黄河渡口平原津（今山东平原县南）西岸，摆开东渡攻齐的架势。

刘邦虽然拐走了韩信手下精兵，但他深知伐齐艰难，遂命曹参率本部步兵、灌婴领本部骑兵前来助力，破赵之战时被刘邦紧急调走的这两位名将，又一次投入韩信麾下。

黄河对岸，齐王田广、齐相田横调集二十万大军，那几乎是整个齐国的全部兵马，进驻历下（今山东济南市市区东），严阵以待。

韩信不知道，就在这时，辩士郦食其向刘邦献计：

"今燕、赵已定，唯齐国未下。齐王田广据千里之地，齐相田横领二十万之众驻军于历下，田氏宗族势力强大，不容小觑。齐国背靠大海，身后无敌国威胁，面前又据有黄河、济水之险，可谓占尽天险地利，易守难攻。况且齐国南临楚国，齐人又善变狡诈，反复无常，是为大患。汉王虽已派遣韩相国大军压境，恐怕难以在朝夕之间攻下齐国。既如此，谋攻不如谋交，臣请得奉汉王明诏，前往说服齐王，不费一兵一卒，必使齐国为我大汉东方藩属！"

刘邦没有当即应允，陷入沉默。他想到了韩信，此前已经下令韩信攻齐，战事一触即发，如果再派遣辩士劝降，那么韩信这一边又当如何？

沉思半晌，刘邦似乎已拿定主意，向郦食其吐出一个字："善。"

刘邦同意郦食其的建议，通过外交手段拉拢齐国联盟抗楚。值得玩味的是，郦食其很快动身北上，但刘邦却并未将郦生劝降之事告知正在黄河岸边的韩信。

郦食其以汉国使者身份，来到齐都临淄（今山东淄博市临淄区），拜见齐王田广。齐王一瞧，这位年逾花甲的老人，髯须如雪，神采奕奕，心中暗暗称奇。

郦食其问道："大王可知，楚汉相争，天下将何所归？"

这是雄辩之术的常见套路，并不直奔主题，而是先抛出一个问题，引起对方的兴趣。

齐王坦言："不知也。"

"如若大王知道天下之所归，那么齐国将得以保全。如若不知，那么齐国未可得保！"

这就把开场那个宏大又虚无的问题，与对方的切身利益紧密关联起来。

齐王眉毛一抬，那是心有所动的迹象："还请先生赐教，天下将何所归？"

"归汉。"

齐王脸上掠过一丝冷笑，他的内心独白是："我还以为有什么新鲜的，你是汉臣，自然这么说。但这个天下，是你说归汉就归汉吗？"

"先生何以言之？"

"当初，汉王与项王戮力同心，西面击秦，约定先入咸阳者为王。后来，汉王先入咸阳，项王背负盟约，不予汉王关中，而封巴蜀、汉中偏僻之地。再后来，项王谋害义帝，汉王闻之，起蜀汉之兵，还击三秦，出关为义帝发丧，痛责项王无道。汉王收天下之兵，立诸侯之后，攻破一座城池，便以其守将为侯爵，得到战利财货，当即分予军中将士，与天下人同享利益，于是豪杰贤才皆乐于为汉王所用，诸侯之雄兵四面而至，蜀汉之粮粟方船而下，兵强马壮，仓廪殷实，蔚为壮观。

"反观项王，恶名昭彰，罪行累累，既有背弃盟约之名，更有谋害义帝之实。项王待人，对人之功勋全记不住，对人之罪过却念念不忘，打了胜仗而不得其嘉奖，攻拔城邑而不得其封赏。任人唯亲，非项氏族人，不得重用。为人雕刻印章，执于手中反复摩挲，棱角都磨掉了也不舍得给人；攻陷城池，掠得财赂，堆积满仓，都满溢出来也舍不得赏赐下属。于是，天下叛之，贤才怨之，皆不愿为项王所用，才有了如今天下之士归于汉王之盛景。"

齐王忍不住点头如捣蒜，道："寡人对汉王不甚了解，但项王其人的确如此，先生的形容可谓入木三分。"

郦食其心中窃喜，齐与汉虽然并不亲密，但也没有仇怨，齐与楚则始终势同水火、兵戈相向，当年正是齐国田荣第一个举起反楚大旗，而项羽这些年在齐鲁大地烧杀抢掠，不知涂炭多少生灵，齐人与关中秦人一样，都视项羽为恶魔。

郦食其突然提高声量："大王可知，齐国社稷，危在旦夕！"

齐王不悦道："先生说的是大河对岸的汉军吗？我齐国并非蕞尔小国，只怕你汉军讨不到什么便宜！"

"非也！大王明鉴，如若汉王真有意进犯贵国，又何必多此一举派郦某前来。"

"既如此，何来危在旦夕之说？"

"大王怎么只见黄河之兵，而不见如今天下大势！汉王发兵蜀汉，还定三秦；韩信涉西河之外，大破西魏王豹，攻拔三十二城；又援引上党之兵击赵，下井陉，诛杀成安君陈馀。此乃蚩尤之兵也，非人之力，而有上天之福佑。今汉王已占据敖仓粮粟，阻塞成皋险峻，扼守白马津渡口，堵塞太行山要道，距守蜚狐关口，如此情势之下，天下诸侯，先归汉王者得以保全，后服汉王者必先亡矣！请大王慎思明察：如今归服汉王，则齐国社稷可得保；反之，齐之危亡立马可见分晓。"

齐王田广不说话了，沉默意味着心有所动。

楚汉相争已经三年之久，明眼人都看得出来，项王虽然在正面战场上神勇非凡，可北方的韩信气势如虹，南方的英布、彭越鼎力相助，只要刘邦在正面战场能够挺住，楚国的四周正在一点一点地被蚕食，胜利的天平正在逐渐向汉国倾斜。

齐国田氏并无意与楚、汉争夺天下，只求自保。在楚汉夹缝之间尽力保持割据势力的独立与完整，这是齐国的核心目标。齐王面临两个选项，要么与楚国一起沉沦，要么归服汉国得以保全。

最终，齐王田广被郦食其说服，同意与刘邦结盟，遣使与汉国建立邦交，同时撤下黄河岸边的历下之兵。

郦食其被盛情留在齐国，奉为座上宾，齐国君臣日日与郦生纵酒宴乐，置酒高会，临淄城王宫之内，莺歌燕舞，一派祥和。

当然，郦食其没忘了修书一封，告诉黄河对岸的韩信：他以三寸之舌说下齐国，如今齐汉结盟，将军可以退兵了。

韩信本已张弓搭箭、蓄势待发，却局势突变，这仗究竟是打还是不打？韩信一时也糊涂了。这时候，谋士蒯通（原名蒯彻，因避汉武帝刘彻名讳，史籍称"蒯通"）求见。

蒯通道："臣听闻，对岸历下兵防正在撤离，可有此事？"

韩信道："不仅如此，郦公来信，他已说下齐国，齐汉结盟修好，我欲偃旗息鼓，撤兵归国，先生以为如何？"

蒯通沉吟片刻，没有直接回答，而是连环炮似的抛出诸多问题。

"郦公出使齐国之事，汉王可曾告知将军？"

"未曾。"

"郦公成功劝降齐王，汉王可曾告知将军？"

"未曾。"

"将军领命于汉王，何也？"

"命我攻齐。"

"汉王可曾下令将军停止攻齐？"

"未曾。"

"那恕在下愚钝，不知将军有何缘由止兵攻齐。"

"这……"

韩信一时语塞。蒯通这一环扣一环的问题，倒将韩信面临的荒诞境况，抽丝剥茧般地呈现出来。有一些东西，蒯通点到即止，没有说破。战场上的情形再复杂，韩信都能够条分缕析，如庖丁解牛一般精准把握。而面对这种政治权谋上的尔虞我诈、君臣猜忌，韩信却显得有些迟钝。

蒯通总结道："将军受诏击齐，如今可有诏命请将军休兵？既然没有，将军就没有理由停止攻齐。况且郦公一介辩士，动动嘴皮子，摇摇三寸之舌，便轻而易举说下齐国七十余城。将军统领数万之众，东征西讨一年有余，才不过攻下五十余城。将军为将数年，浴血奋战，反不如一介竖儒之功乎？"

蒯通句句说到了韩信心坎上，韩信拍案道："三寸之舌说来的和平，哪能稳固？打！还是要打！昔日燕国乐毅连下齐国七十余城，传为奇闻佳话。今日，就让本将军重现乐毅传奇！"

在伐齐还是说齐这件事情上，刘邦耍了阴招。对于刘邦来说，只要能够拿下齐国，是说服还是攻服，他并不在意。因此，他既命韩信伐齐，又派郦食其说齐，郦食其说齐成功后，刘邦并没有下令韩信退兵。他令韩、郦二人背靠背各行其是，直到这两条线不得不相交，选择权于是落在了韩信手上。

韩信若发兵，就是破坏齐汉联盟；韩信若不发兵，就是违逆刘邦伐齐的指令。无论韩信怎么选，将来都有可能落人口实，有朝一日刘邦若要问责处置韩信，怎样都有充足的理由。刘邦就好比是棋手，棋盘上的棋子看似拥有自由意志，可以自行其是，但无论怎么行事，一切都在操盘者的掌控之中。

尽管如此，韩信还是尊从了他的自由意志，做出了他的选择。

原本齐国大军有二十万之众，兵强马壮，又是本土作战，并不容易对付。郦食其这横插一脚，反倒促成了进攻齐国的天赐良机。齐汉结盟之后，齐王田广下令平原津渡口解除封锁，历下二十万大军分批撤离，这无异于亮堂堂地敞开了国土大门。

韩信当机立断，全军出动，抢渡平原津，直逼历下城。

日薄西山，暮色茫茫。入冬天气渐寒，北风凛冽。历下城门楼上，警备早已撤走，只剩两名戍卫兵士，蹲坐地上，正一边喝酒御寒，一边赌钱取乐。

咚隆隆，咚隆隆……

一阵阵军鼓声传来，由远及近，越来越清晰洪亮。

"你听，那是什么声音？好像是鼓声！"

"齐汉结盟，这仗不打了，何来鼓声？你喝醉了吧！"

"不对，你快瞧！那是什么？"

两名醉醺醺的戍卫趴在栏杆上往城门楼下望去，恍恍惚惚如在梦中，揉着眼一再细看，怎么也不敢相信自己的眼睛。

城门楼下，成千上万的将士披坚执锐，英姿矫健，军阵齐整威武，一眼望不到头。一面面赤旗迎风招展，猎猎作响，旗帜上赫然写着"汉"字。

戍卫战战兢兢道："来者……来者何人？"

军阵中传来洪亮的声音："大汉相国领兵前来，接管历下城，还不快开门受降！"

"大汉？我们不是与汉国结盟了吗？"

"破门！攻城！"

韩信一声令下，汉军破城而入，发起雷霆般的猛攻。此时，城中一大半守军已经撤回临淄，留守的齐军也已在准备东归，守备松懈，猝不及防之下，面对汉军强攻毫无还手之力。韩信不费吹灰之力，攻破历下重镇。

韩信没有止步，马不停蹄乘胜进击，不留给敌人喘息的机会。下一站将直捣黄龙，兵锋对准齐都临淄。

临淄城中，齐王田广得知历下沦陷，痛心疾首道："呜呼哀哉！寡人中小人奸计！来人哪，速速抓捕郦食其！给我抓活的！"

齐王田广认为，历下之败，都是郦食其巧言令色欺骗了自己。很快，郦食其被五花大绑，押至齐宫大殿。

齐王田广一见郦食其，怒火不可遏止地燃烧起来："竖儒！老匹夫！竟敢欺我！"

郦食其衣衫不整，披头散发，仰天狂笑不止。

"老匹夫！因何发笑？"

"我笑齐王愚蠢如猪，至今还被蒙在鼓里，郦某何曾骗过齐王？我笑汉王狡诈如蛇，设此连环毒计，郦某竟然成了汉王灭齐大业的牺牲品！我更笑自己，笑自己单纯如羊，自诩智谋超群，却依然败给了权谋诡道，自以为可以洞察世间一切，却依然没能看透人心之险恶，以致沦落至此，哈，哈，哈……"

郦食其又狂笑起来，那笑仿佛带着血泪，悲戚决绝，大殿上空回荡着他苍老哀凄的笑声。历下之战后，郦食其很快明白他被刘邦利用和出卖了，成为灭齐棋局之中被弃之如敝屣的一枚棋子。

齐王田广道："韩信大军正向临淄而来，老匹夫！你知情也罢，不知情也罢，事已至此，你都难逃干系。寡人将你千刀万剐，都难解心头之恨！瞧见那滚烫的水了吗？今日给你一次活命的机会，你若能令汉军止步，就能苟活一命。否则，就将你扔釜里烹了！熬成肉羹由我军将士分而食之！"

齐王田广早命人放置一大釜于大殿中央，底下加薪燃火，釜中咕咚咕咚烧着热水，白烟缭绕，热气蒸腾。

郦食其从容若定："做大事的人从来不拘泥于细枝末节，盛德之人从来不会对别人恶语责骂。对于尔等这帮庸人，你老子我没什么好说的！"

（举大事不细谨，集盛德不辞让。而公不为若更言！《史记·郦生陆贾列传》）

郦食其乃一落拓狂生，轻生死、重名节，桀骜不驯，死亡当前仍是一副高放洒脱姿态。

"给我煮了这无礼狂徒！"

齐王一声令下，四位侍卫一拥而上，抓住郦食其四肢，将老头儿高高抬起，往大釜中扛去。郦食其纵情高歌道：

"身既死兮神以灵，魂魄毅兮为鬼雄……"（《楚辞·国殇》）

煮了郦食其之后，顾不上分食郦生之肉，齐王田广自忖不是韩信对手，放弃国都，迅速往东边逃去。齐都临淄于是拱手落入韩信手中。

砧板上无人认领的刘太公，到底是谁的爹

正当韩信势如破竹扫荡齐国之际，荥阳战场风云突变。

刘邦攻破成皋后，迅速占领敖仓这一天下粮仓，驻军广武，准备夺回荥阳。此时项羽放弃追剿彭越，迅速从梁地杀回。因畏惧西楚霸王之威，汉军不再贸然应战，退入营垒中，闭门自守。

楚汉进入新一轮对峙，方位在黄河南岸广武涧一带，从汉高帝四年（公元前204年）十月一直持续到次年八月，长达十个多月。

对峙的局面逐渐对项羽不利。但凡拉锯战，比的就是谁的粮食更充足，谁能耗得更久。楚军原本的粮仓敖仓已经被汉军夺走，项羽在楚国后方的粮道又不断遭到彭越袭扰——彭越在项羽离开梁地后又兴风作浪起来。楚军粮草补给难以跟上，任项羽一人再神勇，士兵们饿着肚子也打不了仗。

为了尽快打破不利局面，项羽在广武城外的空旷之处，搬来一口大锅，锅上放着一块肉案砧板，年逾古稀的刘太公被迫坐在砧板之上，佝偻

蜷曲，目光呆滞而绝望，就像是砧板上一条任人宰割的活鱼。

彭城大战时，刘邦的父亲刘太公、妻子吕雉未能逃脱，成为项羽的阶下囚，一直作为人质被扣押在楚营。项羽派人告诉广武涧对面的刘邦："如果再不投降，我就煮了刘太公。"

没想到，刘邦让来使回告项羽："当年，我与项公皆北面受命于怀王，约为兄弟，既如此，我爹就是你爹，项公若要煮了他爹，可别忘了分我一杯肉羹呀！"

"这世间竟有人无耻到这等地步！"

项羽雷嗔电怒，本欲点燃大锅，煮了刘太公，以解心头之恨。叔父项伯——正是张良好友、鸿门宴前与刘邦约为亲家的那位项伯——站了出来，劝道："天下事尚未可知，大王切勿冲动行事。况且，像汉王这样志在天下者，绝不是顾家之人，大王纵然杀了刘太公也无甚益处，只会徒增祸患而已。"项羽怒气稍平，听从项伯劝谏，留下刘太公、吕雉性命。

战事继续僵持。隔着广武涧，广武山（在今河南荥阳东北）上有东西二城，刘邦汉营据西城，项羽楚营据东城，两城相距二百步之遥，隔涧遥遥相望。这一日，在楚汉群臣诸将的见证下，两位逐鹿天下者，在广武涧上喊话对谈。

项羽对刘邦道："天下匈匈，兵戈扰攘，已数年之久，都是因为你我二人之间的纷争。我愿意与汉王单挑，一决雌雄，以免再徒然苦了天下百姓。"

刘邦嘻嘻笑道："吾宁斗智，不能斗力。"狡猾如刘邦，怎么会傻到拿自己的短板去挑战项羽的长板。

项羽不依不饶，高声呼喊："汉王！可敢独身出来，与本王一战否？"

刘邦道："楚王可知，尔已犯下十宗大罪，罪无可赦，人人得而诛之！"

"笑话！本王何罪之有？"

刘邦掏出早就预备好的长篇檄文，在楚汉群臣面前，声情并茂地朗读道："最初，我与项羽俱受命于怀王，约定先入定关中者为王，项羽负约，徙封我于巴蜀汉中，此罪一！

"项羽矫杀卿子冠军宋义，僭越夺军，自取尊位，此罪二！

"巨鹿之战，项羽已救赵国，本当还师报告怀王，却擅自劫持诸侯之兵，强令四十万兵众随同入关，此罪三！

"怀王与诸将约定，入秦后勿行暴掠之举，项羽却焚秦宫室，挖掘始皇帝陵冢，烧杀抢掠，私收秦国财物，贪得无厌，此罪四！

"强杀秦降王子婴，此罪五！

"巨鹿之战后，章邯领秦军投降，与项羽共立洹水盟约，项羽却出尔反尔，行欺诈恶举，残忍坑杀二十万秦军子弟于新安，仅封三降将为王（指章邯、司马欣、董翳这'三秦王'），愧对关中百姓，此罪六！

"项羽主持分封，将上善之地封赐予诸国将领，致使诸将强行驱逐故主，令臣下争相叛逆君上，此罪七！

"项羽驱逐义帝，强占彭城为都，夺韩王之地，吞并魏地、楚地，多取他国土地占为己有，此罪八！

"项羽使人阴谋弑戮义帝于江南，此罪九！

"为人臣而弑其主，屠杀已降俘虏，为政不能公平，主约不能守信，天下所不容，大逆无道，此罪十也！"

历数完项羽"十宗罪"，刘邦昂首挺胸，一副正义凛然的模样："吾以义兵从诸侯诛残贼，使刑余罪人击杀项羽，老子何苦与你单挑！"

项羽怒得瞋目扼腕，操起弓弩，上弦、瞄准、扳机，行云流水，一气呵成。那离弦之箭如一道闪电，飞跃过广武山涧，箭头穿透铠甲，直刺入刘邦胸部浅浅一寸。好在有胸甲护身，否则刘邦早就一命呜呼。

刘邦中箭那一瞬间，本能地大叫一声，响彻山涧，就连对面的楚军将士都听得清清楚楚。刘邦反应何等机敏，强忍胸口剧痛，双手按着脚趾，扯着嗓子，用尽最后一丝气力，朝对面大喊道："可恶！竟然射中我的脚趾！"

连喊数声，刘邦在侍卫护送之下迅速撤离。这伪诈之语，既是喊给自家将士听，以安军心，更是喊给山涧对面的项羽听，以迷惑楚军，起一箭双雕之功效。

刘邦受伤，原本卧床难起。张良建议汉王强行起身，依然每日巡行视察，慰劳将士，以安军心。后来，刘邦的伤势愈发严重，秘密转移至成皋养伤。

潍水之战，隐忍的韩信如何战胜狂妄的龙且

与刘邦的仓皇狼狈正相反，此时韩信正势如破竹，在齐鲁大地东征西讨，连战连捷。

齐王田广面对强敌，选择分兵撤退、各据一方的防御战略。齐国君臣四散奔逃：齐王田广退守高密（今山东高密市），齐相田横退守博阳（今山东泰安市东南），守相田光退守城阳（今山东鄄城县东南），齐将田既退守即墨（今山东平度市），齐将田吸退守千乘（今山东高青县东南）。齐军兵力四散，齐国分崩离析。与此同时，齐王田广紧急遣使向项羽求助，将唯一的希望寄托在楚国的救援上。

项羽正在广武涧与刘邦拉锯作战，得知齐都临淄沦陷，大为震惊。

"攻破齐都的，是汉国哪位将军？"

"是大汉相国韩信。"

"韩信？又是韩信！这位韩信，难道真的是当初我帐下那个执戟郎官吗？破魏、取代、灭赵、屈燕，如今又陷齐国于危亡，想不到，一个小小郎中竟有如此能耐！"

齐国毕竟是东方大国，若归属汉国，将对楚国造成致命威胁，项羽不得不重视。广武前线分身乏术，项羽派出最为信赖的名将龙且率大军火速救援。汉高帝四年（公元前203年）十一月，龙且大军号称二十万之众，抵

达高密与齐王田广会师，齐楚组成联军，声势渐起，虎视眈眈，准备迎头痛击韩信。

龙且是项羽麾下最炙手可热的将领，好勇斗狠，骁勇善战，活脱脱一个"小项羽"。他战功赫赫，曾经击败九江王英布，威名远播。而且，龙且所统领的这二十万大军，正是项羽手中一大半的精锐部队，堪称王牌之师。这一战，项羽赌上了身家性命，因为他知道齐国不能丢，更深刻意识到了韩信是个何等可怕的对手。此战关系重大，牵一发而动全身，对于楚国而言，只能胜，不能败。

大战在即，一位谋士献策于龙且："汉兵远道而来，远离故土，死斗穷战，其锋不可挡。而齐军本土作战，我楚军亦离故国不远，倘若战事不利，士兵皆容易退散逃亡。敌我兵将之士气截然不同，如此，若与汉军正面对战，恐难得胜。不如深壁高垒，坚守不战。然后，令齐王派出多路信臣使者，秘密潜入沦陷之城，城中军民一旦听闻齐王尚在、楚军来救、复国有望，必将纷纷起事反抗汉军。将军试想，到那时，汉军二千里远来，客居于齐地，而其所占城池，风起云涌，皆反叛之，韩信难以应付，我楚军便可不战而胜！"

龙且摇摇头道："不然，此计谬矣。"

"谬在何处，还请将军赐教。"

"岂不闻，知己知彼，百战不殆。此计谬在高估了对手，高估了韩信其人。"

"韩信一年之内攻破魏、代、赵、燕，用兵如神，可不容小觑啊，将军。"

龙且冷笑一声，面露轻蔑之色："耳听为虚，眼见为实。敢问，你见过韩信吗？"

谋士摇摇头。

"我见过。说起这位韩信，也是老熟人了。此人原在项王帐下，只是一个不起眼的执戟郎，说白了，一条看家护院的狗而已，无足轻重。后来在军中渐渐有了名声，一则是这小子总喜欢在项王面前多嘴，妄议军机大事，屡次三番触怒项王，二则此人早年间的丑事传出，更加惹人生厌。当年，韩信连个市井屠夫都斗不过，竟然从屠夫胯下钻了过去！你说可笑不可笑？韩信骨子里就是个怯弱无能的懦夫！我龙且生平最瞧不惯的就是这种人。如今小人得志，凭着侥幸赢得几场胜利，当我的对手？哼！他也配！"

"纵然如此，高壁深垒，令齐国各城邑起事反汉，依然是当前上上之策！"

龙且一脸不以为然："先生又谬矣！项王委我重任，命我救齐，倘若依你之言，不战而降汉，请问我龙且有何功劳？大老远跑来，连仗都不打，如何显出我的本领？今战而胜之，可是封王拜侯的功勋，大半个齐国都将归我所有。功名富贵就在眼前，却固守不战，岂不荒唐可笑！本将军不仅要战，而且要堂堂正正、痛痛快快地打败那个'胯夫'！"

龙且、田广率领齐楚联军，推进至潍水东岸，扎营布阵。连日来，龙且命将士朝对岸汉军大营高声叫阵。

"龙且大将军在此，执戟郎中韩信还不快快出来磕头拜见！"

"对岸汉军头领，可是淮阴县的那位'胯夫'？"

"龙且大将军请'胯夫'韩信快快出来受降！以免再受胯下之辱！"

楚军侮辱谩骂之辞传回汉营，韩信没有生气，反而开怀大笑。此时，身经百战、百毒不侵的韩信，已经能够将他人的羞辱轻慢，内化为使自己不断变强大的力量。与此同时，充分利用敌人对他的轻视，故意露出破绽、佯装犯错，更是韩信的拿手好戏，面对那些狂妄自负的对手，这一招简直屡试不爽。

韩信笑道："大喜啊！"

曹参、灌婴不解道："二十万楚军皆为精锐，来势汹汹，何喜之有？"

韩信道："叫阵之辞，足见龙且果然一介莽夫！我在楚军时见过龙且数面，此人好大喜功、目中无人。龙且眼中的韩信，是个无能懦夫，于是他傲慢轻敌，必定急于与我军一战。我正好利用他这急于求胜争功之心，引诱他进入圈套，岂不妙哉？"

韩信又开始下达他那总是令人费解的奇怪军令：全军出动，从四面八方搜罗一万个沙袋，袋中塞满泥沙、砂石，再命一支千人部队奔赴上游，将沙袋投入潍水，垒筑堤坝，堵塞上游，形成一个偌大的水库。

此时潍水已进入冬季枯水期，河流平缓，水量本身就不大。上游一堵塞，两军对峙的下游，水流愈发清浅，兵马渡河作战十分便捷。

龙且楚军、田广齐军列阵于潍水东岸，韩信列阵于潍水西岸，大战打响！

韩信将一半汉军留在西岸，亲自统领另一半汉军蹚水渡河。

齐王田广向龙且道："龙将军，是否趁汉军半渡之际，放箭射杀？"

龙且冷笑道："齐王少安毋躁，此等乌合之众，何须半渡击之？等汉军上岸，我再全数歼灭也不迟！"

龙且眼前的汉军，的确是"乌合之众"。渡河慢慢悠悠，旗帜歪歪扭扭，列阵毫无章法，队伍参差不齐，兵将们一个个面带倦容士气低迷，一点儿都没有刚刚攻下大半个齐国的威武之师的样子。龙且亲眼见此情景，更加笃定韩信不懂带兵。

汉军刚一上岸，就迎来楚齐联军的合力猛击。联军攻势凌厉，"乌合之众"哪里抵挡得住，才刚上岸就不断后撤，很快被逼回岸边。

韩信的主帅战车一直躲在队伍后部，并不往前冲锋。韩信面色冷峻，目光如炬地观察着战局演进。他突然拔起身边帅旗，高高擎起，重重掷弃，那一面惹眼的赤红在寒风呼啸中倾然倒下，分外醒目。

韩信大喝一声："鸣金！收兵！"

龙且红着眼，一拍大腿，亢奋道："我就知道，韩信怕我！懦夫韩信怕我！"

一旁齐王田广提醒道："韩信狡诈，用兵常有奇谋诡道，恐是诱敌之计，将军千万小心！"

"是计也罢，不是计也罢，今日我必令韩信葬身潍水！"

话音甫落，龙且迫不及待策马前奔，亲自领楚军主力追击汉军。

汉军的后撤井然有序，迅捷无伦，须臾之间就渡涉潍水，回到西岸，与留守的部队合兵一处。

与此同时，龙且引楚军追来，正涉入浅浅河水之中。龙且一马当先，冲在队伍最前列，威风凛凛，扬扬自得。

韩信目光坚毅，下令道："决堤！开闸！"

汉军令旗高高摇动，位于上游的汉军读出旗语，收到指令，纷纷入水，持枪戟扎破一个个沙袋，摧毁临时筑造的堤坝。

一整个上游水库倾泻而下，潍水骤然暴涨，下游原本低浅的河水，转眼间掀起滔天巨浪。洪水大暴发的势能，如猛兽张开血盆大口，将楚军士兵无情吞噬。涉水步行的士兵一瞬间就被大水卷走，骑在马上的士兵有的坠下，有的与受惊的马儿一起在巨浪中沉浮。惊呼声、哀号声、呼救声不绝如耳，惨绝人寰。大洪水仿佛爆发惊天狂怒，要将水中所有人吞噬殆尽。

东岸上部分楚军尚未入水，逃过一劫，眼前的景象令他们不敢置信，惊骇非常，岸上乱作一团，互相推搡，人马相踏。

上游大水倾泻而下，很快水库见底，泄洪完毕。大水浸漫过后，只见楚军将士淹的淹、死的死，水位逐渐下降的河面上，漂浮着战马与士兵的尸体。还活着的楚兵不停在水中扑腾，奄奄一息，挣扎求生。

待水势稍缓，楚军主力已经被洪水摧毁大半，韩信这才下令，岸上的汉军杀入水中，将强弩之末的楚军一举击溃。楚军刚刚经过大洪水的蹂躏，哪里还有反击之力。

韩信道："擒贼先擒王！斩杀楚将龙且！取龙且首级者，赏百金！"

重赏之下必有勇夫，十几位汉军将士一拥而上，朝龙且杀来。龙且一直骑在战马上，手持长缨枪，左冲右突，力战十余将，在潍水浅滩上连续击杀数人，竟无人能够靠近其身，谁也奈何不了他。

韩信在岸上远远瞧见龙且神威，叹道："果然有万夫不当之勇，倒有几分项王的模样。可千军万马面前，匹夫之勇，毫无用处。龙且勇则勇矣，无智无谋，又有何用？"

韩信下令，弓弩齐发。百支箭矢铺天盖地而来，龙且大惊，策马往岸上狂奔，但为时晚矣，数支利箭径直射中龙且后背，穿透甲衣，龙且大叫一声，滚下马来，倒在岸边，溅起无数水花。

这时，灌婴旗下一名都尉名唤丁礼，正好就在不远处，他快步踩踏浅浅溪流，使一把长刀，手起刀落，砍下龙且头颅，高高擎起，狂喊道："龙且已死！我杀的！我丁礼杀的！"

后来，都尉丁礼不仅得到韩信百金的赏赐，大汉立国封赏功臣侯爵时，丁礼以斩杀龙且之功，被封乐成侯，食邑千户。

"龙且一代名将，不是败给了我，也不是败给了无情潍水，而是败给了自己的狂妄自负啊。"韩信唏嘘慨叹，下令就在高密当地好生安葬了龙且。

别忘了潍水东岸上，还有齐王田广。田广亲眼瞧见龙且身首异处的下场，心惊肉跳，撒腿就跑。韩信率兵追击至城阳，俘虏田广并将其处死。

龙且、田广已亡，余下的残兵败将更是不堪一击。灌婴追击田横，于博阳、嬴县两次大败齐军，田横只身逃往梁地，寻求故友彭越的庇护。灌婴继续引军北上，斩杀田吸于千乘。另一边，曹参进击胶东，斩杀齐将田既。最终，韩信两个月内攻下齐国七十二城，如他所愿，重演了战国时乐毅灭齐的传奇。

从水淹废丘，到木罂飞渡、背水一战，再到水淹龙且，韩信的用兵之道带有鲜明的个人特色，那就是善于用"水"。韩信在历次战争中，将河流这一地形因素运用得出神入化。

都说大水无情，其实水对于战争双方原本是公平的，并没有任何情感偏向。可奇妙的是，江河湖海仿佛都是韩信的好朋友，总是站在他这一边，帮助他克敌制胜。这其中的奥秘何在？

韩信曾有妙论："水的性子奇怪得很，你若是惧怕它，它就是你的敌人，你若是喜欢它，它就是你的朋友。"打小在淮阴水乡长大的韩信，深谚"兵形象水""兵无常势、水无常形"的道理，水的确对战争双方没有偏倚，关键在于你如何利用它，因而取之，将它惊人的能量化为己用。于是江河湖海总能成为韩信用兵滔滔不绝的灵感源泉，助力韩信上演一场又一场神奇的水中战役。

韩信请立齐王，是表忠心还是要造反

平定齐国，为韩信那辉煌的功勋簿上，又添上耀眼的一笔。如今大汉国，乃至放眼整个天下，论功业成就，谁能与韩信相提并论？也就在这个时候，韩信做出了一个罕见的举动。

韩信的使者前往成皋，觐见汉王刘邦："韩相国命臣禀报大王，潍水一战，大败楚军二十万，斩杀楚将龙且，而今齐国七十二城全数平定，尽归大汉统辖。"

"很好，相国辛苦了。"刘邦见使者欲言又止，"怎么？相国还有话要对寡人说？"

使者知道将要触及敏感之事，不免战战兢兢："启禀大王，韩相国说，齐人伪诈多变，齐国乃反复无常之国，又南临楚国，极易与楚国勾连。如今齐国无主，倘若没有代位假王镇抚齐民，恐将滋生霍乱，齐国局势难以安定，所以……所以……"

"所以什么？再吞吞吐吐，寡人绞了你的舌头！"

"所以，相国请大王立他为齐国假王（代理齐王。假，是借、代之意），以便统御齐民、安定东土，这里有相国亲笔手书一封，请大王圣阅。"

刘邦的胸口不久前刚刚中了项羽一箭，伤口未愈，韩信竟然在这个时候来添堵，刘邦气不打一处来，匆匆扫了书信一眼，便扔在一边，骂道："楚军就在家门口，寡人困顿于此，日夜期望相国前来助我，韩信不来也就罢了，竟然还想着当什么齐国假王！"

这时，张良、陈平一左一右、一人一边，同时轻轻踩住刘邦的左、右脚掌，并以目示意，制止刘邦当着使者的面继续破口大骂下去。

张良靠近刘邦，低声耳语道："如今，我军出师不利，如何阻止得了韩信称王！不如顺水推舟，因而立之，善待韩信，使他安心于北方为我开疆扩土。否则，此时韩信若有异心，则大事不妙，恐生变也！大王三思！"

刘邦马上醒悟，就着刚才的话头，高声道："当什么齐国假王！这个韩信也真是的！男子汉大丈夫，要当就当真王，当什么假王！寡人这就封韩信为齐王，来使啊，务必把寡人的话带到，告诉相国，不，告诉齐王，请齐王替寡人守好北境！为寡人分忧啊……"

齐国使者替韩信三跪九叩，拜谢圣恩。

使者退下后，只剩张良、陈平侍奉左右。刘邦一肚子闷气再也憋不住了："韩信这小子，当真是翅膀硬了！得寸进尺，贪得无厌，他想干什么？要造反不成！子房你说，韩信究竟想干什么？"

张良道："韩信非但不想造反，以臣愚见，恰恰相反，韩信此举，是在向大王表忠。"

"表忠？为自己邀功请赏，逼着寡人给他封王进爵，算哪门子表忠！"

"大王勿恼，臣请问，在此之前，韩信可曾主动邀功请赏，请求封王拜爵？"

刘邦仔细想了想，道："不曾。"

"那为何这一次，韩信一反常态，请立为齐王？"

"想必是他如今打了几场胜仗，翅膀硬了，势力大了，便有了异心，想割据一方，与寡人分庭抗礼！"

"非也！非也！臣以为，这恰巧表明，韩信忠于大王，忠于大汉。大王试想，韩信若有反心，大可昭告天下，自立为王，又何必遣使来请大王加封？表面上，韩信是在向大王讨要一个封赏，其实是在向大王讨要一个确认。"

"确认？确认什么？"

"确认大王依然信任并且倚重他，愿意封他为齐王，给他齐国土地。确认了这一点，他就能够安心继续为大王东征西讨、平定天下了。"

"果真如此？若依你所言，眼下这仗还打着呢，为何突然此时来向寡人要这个确认？"

"韩信此时来要，正当其时！如今齐国已亡，北方诸国全数归汉，楚汉相争之大局即将逆转！大王试想，眼下这个时候，将有多少辩士谋臣在韩信耳边，怂恿鼓动他自立门户，或叛汉投楚！"

刘邦心中一紧，背脊发凉，马上意识到拉拢韩信的重要性："辛苦子房，替寡人北上走一遭，如何啊？"

张良会意："臣领命。"

张良退下后，刘邦留下陈平密谈。

刘邦对陈平道："有些话，子房先生在，寡人不好开口。那齐国七十二城，东方巍巍大国，就这样都给韩信了？那将来这天下，是寡人的天下，还是寡人和他韩信共享的天下？"

陈平道："军国大事，臣不敢妄议。有件小事，可供大王参考。臣有宝刀一把，这刀有灵性，竟能开口说话，每天张口闭口，非要全天下最名贵的麋鹿皮革做刀鞘，非逼着臣赐予它'天下第一刀'的名号，臣毫不犹豫，一一照办。后来，臣以此宝刀诛杀仇敌，敌人死后，刀也就无用了。刀鞘，虚饰耳，想扔就扔；名号，虚名耳，想撤就撤；甚至就连宝刀本身，想弃也就弃了，没有什么了不起的。"

"说得好！想弃也就弃了，弃之如敝屣，有什么大不了的！"刘邦领会陈平的意思，露出狡黠阴鸷的笑容。同为谋士智囊，比起张良的儒者风范，陈平身上的狡诈与邪气，有时候更对刘邦的胃口。

张良受刘邦之命，亲赴齐国，加封韩信为齐王。一则显示刘邦对韩信封王的高度重视，二则借张良的眼睛窥探韩信是否有反汉之心。张良通过精心观察，更加确认自己之前的判断，韩信果然毫无反意，于是安心回成皋向刘邦复命。

对于韩信请立齐王这一举动，千百年来众说纷纭，褒贬不一。

明代大儒王夫之认为，韩信此举是一种市井之徒要挟君主、讨价还价的交易心态："（刘邦）抑信之为此言也，欲以胁高帝而市之也。故齐地甫定，即请王齐，信之怀来见矣。挟市心以市主，主且窥见其心，货已雠而有余怨。"（《读通鉴论·汉高帝》）清代史学家王鸣盛更直截了当地说："韩信自立为假齐王，已种下被杀的祸根。"（《十七史商榷·信自立为假王》）

韩信请立齐王的动机，无疑是复杂多维度的。

一方面是镇抚齐国的需要。田横逃亡在外，各种残余旧势力随时可能死灰复燃。齐人一向不甘心被人统治，反复无常，难以掌控，若要齐地安稳，的确需要一位名正言顺的齐王。

另一方面则是韩信本人心安的需要。韩信向刘邦请立齐王，是对刘邦的一个测试，刘邦一而再、再而三地褫夺他的军权与兵力，他虽然都没有怨言地一一接受，但他内心深处也不是没有一丝疑虑。诚如张良所言，韩信想向刘邦要一个确认，确认刘邦依然信任他、倚重他，愿意将齐国广大领土分封给他，愿意封他为一方诸侯。而韩信此生志向，无非封侯拜爵而已。这一点他一旦确认，就别无所求，接下来就将心甘情愿地为刘邦扫荡楚军，赢得楚汉战争最后的胜利。

第十一章　楚汉之间

武涉说韩信：项王劝你"三分天下"

韩信灭齐，是具有决定性意义的转折点，从根本上扭转了楚汉战争的局势。一直以来楚强汉弱的天平，义无反顾地倒向大汉这一边。而韩信，正是促使天平倾斜的那颗砝码。

齐王韩信此时的土地、威望与权势均达到了顶峰，天下大势形成楚、汉、齐三足鼎立的局面。韩信夹在楚汉之间，处境微妙，作用关键。

灭齐战争，尤其是爱将龙且的败亡，对项羽的打击无疑是致命的。项羽自起兵以来，百战百胜，纵横天下，从来不知道什么叫作恐惧。只有别人畏惧西楚霸王的份儿，从来不见西楚霸王畏惧什么人。

可是，一个人不知道戒慎恐惧，真的是好事吗？

"人之所畏，不可不畏。"（老子《道德经》）只有无知者才无畏。世人所共同畏惧的东西，我也不可不畏、不得不畏。当韩信击败龙且、水淹二十万楚军的消息传来，项羽生平第一次尝到了恐惧的滋味。原来恐惧是这种感觉，它像溺水之人死命扑腾拼尽最后一丝力气；像陷入沼泽之人，越是往上挣扎却无可挽回地越陷越深；像你站在山崖之巅，前面是无尽深渊，后面是悬崖峭壁，无路可退，无所遁形。恐惧伴随着绝望，令你感受到无奈与挫败，感受到一种天命不可违的强大力量。

龙且之败给项羽敲响了一记警钟，他意识到，楚国已经不再具有绝对优势，局面正急转直下。而破局的关键，就是韩信。项羽做出一项罕见的举动，他派遣能言善辩的盱眙人武涉，前往齐国游说韩信。

大概太阳打西边出来了，一向笃信强力、只靠拳头解决问题的西楚霸王，竟然也开始依赖他最为轻视的文臣辩士，竟然将希望寄托于诡辩家的三寸不烂之舌，搞起了谈判、劝诱、离间这一套，这是项羽这一生绝无仅有的一次。因为他终于发现，自己面对的是一个何等可怕的对手，讽刺的是，三年前此人只不过是他帐下一个小小郎中。

武涉来到齐国，韩信礼数俱备，客客气气地接待项王使者。

韩信问道："项王可好？"

话一出口，韩信便发觉不妥，以楚国眼下糟糕的局面，这话在楚国使者听起来该有多么讽刺。他内心并无讥讽之意，但说出去的话就是泼出去的水，再也收不回来。

武涉果然抓住这个话头："回禀齐王，天下未定，战乱频仍，生灵涂炭，项王又怎会好？"

好一张巧嘴，既回避了楚国的败局，更把项羽形容得好似一位心怀天下的圣人明君。

"项王遣先生来，想必是有话想对本王说。"

"正是。天下苦秦久矣，于是六国诸侯同仇敌忾，相与勠力，共击暴秦。破秦之后，项王功高盖世、号令群雄，计功割地，分土而王，十八路诸侯各归其国，偃兵息甲，士卒得以休养，黎民得以安康，天下得以太平。谁承想，汉王不甘安居汉中，竟兴兵而东，侵人之分，夺人之地，已破三秦，又引兵出关，收诸侯之兵五十余万，自不量力，以东击楚。我观汉王之意，不尽吞天下誓不罢休，其贪得无厌，真可谓欲壑难填，汉王不知厌足，如是甚也！"

听敌方的人这么当面锣对面鼓地批评自己主子，韩信不禁皱起眉头，扭头侧过身去，但也并未发作。紧接着，武涉对刘邦的批评变本加厉，更进一层：

"汉王其人，岂止一个贪字，在下愚见，汉王乃无信之人。回溯过往，汉王数次落入项王手中，成为项王瓮中之鳖、网中之鱼、掌中之物，项王仁慈，屡次放他一条活路。而反观汉王，每每得以逃脱，便翻脸不认人，违反盟约，背信弃义，复击项王。汉王如此不可亲信，今日足下虽自以为与汉王交往深厚，任其驱策，东征西讨，殚精竭虑，但依在下浅见，足下终将为汉王所擒矣！"

武涉最后一句，一下扎到要害之处。韩信的手不自觉微微一抖，手中酒爵洒出几滴酒水来，就像是韩信的心里溢出来几滴不安与担忧。韩信面上依然不动声色，静静地等待武涉讲下去。

武涉续道："当今天下，楚汉二王之事，权在足下。足下右投则汉王胜，左投则项王胜。足下时至今日仍然得以保全，尽享齐王尊荣，原因无他，只是因项王尚存也。项王今日若亡，明日便轮到足下！此一节，以足下之智，定能明察。"

武涉寥寥数语，字字珠玑。第一层，他点明了有识之士对当前天下大势的共同判断：楚、汉、齐三足鼎立，韩信倒向哪一边，哪一边就将获得最终的胜利。第二层，武涉的措辞点到为止，但也已然挑明，正是因为刘邦要依赖韩信打败项羽，韩信才有今日尊荣，倘若项羽不在了，以刘邦的为人，他将如何对待韩信，无须点破，不言自明。

话都说到这份上，眼看就要将那层薄薄的窗户纸捅破，韩信从容若定，依然没有表态。

武涉直奔主题："昔日，足下曾投身项王麾下，与项王有故交，项王此番派我前来，正是欲与足下重结旧好。足下何不反汉，称王自立，而后与楚连和，三分天下！倘若放弃眼前大好机会，却助汉击楚，恐非智者之所为啊！"

武涉向韩信传达了项羽的提案，那就是"与楚连和，三分天下"。项羽建议韩信以齐国为本，割据东方，与楚国、汉国形成真正意义上的三足鼎立。项羽希望韩信能够与楚国联合，倘若做不到，至少可以将齐国从汉国分离出来，保持中立，两不相帮，这样项羽还有击败刘邦的胜算。

"说完啦？"韩信没有抬眼看武涉，一直盯着手中的酒爵，来回轻轻摇动。

"说完了。"

韩信将美酒一饮而尽，随手一扔，酒爵坠地发出哐当哐当的声响。他冷笑一声，喃喃道："投身项王麾下？与项王有故交？重结旧好……项王果真如此说？"

"这个……"

"贵使这一番雄辩之词，倒令本王想起许多前尘往事。昔年，我侍奉项王，官不过郎中，位不过执戟，一介无名小卒而已。虽职位卑微，不敢不尽心竭力，几次三番建言献策，项王可倒好，置若罔闻，言不听、计不从、划不用。韩信因此弃楚而归汉。贵使可知，归汉之后如何？

"归汉之后，汉王授我大将印信，予我数万兵众。汉王脱下他的衣衫给我穿，分出他的餐食给我吃，对我言听计从，韩信才得以享有今日之尊荣。汉王对我如此深亲厚信，我若叛汉，必遭不祥。韩信忠于汉王之心，虽死不易，天地可鉴。贵使回去吧，替我谢谢项王的好意。"

武涉还想勉力一劝。韩信扭过头去，摆摆手，闭上眼。武涉满怀失望，归楚向项羽复命。

蒯通说韩信：楚汉胜败，你是关键先生

武涉前脚刚走，当天晚上，谋士蒯通求见韩信。

经过伐齐一役，蒯通已然成为韩信最为倚重的智囊。在这样一个向左走还是向右走的关键时刻，全天下的目光都聚焦在韩信身上，自然也是蒯通展现辩才与智识的大好时机。蒯通知道，韩信一点儿也没有犹豫，打发了项羽的说客。不能说武涉辩才不佳，只能说韩信的心意太过于坚决。

寒暄过后，蒯通忽然没头没尾地冒出一句："齐王有所不知，我曾经学习过相人之术。"

"当真？先生还会给人看相啊？这相人之术，可有什么讲究？"韩信饶有兴致地问道。

"贵贱在于骨相，忧喜在于容色，成败在于决断。以此三条参之，万不失一。"

"善。既如此，先生替本王一相，如何？"

"喏。臣希望能够与齐王单独谈谈。"

"左右退下。"韩信屏退仆从，屋内仅剩他与蒯通二人。

蒯通目光灼灼盯着韩信的脸，又起身走到韩信身后，绕了几圈，来回踯躅，最后回到韩信面前，一副犹豫不决的样子道："相君之正面，未来运途，不过封侯而已，而且危险多、不安定。不过，奇就奇在，若相君之背面，简直荣华富贵不可言！"

"背"，一语双关，既指背部，也指背叛。韩信素来聪敏，意味深长地瞥了蒯通一眼，明白他话中有深意，仍故作糊涂道："先生此话怎讲？"

"说来话长，齐王且听我从头道来。"蒯通道，"忆往昔，群雄豪杰最初发难之时，六国俊雄复国封王，一声呼号之下，天下之士云合雾集，如鱼鳞般杂沓密布，如火焰飞腾，如大风卷起。当此之时，天下人之所忧，只在亡秦而已。

"今楚、汉纷争，战事不休，使天下无罪之人肝胆涂地，父子兄弟之骸骨暴露于野外者，不可胜数。战事之初，楚人起于彭城，转战追逐，一路打到荥阳，项王悍勇，乘胜席卷中原，威震天下。然而，足下奇兵巧计，将楚军困于京、索之间，阻于西面山地而不能进，楚汉两相对峙，如此已有三年之久。

"可形势并不乐观。汉王率数十万之兵众，据守巩县、洛阳，凭借山河之险阻击楚军，虽一日数战，征伐频繁，却无尺寸之功。请看汉王历年败绩：败走于荥阳，负伤于成皋，往来于宛城、叶县之间，汉军疲于奔命。此情此景，何所谓也？此所谓'智勇俱困'者也。"

蒯通将大汉国当前的形势，形容为"智勇俱困"四个字。如果忽略掉韩信在北方战场的旷世奇功，仅仅看这些年刘邦在荥阳正面战场上的表现，的确乏善可陈。

"智勇俱困……"韩信叹了一口气，"依先生之见，该如何破解？"

"战争再这么打下去，军队的锐气受挫于险峻要塞，粮食消耗于仓廪内府，百姓疲惫至极，怨声载道，容容不安，无所倚靠。以臣之见，如此情势，若非天下之圣贤，固不能平息天下之祸乱。"

韩信笑道："听闻清平之世才有圣贤出。当今乱世，圣贤何处寻？"

"正是足下啊！"蒯通提高了声调，"当今楚汉两主之命，皆悬于足下！足下为汉则汉胜，与楚则楚胜！"

与武涉之论如出一辙。韩信道："怎么，刚打发了一个武涉，这前仆后继地，先生也想劝我背叛汉王？"

蒯通慨然道："臣愿吐露真心，披肝沥胆，敬效愚计，只恐足下不能用臣之计。"

"先生的忠心，本王从来没有怀疑过。先生的智慧，本王更是万分倚重。当前情势，究竟该何去何从？先生有良策善谋，但说无妨。"

"臣为齐王筹谋，上上之策，三分天下，鼎足而居！若要彻底解决楚汉困局，我齐国最为关键。齐国保持中立，使两国皆不受损而得以共存，最终三国平分天下。如若三方能够形成均势，没有任何一方有绝对力量能够消灭其他两方，如此，天下可安。到那时，以足下之贤德圣明，又握有甲兵之众，据守强齐，率领燕、赵从属称臣之兵，攻楚汉空虚之地，必将势如破竹，顺应黎民心愿，领军西向，为百姓请命，则天下人将如风疾走响应，孰人敢不听从！

"下一步，打击削弱那些强大的国家，以齐王之威，分封诸侯，建立列国，诸侯已立，臣服听命，归德于齐。继而安抚稳固齐国，扩占胶河、泗水之地，以德怀柔诸侯，深拱揖让。到那时，天下诸侯君王必相率而来，朝拜于齐，盛况空前也！臣听闻：'天予弗取，反受其咎；时至不行，反受其殃。'希望足下深思熟虑！"

老天爷要给你的东西，你如果不要，就得承受不要的代价；时机到了，却不去顺应它，就将遭受相应的灾祸。蒯通不仅为韩信描绘了一幅"三分天下"之后美好的政治图景，更是在提醒韩信，天命与时机就摆在面前，你没有拒绝的权利，因为一旦拒绝了命运的馈赠，就将要付出沉重的代价。

对韩信而言，蒯通与武涉的两次劝说，内容多有相似，但分量截然不同。武涉毕竟是敌方的人，本质上他的所有辩词都是在为项羽考虑。而蒯通是自己人，韩信清楚，蒯通的每一句话都是在以他的利益为出发点，鞭辟入里，言辞恳切，所以他重视蒯通的劝谏，并由此陷入两难之中。这可比他在战场上杀伐决断要困难得多。

沉默半晌，韩信终于开口："汉王待我甚厚，用他的车马载我，把他的衣服给我穿，把他的食物给我吃。我听闻，乘坐他人的车马就要与之共患难，穿戴他人的衣服就要与之同忧愁，吃人家的饭就要与之同生共死。我岂能追逐小利而背弃大义！"

原来韩信心中跨不过去的那个坎儿，是刘邦对他的知遇之恩。

蒯通劝谏道："足下自以为，以一片赤诚善待汉王，忠心不二，就能够安枕无忧。臣窃以为，此大谬矣！"

"何谬之有啊？"

"足下岂不见张耳、陈馀之事？二人为布衣时，结为刎颈之交，后来各为其利，自相残杀，非将对方置于死地不可，成为全天下的笑柄。从好友到仇敌，何以至此？只因祸患产生于贪利多欲而人心难测也。

"足下岂不闻文种之事。昔年，文种助越王勾践成就霸业，灭吴之后，却被勾践赐死，是何原因？只因野兽既然已经捕完，猎狗留着何用，大可烹而食之！

"足下仔细想想，若以交友而论，足下与汉王的交情，比得过张耳与陈馀吗？若以忠信而论，足下对汉王，比得过文种忠于越王勾践吗？前车之鉴，无一不是血泪教训！愿足下深虑之。"

韩信轻轻摇头，好像固执地不愿相信残酷的现实，低头呢喃，像是在自言自语："汉王……汉王不至于如此吧……"

蒯通抓住韩信这片刻的犹疑，再劝道："臣听闻，勇略震主者身危，而功盖天下者不赏。请允许臣下说说大王的功勋：足下西渡黄河，虏获魏王，生擒夏说，引兵下井陉，诛杀成安君陈馀，破赵、胁燕、定齐，南摧楚人之兵二十万，东杀楚将龙且，足下之功勋天下冠首，足下之谋略世间无二。今日，足下头戴震主之威、挟持不赏之功，如果归楚，楚人必定不敢相信您的真心；如果归汉，则汉人必震恐于将军之威势——处境如此，足下将安归何处？处于人臣之位，而有震主之功，名高天下，为楚汉所忌惮，臣窃为足下深感忧危啊！"

蒯通的声调越来越高，语速越来越快，情绪越来越激昂慷慨，最后一句简直要把肺腑心肝都掏出来。韩信内心如潮起伏，快被蒯通这汪洋大海般的文辞与汹涌澎湃的情感淹得透不过气来。

"先生的话，我都听进去了。今日就这样吧，先生且休矣，本王会好好考虑的。"

几天过去了，韩信犹豫不决，始终未能做出决断。蒯通决定最后一搏，成败在此一举。

蒯通对韩信道："能够听进别人的意见，就能够看清事物发展变化的征候；能够反复计虑谋划，就能够把握住成败的机纽。既不能听取意见又不能计划筹谋，如此还能长治久安的事情，少之又少。安心当奴仆的人，就会失去成为万乘之尊（指当皇帝）的可能；守着微薄俸禄的人，就会失去获得卿相之位的可能。所以，办事坚决果断，是智者的表现；犹豫不决，是成事的祸害。计较毫厘小事，忽视天下大事，哪怕智识上已经认知，勇气上却不敢践行，这都是败事的祸端啊！

"所以说，猛虎再猛，倘若犹豫不决，也不如马蜂果断扎出毒刺有效；骐骥虽有千里马的资质，倘若步履踟蹰，慢慢悠悠，那便连驽马安步缓行都不如；勇士孟贲倘若狐疑不定，就不如庸才凡夫言出必行；一个人纵使有圣人舜禹的智慧，倘若噤口不言，他就连聋哑人打手势都比不上。以上种种冗辞赘言，都是在说敢于决断、能够行动是多么珍贵。功业这个东西，成功很难而失败很容易；时机这个东西，抓住很难而错失很容易。时机啊时机，机不可失，时不再来。臣言尽于此，愿足下详察之。"

围绕"时机"与"决断"两个关键词，蒯通踔厉骏发，提醒韩信切勿再犹豫，当断则断！

韩信这一次没有回避，没有犹疑，明确给出了自己的答案："我的本心，终究不忍背汉。另则，以本王之功勋，汉王必定不会夺我齐国。我意已决，先生不必再劝，但无论如何，还是真心实意地谢谢先生了。"

蒯通是聪明人，明白一切都已于事无补，轻轻叹息，摇头离开。也不知道这一声叹息，究竟是为了韩信，还是为了他自己。

第二天，下属来报，蒯通疯了。他穿上巫师的衣裳，胡言乱语，行为怪诞，成夜在临淄城中游荡，有如孤魂野鬼，时而痛哭，时而狂笑，时而悲歌。人们与他交谈，他只反复念叨着"蓬莱、瀛洲、方丈"，声称要去东海仙山寻仙问道。

韩信一时愕然，不禁想起战国时孙膑的故事，孙膑遭受同门师兄庞涓迫害，为保命不得已装疯卖傻，在猪圈与牲口同吃同住，才逃过一劫。韩信明白，自古装疯者，无非是为了自我保全而已。

"罢了，罢了，先生若要离开，就让他走吧，不要拦着了……"

不论是武涉的巧嘴、蒯通的雄辩，还是更早之前张良、陈平踩刘邦的那一脚，都在指向同一件事：韩信已然成为楚汉战局的破局者，与汉则汉重，归楚则楚安。这位楚汉争霸的"关键先生"，此时选择向左还是向右，将深刻影响秦汉之际的历史走向。韩信个人的命运来到了十字路口，楚汉战争的历史也来到了十字路口。

在楚、汉之间，韩信最终选择忠于汉，这是各种复杂因素交织在一起促成的决定，倘若对背后的心理动因条分缕析的话，这一改变历史的重大抉择与韩信的"三心"有关。

第一心，是韩信的"报恩之心"。

刘邦对韩信的知遇之恩，这是韩信回应武涉、蒯通时一再提及的事情。韩信明白，他之所以能够登坛拜将，施展才能，实现抱负，是因为有刘邦为他搭建舞台。韩信对刘邦始终感恩戴德、忠心耿耿，哪怕他一而再、再而三地被削弱兵力、褫夺军权，他也从来没有动过反汉的念头。韩信自幼受尽歧视与冷眼，真正赏识他的人，唯有萧何与刘邦，韩信个人的价值在汉国得到肯定，他对汉国的忠诚因此牢不可破。后世有人评说，刘邦对韩信一次又一次打压，只不过一点点小恩小惠（即韩信"解衣衣我，推食食我"之言），他就感激涕零、念念不忘，韩信可真是"愚忠"。这样轻巧的评论，恰恰忽略了韩信早年蛰伏沉沦的经历对他的人格所产生的深刻影响。对于一个自幼备受羞辱的人而言，那绝不是什么小恩小惠，那堪比千钧之重。士为知己者死，说的正是这个理儿。

第二心，是韩信的"功名之心"。

韩信无疑是执着于功名的世俗之人，早年的苦难，让他"其志与众异"（《史记·淮阴侯列传》），自幼立志要建功立业，要成为人上人，"要万户人家为我娘守冢"。韩信的志向是明确的，那就是拜将封侯、裂土为王，他的抱负与野心也就到此为止，顶天了就是想当一个诸侯王。他的抱负，虽然远远高于芸芸众生，但与刘邦出身草莽却有帝王雄心相比，又完全不在一个层次。"良将择明主而侍"，韩信一直在寻觅赏识自己的明主，始终是为人臣子的思维，他不做帝王之梦，从来没有动过与刘邦、项羽一争天下的念头，这正是韩信明明可以却不愿意"三分天下"的原因。有意思的是，当韩信功高盖主、声名极盛，成为当今天下刘、项之外的第三号人物之时，当他的能力、权势、地位，突然一下子高过了他只满足于封侯称王的"功名心"之时，不幸的种子就悄然埋下了。蒯通说，"勇略震主者身危，功盖天下者不赏"，正是在提醒韩信，他的勇略与功勋就像是双面镜，正面有多么辉煌，背面就有多么危险。

第三心，是韩信的"赤子之心"。

韩信是不世出的军事天才，但在政治权谋上无疑是单纯幼稚的。这一点，倒与同样单纯浪漫的项羽颇为相似。武涉、蒯通已经说透了刘邦诛杀功臣的可能性，韩信依然天真地认为，以他为大汉立下的汗马功劳，刘邦定然不会加害于他。（"韩信犹豫不忍背汉，又自以为功多，汉终不夺我，遂谢蒯通。"《史记·淮阴侯列传》）更何况，他一片赤诚，从来没有谋逆之心，并不对刘邦的君主之位构成威胁，大可以放心地当个诸侯王，后半生安然无虞地享尽荣华富贵。"大人者，不失其赤子之心者也。"（《孟子·离娄下》）这种政治权谋上的单纯幼稚，却也正是韩信人格的可贵可爱之处。

第十二章　决胜垓下

侯公说项羽，楚汉鸿沟议和

岁月如梭，兵戈不休。

楚汉战争打到这个时候，已经耗时三年之久，双方陷入无休无止的拉锯战与消耗战中，仿佛这场战事永无尽头。双方都精疲力竭、不堪重负。

汉高帝四年（公元前203年）八月，汉王刘邦主动抛出橄榄枝，派遣使者陆贾前往楚营，与项羽商谈停战议和之事。此外，刘邦还存了一点私心，千叮咛万嘱咐，让陆贾别忘了提醒项羽，早日将扣押在楚营的刘太公、吕雉送回来。

郦食其死后，年轻的陆贾成为刘邦麾下第一辩士，此人巧舌如簧，能把黑的说成白的、死的说成活的。更何况眼前的局面，汉强而楚弱，对于项羽来说，议和无疑是最优选择。刘邦信心满满，以为马上就能与父亲妻子团圆，不料，陆贾一个人灰头土脸地回来了。

"项王怎么说？"

"项王……项王说，天下鹿死谁手尚未可知，只有……只有狗熊才议和！"

"项籍匹夫！不识抬举，简直给脸不要脸！"

"项王还说……还说……"

"平日伶牙俐齿、口吐莲花，现在怎么吞吞吐吐？快说，别等寡人绞了你的舌头！"

"项王说……他还等着，烹了刘太公，与大王分一杯羹……"

当年，楚汉对峙于广武。项羽曾威胁刘邦："如果再不投降，就烹了刘太公。"刘邦回道："寡人曾与项羽约为兄弟，我爹就是你爹，项羽若要烹了他爹，可别忘了分我一杯肉羹呀！"现在，项羽以彼之道还施彼身，用刘邦当年戏语回敬他，气得刘邦七窍生烟。

刘邦怏怏不乐数日，一筹莫展之际，辩士侯公求见，表示愿意前往楚营游说项羽。

在汉国一众辩士当中，侯公并不出名。刘邦见此人面目丑陋，鹰头雀脑，身形扭曲，犹如枯枝败柳。同为辩士，侯公与郦食其的精神矍铄、陆贾的潇洒倜傥相比起来，可谓天差地别。刘邦上下打量侯公，心里暗自打鼓。

侯公道："请大王借臣革车一乘、骑卒十人，臣朝晨出发，驱驰至楚营，暮间即与太公同乘归来，大王意下如何？"

刘邦冷笑道："腐儒！说得倒轻巧，陆贾能说会道、辩才无碍，在项王威势面前，也智穷词屈，无功而返。要想说动项王，谈何容易！"

"陆生败就败在他的能说会道上。臣曾有幸一睹陆生容颜，风流倜傥，精明强干，其滔滔不绝、口若悬河之状，可令天下人沉醉，却唯独难以说动项王，只会令项王徒生厌恶。"

"此话怎讲？"

"敢问项王何许人也？西楚霸王，盖世英雄，睥睨天下。在项王面前鼓弄唇舌、卖弄辩才，何其愚蠢！"

刘邦有一语惊醒梦中人之感，这才发觉侯公见识不凡，连忙收敛无礼姿态，问道："敢问公有何能，可以说动项王那铁石心肠？"

"臣无甚大才，漂泊半生，沉浮于人世间，只学会洞察人心这一件事，此为谋天下之大道，与之相比，雄辩之术不过雕虫小技而已。"

"好！"刘邦拍案道，"明日夕阳西下之时，寡人就在此大摆宴席，温美酒一壶，等候先生携家父归来。"

翌日一早，侯公迎着朝阳出发，很快来到楚营辕门之前。

侯公也不请戍卫通报，走下马车，在楚营门口号啕痛哭，边哭边唱：

操吴戈兮被犀甲，车错毂兮短兵接。

旌蔽日兮敌若云，矢交坠兮士争先。

凌余阵兮躐余行，左骖殪兮右刃伤。

霾两轮兮絷四马，援玉枹兮击鸣鼓。

天时坠兮威灵怒，严杀尽兮弃原野。

出不入兮往不反，平原忽兮路超远。

带长剑兮挟秦弓，首身离兮心不惩。

诚既勇兮又以武，终刚强兮不可凌。

身既死兮神以灵，子魂魄兮为鬼雄。

这是自战国起就广为流传的楚辞《国殇》，相传为楚大夫屈原所作。此诗主旨，在于追悼为国捐躯的楚军将士，既书写战争的血腥残酷，更讴歌将士们浴血奋战的豪情、战死沙场的壮烈。侯公那沙哑沉郁的嗓音唱起《国殇》，声声悲壮，句句啼血，哀伤悲戚，令人心悸。诗的最后言及神鬼之事，楚国本就巫风盛行（据《汉书·地理志》记载，楚地"信巫鬼，重淫祀"），那哀伤悲戚之中更透着几分鬼魅，楚辞的语言瑰丽而诡谲，辞章乐音之中，仿佛有神鬼在游弋飘荡。《国殇》所描绘的景象，与楚军眼下穷途末路的境况无比契合，又是熟悉的故乡歌谣，楚军将士们听得入神，心有戚戚焉，勾起无限的悲哀与忧愁，甚至有的将士不觉流下两行泪来。

"昧旦晨兴，何人搅扰本王清梦？"

项羽被悲歌唤醒，命人将营前悲歌的狂生抓来问话。

"你是何人？竟敢擅自闯营，扰我军心？"

侯公道："在下汉王使者侯成，特奉汉王之命，前来拜会楚王。"

"为何悲歌？如此放诞无礼，这也是汉王教你的吗？哈！也对，汉王市井流民出身，不识礼数也不足为奇。"

"在下来到楚地，身入楚营，眼见楚兵，触景生情，心有所感，鬼使神差地，竟唱起楚辞《国殇》来……"

"《国殇》？"

"正是。为国捐躯，是为'国殇'！"侯公眼中闪着凌厉的光，"足下身为楚王，难道愿意眼睁睁地看着楚军将士身首相离、尸弃原野，一个个都成为孤魂野鬼吗？"

项羽沉默片刻，道："怎么，你也是来替汉王讲和的？"

"在下并非来替汉王讲和，而是来为楚国求太平，为项王求太平！在下出生于山阳郡，主动请缨前来拜谒项王，只因还没忘了自己也是楚人。"

"先生有什么话，但说无妨。"项羽的语气渐渐缓和了下来。

"大王可还记得楚国之盛景？昔日，首建大义诛暴秦者，唯楚。世为贤明显名于天下者，唯楚。天下豪杰乐从而争赴者，唯楚。披坚执锐为士卒先，莫如大王。兵强将武，百战百胜，莫如大王。诸侯畏慑，唯所号令，莫如大王。割地据国，连城数十，莫如大王。"（苏轼《代侯公说项羽辞》）

项羽不禁心驰神往，追忆往昔胜景，但侯公很快打断项羽的回忆，他痛心疾首道："往日胜景灰飞烟灭，早已不再，敢问大王，而今如何？"

项羽低头，沉默不语。

侯公道："而今楚国的局面，八字足以概括：内忧外患，危在旦夕！于内，楚军屡尝败绩，粮草告急，兵员匮乏，且士卒疲惫厌战。再这样拖延下去，楚国将亡矣！于外，大汉占天下三分有二，楚国则江河日下、土疆日蹙，且四面受敌，淮南王英布于九江之地作乱；彭越于梁地袭扰楚军粮道；北方韩信已平定魏、赵、燕、齐，来势汹汹，即将南下。敢问大王，以上，臣可有一句虚言？”

项羽道：“先生所言非虚。依先生之见，当如何？”

“天下苦于楚汉相争久矣，为了黎民苍生，大王若能偃旗息鼓，罢兵休战，化干戈为玉帛，令百姓休养生息，实乃大王之福、楚人之福、天下之福也！”

“难道本王别无选择，非与汉国议和不可？”

“非也，大王不是别无选择，而是议和为当前最优选择。臣听闻，来而不可失者，时也。蹈而不可失者，机也。今大王粮草匮乏，士卒疲敝，无力与汉军争。而韩信之军，乘胜之锋，锐不可当，且已在南下途中，直指西楚而来。大势已然如此，正所谓，识时务者为俊杰，大王上上之策，便是因其时而用其机，放归刘太公、吕氏还汉，与汉王订立盟约，中分天下，割鸿沟以西为汉，以东为楚。届时，大王建号‘东帝’，镇抚东方诸侯，休兵储粟，以待未来天下之变。反观汉国，如今汉王日渐老矣，厌兵倦战，尚有何欲可求？汉国必将世代为西方藩属侍奉楚国，岂不美哉？”

项羽最后一个问题是：“汉王果真有议和休战之心？”

虽然侯生心里在打鼓，嘴上却万分笃定：“千真万确！”

最终，项羽点头了。

如果有人觉得，仅仅凭借侯生三寸不烂之舌，就能够令项羽答应议和，显然太过于天真。项羽之所以同意停战，根本原因在于侯生所点破的楚国内忧外患的处境。原本，项羽还有最后一线希望战胜刘邦，那就是韩信的倒戈，但辩士武涉偏偏又无功而返，项羽失去了最后的机会。此前赶跑陆贾，一是因为陆贾的浮夸做派令项羽生厌，二也是在测试刘邦是否真心议和。今日侯生到来，项羽正好顺水推舟。

汉四年（公元前203年）八月，楚汉签订议和协议，约定罢兵休战，以鸿沟为界二分天下，鸿沟以东归楚，鸿沟以西归汉。鸿沟是秦朝时开凿的人工河道，北接济水，南连颍水，长数百里，途经郑州、开封、淮阳等地。

和平就这样突然到来，两军将士皆欢呼万岁。停战后，项羽派人将刘太公、吕雉送还刘邦，然后从荥阳出发，引大军东归楚都彭城。

在一片喜庆祥和的气氛中，作为促成停战的首功之臣，侯公的脸上却一点喜悦的神色都没有。

身边人对侯公道："侯老！为何脸色如此严峻？说句玩笑话别见怪，怎么就跟家里死了人似的？楚汉议和，天下得以太平，您可是首功啊！这可是千古流芳的功勋！我要是您呀，做梦都得乐醒！"

"天下，真的太平了吗？"侯公神色诡谲，令人捉摸不透。

第二天，侯公消失不见。刘邦赏赐的金银珠宝分文未取，原封不动地留在营舍内。

与此同时，张良、陈平秘密觐见刘邦，建言道："如今，我汉国已据有天下大半，各路诸侯纷纷归附，楚国则兵疲食尽，穷途末路，这是天要亡楚！大好时机，岂容错失！不如乘其不备，因而取之！今日若放走项羽，实乃养虎遗患，请大王慎思之。"

张良、陈平所言，正是刘邦心中所想，表面上刘邦还得先惺惺作态一番："议和之约方定，刚刚昭告天下，世人皆知，倘若此时攻楚，恐天下人指摘寡人言而无信、出尔反尔。"

张良、陈平道："成大事者不拘小节，岂能因小信而失大义。汉王早日平定天下，还百姓安宁，这才是最大的信义啊！"

"说得好！"刘邦点点头，道出内心真正的疑虑，"依二位之见，项王会不会已经猜到议和是假，而且早有防备。"

陈平冷笑一声："以臣对项王的了解，项王断然没有这样的智谋，前方斥候来报，楚军全线后撤，楚卒皆欢欣鼓舞，正迫不及待地准备归乡呢。"

"那就好！"刘邦忽然想起一事，"听说，侯公不见了？是何缘故？可有隐患？"

张良道："侯公乃大智之人，他知道停战协议是假，不久之后，全天下也就都知道了，到那时，侯公这个议和首功之臣，就成了一个笑话。侯公是识趣的人，大王的赏赐分文未取就走了，臣猜想，大约是归隐山林了吧。大王放心，没有什么隐患。"

"这个侯公，也真是的，要走也不打一声招呼。走虽走了，该赏还是要照样封赏，传寡人诏命，就说寡人盛赞侯公为'天下第一辩士'，三寸之舌，足以倾覆一国，以其说楚议和之功，封侯公'平国侯'！"

"大王圣明。"

陈下之战，刘邦还是打不过项羽

汉高帝五年（公元前202年）十月，新年伊始，议和条约的墨迹还未干，刘邦突然撕毁停战协议，进攻正在撤退途中的楚军。

此时以兵力论，刘邦占据压倒性的优势。这些年，一次又一次被项羽打得屁滚尿流、仓皇逃窜，刘邦早就憋了一肚子气，每每做梦梦到项羽，又是憋屈又是害怕。这回，刘邦底气十足，决定放手一搏，一鼓作气全歼楚军，扬眉吐气，一雪前耻。刘邦对追击行动进行周密部署，集结了所有能够调动的力量，几乎是赌上一切，只为彻底解决掉这位一生宿敌。

项羽之勇，没有人比刘邦更有体会，刘邦目前最大的优势是人多势众，于是他采取四面合围的战略。

刘邦统领汉军主力，从荥阳出发，尾随追击项羽大军。

英布大军攻取寿春，平定淮北地区，堵截项羽南下的退路。

彭越领军由东郡一带南下，一路袭扰楚军，最终前来与刘邦会师。

韩信领军由薛郡、城阳郡一带南下，根据刘邦的部署，先攻取楚都彭城，平定楚国后方，再回师与刘邦会合，与项羽决一死战。

"哼！那百战百胜的项王，终究要败在寡人之手！"

刘邦布好天罗地网，又一次挥师亲征——虽然并不善于带兵，刘邦却是格外喜欢亲征的君王。这一次与往常都不同，刘邦自信满满、意气风发，因为以理智分析，不论从哪个角度来看，此战汉军都必胜无疑。

多年战事的僵持与消耗，就连"战神"项羽都不免感到疲惫。议和之后，他一直紧绷着的那根弦好不容易松了下来，尚未安眠几夜，突然接到军报：刘邦悍然毁约，正亲率数十万大军追来。

此时的项羽，像是一头病狮，没有了往日那般冲天怒气，他摇摇头，仰天长叹，自嘲道："本王咎由自取，犯下大错。错不在停战议和，错在不该相信刘季，不该相信刘季这样的无耻小人竟然会守信用、真议和！"

项羽本打算东归彭城，就在刘邦毁约的同时，彭城沦陷的消息传来。项羽愤愤然道："又是韩信！"

原来，韩信派遣灌婴率领"郎中骑兵"进攻彭城，接连攻下傅阳、下相、僮、徐等城，南渡淮河，斩杀薛公，攻占下邳，最终占领彭城，俘虏楚国柱国项他。至此，楚国后方腹地尽数被韩信攻占。

彭城失守，项羽只能改道南下，沿着鸿沟往陈县（今河南淮阳县）方向撤退。楚军以陈县、固陵（今河南太康县南）、阳夏（今河南太康县）这几个紧邻的城池连成一道防线，阻止汉军的追击。

另一边，刘邦大军一路追击到固陵。楚将钟离眛领项羽之命，正屯兵驻防于固陵。韩信的老朋友钟离眛，已经成长为楚军中举足轻重的一员猛将，带兵风格正如其人形貌，虎虎生风、骁勇强悍。刘邦遭遇钟离眛的阻击，兵锋受挫不能前进，在阳夏一带停军扎寨，安营休整。

"再遣使者，八百里加急！传令韩信、彭越快快领军来助，会师固陵！"

刘邦已经记不清，前前后后总共给韩信、彭越写了多少封书信、派出多少使者，三催四请的，却一点儿回音都没有。韩信只派灌婴扫荡楚国腹地，彭越则源源不断送来他虏获的粮草和兵员，可这两个人自己却毫无动静，都不亲自领军前来援助。大战在即，刘邦再一次催请二人，在信中明确约定会师日期，只等两路援军一到，即刻对项羽发动总攻，一举而灭之。

天意弄人，刘邦还没等到两路援军，先等到了项羽的反戈一击。

在这场猫鼠游戏里，原本楚军在前面逃，汉军在后面追。楚之逃军寡，汉之追兵众。虽然处于劣势，但项羽敏锐地抓住刘邦援军未至、孤军深入的短暂时机，突然掉头转向，攻其不备，以雷霆之势向汉军发动奇袭。

"楚军将士们！刘季背信弃义，撕毁和约，实乃奸猾小人！汉军辜负我议和诚心，阻拦我归乡之路，侵占我家园国土，是可忍孰不可忍！众将士听令！随我回师灭敌，杀他个片甲不留！待凯旋之后，烹牛宰羊，开怀畅饮，我与众将士痛饮三百杯！"

项羽是将士们心目中的神，他在军队中，永远具有无与伦比的权威与声望，他的战前宣言，具有强大的煽动性与鼓动力，充分调动全军将士的受辱之耻、归乡之切、慷慨之情。

与此前历次战事一样，项羽身先士卒，骑上乌骓宝马，奔驰在队伍最前列。楚军将士个个士气勃发，奋勇杀敌。汉军在固陵冷不防遭遇突袭，在楚军强大攻势面前，溃不成军。

刘邦又一次落荒而逃。逃亡之前，他扭头朝远处望去，战场中央，黑溜溜的乌骓马上，项羽左冲右突，挥动楚戟厮杀，以一当十，不，以一当百，有如天上的神将，又像是地狱的魔鬼。刘邦心中突然涌上一股冰寒的凉意，咬牙切齿，愤懑道："还不快撤！都别打啦！回师阳夏！"

刘邦逃入阳夏军营里，坚壁高垒，深堑自守。他着实被打怕了，不敢贸然出营，不敢再与项羽面对面。

刘邦一次次被项羽打败，项羽已经成了他的心魔。在战场上，不论兵力占据多大的优势，刘邦似乎永远战胜不了项羽。这难道是天命？其实，自从彭城之战，吃了项羽一个大苦头后，刘邦就留下了难以磨灭的心理阴影，他再也不敢与项羽正面对战。接下来的三年里，他改变作战方略，在荥阳、成皋主战场，始终回避与项羽硬碰硬，而是采用坚壁固守的方式消耗楚军，同时依靠韩信在北方侧翼战场攻城略地，彭越、英布在楚国大后方游击作战，来与项羽周旋、拉锯，一步一步地扭转败局。这一次，战事临近尾声，凭借绝对的兵力优势，刘邦鼓足勇气与项羽正面开打，果然，还是不行。

刘邦愤愤不平道："这项羽，简直不是人，是阎罗殿里的魔鬼，是寡人天煞的克星！要不然，老子怎么就打不过他呢！简直邪了门了！"

张良劝道："大王莫恼，我军孤军深入，长途奔袭，且援军迟迟不来，项王又向来骁勇，因此败也。"

"就是！就是！固陵之败，都怪韩信、彭越这两小子！寡人三番五次遣使去请，会师日期已过，为何迟迟不来？他俩想干吗，要造反不成？"

"齐王、彭相国（刘邦曾封彭越为魏国相国）不来，是在等。"

"等什么？等寡人被项羽打败，跪着去求他们吗？"

"大王息怒。眼前的局面，攻破楚军，大王得天下，那不过是时间早晚的事。在这个关键时刻，齐王、彭相国心中所想的是，平定天下之后，他们将获得什么样的封地，荣膺什么样的王爵，这些事情，大王至今还没有给他们明确的承诺。韩、彭不来，原因正在于此。韩信这个齐王，并非大王主动分封，而是当初他自己请封的，想必韩信对此一直心怀不安，因为不知道大王心里到底怎么想，是否真心愿意封王于他。至于彭越，如今已经平定梁地，自然不甘心只当个魏相，他也一直想要封王，就只等大王您的表态了。"

刘邦冷笑道："真是天下人皆为一个'利'字！项羽还没死呢，楚军旗帜还在那里迎风飘荡呢，这两个家伙就一心只想着裂土封王，瓜分寡人的土地！可恨至极！"

"为己谋利，也是人情常理。大王可还记得，当初在下邑，大王曾表示愿意分封关东土地于伐楚有功之人，当时臣举荐三人：韩信、彭越、英布，此三人，正是此时灭楚的关键人物。去年大王已封英布为淮南王，许以淮南之地，英布自此对大王忠心耿耿。韩信、彭越若也得封地，为自己的利益而战，二人势必殚精竭虑，则楚国必败矣。"

刘邦理智上认同张良的建议，心里还是憋得慌，嘟囔道："哼！不给封地就不来，邀功请赏，讨价还价，这不是在要挟寡人吗？我真咽不下这口气！"

"大王是要取天下的人，整个天下都将是大王的，何必在乎区区几块封地？舍大而求小，这是项王常犯的愚蠢错误，大王深思啊。"

"子房说得对，你点醒我了！"

刘邦再次派遣使者出发，这一次传达的消息与此前不同。刘邦表示，只要二位前来，并力击楚，一旦楚破，自陈地以东直至东海边的土地，全给韩信，睢阳以北至谷城的土地，全给彭越。

信中允诺给韩信的所谓"自陈以东傅海之地"，大约为齐国加上楚国的广袤土地。睢阳（今河南商丘市）以北至谷城（今山东平阴县西南），则为魏国广大领土。果然，一直不吭声的韩信、彭越，这下终于请使者回复刘邦：马上领大军前来与汉王会师。

韩信命曹参留守齐国，亲率数十万大军，呼啸南下，势如破竹而来。楚汉之间的战局，因韩信的到来而发生改变。

在与韩信、彭越会师后，刘邦兵力倍增，声势大振。韩信来了，刘邦虽然表面上不动声色，心里却是备受鼓舞，像是吃了一颗定心丸。在军事上，刘邦无条件地相信韩信的超凡能力。汉国君臣之间，似乎有一个谁也没有点破，却彼此心照不宣的共识，那就是，当今之世，大概唯有百战百胜、未尝败绩的韩信，才能够与同样百战百胜、未尝败绩的项羽巅峰对决、一决雌雄！

"韩将军，项王虽穷途末路，却仍骁勇不减，我军刚在固陵吃了一场败仗。你说，这仗该怎么打？"

"韩信既然来了，大王可安枕无忧矣。"韩信眼中闪着自信的光芒，"下一步，转守为攻，主动出击，先取固陵，再围陈县！"

"寡人听说，固陵守将钟离眜是将军故友？"

韩信轻叹一声："两军对垒，各为其主，也顾不得这许多了……"

接下来战事的演进，令刘邦不得不感慨，有了韩信就有如神助。在韩信的指挥下，汉军反攻固陵，楚军不敌，钟离眜弃城逃走，自此不知去向。

韩信乘胜追击，组织大军四面包围陈县。这时，项羽正驻军于陈县。汉高帝五年（公元前202年）十二月，项羽眼见汉军强大攻势扑面而来，当机立断，在韩信的包围圈还没有完全成形收拢之际，放弃陈县，突出汉军重围，往东面撤退，逃往垓下。楚将利己留守陈县，孤掌难鸣，只好开城投降。

与此同时，淮南地区也有好消息传来。早在汉高帝四年（公元前203年）七月，刘邦就封英布为淮南王，命英布、汉将刘贾攻占淮南。汉高帝五年（公元前202年）十一月，驻守淮南九江地区的楚国大司马周殷眼见大势已去，在刘贾的诱降之下，背楚投汉。至此，淮南地区也归于汉国，除了老家江东，项羽彻底没有了退路。周殷与英布、刘贾合兵北上击楚，与刘邦会师于垓下，加入最终的大决战。

垓下之战，韩信、项羽正面对决

汉高帝五年（公元前202年）十一月，垓下之战打响。楚汉之间这场旷日持久的战争，终于迎来了它的高潮，以及尾声。

陈下之战后，项羽撤退的大方向很清晰，那就是回归江东。此时楚都彭城沦陷，淮南叛楚归汉，除了渡江回乡，项羽别无选择。但刘邦岂能轻易让项羽逃脱，项羽若要回江东，还有一场硬仗要打。

战前的局势，汉军四面云集，声势浩荡；楚军孤军被围，困守垓下。

垓下，原非地名，它泛指中央高台、四野低平的地方。项羽退军之处，位于沛国洨县，正是一个垓下之地。经过这场彪炳史册的伟大战役之后，垓下（今安徽灵璧县东南）成为此战发生地的专属地名。

垓下高敞宽阔的台地，四周低平的旷野，仿佛是大自然鬼斧神工筑造的大舞台。那个时代最伟大的两位军事天才，将在这舞台上一决雌雄。

一切准备就绪，只等主角上场。

汉军几乎是全军总动员。汉王刘邦麾下，是来自荥阳、成皋战场的汉军中央兵团，汉军主要将领樊哙、周勃、陈武、王陵、郦商、靳歙等全员聚齐。然后是诸侯之兵，韩信领齐军，彭越领梁军，淮南王英布、汉将刘贾、楚降将周殷等领淮南之军。各路联军兵力总计六十余万。

楚军方面，在龙且那二十万精兵葬身潍水之后，项羽原本还有大军二十万，但是在不久前的陈下之战中，楚军损兵折将，最终退守垓下的楚军只剩十余万。

两相对比，以兵力论，汉军至少五倍于楚军，具有压倒性的优势。对汉军而言，这几乎是一场无论如何都输不了的战役。但越是稳赢，刘邦心里就越忐忑，他真的被项羽打怕了。项羽此前上演过太多次以少胜多、绝地逢生的奇迹。于是，开战前，刘邦毫不犹豫地将指挥垓下之战的汉军主帅之位交给了韩信。

"此战，由齐王为全军主帅，诸位将军，包括寡人在内，皆听从齐王调遣！"

韩信慨然道："臣不才，担此重要职责，深感肩上责任重大，请汉王放心，韩信必不辱使命，此战之后，天下归汉！"

"好！"刘邦道，"齐王，我军虽数倍于楚，但项王有万夫不当之勇，切不可大意轻敌。不知齐王对此战有何筹谋？"

"困兽犹斗，对待项王，只可智取，不可力敌。"

"如何智取？"

韩信胸有成算，在沙盘之上推演起明日战事来，刘邦与众将见了，脸上渐渐露出欢欣鼓舞的神色。

在此之前，韩信一直在北方战场攻城略地，从来没有和项羽正面交锋过。这一战，是韩信与项羽第一次，也是最后一次对决。

一向善出奇兵的韩信，出人意料地摆出一个规规整整的五军阵。

前锋主力，由韩信统领，一马当先，负责与楚军正面对战。

前锋左阵，由将军孔熙率领。前锋右阵，由将军陈贺率领。前锋军两翼，作为左膀右臂，负责配合韩信主力军作战。

中军，由汉王刘邦统领，军队列阵于前锋大军之后的纵深处，作为后备支援部队，进可攻、退可守。

后军，将军周勃与柴武各率左后军、右后军，部署在刘邦中军的侧后方，宛如两只翅膀护卫着刘邦。

前锋左、中、右三军，总计三十二万大军，皆由韩信统领。韩信这个布阵，无疑是把和项羽硬碰硬正面厮杀的艰巨任务，义不容辞地揽到自己身上，关键时刻毫不退缩，展现了作为一名将领无畏的勇气。虽然三十二万这么庞大的兵力，韩信从来没有指挥过，但他依然从容若定，胜券在握。

"擂鼓！进军！"

咚咚咚！铁锤有节奏地敲击鼓面，鼓声震天响。隆隆军鼓击打在每一位汉军战士的心上，与战士们的心跳完美合拍，汇成同一个昂扬的旋律。鼓声奋发激荡，就像是前方胜利的召唤，彻底击散了将士们心里原有的紧张与恐慌。

那一天，天寒地冻，狂风凛冽。垓下平野上，伴着猎猎北风，两军兵戈相交。

汉军起初颇具声势，杀了一阵，渐渐不敌，露出颓败之象。

韩信高举令旗，喝道："全军后撤！"

项羽正杀得兴起，面目狰狞、目眦欲裂，见汉军败退，高声吼道："追！快给我追！"

韩信在项羽身边密切观察了他两年之久，太了解项羽的禀性脾气。韩信知道，即便项羽料到这是敌方的佯败诱敌之计，以项羽的高傲自负，他也会毫不犹豫地进入圈套。因为项羽自恃神勇，根本不把这些兵法诡计放在眼里，他将以天赋的神武之力粉碎一切，这就是楚霸王简单粗暴的逻辑。

这一次，项羽依然神武，依然骄傲自负。但不同的是，这一次，他遇到了韩信。

这一招引蛇出洞、诱敌深入之计，韩信运用得可谓得心应手、屡试不爽。他气定神闲地坐在主帅战车上，一边指挥汉军有序后撤，一边向左右两个方向分别举起号旗，这是奇袭的信号。

兵马未至，弓弩齐发，一阵箭雨从天而降，楚军防备不及，前锋部队死伤惨重，乱作一团。

说时迟那时快，左右两侧杀出两支精锐汉军。事先埋伏在暗处的孔熙、陈贺两军，犹如决堤的洪水奔涌而来，对楚军形成两翼包抄。正在后撤的韩信军，迅速掉头回师，方才还看似不堪一击的士兵们，此刻个个精神抖擞、气势如虹。项羽就这样一步一步进入韩信的圈套中，霎时间，楚军就陷入左、前、右三面被围的境地。

这才是两军真正的大决战！锣声、鼓声、剑弩声，人马声，喊杀声，山呼海啸，声动天地。刀光闪耀，箭弩交集，烟尘滚滚之中，楚汉两军厮杀作一团，难解难分。

项羽依然豪气万丈，骑在乌骓马上，以一敌百，血染战甲，那都是敌人的鲜血。乌骓马马蹄高扬，在黄昏暮霭中看来，像是黑色的缎子凌空飘展。项羽正是这样，以天神之勇一次又一次以少胜多、创造奇迹。

韩信知道，今日绝不能让这样的奇迹再次发生。千钧一发的时刻，他难得地显露出亢奋狰狞的神情，叱咤道："全军将士听令，三面合围！全歼敌军！"

激越的鼓声中，汉军源源不断地杀来，包围圈不断收拢，越来越小，楚军的空间越来越逼仄。汉兵像奔腾不息的大海，一浪接着一浪，项羽发现敌兵实在是太多了，刚打退了一波，又续上一波，怎么杀也杀不完，而且都是训练有素的精锐之师。渐渐地，项羽感到体力不支，楚兵们也精疲力竭、无心恋战。兵败如山倒，任项羽再如何神勇，也无济于事。

如果再坚持下去，就将全军覆没，唯有保存实力，将来才有反败为胜的机会。"留得青山在，不怕没柴烧"这个浅显道理，项羽还是懂的。他咬紧后槽牙，发出撕心裂肺的一吼，那吼声像是来自一头将死的野兽，充满愤恨与不甘，继而怒叱一声："撤军！回营！"

韩信望着项羽远去的背影，心中无限感慨，对项羽又是崇敬，又是惋惜：项王啊项王，论单打独斗，世间无人能与你匹敌。但两军交战，绝不是凭着一股子蛮力，逞匹夫之勇就能取胜的。这一点，项王终究还是没能参透啊。项羽的功名来自他的神勇，最终也败给了自己的神勇。"勇"之于项羽，既是天赐的礼物，却也是上天的诅咒。

楚军逃散之际，韩信指挥大军追击，以风卷残云之势，再一次重创楚军主力。眼看楚军已然溃不成军，韩信下令鸣金收兵。

孔熙、陈贺问道："大将，为何不乘此大好时机，将项王赶尽杀绝？"

韩信道："正所谓，'归师勿遏，围师必阙，穷寇勿迫'（《孙子兵法·军争篇》），项王再也无力回天，不追了，回营庆功吧。"

敌军撤退归去时不要拦截，包围敌人务必要留出缺口，深陷绝境的穷寇可能会跟你拼命，因此千万不要迫近。垓下之战，是韩信人生中指挥的最后一场大战，在最后一战的尾声，他依然精准灵活地践行着兵法理念。

楚军兵力原本就处于绝对弱势，经此一战，十万楚军战死者八万，再也无力组织反击。项羽只能躲入营垒中，闭守不出。

垓下之战，与韩信之前指挥的其他战役相比，最大的区别在于他终于不再受兵力紧缺的困扰，第一次在兵力上具有绝对优势。此前，韩信培养出的精锐部队不断被刘邦征用，每一次韩信都只能费尽心思，以奇谋巧计实现以少胜多、以弱胜强，平魏、破赵、灭齐无不如此。而垓下之战，刘邦押上全部身家，由韩信直接指挥的三支前锋军，总兵力达三十二万之众，终于也兵员充足了一把。但兵力未必是越多越好，彭城之战刘邦就曾以五十六万诸侯联军败于项羽三万骑兵。兵数过多，庞大的军队难以有效调动协同，十分考验主帅指挥统兵的才能，若指挥不当，惶惶大军反而将成为尾大不掉的负累。

三十万兵力以上的大规模战役怎么打？韩信在垓下之战中做出完美示范。"用兵之法，十则围之，五则攻之，倍则分之，敌则能战之，少则能逃之。"（《孙子兵法·谋攻篇》）在兵力明显多于敌方时，就要集中优势兵力打歼灭战，致力于将敌人消灭殆尽。垓下之战，韩信的战略就具有"十则围之，五则攻之"的特点，充分发挥兵力上的优势。他首先摆出"五军阵"，将刘邦大军留守后方作为后盾支援，以备不时之需。将全歼楚军主力的重任放在了他所指挥的前锋军上，将三十二万前锋军一分为三，中军佯败诱敌，左右军埋伏突袭，各有分工，进退有序，配合默契，最终消灭十万楚军其中八万，一举奠定大战胜局。

"韩信与项羽始终未一交战，独垓下一战收楚汉兴亡之全局。"（郭嵩焘《史记札记》）诚如前人所言，韩信与项羽这唯一一次交手之后，天下大势已定。

四面楚歌，霸王不肯过江东

夜幕降临，繁星满天。

"你听，那是什么？"

"好像是咱楚地歌谣，我儿时常听母亲吟唱这首曲子。"

"这歌声从哪儿传来的？怎么四面八方都有？"

"咳，如今咱们四面被围，想必是从汉营中传来的。"

"汉营？汉军怎会唱楚歌？"

"那有什么奇怪的？汉军中楚人可不少，汉军大将韩信就是楚人，说句不好听的，就连汉王不也是楚人吗？"

"不管是谁唱的，这歌声听久了，心里莫名地，挺不是滋味……"

垓下大胜之后，汉军将楚军四面包围。刘邦命军中来自楚国的士兵，朝着楚营方向彻夜高唱楚歌。这个绝妙的主意，究竟出自韩信，还是张良、陈平，又或者是刘邦自己，已无从考证。

呼啸寒风载着楚歌音符而来，乐音袅袅，不绝如缕，那歌声整夜不停，一首连着一首。你听：

"悲哉秋之为气也！萧瑟兮草木摇落而变衰……"（楚辞《九辩》）

"魂兮归来，哀江南！"（楚辞《招魂》）

"魂魄归来！无远遥只……"（魂魄归来吧！不要去远方。楚辞《大招》）

"悲莫悲兮生别离，乐莫乐兮新相知……"（楚辞《九歌·少司命》）

"天时怼兮威灵怒，严杀尽兮弃原野……"（楚辞《九歌·国殇》）

"夜耿耿而不寐兮，魂营营而至曙。惟天地之无穷兮，哀人生之长勤……"（楚辞《远游》）

鬼魂，生死，别离，悲哀……楚地巫风盛行，诗歌多唱鬼神之事，这是楚国歌谣独特的风格特色。那歌声听来，如泣如诉，如怨如慕，时而如悲鸣，时而如怒号，时而又如哭泣。歌声呜咽，令人怆然涕下。寒风送来楚歌，也唤起了楚兵们思乡怀乡之情。在凄风苦雨与凄怆歌声之中，楚兵们不自觉地开始思考一个无解的问题：这场战争究竟有什么意义？暴秦不是亡了吗，怎么还在无休无止地打仗？这一切的厮杀、屠戮与苦难，究竟是为了什么？袅袅乐声如梦似幻，比任何华丽雄辩的语言都更有力量，给人带来深深的空虚与迷茫。也正是这来自故乡的歌谣，让楚军将士们听到了自己的命运之悲，音乐撩拨着人的心弦，一下子就触碰到了将士们内心深处最柔软脆弱的地方，那一刻他们无比哀怜自伤。

歌声虽无形，瞧不见、摸不着，却无孔不入、无所不在，仿佛深深嵌入楚兵们的脑中，挥之不去。即便汉军不唱了，楚营中仍然余音回荡、绕梁不绝。隆冬时节，寒风刺骨，将士们本就在忍饥受冻，如今又四面楚歌，音乐似乎有一股比千军万马更为可怕的力量，唤醒了楚军将士心底的求生欲，唤起了楚兵们对生的贪念、对死的恐惧。项羽麾下的兵，原本以忠贞不贰、视死如归著称，这时候，慢慢开始有了逃兵，一个，两个，三个，越来越多。

此刻，项羽同样心乱如麻："怎么回事？难道汉军已将楚国全都占领了吗？汉军中为何楚人如此之多？为何四面皆有楚歌？"

没有人能回答他。

"报告大王，许多士兵趁夜逃营，是否追回？"

"追……罢了，别追了，要走就让他们走吧……"

"喏……"

"怎么，还有什么事？"

"项公……项公也不见了……"

属下口中的"项公"，是项羽的叔父项伯。

项羽苦笑着："走了也好，都走吧……"

那一夜，项羽辗转反侧，如何睡得着，索性起身，对月独酌，借酒浇愁。军帐中还有一位巧笑倩兮、美目盼兮的虞姬，安静地陪伴在项羽身边。

兴之所至，项羽慷慨悲歌：

力拔山兮气盖世，时不利兮骓不逝。

骓不逝兮可奈何，虞兮虞兮奈若何！（《垓下歌》）

大势已去，英雄末路，苍凉而悲壮。"虞兮虞兮奈若何"，情思缱绻，儿女情长，英雄气短，一向雄武威严的楚霸王也展现了一丝柔情。

虞姬拔剑起舞，以歌和之：

汉兵已略地，四方楚歌声。

大王意气尽，贱妾何聊生？（《和垓下歌》）

听着虞姬优美又凄怆的歌声，项羽内心无限感怀："一直以来，本王从来不知道恐惧为何物。龙且死后、齐国归汉，那一刻开始，我就知道了何为惧、何为畏。本王一直以为，自己可以掌控一切，掌控天下事，打败所有人，甚至打败上天。这时候我才明白，天命不可战胜，我也终究会败……"

虞姬道："大王，人生在世，天地万象，难道大王眼中，就只有胜败吗？"

"除了胜败，还有什么？"

"除了胜败，大王还有诛灭暴秦的盖世功勋、震动四海的赫赫威名，还有楚军将士的赤胆忠心、江东父老的殷切期待，更有虞姬至死不渝的无悔之爱啊！"

"夫人说得对！天上有繁星皓月，地上有美酒佳人。项羽这一生，叱咤风云，壮怀激烈，夫复何求！"

虞姬悠扬的歌声再次响起，在这轻歌曼舞、乐音缭绕之中，项羽渐渐醉了。歌声越来越轻，余音绕梁，几缕音符还在空中飘荡，美人已消逝。项羽惊醒过来，才发现倒在血泊中的虞姬，像一朵盛开的蔷薇，鲜红潋滟……

翌日清晨，天方破晓，一则急报传到汉军大营：

前夜，项羽率麾下骑兵壮士八百余人，杀出重围，往南方逃去。

项羽虽然已成强弩之末，但是刘邦一想到西楚霸王在沙场上的凛凛神威，就心有余悸，坐立难安，他急召韩信道："项王已趁夜突围，这一次，可绝不能让他逃了！"

韩信道："大王放心，项王虽逃，已然穷途末路，还能逃到哪儿去呢？灌婴将军麾下郎中骑将，都是追击好手，项王必定逃不出我军的天罗地网。"

灌婴领五千骑兵追击项羽。三日后，追击队回来了。没想到，五千骑兵损兵折将，活着回来的寥寥无几。归来者披头散发、浑身血迹，不难想象，这一路他们经历了怎样惨烈的厮杀。

一听说灌婴归来，刘邦马上下令升起中军宝帐，召集主要将领齐聚一堂，一起见证项羽的终局。

刘邦的心扑通扑通直跳，他隐约知道接下来将要面对什么，可怎么也平静不下来。刘邦是个喜怒形于色的人，外在的情绪虽然戏剧化，但无论面对何种动荡挫折，他的内心始终强大坚毅。被项羽打败了这么多次，数次危在旦夕，行走于生死边缘，都没有真正将他打垮。但这一次不一样，他怎么也镇定不下来，片刻的等待都令他极不耐烦。

灌婴来了，一同入帐的还有五位将士。灌婴面目肃然，一脸疲惫。那五将都灰头土脸，但是满脸掩饰不住的亢奋、狂喜，甚至夹杂着几分歇斯底里的疯狂，那并不是人脸上常见的神情。五将浑身是血，每人手中抱着一个宽大的木匣子。

所有人的目光都集中在那些木匣子上，匣子外清晰可见的血迹，令人心惊肉跳。

"项王……"刘邦忍不住先开口。

灌婴正要答话，五将中一位名唤王翳的将领抢上前来，满眼血丝，瞳孔放大，猛地打开木匣盖子，露出一颗血肉模糊的人头。

"项籍被我杀了，大王快看，头颅在此……"

"是我杀的，项籍是我杀的，他的左手在此！"

"这是项籍右脚，我杀的！我砍了他的右脚……"

"我！我！是我，这是项籍身躯……"

"还有我！我也是诛杀项籍的功臣！"

五将纷纷开匣，展示项羽被大卸五块的尸身，像一群丧心病狂的魔鬼，在展示他们嗜血杀戮的"作品"。

刘邦张大了嘴，半天说不出话来。他小心翼翼上前一步，鸭子似的伸长脖子，想要确认那头颅真的是项羽。王翳会意，把木匣子往上一抬，项羽临死之前怒目圆睁、满是悲愤的脸，突然闯入刘邦眼帘。刘邦大骇，惊出一身冷汗。惊魂稍定，这才确定自己这一辈子的对手终于还是死了。

"项王啊项王，项王啊项王……"

刘邦又哭又笑，不停重复这五个字，再无他言。众人明白，刘邦此刻内心的复杂心绪，语词难以尽言，只能一唱三叹"项王啊项王"。

韩信自然也在军帐中。他虽然也曾对项羽多有批评，但在他心目中，项羽始终是顶天立地的大英雄，就像是天上的明星，也曾经是他敬佩学习的榜样。如今英雄末路，竟然落得被几个鄙陋小人五马分尸的结局，韩信替项羽不值，心里莫名涌起一股怒气。

"尔等休再轻辱项王遗体，快放下！"韩信厉声呵斥五将，转身对刘邦道，"大王，项王已死，但终究曾为天下霸主，不容轻辱，还请大王善待项王遗体，厚葬之。"

刘邦点点头："齐王说得对。"

随后，刘邦请灌婴讲述追击项羽的过程。

灌婴道："臣一路南下追截项王，渡过淮水，终于在阴陵县内发现项王行踪，这还要感谢一位山野农夫……"

话说，那天夜里，项羽安葬虞姬之后，趁夜黑风高之际，率八百骑突围，就像一把势如破竹的利剑，将汉军封锁圈刺破一个口子，杀出重围，一路逃亡。在阴陵（今安徽定远县西北）境内，项羽迷失方向，渡过淮河后，八百骑散的散、逃的逃，只剩下百余骑。

正一筹莫展之际，偶遇一位田间农人，项羽问道："农家，出阴陵县，往乌江方向怎么走？"

农人抬头瞧了一眼马背上的项羽，问道："贵人可是项王？"

"正是本王。"

农人作揖一拜，右手往左边一指。

百余骑径直往左奔去，不料，竟然陷入一片沼泽中，人马一齐沉没。马蹄急翻，嘶声不绝，将士们濒死之前的求救声更是惨绝人寰。一踏入沼泽，底下就像是有一股深不见底的强大力量在拽着你，你只能无可挽回地缓慢地往下沉，最终被沼泽吞噬。

项羽眼睁睁地看着将士们一个个沉下去，却无能为力，悲愤叹息道："为何就连一介山野农夫都要欺我害我，本王当真民心尽失了吗？"

无可奈何，项羽与所剩无几的骑将掉头往回走。

他们在沼泽地耽搁了许多时间，灌婴这才得以在阴陵追上来。

梯田边，那农人坐在一旁，冲灌婴喊道："贵人，可是要找项王？"

灌婴道："正是！农家可知项王去向？"

农人浅浅一笑，还是往左一指。

灌婴急往沼泽方向进发，正好遇到往回撤的项羽骑兵。双方厮杀一阵，项羽再次突围，引兵往东，来到东城（今安徽定远县东南）时，只剩二十八骑，而紧追不舍的汉军有数千人。

二十八骑登上四溃山（今江苏浦县西南，与安徽和县接界），项羽忽然感慨万千，对二十八将道："吾起兵至今，八年矣，身经七十余战，挡我者无不破之，所击者无不臣服，未尝败北，遂霸有天下。然而今日被困于此，这是上天要亡我，并非征战不利的过错。"

将士们面有悲色，有人忍不住小声啜泣。

"哭什么哭？把眼泪收起来！死则死矣，有何可惧！今日，项羽难逃一死，绝无生还苟活之意，愿与诸君痛痛快快打这最后一仗。诸君听好了，打仗不仅要打赢，更要打得漂亮，此战必将连续三胜，一胜为突围，二胜为斩将，三胜为刈（割）旗。三战三捷，令诸君与天下人知晓，实乃天要亡我，非战之罪。"

项羽将二十八骑分为四支队伍，每队七骑，就像是天上的二十八星宿一样，分别在山坡高处东西南北四个方向布阵，形成一个向外的环形之阵，等待汉军到来。

灌婴领军追来，将二十八骑里三层、外三层地重重包围。

项羽亲自带领一支队伍，对其他三队骑将道："瞧见东边那三处高敞之地了吗？诸君三面疾驰而下，搅乱汉军阵列，突围之后，各往东边高处去，等我与你们会合。"

诸将关切道："大王将何往？"

项羽笑道："莫慌，我为诸君先斩杀汉军一将！"

话音甫落，项羽一声叱咤，高擎楚戟，纵马从山坡上飞驰而下，七骑紧随其后。项羽有如天神下凡，风驰电掣，所向披靡，杀入山腰处汉军阵列之中。汉军将士猝不及防，大惊失色。项羽目标明确，手起刀落，直接将一位领军将领斩落马下。

汉军骑将杨喜远远瞧着，心想：我军百倍于楚兵，项王也不过凡胎肉身，有何可惧！不如杀之立功受赏。杨喜策马追来，大喝道："项籍还不快快投降！"正迎面撞见项羽一回头，双目圆睁，目光如电，雷霆震怒，叱咤一吼。杨喜如见鬼神，心肝俱裂，跌下马来，那马狂奔出数里之外。

这个时候，另外三支队伍趁着项羽与汉军厮杀之际，依照项羽部署，抢占东边三个小小山头。项羽率队突围疾奔，突然消失在汉军视野里，最终与三个山头其中之一合军一处。

灌婴远远瞧着，虽然面对的只是三十人都不到的骑兵队伍，却大有力不从心之感，项羽总能给对手造成这种没来由的压力与恐惧。由于不清楚项羽本人在三个山头中的哪一个，汉军只能分军为三，再次围拢上来。

就在这时，山头上的三队楚军同时出动，展开反击。项羽再次冲出阵来，左冲右突，又斩杀汉军一位都尉。两军厮杀一阵，二十八骑楚军置之死地而后生，爆发出惊人的力量，各个神勇非凡，歼灭汉军数百人。项羽并不恋战，领骑将寻隙突围，暂时摆脱汉军后，又重新聚拢在一起。项羽下令清点人马，楚军这二十八骑，只亡了两骑。

项羽得意畅快，对骑将们道："何如？"

骑将皆拜伏："善哉！如大王言。"

听灌婴描述项羽之勇，那画面如在眼前，刘邦、韩信以及军帐中的汉将们，忍不住为项羽击节叫好。

刘邦大敌已灭，此时极为放松，就像在听灌婴讲故事一样，评头论足道："项王之勇，的确当世罕见，不，何止当世罕见，实乃千古罕见呀！灌将军，别停，继续讲，后来如何了？"

灌婴道："后来，我军继续追击项王，一直追到了乌江边上……"

项羽二十余骑终于来到目的地乌江渡口。乌江亭长早已在此等候多时。亭长对项羽道："江东虽小，但地方千里，民众数十万人，亦足以称王，雄霸一方，以待他日卷土重来。今独臣有船，还请大王快快登船急渡，只要抵达江东，眼前危局便解除了。倘若汉军追来，将无以渡。"

令所有人意外的是，项羽好不容易逃亡到乌江边，却决定不渡河。

项羽笑道："天要亡我，还渡河做什么！况且当年，我与江东子弟八千人，渡江而西，创下一番功业，而今却无一人生还。纵然江东父兄怜爱我，尊我为王，我又有何面目去见他们？纵使他们顾惜我的颜面，并不责怪于我，但我的内心能不感到惭愧吗？"

项羽对乌江亭长道："吾知公乃长者。这匹乌骓马，追随我南征北战已经五年，所当无敌，日行千里，我不忍杀它，就将它赐予公吧。"

"大王……"乌江亭长想要再劝，项羽摆摆手，示意勿再多言。

项羽从垓下突围后，一直往江东方向逃亡，并没有放弃求生。那么，他究竟是在哪一刻打消了过江东的念头，连自己的性命也不要了？这个问题的答案大概只有项羽本人才知道，一个决意自杀者的内心，外人只能循蛛丝马迹去尝试揣度。项羽的万念俱灰，也许是在亲手埋葬虞姬的那一刻；也许是在连山野农夫都要欺骗他，使他意识到自己民心尽失的那一刻；也许是在身边将士一个一个减少，最终只剩二十余将的那一刻；也许是在逃亡途中，月明星稀，突然意识到一切都结束了的那一刻；也许是最终来到乌江边，遥望对岸江东故土，心生愧意，无颜面对江东父老的那一刻……

有趣的是，对于项羽不过江东之举，后世人有两种截然不同的看法。

唐代诗人杜牧游乌江亭，对项羽的选择感到无限惋惜。

胜败兵家事不期，包羞忍辱是男儿。

江东子弟多才俊，卷土重来未可知。（《题乌江亭》）

宋代词人李清照也有小诗一首，广为流传。

生当作人杰，死亦为鬼雄。

至今思项羽，不肯过江东。（《夏日绝句》）

看来，比起男性诗人，还是李清照巾帼不让须眉，更懂得项羽的灵魂。英雄之所以为英雄，正是他们已经超越了"能否卷土重来"的境界，追寻更高远辽阔的价值。

决意不渡江之后，项羽下令将士们下马步行，与汉军短兵相接，打完他人生中的最后一战。

"我这一生身经百战，从来没怕过死！若能拼杀到最后一刻，岂不痛快！"

汉军追击队很快来到乌江。项羽以一当百，击杀敌军数百人，自己身上重伤十余处。一人之勇，可以敌得过百人，终究敌不过千人万人。项羽一个人的勇力再强，也无法挽狂澜于既倒，无法扭转楚国大败局。此刻项羽越是神勇，越是光芒万丈，就越令人感到英雄末路的无尽悲凉。

鏖战之中，项羽瞧见一个熟悉面孔，冲敌方一将喊道："这位不是我的老朋友吕马童吗？"

汉军司马吕马童点头呼应，对身边骑将王翳道："这位就是项王。"

项羽对吕马童道："我听说，汉王悬赏我的首级，黄金千两，食邑万户，老朋友，我成全你如何？"

言罢，项羽仰天长啸三声，在吕马童面前，拔剑自刎，享年三十一岁。

鲜血飞溅到汉军诸将身上，这瞬间惊变令众人措手不及。待诸将回过神来，一个个像野狗饿狼扑食一般蜂拥而上。王翳眼疾手快，抢先割下项羽头颅，其他诸将杀红了眼一般你争我夺，发了疯似的互相推搡，自相践踏，只为了抢夺项羽尸身。在这场饿狼扑食中，竟然有数十人丧命于自己的战友。（"王翳取其头，余骑相蹂践争项王，相杀者数十人。"《史记·项羽本纪》）

可叹一代英雄项羽，尸身被大卸五块，除了王翳得其头颅，郎中骑杨喜、骑司马吕马童、郎中吕胜、杨武各得项王身体的一部分。后来，这五人都得到刘邦的封赏，吕马童被封为中水侯，王翳为杜衍侯，杨喜为赤泉侯，杨武为吴防侯，吕胜为涅阳侯。

项羽死时，灌婴并不在现场，故事的讲述由王翳、杨喜等亲历者完成。刘邦、韩信与众汉臣想象项王临终之景，再瞧瞧眼前匣子里支离破碎的项羽尸身，所有人都唏嘘不已，感慨万千。

韩信斟满三杯酒，一杯接一杯地洒在地上，洒在项羽的旁边。

"英雄末路，长歌当哭。这三杯酒，我韩信敬项王。第一杯，敬项王顶天立地，磊落豪情；第二杯，敬项王宏图伟业，传奇一生；第三杯，敬项王慷慨悲壮，英雄一泪……"

以项羽之死作为终点，从汉高帝元年（公元前206年）八月至汉高帝五年（公元前202年）十二月，持续三年零五个月的楚汉战争结束了，刘邦完成了统一大业。

韩信自从被刘邦任命为汉军大将以来，八战八胜（还定三秦之战，京、索阻击战，破魏之战，灭代之战，破赵井陉之战，灭齐历下之战，潍水之战，垓下亡楚之战），未尝败绩，创下不败神话。

西汉史学家司马迁指出，韩信"拔魏赵，定燕齐，使汉三分天下有其二，以灭项籍"。（《史记·太史公自序》）"于汉家勋，可以比周、召、太公之徒。"（《史记·淮阴侯列传》）将功勋卓著的韩信，与西周的周公旦、召公奭、姜太公等先贤相提并论。

关于韩信的宏伟功业，宋代政治家、史学家司马光有一段盖棺定论："韩信首建大策，与高祖起汉中，定三秦，遂分兵以北，擒魏，取代，仆赵、胁燕，东击齐而有之，南灭楚垓下，汉之所以得天下者，大抵皆韩信之功也。"（《资治通鉴·汉纪四》卷十二）

韩信对于西汉王朝的建立居功至伟。一方面，他在北方战场开疆扩土打下三分之二的大汉江山，另一方面源源不断地向荥阳正面战场输送精兵，使得刘邦在屡战屡败的情况下还能够勉力维持。可以说，如果没有韩信，刘邦恐怕很难取得楚汉战争的最终胜利。正因为有了韩信，刘邦才得以大大缩短统一全国的进程。韩信作为西汉开国功臣，立下煊赫功勋，他在战场上奇迹般的"八战八捷"，光照汗青，永远镌刻在了历史的悠长画卷中。

第十三章　鸟尽弓藏

刘邦登基称帝，韩信失兵徙楚

项羽已死，群龙无首，楚国城邑皆望风降伏，唯有鲁县坚守不下，拒绝投降。

鲁县是项羽最初的封地，当初楚怀王曾封项羽为鲁公，鲁县人对项羽感情深厚。刘邦引军北上，兵临鲁县城下。有人向刘邦建议，强攻而后屠城。

刘邦道："不可！'周礼尽在鲁矣'，鲁城父老，谨守礼义，为主死节，可赞可叹。"

刘邦采取怀柔政策，劝降鲁县楚民。项羽的头颅被高高悬挂于城外，他的四肢已难再拼凑合一，只能将项羽的铠甲由长木支撑，像个稻草人似的，立在头颅之下，仿佛那个威风凛凛的霸王音容宛在。见此情此景，鲁人无不伤怀，满心悲凉，最终开城投降。

刘邦以鲁公之礼安葬项羽于谷城，亲自为项羽发丧致哀，在人前抹了几滴眼泪，演了几场哭戏，久久方才离去。项氏宗族亲属，刘邦皆不杀，屡次暗中帮助刘邦的项伯，更是获封射阳侯，荣华一生。

在离开鲁县的前一夜，刘邦单独召见陈平。

"项王入土为安，诸侯归附，天下已定。寡人南征北战这些年，本以为现在可以睡个安稳觉，没想到啊，连日来还是梦魇缠身。昨夜就做了一个噩梦，惊出一身冷汗来。"

陈平问道："斗胆请问，大王所梦何景？臣略通解梦之术，愿为大王参详一二。"

"那梦里，寡人养了一条忠犬，平日里看家护院、外出捕猎，倒也尽心，可这恶犬性子烈、难受控，突然有一天，这牲畜连主人都不认了，露出利齿獠牙，张开血盆大口，竟然反咬其主。寡人将恶犬关进笼子里，犬吠不绝，闹得寡人心神不宁，坐立难安。先生你说，此梦何解啊？"

陈平心领神会："好解！好解！大王只须拔了那恶犬的牙齿，它就再咬不了人了。"陈平凑上前来，在刘邦耳边低语，建议如此这般。

平定鲁县之后，刘邦并没有直接西归，而是径直去了定陶（今山东定陶县）。齐王韩信的三十万大军正驻扎在那里。

刘邦抵达齐军大营时，又是一个清晨。踏进军营的那一刻，恍惚间，刘邦有种似曾相识之感，仿佛两年前修武夺军那一幕再次重演。这一次，刘邦同样没有事先告知，突然御驾亲临韩信军营。不同的是，这一次，刘邦不再掩人耳目假扮使者，不再偷偷摸摸窃取将印兵符，而是大张旗鼓、大摇大摆地莅临齐军大营。

这支齐军刚刚经历了垓下大战，为赢得楚汉决战的胜利立下汗马功劳。将士们实在太累，战争结束，终于可以好好睡上一觉。天刚破晓，军营依然宁静。

"怎么如此安静，一点儿生气都没有？人都哪里去了？都在睡大觉吗？"见无人出来迎接，刘邦眉头紧皱，指了指辕门口的戍卫，"你，去擂鼓，把韩信叫醒！"

"汉王驾到！"隆隆鼓声敲碎了军营的安宁。

"不知汉王到来，有失远迎。"韩信急忙出营，将刘邦迎入中军宝帐。

"齐王倒是睡得香啊。"一入座，刘邦没好气道。

"如今楚国已败，兵戈偃息，托大王的福，将士们终于可以睡个安稳觉啦。"

"既然楚国已败，兵戈偃息，齐王这三十万大军，是不是也该与寡人一同西归呀？"

"这……"韩信没有料到刘邦说出这一番话来。

刘邦脸色突然拉下来："怎么，齐王不乐意？"

"臣不敢，一切听从汉王驱遣。"

刘邦轻轻点头，面色依然威严凝重。项羽死后，刘邦的心态和性情发生了微妙的变化。至少在人前，他有意识地收敛平常那副嘻嘻哈哈、嬉皮笑脸的模样，改变举止做派，排练预演如何彰显帝王之威。

"天下已定，齐王要这三十万大军何用？还是让将士们随我西去，守卫京畿。"

"臣也正准备西归齐国，愿随行护送大王一程。"

"不必了，这正是寡人要宣布的第二件事。寡人决定，改封齐王为楚王。"

"楚王？"韩信愣住了。

"项羽已死，急待新王统御楚国。楚国本归属于义帝（楚怀王熊心），义帝已死，按理应当加封其后裔，怎奈义帝无后，无人可封，寡人深以为憾。那么何人可担此大任，寡人思来想去，唯有爱卿。卿也是楚人，谙习楚地风俗，必将受到楚民爱戴。"

"那齐王……"

"爱卿不必担心，寡人自有安排。爱卿还是速速徙楚，荣归故里，岂不美哉？对了，爱卿籍贯何在？"

"东海郡，淮阴县。"

"对，淮阴，淮阴好啊，青山碧水，爱卿正好衣锦还乡，回淮阴瞧瞧……"

见韩信半天没回话，刘邦道："爱卿心中有不满？不愿做这个楚王？"

"臣不敢。楚国乃天下大国，又是臣的故乡，臣求之不得，何来不满？"

"那就是不满意寡人收了三十万齐军？"

"臣不敢。臣的兵就是大王的兵……"

"就是嘛，项羽已死，天下已定，爱卿要这么多兵做什么？不知道的，还以为将军拥兵自重，想要自创家业呢，哈哈哈！"

"臣不敢……"

"那不就结了，寡人收了你的兵，也是为你好，免得天下人闲话。既然爱卿没有什么不满，寡人也该走了……"

埃下决战之前，刘邦曾允诺韩信，除齐国之外，战后加封楚地给他，自陈县起一直到东海边的齐、楚两国广袤土地，都归韩信统御。如今，刘邦翻脸不认账，开始装失忆，就好像这事儿从来没有说过一样。韩信改封楚王，封地只限于陈县以东、淮河以北的楚地，建都于小城下邳（今江苏睢宁县古邳镇）。

除了抢地夺军以外，刘邦削弱韩信还有更深层的考量。

在刘邦看来，齐国万万不能归属韩信。天下九州，一东一西有两个重心，东为齐国，西为关中。自春秋以来，齐国就是繁荣富庶之地，坐拥山海盐铁之利。从地缘政治的角度看，对于定都中原的中央朝廷，齐国远在东方，特别容易形成地方割据势力。韩信若占有齐国，再加上相邻的魏、赵、代、燕，全都是他一手打下的江山，将来韩信若要造反，简直易如反掌，因此必须强行将他迁徙到别处，断绝他与北方诸国的联系。此外，韩信手下这三十万齐军，实乃威武之师、虎狼之军，断然不能再由韩信继续掌控。改封楚王，也有切断韩信与这支齐军从属关系的深远考量。

刘邦虽收回齐国，但谁将是齐国的新主人的问题一直悬而未决。一年后，大夫田肯向刘邦进言："齐国，东有琅琊、即墨之富饶，南有泰山天险之稳固，西有黄河浊水之隔断，北有渤海鱼盐之利。地方二千里，执戟将士百万，足与关中秦地相媲美。如此战略重地，非陛下自家子弟不能当齐王。"

刘邦认为言之有理，赏赐田肯黄金五百斤，封庶长子刘肥为齐王，掌齐地。这件事也清晰地显露西汉王朝建立之后，刘邦扶持同姓王、诛杀异姓王的政治趋势。

历史总是惊人相似，修武夺军那一幕再一次重演。楚汉战争刚刚结束，刘邦就以迅雷不及掩耳之势，毫不犹豫地再次褫夺韩信兵权，刚埋葬了项羽，转身就着手解决韩信，一刻都没有耽搁。足见刘邦作为政治家的果决与狠辣，也足见刘邦对韩信的忌惮心之重。韩信无疑是刘邦一直以来最不放心的那个人。这些年，刘邦一方面不断防范打压韩信，另一方面又不得不倚重仰赖韩信，时时处在这样的矛盾当中。刘邦对韩信有多倚赖，就对韩信有多忌惮。

明代学者焦竑总结了楚汉战争中刘邦打压韩信的全过程，并点评道："帝（刘邦）极厚信（韩信），亦极忌信。使信将，则以张耳监之；信下魏破代，则收其精兵诣荥阳；信擒赵降燕，则夺其印符易置诸将；信平齐灭楚，则袭夺齐军。盖勇略如信，恐为乱难制，故屡损其权，俱忌心所使也。"（凌稚隆《史记评林》）

刘邦心想：如今好了，天下既定，韩信终于没了用处，这样的人还掌握重兵，那不是在卧榻之旁养了一头猛虎吗？

韩信又一次吃了哑巴亏，那么他内心的真实想法究竟如何呢？

垓下决战之前，武涉、蒯通劝进，那是他最该反汉自立的时候，他没有反，这时候项羽已灭，天下归一，他就更不会反，也没有条件反。齐国封地没了，三十万大军也没了，韩信心中多少有点不是滋味，但他别无选择，只能接受。韩信很快也就释然了，只因他志在封侯拜爵，从来没有想过拥兵自重，也并没有把手中兵力看得有多重要。他不是贪功之人，楚国是大国，又是他的故乡，让他当楚王，毕竟也是一方诸侯，更何况前一任楚王可是项羽那样叱咤风云的大英雄。韩信丝毫没有察觉到危机的气息，愉快地接受了刘邦的分封。功成名就，志得意满，别无所求，正是韩信此时内心的真实写照。

天下归一，刘邦登基称帝水到渠成。但在此之前，众臣劝进、皇帝三让的戏码，还是一场都不能少。

汉高帝五年（公元前202年）春正月，由楚王韩信领衔，淮南王英布、梁王彭越、故衡山王吴芮、赵王张敖、燕王臧荼等诸侯王，联名上疏劝进：

"昧死再拜言大王陛下：先时，秦为亡道，天下诛之。大王先得秦王，定关中，于天下功最多。存亡定危，救败继绝，以安万民，功盛德厚。又加惠于诸侯王有功者，使得立社稷。地分已定，而位号比拟，亡上下之分，大王功德之著，于后世不宣。昧死再拜上皇帝尊号。"（《汉书·高帝纪》）

刘邦故作为难之状："寡人听闻，帝者，贤者有也。虚言亡实之名，非所取也。徒有虚名而无实之人，不应取皇帝之位。今诸侯王皆推高寡人，将何以处之哉？置寡人于何地？吾不敢当帝位。"

韩信等诸侯王再劝道："大王起于细微，灭乱秦，威动海内。又以辟陋之地，自汉中行威德，诛不义，立有功，平定海内，功臣皆受地食邑，非私之地。大王德施四海，诸侯王不足以道之，居帝位甚实宜，愿大王以幸天下。"

刘邦反复推让了三次，最终摆出一副不得已的样子："既然诸侯王认为这样做，有利于国家，有利于苍生，那么寡人只能勉为其难，担此大位。"

汉高帝五年（公元前202年）二月甲午日（二月初三），刘邦即皇帝位于氾水之阳（今山东定陶县北），上尊号，尊王后吕雉曰皇后，太子刘盈曰皇太子，追尊先媪（亡母）曰昭灵夫人。

新朝定都于洛阳（后改为定都长安），登基大典结束后，刘邦班师回朝。与此同时，楚王韩信启程归国，前往自己的封地。

新皇登基，天下迎来新的主人，汉高帝刘邦昭告天下："兵不得休八年，万民与苦甚，今天下事毕，其赦天下殊死以下。"（《汉书·高帝纪》）六月壬辰，大赦天下。

这一天，风和日丽。刘邦于洛阳南宫置酒设宴，与群臣同欢。

酒过三巡，皇帝略有醉意，面露骄矜之色："通侯诸将，都不要隐瞒朕，畅所欲言，只回答朕一个问题：朕何以得天下，项氏又何以失天下？"

大家你看看我，我瞅瞅你，都在脑中快速罗织语汇，力争答得漂亮。

群臣七嘴八舌，答案各异，极尽溜须拍马之能事，将刘邦夸得天花乱坠。这其中，要说答得精彩，当属高起、王陵二人。

"表面上看，陛下待人轻慢，时常辱骂臣下；项羽性情仁厚，能够礼敬爱人。然而，陛下派人攻城略地，所攻占的城池，都封给有功之人，这是与天下同利也。项羽妒贤嫉能，加害有功者，猜疑贤能者，战胜而不予人功，得地而不予人利，此项羽所以失天下也。"

这段高论，首先并不回避人所共知的刘邦性格缺点，又能够跳脱出来，从更高的层面来看待刘邦、项羽对臣子的态度的不同，既指出了诸侯功臣助力刘邦得天下的重要作用，也赞赏了刘邦作为君主能够知人善任，"与天下同利"。彭城战败后，刘邦在与张良"下邑画策"之时，就提出分封关东国土给灭楚有功之人，由此才有了韩信、英布、彭越为代表的一众诸侯甘心为刘邦卖命，形成强大的反楚同盟。

对于高起、王陵的高论，众人抚掌称善。刘邦气定神闲，面露微笑："公知其一，未知其二。朕能打下这江山，离不开三个人。运筹帷幄之中，决胜千里之外，吾不如子房（张良）；镇国家，抚百姓，给饷馈，不绝粮道，吾不如萧何；连百万之众，战必胜，攻必取，吾不如韩信。此三者，皆人杰也，吾能用之，此吾所以取天下者也。项羽只有一个范增都不能用，所以为我所擒啊。"

这就是青史留名的"汉初三杰"。刘邦在解答"他何以得天下"这个重大命题时引出这三个人。无疑是在说，大汉立国，此三人功勋最盛。有趣的是，三杰中，一谋士、一丞相、一将军，两位文臣、一位武将。如果只是普通的武将，刘邦根本瞧不上眼。王朝新立，论功行赏、大封功臣之时，刘邦认为萧何功劳最大，封为酂侯，列侯中排名第一，地位最高，食邑最多，令一些沙场上出生入死的武将大为不服。若要说军师张良，好歹追随刘邦在荥阳前线多年，即便没上过战场、动过刀枪，但也运筹帷幄、出谋划策。可这萧何，一直留守在大后方，负责后勤粮饷等事，从来没有上过前线，凭什么获得这么高的封赏？

武将们向刘邦抱怨道："臣等披坚执锐，多则百余战，少则数十合，攻城略地，大小各有差。而萧何未尝有汗马功劳，只不过舞弄文墨，口舌议论，并不曾亲身参战，反而功居臣等之上，究竟是何道理？臣等想不通。"

刘邦问道："诸君知道打猎吗？"

"知道。"

"见过猎狗吗？"

"见过。"

"打猎的时候，负责追捕野兔的，是猎狗。而发布指令，告诉猎狗野兔方位的，是猎人。诸位将领只不过能够捕杀野兔，是与猎狗一样的功劳，'功狗'而已；而萧何是能在后面发踪指示的人，是有功的猎人。'功狗'哪里比得过'功人'！"

诸位武将平白无故地被羞辱为狗，自然怏怏不乐，但也不敢多言。

必须承认，刘邦的话虽然粗鄙无礼，但他的见识无疑是高明的。像张良这样的最强大脑、萧何这样的后勤总管，他们的重要性要远远超越在战场上拼死搏命的一介武夫。

卖武力的将领在刘邦眼里，只不过是"功狗"而已。但同为武将的韩信却不同，他完全可以和张良、萧何相提并论，因为韩信不仅仅是个百战百胜的将军，更具有战略眼光，从"汉中对"到"三步走"，楚汉战争的历史几乎就是按照韩信编写的"剧本"在演进。

南宫论功之时，韩信正在奔赴封国的途中，刘邦的评语很快传到韩信耳朵里。得知皇帝赞他为助力大汉得天下的"三杰"之一，将他与张良、萧何相提并论，一向高傲的韩信很是高兴。张良、萧何也同样是他敬重的人，更重要的是，"皇帝果然没有忘记我的功劳"，韩信心中大喜，更加天真地确信，当初不反汉自立是正确的选择。

知恩图报，一饭千金

少年离家，只身闯荡天下。不待封侯拜相，誓不归乡！

在前往下邳的途中，韩信一行在淮阴县停驻下来。

从秦二世二年（公元前208年）离乡闯荡，到汉高帝五年（公元前202年）荣归故里，韩信阔别故乡不过六年，却恍如隔世，物是人非。离乡时天下还属大秦，如今已是汉家皇朝。离乡时韩信还只是个仗剑从军、一文不名的青年，如今已功勋卓著、贵为楚王。

不论外面的世界如何风起云涌，韩信眼前的水乡淮阴一如往昔，依然湖泊密布，流水潺潺，好像一点都没有变。任世事变迁、兴亡盛衰，青山依旧在，碧水依旧向东流。

韩信实现了平生志向，如今衣锦还乡，自然欢欣愉悦，只是面对永远静静流淌的淮阴之河，他莫名地感到功业既成后的一丝空虚。一直以来，建功立业的功名欲望，是支撑和推动韩信不断向前的力量，如今功成名就，那股力量突然就泄了，无所凭借，无所归依，韩信心里空落落的。

一入淮阴，韩信就马不停蹄地赶往城南荒坡，亡母的坟地在那儿。他跪在母亲坟前，原有一肚子的话，却如鲠在喉，与墓穴里的母亲相对无言。

韩信在心里对亡母说道：儿子离乡六年，浴血沙场，争得功名，如今拜爵封王，统御一方，这一切，母亲您都看到了吧？儿与母亲阴阳两隔，儿虽荣华富贵，却不能与母亲同享，徒留儿子一个人，又有什么滋味……

墓前静坐许久，韩信起身，下令道："即日起，破土动工，于此坡地兴建百亩陵园，置万户人家，为吾母守冢。"

当年那个"胯夫"，如今成了楚王，淮阴县民们七嘴八舌议论纷纷。人们对韩信的态度是前倨后恭，来了个一百八十度大转弯。

"我早就瞧出来了，那韩信，哦不，楚王殿下，当年整日里在乡间街市佩剑而行，器宇不凡，派头大，本领强，将来必定大有出息，你瞧，被我说中了吧！"

"还用你说，楚王殿下祖上原就是韩国王族，寻常人家哪有人天天佩剑出门的，那可是他家祖传的宝贝！"

"都别攀亲带故啦，好像有多了解楚王似的。我可是正经八百地和楚王有旧交情！当年楚王困顿，没饭吃的时候，还曾到我家里寄食呢！楚王一定还记得。"

"要你这么说，楚王还是吃着街坊邻居好几家大娘的奶长大的呢！"

"快住口吧，可不敢无礼胡言！你们瞧见没，楚王亡母的陵园已经开始大修，将来还要安置万户人家守墓，多气派！我还记得，当初楚王荒坡葬母，可是轰动一时呢。"

"就是！就是！可怜他母亲，砍柴、打鱼、漂衣、浣纱，辛苦了一辈子，韩母泉下有知，能有一个这么出息的儿子，也该知足了，真是修了八辈子的福气……"

"这人哪，但凡能成就大业，都是有迹可循的。当年楚王穷得连饭都吃不上，依然悬梁刺股，刻苦发奋，天天捧着竹简研习兵法。听说楚王在战场上，百战百胜，从来没有吃过败仗，就连那项羽都是楚王殿下打败的呢！"

有淮阴本地人，为了溜须拍马，向韩信建议道："大王贵为韩国后裔，金枝玉叶，身份尊贵，淮阴故里只有大王亡妣（死去的母亲）之墓怎么行，应当修建大王亡考（死去的父亲）陵园才对呀！上溯大王宗族世袭，令天下人都知道大王高贵的出身。"

没想到，韩信拒绝了这一提议。

"本王从未见过亡考，时日一久，甚至连父亲的名讳都记不清了。本王只是从母亲那儿知晓，自己是韩国王孙，但先祖为谁，世袭脉络，都不甚清晰。名为王孙，实为布衣，正是因为这来历不明的王孙之号，小时候可没少受人嘲讽欺侮。如今本王明白了，爵位、功名、权势，要靠自己挣来，而不是靠祖上传来。项王贵族后裔，最终败亡。当今圣上，原为沛县布衣，而今坐拥天下，这不就是最好的证明吗？淮阴县有亡母陵园便够了，不必多此一举修建父陵。比起父亲的血统，本王以为，母亲的养育之恩更为珍重。"

于是当后人造访淮阴时，只能见到巍峨富丽的韩母陵，却见不到韩父墓。后来，太史公司马迁游历淮阴，就曾亲眼瞧见韩母陵的状貌，的确与传说中的样子并无二致。（"太史公曰：吾如淮阴……其母死，贫无以葬，然乃行营高敞地，令其旁可置万家。余视其母冢，良然。"《史记·淮阴侯列传》）而关于韩信生父为谁、先祖世系如何，在历史的滚滚烟尘中，成了一笔说不清、道不明的糊涂账。

在那个以父系血统为尊的年代，韩信只修亡母陵的举动的确不同凡响，虽出人意料，却也在情理之中，因为这鲜明地反映了秦汉之际一个重要的历史特征：西汉开国君臣多为布衣出身，形成所谓"布衣将相之局"，开国皇帝刘邦本人就是个混迹市井的痞子头儿，更别提萧何、曹参、周勃、樊哙、灌婴等人。"王侯将相宁有种乎！"西周以来那个古典的贵族社会正在瓦解。清代史学家赵翼形容这是"秦、汉间为天地一大变局"（《廿二史札记》卷二）。

在淮阴短暂逗留期间，韩信召见了三位故人，分别是漂母、南昌亭长与屠少。召见的地点也别有深意，选在了菜市口，淮阴县民们纷纷聚拢围观，好似多年前的那个午后。

菜市口中央，官兵早已围出一片空地，三人并排跪地，等待楚王接见。漂母垂垂老矣，双目已失明，衣衫褴褛破败。南昌亭长没有什么变化，眼睛滴溜溜地东瞧西望，惴惴不安，一遍遍地在心里复述稍后要和楚王说的话。屠少正值壮年，越发魁梧肥硕，他感到今天凶多吉少，双腿不停颤抖，头低垂着，不敢抬眼。

众将簇拥之下，楚王韩信意气风发而来。围观的乡民纷纷自觉让出一条道来。

韩信眼中，好像没有其他人似的，径直扶起跪地的漂母，紧紧抓着她的手臂，感慨万千道："老人家，我是韩信，可还认得我啊？"

"老太婆眼睛瞧不见啦，耳朵还好使，这声音我怎会不认得，可是王孙回来啦？"

韩信身旁侍卫斥道："休得胡言，什么王孙，还不叩见楚王殿下！"

韩信道："不妨事，婆母这一叫，恍如昨日啊，倒是唤起许多往事。不过五六年不见，婆母何以苍老至此？"

漂母笑道："生老病死，时至则行，哪有人不老的。"

"婆母的眼睛？"韩信心疼道。

"做了一辈子针线活，终于把眼睛给糟践了，看不清喽。"

"老人家放心，我替你找寻良医，好好医治，定会好的。"

"不必了，多谢王孙好意，老太婆时日无多了，没什么好治的。瞎了也没什么，这双眼睛，一辈子看尽人间万象，也没什么再想看的了。"

"本王在外许久，时常想念婆母的饭肴，肉羹、米粥都香得很啊，此次归乡，本王还想着，能不能再尝尝婆母的手艺呢。唉，如今看来，再也没有这个福分喽。"

"王孙啊，哦不，楚王大人，只怕大人念念不忘的不是老太婆的饭菜，而是那时候的自己呀。"

韩信点点头，漂母眼睛虽然瞎了，心里却跟明镜似的看透一切。韩信怀念那时候的自己，怀念那段艰难岁月。

韩信命侍卫拿上准备好的匣子，亲手将匣子交到漂母手中。匣盖打开，金光熠熠，黄金闪闪，围观百姓不禁发出一阵惊叹艳羡之声。

"这是什么？"

"婆母，这是黄金千两。当初我对您说，有朝一日，韩信功成名就，定会报答婆母一饭之恩。"

"当时老太婆就说了，给你饭吃，是怜悯之心，人之常情，并不是要你的报答。再说了，老太婆半只脚都已经踏进棺材了，要这黄金千两有何用？能让老太婆长生不老吗？"

侍卫又厉声斥道："你这老妇，楚王盛情赏赐，是天大的福分，怎么如此不识抬举！"

"吼什么！"韩信喝退侍卫，柔声对漂母道，"婆母施恩，不为报答，此乃婆母高义。但这黄金千两，是韩信知恩图报之心。滴水之恩，当涌泉相报，老人家就不要推辞了。"

"那好吧，那就谢谢王孙，不，谢谢楚王大人了。"

"婆母可有子女？可还有什么未达成的心愿？本王都一一替婆母实现。"

漂母摇摇头："老太婆瞎了的眼睛不能复明，从军战死的儿子不能复生，因饥荒不知流浪何处的女儿不能归来……往昔不可追，来日无所求。我没有什么心愿，多谢大人好意。"

韩信听了默然无言，命侍卫将漂母搀扶到阴凉处歇息。

围观乡民的眼睛齐刷刷地盯着漂母手中的匣子，有人对漂母道："老人家，您可真有眼光！那个时候就看出楚王殿下是人中龙凤，必将出人头地，就因为这好眼光，今日得这千金之赏，真是美事一桩，必将流芳千古呀！"

漂母向来是个怪脾气，这时候倒急了："胡说！我哪有什么眼光！我什么都没看出来！当年，我只是瞧见王孙没吃没喝，一个人孤零零地在那儿钓鱼，半天钓不上一条鱼来，可怜他，才给他饭吃，哪里是要他的千金报答！一个落魄王孙，谁想得到如今能当楚王？"

韩信听见了，笑得格外畅怀："婆母说得好！倘若婆母当时就相信我能出人头地，因此给我餐食，图我回报，那与逐利的商贩囤积奇货又有何异？那样的话，婆母的饭食反倒不香了，婆母的恩情反倒不美了！"

漂母忽然站起身，郑重地对韩信道："老太婆不敢说对楚王有什么恩情，倒是楚王对天下人有大恩。我听说，楚王在战场上立下大功，托楚王的福，这仗终于不打啦，太平的日子来啦，这不只是我老太婆的心愿，这也是天下人的心愿，王孙啊，你做得很好……"

漂母这一席话，就像当年训斥韩信的那番话一样，令韩信心潮澎湃，感触良多。那一句"王孙"，韩信此时听来分外亲切。在场的将士、百姓们无不备受战乱之扰，心有所感，悲喜交集。

下一位，轮到南昌亭长。

韩信的脸突然冷下来，面色阴沉，明明是炎炎烈日，气氛却如降至冰点。

南昌亭长微微抬头朝韩信瞅一眼，正撞上韩信冷漠凌厉的眼神，吓得他登时就把眼神移开，将头低埋，再也不敢直视韩信。

"亭长，多年不见，别来无恙啊？"

"回……回楚王的话，托楚王殿下的福，小人一切安好。秦国早就亡了，而今是大汉的天下，小人早已不是秦国官府的南昌亭长了，如今只是一介草民而已，哦不对，是楚王殿下的子民。"

"本王的子民？"韩信嘴角上扬，露出一丝轻蔑，"本王还记得，亭长崇尚养士古风，本王当年就曾寄食于亭长家中。如今贵府上可还似当年，门客满堂、寄食者众啊？"

南昌亭长羞红了脸："都散啦，早就散啦……多年战乱，能养活我一家子就不容易喽，谈何养士！"

"一家子？对了，亭长夫人何在啊？"

"呃……拙荆……拙荆正在……"南昌亭长的心一下子提到嗓子眼，急思如何作答，"拙荆正在家中面壁思过，忏悔己罪，无颜来见楚王。"

韩信冷笑一声："面壁思过，何过之有啊？"

"这……这个……当年拙荆有眼不识泰山，怠慢了楚王殿下，还请楚王宽宏大量，从轻责罚。"

"妇人没有见识，本王又怎会与她计较。尊夫人知错能改，知晓自己无颜来见本王，可是亭长大人倒觍着脸来了！应该面壁思过的，只怕不是夫人，而是亭长大人你啊！"

"小人知错！小人知错！"

"错在何处？"

"错在，这个……小人错在治家无方，放纵贱内冒犯了大王……"

"非也！"韩信摇摇头，"公，小人也。错在为德不卒，做善事却不能善终，那就不是真善人。来人，赐亭长百钱。你走吧，本王不想再见到你。"

南昌亭长接过百钱，对比漂母获赏的千两黄金，这百钱简直就是对他的羞辱，亭长无颜在此处逗留，灰溜溜地跑了。

最后，轮到屠少。

屠少早已吓得魂飞天外。前两位不管怎么说都对韩信有恩，而他不仅无恩，更让韩信遭受胯下之辱，背负了"胯夫"之名，再也洗脱不掉。如今"胯夫"成了楚王，今日他屠少还能活着回去吗？更要命的是，这里不正是当年韩信钻裆的菜市口吗？韩信选在此地接见故人，绝对是故意的。屠少心想：这究竟是什么意思？莫不是要让我在众人面前从他的裤裆下钻过去？如果这样能保住一命，已经是不幸中的万幸了。其他的，屠少不敢再往下想。

恍惚之间，仿佛昨日重现。与当年那个午后何其相似，此时菜市口也里三层外三层围拢着看戏的乡民。俗谚道"好戏在后头"，看客们心里都清楚，接下来才是冲突的推升、矛盾的爆发以及戏剧的高潮时刻，大伙儿都屏住呼吸，只等着见识楚王的雷霆之怒，瞧瞧屠少将迎来什么样的悲惨结局。

"你，起来吧。"韩信瞥了一眼跪在地上的屠少。

"小人……小人罪孽深重，不敢起来……"

"哈哈！这是怎么了？今天认罪的人可真多呀。"韩信朗朗笑道。

"小人自知罪无可赦，一人做事一人当，只求大王，只杀小的一人，留小人一家老小活命。"

"是条汉子！还知道惦念家人安危。你的脑袋值几个钱，本王杀你作甚？站起来说话。"

屠少颤颤巍巍地站起来，抬头瞧了威严的楚王一眼，双腿发软，一个踉跄又扑通跪下了，惹得围观百姓哄堂大笑。在侍卫的搀扶下，屠少才勉强再站起来。

韩信走到屠少面前，不禁叹道："你没怎么变，还是这么高大！"

屠少从小就高过韩信一头。小时候他仗着块头大，欺负包括韩信在内的乡邻小孩。但二人的身份地位，如今已是今非昔比。高大的屠少没怎么变，矮人一头的韩信已经成为盖世英雄。一个天上一个地下的两人，如今能够面对面相向而立，那是因为他们之间仍有未解的羁绊。盖世英雄身上那永远抹不去的污点，还需要了结。

韩信一直站在屠少面前，对在场将领道："想必诸位都曾听说过本王'胯夫'的名头，胯下钻裆之事，这些年传得沸沸扬扬。毋庸讳言，确有其事。当年本王受胯下之辱的地方，正是这淮阴菜市口。当年拦在我面前的，正是这位好汉！"

屠少只觉得脸上火辣辣的，心不住地往下沉，双腿越来越软。

"许多人问，当年这位好汉辱我之时，为何不一剑杀了他，而要受那般奇耻大辱？诸位试想，杀了他何其容易，但是若杀了他，韩信锒铛入狱，可还有今日之功名大业？忍辱而负重，本王这才一步一步走到了今天。"（"此壮士也。方辱我时，我宁不能杀之邪？杀之无名，故忍而就于此。"《史记·淮阴侯列传》）

这话是冲着诸将说的，自然也是说给在场百姓听的，更是说给天下人听的。这是韩信唯一一次公开谈论胯下之辱这件事，言尽于此，他再也没什么要向世人解释的了。

韩信问屠少："如今以何为生啊？"

屠少红着脸道："猪肉铺还开着，仍以杀猪卖肉为生。"

"就没想过干点别的？"

"家中老父就是杀猪的，做儿子的除了继承家业，还能干什么呢？"

韩信笑道："我还记得，少年时玩闹，在游戏中，你不是抢着要当大将军吗？"

屠少的脸红得跟辣椒似的："年少不懂事，胡言乱语，小孩子游戏，当不得真！"

"你们当成游戏，我可是当真的！"韩信道，"两军对阵，最要紧的是一个'勇'字，正所谓'狭路相逢勇者胜'。你的身上，倒有一股子勇猛无畏之气，堪称壮士。一辈子杀猪屠狗，有什么前途！你就到楚军中，当个中尉，掌管巡防捕盗之事，如何？"

"小人一介屠夫，这……这怎么配？"

"怎么不配？你可知，汉军中有一员骁将，名唤樊哙，原本也是个屠夫，后来追随圣上打天下，如今被封为舞阳侯。所以说，哪有什么配不配！本王让你当，你就当！"

屠少伏地叩谢，领受这意外之喜。

这出戏最终的转折出人意料，看戏的百姓先是讶异，随后纷纷鼓掌称颂，赞扬楚王宽厚仁善，能够善待曾经羞辱自己的人，实属难得。

刘邦伪游云梦，韩信束手就擒

韩信执掌楚国之初，时常带着兵甲仪仗，巡行郡县，前呼后拥，浩浩荡荡。既深入民间了解民情，也向黎民黔首彰显楚王之威。天下初定，外出带上许多兵士，也是防范行刺的安保需要。那时候单纯的韩信没想到，他认为再正常不过的举措，却成为遭到帝王猜忌的僭越之举。

这一日，韩信巡行至伊庐（今江苏省连云港市伊庐乡），被一众百姓拦住车辇仪驾，伊庐父老们伏地叩拜，敬贺道：

"得知楚王巡幸至此，我等山野乡民欢欣鼓舞，欲向大王献礼，以表对大王虔敬爱戴之心。"

韩信很高兴，走下车辇，欣欣然接受百姓献礼。

"这是白玉一双，敬献楚王。"

"这是本地特制的绸缎百匹，请楚王笑纳。"

"伊庐临海，这是渔民们刚刚下海捕捞的奇珍海鲜，还请楚王不要嫌弃。"

"这是青铜宝剑一柄、兵法竹书一卷，昔日有一少年，仗剑从军，身上一剑、一书，别无他物。如今，少年已贵为楚王！"

韩信大惊，再细瞧眼前人，乃一彪形大汉，头微微低下，髯须惊人，虎背熊腰，气壮如牛。

"客为何者？快抬起头来！"

那人缓缓抬头，低声道："楚王可还识得故人乎？"

"钟离兄！果然是你！"韩信脱口而出。

钟离眜轻轻摇头，以目示意。韩信会意，不再多言，待百姓献礼结束，才悄悄将钟离眜请至车辇中。

当年韩信在项氏军中，与钟离眜结为莫逆之交，后来韩信弃楚归汉，钟离眜一直留在项羽身边，因英勇善战而名噪一时，成为楚军一员枭将。

故人相见，有满肚子的话，却不知从何说起。

韩信紧紧握着老朋友的手："钟离兄，别来无恙啊？"

钟离眜一声叹息，道："垓下之战，项王战败，我见大势已去，也就逃遁了。贤弟可还记得，当年定陶之战时，是贤弟告诉我，'大丈夫有所为有所不为！明知必败还舍命赴死，岂不糊涂'！当时是贤弟将我从战场上拉了出来，我才逃过一劫。"

"自然记得，区区数载，恍如隔世啊。兄长又因何来到伊庐？"

"贤弟贵人多忘事，伊庐本就是我的故乡，战后我一直蛰伏在此。前些日子，听闻新任楚王巡行郡县，将路过伊庐，我便动员乡亲们向楚王献礼，这才有机会得见故人啊！"

韩信笑道："原来，百姓献礼，并非出于真心呀？"

"真心！自然是真心。"钟离昧忙道，"贤弟，不，楚王战无不胜、威震四海，谁人不敬仰归服。当初我就知道，贤弟有大智雄才，不过贤弟能有今日这等功名荣耀，还真是没想到啊……我是不是多嘴了，楚王恕罪、恕罪……"

"不妨事。不知钟离兄将来作何打算？"

钟离昧的脸抹上一丝愁云："当初楚汉对峙于荥阳，我可没少让汉王吃苦头，汉王气我怨我，恨不能扒我的皮、抽我的筋，如今我可是汉王，哦不，我可是大汉皇帝下令缉拿的逃犯，朝不保夕，还能有什么打算？"

"韩信当初在项氏军中，没少受兄长照顾，今日兄长有难，韩信岂能置若罔闻！钟离兄放心，随我回下邳，本王保你无虞。"

"当真？"

"韩信岂是信口开河之人！"

"可皇帝……"

韩信思忖片刻，道："如今天下方定，陛下急于铲灭项王残军余将，兄长姑且委屈几年，隐姓埋名，掩人耳目，隐居于我府中。待时间长了，四海安定，陛下气也消了，我再为兄长美言几句，将兄长引荐于陛下，为兄长谋个一官半职，富贵荣华，了此余生，岂不美哉？"

"那一切就都劳烦楚王殿下了！"

此后，钟离昧在韩信的庇护下，隐居于楚都下邳城中。

在这件事情的处理上，韩信缺乏政治头脑的弱点体现得淋漓尽致。他竟然天真地以为，不向刘邦上报，将一位皇帝视为仇敌的败军之将藏匿在自己府上，能够安然无事，他以为以他韩信的面子，刘邦就算知道了也不会太过责怪于他。

世上没有不透风的墙。汉高帝六年（公元前201年）十月，有人向刘邦"上变事"。所谓"上变事"，就是打破上报层级与常规程序，直达天听，上奏非常之事。"上变事"十有八九都是告发诸侯臣子谋逆造反。而检举告发者是谁，告发的到底是什么内容，只有皇帝本人知晓，皇帝不说，那就是永远无法解开的谜团。

刘邦得到密报，钟离昧出现在下邳，而且还是在楚王韩信的庇护之下。密报中还说，韩信每次外出巡行，阵仗都很大，威风八面，称雄称霸。

"高祖之视信，犹养虎以御罴也。虎之不得死者以罴在焉，罴死则虎亦死矣。"（钱时《两汉笔记·卷二》）在刘邦的眼中，项羽是罴，韩信是对抗罴的虎。如今罴死了，虎也就无用了，留着更是个祸患。

刘邦召集执掌军队的诸位核心将领，进行了一场小范围的密谈。

刘邦道："有人上密奏，楚王韩信窝藏朝廷钦犯钟离昧，且四方巡行，陈兵出入，欲谋造反。诸位以为，该当如何？"

"亟发兵，坑杀韩信，以绝后患！"

诸将争先恐后，都表态愿意带兵入楚，缉拿叛臣。

刘邦反倒不言语了，默然良久，才道："都退下吧，容朕再想想。今日之事，切勿泄露半分！"

每当筹谋阴谋诡计时，刘邦总离不开陈平。

听刘邦说完密报内容，陈平故作大惊失色之状："怎会如此！可有确凿证据？"

刘邦撇撇嘴，不吭气。

"此等军机大事，臣一介文臣，恐怕不便置喙。"

陈平这个老狐狸，知道事关重大，就一再拜谢推辞，半天不发表意见。刘邦虎着一张脸，君臣之间陷入尴尬的沉默。

陈平觉得时机拿捏得差不多了，打破沉默问道："陛下既已将此事告知军中诸将，敢问诸将怎么说？"

"诸将建议，即刻发兵，缉捕韩信。"

"有人上书密告韩信造反，此事还有其他人知道吗？"

"未有。"

"有人上书密告韩信造反这件事，韩信本人知道吗？"

"不知。"

陈平眼中闪过一丝狡黠的光。以陈平之智，早就猜到七八分，有人检举韩信窝藏钟离眜是真，而韩信想要造反，恐怕就是刘邦借题发挥了。反正那密信只有皇帝一人看过，谁也不知道里面究竟说了什么，所以皇帝说什么，就是什么。更有意思的是，"韩信欲造反"如此机密的消息，本应严防死守，刘邦却毫无顾忌地在核心将领中小范围通报，是因为有他深层的考量。一来，相当于事先向诸将们打了招呼，为将来刘邦动手铲除韩信做铺垫，不至于因为突然逮捕韩信，而引起军中震动。二来，倘若军中将领有人将密信之事泄露给韩信，韩信得知刘邦要抓他，果真反了，那就正中刘邦下怀，使得他铲除韩信的举动更加名正言顺。

陈平心中暗暗叹道：论权谋诡诈，还是陛下您高招啊！

陈平接着问道："陛下麾下之兵，比之楚王之兵，孰强孰精？"

"不能比。"

"陛下麾下将领，有能胜楚王者乎？"

"莫及也。"

"兵不如楚精，将不能及韩信，却举兵攻之，窃为陛下感到危险。"

"如此，为之奈何？爱卿可有妙计？"

"臣确有一计。依《礼记》，古之天子五年一巡狩，此定例也。南方有云梦之地，陛下出游云梦，布告天下，将大会诸侯于陈地。陈地位于楚国西部边境，韩信听闻天子出游，势必出郊迎谒。到那时，陛下趁机擒之。此计，不费陛下一兵一卒，只需一位大力武士就够了。"

"妙计！妙计呀！朕就知道，这等大事找爱卿商量准没错！"

云梦，又称"云梦泽"，那是湖北南部、湖南北部长江两岸大片沼泽湖区，江北称云泽，江南称梦泽。相传，云梦泽是古代天子圣贤外出巡狩、大会诸侯之地，恰巧又位于楚国西部边境，成为刘邦抓捕韩信的上佳地点。

接下来这两个月，韩信被耳边各种声音搅扰得坐卧不宁。

"大汉皇帝遣使来告，将巡游云梦，大会诸侯于陈。"

"报楚王，洛阳传来线报，有人向皇帝告密，称钟离眜正藏匿于楚王府中，军中诸将建议皇帝发兵袭楚。"

"楚王！如今钟离眜行踪已然败露，圣上巡游云梦，恐将问罪于楚王。不如诛杀钟离眜，将其首级献予圣上。"

"如今皇帝对大王已生猜忌之心，索性一不做二不休，举事反了大汉！"

各种道听途说，各种揣测臆断，各种建言献计，在耳边此起彼伏、层出不穷，韩信难以决断。

韩信心里也在掂量，他始终认为，作为开国第一功臣，以他的功勋卓著，再加上刘邦一直以来对他的倚重，刘邦不可能对他下多大的狠手。更重要的是，他对大汉始终忠心耿耿，从来没有什么非分之举可以让人抓住把柄，身正不怕影子斜，光明正大，并不怕诬告。如果硬要说近来有什么不当举动，那就是藏匿钟离眜这件事，的确不好跟刘邦交代，这是韩信认为他眼前唯一棘手的难题。

正当他拿不定主意的时候，一道圣旨逼迫韩信必须做出抉择。

韩信孤身一人，亲自来到钟离眜栖身之处。

"钟离兄，陛下已经知晓，兄长在我府上，唉……"

"世上没有不透风的墙，我早就料到有这一天。"

"陛下颁下一道御旨，命本王……命本王'缉捕亡楚逃将钟离眜'……"

钟离眜睁大了眼睛，突然意识到自己的危险，态度一转，以极冷漠的口气道："皇帝要抓我，那敢问楚王，打算怎么做？"

"这……"韩信不敢直视钟离昧的眼睛，"抗旨不从，是为不忠；出卖故友，是为不义。忠义难以两全，希望兄长能够体谅本王两难的处境。"

"两难？"钟离昧冷笑道，"大汉皇帝之所以还不发兵攻取楚国，那是因为我还在楚国的缘故。倘若楚王抓了我，献媚于汉帝，我今日死，明日就是楚王的死期！"

"不！本王不是要缉拿钟离兄，陛下即将巡游云梦，我的意思是，到那时，还请兄长自缚双手，随我一同拜谒陛下，负荆请罪，表明归顺之心，陛下仁慈宽厚，必定不会加害于兄长。我思来想去，此为两全其美之策！"

钟离昧狂笑三声，道："楚王啊楚王，你虽贵为楚王，却还是当初我认识的那个单纯的韩信！你太天真了，汉帝哪里是什么宽仁之人，他诛我九族眼睛都不会眨一下，怎会因为你向他讨饶几句就轻易放过我！自缚双手、负荆请罪？那就是自投罗网、自寻死路！"

"兄长放心，到那时，我一定竭力向陛下进言，请陛下饶恕兄长……"

"我算是明白了，我不是今日死在你韩信手上，就是明日死在汉帝手上。我钟离昧浴血沙场十余年，过着刀口舔血的日子，随时可以赴死，但士可杀不可辱！此刻我忽然明白，项王明明可以过江东，却为何自刎而死。英雄一世，宁可自我了断，也绝不苟活偷生，绝不死于尔等小人之手！"

"公非长者！公非长者啊！"钟离昧留下最后一言，举剑往脖子上一横，一束鲜血像一道红光喷射而出。

韩信大骇，来不及阻拦，钟离昧轰然倒下，卧在一片血泊之中。

钟离昧临终前那句"公非长者"，像根刺一样扎进韩信的心里，再也拔不出来。所谓"长者"，形容的是那些有德行、受敬仰的人。一生的挚友，临终对自己留下这样一句评语，这比砍断韩信的手脚还要痛。此后夜深人静之时，韩信脑中总萦绕着这句话，时时扪心自问：我是"长者"吗？我是有德行的人吗？这一辈子，为了建功立业一直在奋斗拼搏，一直在往上爬，好像从来没有停下来思考过，德行究竟是什么？

韩信也没有时间再多想，因为皇帝马上就要来了。

汉高帝六年（公元前201年）十二月，韩信早早从下邳出发赶往陈地。抵达后，韩信率楚国一众臣子，在陈地远郊约定地点恭恭敬敬地列队站立，等候大汉皇帝的驾临。

那是一个大阴天，乌云黑压压的，重云如盖，大有山雨欲来之势，这天气格外令人阴郁不安。已经入冬了，寒风呼啸，南方楚地特有的潮湿之冷，更冻得人心寒如冰。

此刻最阴郁不安、心寒如冰的人，除了韩信还有谁？

他手里捧着一个黑匣子，里面安放的是钟离眜的人头，将要敬献皇帝。也许是等候太久，韩信心烦意乱，恍惚间，他的目光仿佛穿透盖子，竟然看见匣子里钟离眜的脸，那闭着的眼睛突然睁开，满眼血丝、狰狞地瞪着他。是幻觉！这该死的幻觉！韩信抬起头，让黑匣子离开视线范围。好不容易心神安定少许，他又好像闻见一股刺鼻的腥味，那味道韩信很熟悉，那是战场的味道，那是人刚刚死亡时喷涌出的鲜血的味道。钟离眜死了这么多天，这匣子怎么还会有这恶臭的腥味，这不可能，一定是幻觉！这该死的幻觉！韩信深吸一口气，尽力屏住呼吸，不让那血腥味扰乱心神。咯噔，咯噔！怎么匣子里面在动！韩信捧着匣子的双手控制不住地微微颤抖，心怦怦直跳，感觉钟离眜的人头马上就要从匣子里蹦出来似的！

"公非长者！"韩信耳边又一次响起这句话，反反复复，无休无止，余音环绕，韩信心慌得很，只能不断地告诉自己：幻觉！这全都是幻觉！这该死的幻觉！

"大王，大王您怎么了？"侍卫上前关切道。

韩信好像从那个可怕的黑暗世界里被猛然拉回现实似的，轻声道："无事，本王无事，只是有点胸闷。什么时辰了，陛下还没到吗？"

"已经快正午了，陛下还没到，但是陛下身边的宦官已经来了好几拨了。"

是的，距离约定的时间已经过去一个多时辰，刘邦迟迟不现身，但每隔一炷香的时间，就有一位宦官前来，细细观察这里的情况，尤其是韩信的一举一动。等到下一位宦官到来，两人交头接耳一番，前一位宦官就坐马车离开，大概是回去向刘邦报信。留下的这位，就等待一炷香后，下一位宦官来接班，如此反复，已经数不清多少次了。

　　无望的等待，最考验人的定力，消耗人的耐心。今天来之前，韩信原本的心态极为放松。他问心无愧，因此迫不及待地想第一时间向刘邦澄清、解释近期关于他的诸多流言蜚语，至于藏匿钟离眛之事，如今人头已经在这匣子里，他连自己的好友都牺牲了，足以证明他对大汉的忠诚，刘邦必定不会再有什么怀疑了。今天，就是君臣消除误会、摒弃前嫌的最好时机。

　　想到这儿，韩信的心踏实许多。这时，不知从哪儿飞来一只乌鸦，在韩信头顶来回盘旋，赶也赶不走。乌鸦是不祥之物，韩信紧皱眉头，轻喝一声"放箭"！奇怪的是，士兵连射数箭，乌鸦灵活躲闪，怎么也射不中。最后，乌鸦径直地落在韩信手中的黑匣子上，再也不走了，不停发出"呱呱"的尖厉叫声，听起来像是在报丧。韩信的心情跟这天气一样，越发阴暗沉郁。

　　许久，乌鸦突然扑展黑翅，高高飞走。因为，皇帝来了。

　　刘邦终于来了。气势恢宏的车马仪仗所经过处，扬起漫天尘土。皇帝的銮驾停下，宦者们从车厢里将天子抬下，换乘一架四名武士抬着的御辇，刘邦坐卧在轿子上，身上盖着一条龙纹衾褥，紧闭双目，仿佛睡着了。

　　御辇在正中央的位置停下，虽然此时乌云密布，不见一丝阳光，但宦官们还是循例在御辇顶上支起临时遮阴凉棚。

　　"请楚王来见。"刘邦身边宦官传令。

　　韩信上前行三跪九叩之礼，道："臣稽首再拜，叩见大汉天子陛下！臣谨遵圣命，缉捕钦犯。亡楚败将钟离眛首级在此，敬献陛下！"

　　刘邦没有回应，眼睛依然紧闭，好像真的睡着了。

韩信正准备再说点什么，两名魁梧健壮的武士风风火火急冲上来，不由分说，一左一右按住韩信左右臂，将其擒拿。后面还紧跟着一批全副武装的甲士，一支支长枪剑戟正对着韩信的鼻子，将跪地的他团团包围。

韩信被武士制伏的过程中，手中黑匣子哐啷一声掉在地上，盖子开了，钟离昧的人头咕噜咕噜滚了出来，就落在韩信腿边，韩信一直跪地未起，此时钟离昧的头颅就近在咫尺。这是幻觉吗？钟离昧的眼睛竟然睁开了！与韩信四目相对。钟离昧的眼睛里已经没有了怨恨，充满深切的同情与悲凉。

而刘邦的眼睛依然没有睁开，宦官一直在他耳旁低声说着什么。

韩信断然没有想到，有朝一日，刘邦会对自己刀剑相向。被缚的那一瞬间，他的内心经受了此生从未有过的震撼。他一时还理不清那具体是什么，但能够真真切切感受到在他的精神世界里，有些东西正被击碎，有些东西正在瓦解，有些东西正在坍塌。

韩信本能地想要挣脱束缚，奋力挣扎着想站起来，但是被身后五大三粗的两位武士死死压住。

"楚王，等陛下发落吧，别挣扎了，何必费这徒劳之力！"

韩信扭头一瞧，这才发现，带队抓捕他的原来是樊哙。

韩信瞪了樊哙一眼，喝道："竖子！屠夫！杀猪屠狗之辈，也配跟我说话！"

在楚汉战争中樊哙曾在韩信麾下效力，他向来钦佩韩信在战场上的智谋与神威，可是领受圣命负责抓捕韩信，他别无选择、不敢不从，此刻听韩信这么痛骂自己，倒稍稍减少了一丝内心的愧意。

谁也没有注意到，韩信辱骂樊哙之时，御辇上卧躺着的刘邦眼皮微微动了一下。樊哙是刘邦的老乡、亲信、妹夫，韩信辱骂樊哙是杀猪屠狗之辈，在刘邦听来就是在辱骂同样出身市井的自己。

刘邦终于睁开眼，冷面如霜，怒视韩信。

韩信高声道："陛下，为何抓我？"

刘邦咳了一声，道："有人告发你密谋造反。"

"密谋造反？可有实据？"

"这个……这个朕自会查明，你随朕回京，接受调查。"刘邦似乎有些底气不足，不敢看韩信的眼神，扭头冲樊哙嚷道，"樊哙！还愣着干什么？快动手！"

武士们将韩信五花大绑，扛起来塞进早就准备好的木笼囚车里。

须臾之间，韩信看透了许多事。他坐在囚车中，仰首狂笑，慨然叹道："果若人言，'狡兔死，良狗烹；高鸟尽，良弓藏；敌国破，谋臣亡。'天下已定，我固当烹！"（《史记·淮阴侯列传》）

刘邦终于忍耐不住，从御辇中站起来，回头指着韩信鼻子，咧嘴骂道："韩信！你嚷什么嚷！不要再叫了！你现在这般胡言乱语，就是造反的明证！快给我闭嘴，不要逼朕叫人把你的嘴堵上！"

皇帝御驾仪仗马上就要离开，一位宦官问道："陛下，钟离眜的人头，该如何处置？"

刘邦露出厌恶的神色，不耐烦道："扔了，扔了，扔了喂狗！这等小事，也来烦朕！"

宦官听命，将钟离眜的人头拾起来，随手往旁边草丛里一扔。韩信透过囚车木栅栏看到这一幕，眼泪兀自流了下来。

抓住韩信，刘邦解决了一块心病，感到一身轻松，心情愉悦。当天，刘邦宣布"大赦天下"，封赏有功之臣，赦免有罪之人，似乎要让全天下人与他共襄盛举，一起举杯欢庆韩信伏诛。

皇帝诏曰："天下既安，豪杰有功者封侯，新立，未能尽图其功。身居军九年，或未习法令，或以其故犯法，大者死刑，吾甚怜之。其赦天下。"（《汉书·高帝纪》）

刘邦云梦泽一行，实为抓捕韩信而来。他亲自前来，足见对此次抓捕行动有多么重视。此行名义上是天子巡狩，与诸侯聚会。诸侯们都遵命从四面八方赶来。刘邦如约，在陈地大会诸侯之后，很快押送韩信回归洛阳。

韩信就这样束手就擒，再一次被刘邦玩弄于股掌之中，直到成为阶下之囚的那一刻，他方才看清刘邦的真面目。

后世文人骚客无不为韩信扼腕叹息，清代郭嵩焘就有一番高论，慨叹韩信政治上的愚钝、刘邦权谋上的高深。"韩信之伺敌间可谓神矣，独于高祖所以驾驭之术，身入彀中而不知，可见高祖之深机，以韩信之智能亦无从窥见其崖略，操之、纵之、予之、夺之，为所欲为，至于缚载后车而始悟。呜呼，高祖操机术以牢笼天下，殆亦旷千古而无对者欤！"（《史记札记·卷五》）

"信雄武多智，然一为帝诈而夺赵兵，再为帝诈而夺齐兵，一绐而失国，再绐而失族何也？信笃于信，谓高帝不负乃尔。"（凌稚隆《史记评林》）明代大儒王世贞认为，雄武多智的韩信，却一再被刘邦所"绐"（欺哄，欺骗），根本原因在于，韩信是个有"信"之人，于是认为刘邦对他也有"信"，定然不会辜负于他。

云梦泽被捕，对于韩信的精神世界来说，无疑是一次摧毁性的打击。刘邦的所作所为，摧毁了他一直坚守的信念。当自己像条狗一样被捆绑在囚车里的时候，韩信这才意识到世道人心有多险恶，之前的他有多么幼稚。韩信醒悟了，但这种醒悟，反而令他更加困惑，他所恪守的赤诚待人、知恩图报、忠君不渝，难道全都错了吗？当一个人一直相信某些东西，却突然被残酷的现实迎头痛击的时候，人的心灵就像洪水决堤、大河泛滥一样，滔天巨浪过后，只留下一片废墟。

来到洛阳后，韩信被关押在暗无天日的地牢里，他整宿整宿地做噩梦，牢里分不清白天还是黑夜，恍恍惚惚，幽幽荡荡，一再坠入噩梦的深渊。

梦中，韩信一睁开眼，大骇，心惊得要从胸口蹦出来。

一颗人头飘荡在半空，正对着自己，咧嘴欢笑，笑声如空谷回音，时而虚空时而真切。这人头，赫然是钟离昧！

眼前的钟离昧看起来无比愉悦，一边欢笑一边哼唱歌谣，人头围绕韩信，在半空中飞翔游荡。这种纯粹的欢乐，倒是吻合钟离昧生前的性情。

可此时钟离眛看起来越是欢欣雀跃，韩信就越是心如刀割。

"钟离兄，你死得好冤！"

"什么冤？"那人头咧嘴笑道。

"我韩信对不起你！"

"对不起谁？"

"韩信这一生，只愧对一个人，那个人便是钟离兄！"

韩信抬头细看，这才发现，钟离眛的眼眶里空空如也，竟没有眼珠！

"你的眼睛！"韩信失声道。

钟离眛好像也焦急起来："我的眼睛？我的眼睛呢？我看不到我的眼睛，谁拿走了我的眼睛？我怎么'有眼无珠'啊？"

韩信怅然道："是啊，钟离兄正是'有眼无珠'，才会相信韩信，导致如今身首异处……"

钟离眛的人头不飞了，在韩信面前静静地停下，无珠的眼眶中，流下一行晶莹的泪来。韩信下意识伸手去接，眼泪一滴一滴落在手掌上，四散氲开，化作猩红的血，不断弥漫扩散，染红了他整个手掌。

韩信悔之无及："当初若依蒯通之计，何以至此！"

"谁在唤我？"

韩信面前不知何时又冒出一人，正是蒯通。他一袭巫师黑袍，也是个"有眼无珠"的鬼魅，捧着钟离眛的人头，手舞足蹈，左摇右摆，尽兴地跳起巫舞，那场面又滑稽可笑，又诡谲恐怖。

"先生，别来无恙啊？"

"无恙。"

"在这深牢大狱之中，韩信这才醒悟，先生你是对的。"

"世事纷繁，无是无非，无对无错。"

"我在想，如果当初听从先生谏言，今日又将是怎样一番景象？"

"天道不可违，一切都是命定。"

"命中注定？韩信注定了要遭受这莫须有的诬蔑构陷？"

韩信想要答案,但"有眼无珠"的蒯通、钟离眜早已如烟尘四散,灰飞烟灭。

噩梦中,也有温情的瞬间。一天夜里,韩信见到了母亲。

与他牢中怪梦里的所有人一样,韩母也没有眼睛。

韩信怅然道:"母亲,我做错了吗?"

韩母的声音幽荡空灵:"我儿没有错,错的是那些欺负我儿的孩童,十几个打一个,怎么行⋯⋯"

"我说的不是那些乡邻小孩!孩儿早已长大了,母亲!"韩信急道,"我说的是,孩儿知恩图报,忠于圣上,却身陷囹圄,所以孩儿错了是吗?难道背信弃义,反汉自立,那就是对的吗?孩儿糊涂了⋯⋯"

韩母好像没有听懂韩信的话,自顾自言道:"那些小孩也真是的,怎么还把你扔河里了?"

韩信苦笑道:"圣上没有把我扔河里,他把我扔进了这暗无天日的大牢里!"

"都是些无谓的争执,不还手是对的⋯⋯你能不能向他们求个饶,好歹讨个好儿,也免受皮肉之苦⋯⋯"

"绝不讨饶!"母子二人虽然鸡同鸭讲,但韩信那股子倔脾气上来,跟小时候一模一样,梗着脖子,高声道,"大丈夫顶天立地,岂能摇尾乞怜!我绝不讨饶!绝不认这莫须有之罪!绝不自践尊严苟活于世!"

梦中的母亲,这一回好像听明白了,悠悠然又念起她的遗言:

"孩儿切记,遇事能忍则忍,不与人争,自我保全为要。"

韩信忆起母亲临终之景,泪如雨下:"母亲临终遗言,孩儿哪里敢忘!这一生,无时无刻不在忍辱负重。孩儿忍了一辈子,终于创下不世功业。只是这一次,冤屈如天大!背负污名,含冤抱恨,让我如何再忍!"

韩母空空荡荡的眼眶里,涌现一丝怜惜与温柔:"我儿受委屈了⋯⋯"

韩信正想答话,兀自从梦中醒来,面对囹圄四壁,深深惆怅,暗自神伤。

伤神的不只是被抓的韩信，还有抓人的刘邦。

逮捕韩信容易，但杀还是不杀？成为摆在刘邦面前的一道难题。把韩信杀了倒是痛快，可是在没有谋反实据的情况下，就诛杀开国上将，又是韩信这样一等一的功臣，恐怕难堵满朝文武、天下百姓悠悠之口。而且开国立朝之后，群臣争功，争得面红耳赤、不可开交，已经一年多了，封赏功臣列侯的事情一直都没能定下来。在这敏感的时间节点，韩信这位许多人心目中的"第一功臣"突然被杀，将引起怎样的政治动荡？刘邦不敢往下想。

另一方面，如今的韩信，一没有兵，二没有国，就像是恶狼被拔了利齿，雄鹰被斩断翅膀。刘邦也清楚，韩信这些年一直埋头苦干替他卖命打仗，从来不热衷于拉帮结派，朝中并没有一个以韩信为首的势力集团，虽然韩信在军中有大将的威望，但在朝堂上却没有一呼百应的领袖能量。即便此时留他一命，估计他将来也掀不起什么浪花来了。思来想去，刘邦意识到，自己对这个曾经的亲密战友，已经渐渐没有了杀心。

不料，刘邦没有"杀心"，可别人有。

皇后吕雉对刘邦道："听说陛下近日抓了一条恶犬，关在笼子里，为何不宰杀然后烹了，徒留恶犬乱吠，岂不扰乱陛下心神？"

刘邦瞥了吕后一眼，几十年的夫妻，他对吕后的狠辣强悍再熟悉不过："恶犬嘛，毕竟是功狗，只不过吠叫声大了一点，割了它的舌头也就可以了，何必宰杀？"

"陛下仁慈，可倘若不杀，犬牙尚在，有朝一日，恶犬反咬其主，当如何？"

"会有这等事？"

"功狗反主之事，古往今来，还少吗？狼心狗肺，何足陛下怜惜！"

"那就不仅割舌，把它的牙齿也拔了！朕只是担心，一条功狗死不足惜，可倘若动静闹得太大，其他功狗群起作乱，庭院不宁，又当如何收拾？"

吕后恶狠狠道："哼！谁敢造次？反一条狗，就杀一条！反十条狗，就杀十条！"

已近花甲之年的刘邦一声叹息，显露出老人衰颓的样子："杀，杀，杀，都杀光了，院子里就空空荡荡，再也没有人了……"

吕后道："陛下怎么糊涂了，杀的是狗，不是人。院子里，可都是咱刘家人，恶狗除尽了，海晏河清，天下都是咱自家人的呢……"

吕后离开后，刘邦召萧何密谈。

"皇后劝朕杀了韩信，丞相怎么看？"刘邦开门见山地问。

萧何深深埋着头："一切皆由陛下、皇后圣裁决断，哪里轮得到臣妄加评议！"

"朕还记得，当初在南郑，可是丞相向朕举荐韩信，赞扬这韩信'国士无双'。怎么，今日丞相不劝朕留韩信一命？"

"国家有法度，国法面前，没有私情。此案自当依法办理。"

"好个依法办理！廷司上报，说是没有查到韩信谋反的实证，你怎么看？"

"没有谋反实证"这句话一从刘邦嘴里说出来，以萧何的老练城府，马上意识到刘邦已无杀韩信之心，于是顺水推舟道："既无实证，臣以为，楚王当免死。若无实证而诛杀功臣，恐怕群臣不服，引起朝野不安、列侯恐慌。"

萧何一边说一边悄悄抬头瞧刘邦脸色，见刘邦仍眉头紧锁，连忙提高声调道："虽然死罪可免，但臣以为，韩信活罪难逃！"

"哦？怎么个'活罪难逃'？"

"一则，韩信窝藏朝廷重犯，证据确凿，罪无可赦；二则，在封国时，韩信巡行县邑，陈列兵仗，有违规制，自当受罚，以彰显大汉法度。"

其实这是欲加之罪何患无辞，大汉初建，何来什么完备的规制。

刘邦若有所思道："丞相说得有理，可是该怎么罚呢？"

"一切皆由陛下圣裁。"萧何知道自己无须再多言，韩信的性命算是保住了。

汉高帝六年（公元前201年）四月，韩信被废除楚王之位，赦降为淮阴侯。早在三个多月前，刘邦就已将楚国一分为二，封皇弟刘交为楚王，封从兄子刘贾为荆王。大汉开国后，刘邦诛除异姓王、扶持同姓王的运动，正一步一步地向前推进。

后来，刘邦迁都长安，韩信随朝廷入关，自此被长期软禁于长安。

韩信点兵，多多益善

打败项羽，获封楚王，衣锦还乡，那是韩信人生中的高光时刻。然而短短不到一年的时间，韩信就被削王贬爵，人生由高峰跌入低谷。此后的日子里，他困居于长安，日夜怨望，怏怏不乐。

表面上，韩信是自由的，想去哪儿就去哪儿。实际上，四处都有皇帝的眼线，去了哪些地方，见了什么人，他的一举一动，只要刘邦想知道，都一清二楚地记录在案。他被困在看不见、摸不着的天罗地网里。他有时候会突然意识到自己正在牢里，只不过，这个牢是无形的，这个牢在人心里。当所有人都知道他被软禁、所有人都认为他是囚徒的时候，有没有一座真实的牢房已经不重要了，他就是个囚徒。

讽刺的是，这段日子，却是他物质上最为享受的日子。少年的艰难岁月不提，从军打仗那些年，日子同样是艰苦的。如今不打仗了，韩信终于过上了向往的日子，吃穿不愁，山珍海味，香车宝马，要什么有什么。有时候韩信觉得，他虽锦衣玉食，看似幸福美满，却像是一具行尸走肉，无所事事，没有向往，没有寄托，生命毫无意义。

韩信彻底看清了刘邦对他的忌惮与无情无义，但明白得太晚了。现在他无兵、无权、无地，即便要反，也有心无力。君臣一场闹成这样，刘邦大概再也不想见到他，而他打心眼里也不愿意再见到刘邦，于是韩信整日闭门不出，称病不上朝，皇帝传旨召见，总是以身体不适为由一再推脱。

终于有一天，刘邦命宦官来淮阴侯府上传话："明日陛下大摆宴席，特邀淮阴侯出席。"

　　"本侯身体抱恙，行动不便，感谢陛下美意，就不……"

　　"可别！千万别！此宴的主题是请淮阴侯开讲，向群臣畅谈兵法之道，足下可是主角儿，不去的话，这宴会还怎么开呀？陛下说了，淮阴侯要是再不露面，陛下可就要亲自到府上来请了！"

　　话都说到这份上了，韩信知道这次躲不过了，只能入宫。

　　宴会之上，刘邦见到韩信第一眼，惊讶道："许久未见，淮阴侯怎么这般消瘦？这般……"

　　"这般颓唐"的话到刘邦嘴边又咽下了，终究没有说出口。刘邦的惊讶是真的，眼前这个人，哪里还是他之前认识的那个韩信。眼窝深陷，双目无光，以前韩信眼中的奕奕神采哪儿去了？身体松松垮垮，背部微驼，不修边幅。以前的韩信可从来都是姿态挺拔，有如一株参天大树，步步生风，举手投足充盈着一股傲然昂扬之气。而现在，大树枯败、枝叶萎蔫，整个人就像泄了气一样。

　　刘邦既惊讶，又不禁眉毛上扬，难掩心中那一丝得意。说实在的，一刀杀了韩信何其容易，可是比起肉体上的消灭，从精神上将对手击垮无疑更令人有快感。瞧瞧，就连这个桀骜不驯、不可一世的韩信都被打垮了，成了眼前这副熊样儿，刘邦不禁扬扬自得，生发出自己无所不能的幻觉来。

　　"唉！淮阴侯怎么消瘦成这副模样？"刘邦努力做出关切的样子来。

　　韩信不愿与刘邦目光相交，冷冷道："臣身染微恙，乏力无神，还请陛下见谅。"

　　"朕几次三番召见爱卿，爱卿都不来，架子好大呀。怎么，病得很严重吗？"

　　"患疾之人一身腌臜晦气，不敢面圣，恐污了朝堂大殿和陛下的眼。"

　　"哦，淮阴侯可要多注意休息啊，别太操劳了。说起来，如今天下安定，也没有什么值得淮阴侯操劳的嘛，爱卿说是不是？"

"陛下说得是。"

"爱卿老不来，说起来，朕与爱卿可是许久未见喽，朕都不记得上一次与爱卿见面是在什么时候。"

韩信轻轻冷笑一声："上一次面圣，是在云梦大泽，当时臣在囚车里，陛下在囚车外……"

刘邦这才恍然意识到，自从云梦泽设计擒韩信之后，他们君臣二人就再也没有见过面了，一时感到有些尴尬。

"都是过去的事了，不提也罢，不提也罢……"刘邦顾左右而言他，"对了，朕听说，修订历代兵书之余，爱卿正在撰著一部兵法，可有此事？"

"臣赋闲在家，信笔胡写，消遣时光，自娱自乐而已，无足道哉。"

"淮阴侯几时变得这般谦虚，朕一直就对群臣讲，爱卿就是再世孙武，战必胜，攻必取，论用兵之道，普天之下，谁人可比肩爱卿？淮阴侯大作写完了，朕可要当第一个读者，爱卿不会舍不得吧？"

"臣不敢，惶恐之至。"

"今日请爱卿前来，为的正是要请爱卿畅谈兵法之道，给朕，也给文武群臣们上上课。"

群臣纷纷附和，恭请淮阴侯论兵。

"朕抛砖引玉，今日论兵，就从垓下之战论起吧。淮阴侯以为，垓下之战，我汉军为何胜？楚军为何败？"

韩信想都不想，脱口而出道："只因我军兵力，数倍于楚军。"

"仅此而已？"

"仅此而已。"

刘邦对这个如此简单的答案颇感意外，追问道："兵力这一节，在战争得胜的诸多因素中，位列第几？"

韩信道："位列第一。"

刘邦笑道："那以淮阴侯之见，作为一军主帅，朕能指挥多少兵力？"

刘邦向来狂妄自负，但在论及军事时，尤其在韩信面前，还是显得底气不足。

"十万。"

十万兵马并不是小数目，韩信不是善于溜须拍马之人，对于这个答案，刘邦倒有些意外，不禁面露骄矜之色，忍不住又好奇问道：

"那么，淮阴侯自己能指挥多少兵马？"

"臣带兵，与普通将领不同，兵数越多越好，没有上限。"（"臣多多而益善耳。"《史记·淮阴侯列传》）

刘邦心里咯噔一下。韩信果然还是那个韩信，此人的狂放骄傲真是深入骨髓，哪怕一无所有了，他的那股子骄傲也是带不走的。

韩信所言非虚。回首刘邦亲自指挥的战役，如彭城之战，他带领诸侯联军五十六万多，最终败于项羽三万骑兵的突袭，显然，刘邦并不具备驾驭如此庞大兵众的能力。反观韩信，他也并没有吹牛，在垓下之战中，他直接指挥的军队达三十二万，韩信指挥若定，有条不紊，彰显出统御全军的大将风范。兵力多并不一定就是好事，当兵力多到一定程度，如果不能驾驭，将适得其反。兵力越多，越难以协调配合，越考验主帅的指挥艺术与军事智慧。这就是韩信"多多益善"这一狂言背后的要义。

刘邦道："淮阴侯带兵，多多益善，怎么最终还是被我擒住了？"

韩信一时语塞。席上群臣默然，这么敏感的议题，无人敢多嘴一句。

韩信道："陛下不善于统御兵士，却善于统御将军，这就是我为陛下所擒的原因。"

"这话听起来，淮阴侯心中似有怨气？"

"臣不敢。陛下万乘之主，顺天应时，此天授也，非人力也。"

韩信瞧了刘邦一眼，皇帝头发渐渐花白，虽然登基后越发具有帝王威仪，却难掩老态。说不清为什么，韩信脑中忽然浮现起第一次见到刘邦的画面。那是项梁拥立楚怀王熊心的薛县大会上，那时候的刘邦正值壮年，流里流气的，只是个并不起眼的小人物。那时候的韩信做梦也想不到，自己今后一生的命运，都将与这个不起眼的刘老三纠缠在一起。而今真是恍如隔世，君臣一梦，千古空名。

韩信向来独来独往，不善于交际应酬。除了萧何之外，没有什么交心的朋友。困居长安的日子里，很少与文武群臣来往走动，朝中大臣们不愿，也不敢与韩信过从甚密，以免惹皇帝猜忌。

有一次，韩信偶然路过樊哙府邸，一时兴起，登门拜访。

一进庭院，不见其人，先闻其声，听见樊哙那粗壮嗓门正在吵吵嚷嚷：

"这猪肉味同嚼蜡，是给人吃的吗？当本侯这么好打发？别忘了老子当年是干什么的。说了多少次了，猪肉要到东市那家去买，还愣着干什么，还不快去！"

韩信心中暗笑道：不愧是屠夫出身，说起猪肉头头是道，没忘了老本行。他循声迈入厅堂，只见案上杯盘狼藉，碗筷七倒八歪，菜肴撒得满桌都是。

"舞阳侯，胃口不错呀！"

天气炎热，樊哙袒胸赤膊，满嘴油渍，见韩信来了，慌忙起身，口里猪肉一吐，袖子往嘴边一抹。

"大王，今日怎么得空大驾光临？可有要事？"樊哙恭恭敬敬地跪地叩首。

"无事。偶然路过贵府门口，想来还未曾拜访过舞阳侯府邸，就进来瞧瞧。"

"臣是个粗人，寒舍简陋，大王别嫌弃。大王来得正好，还请入席，赏光与臣同餐共饮。"

"不了，美味还是留着舞阳侯自己享用吧。还有，我如今可不是什么大王，与舞阳侯同为列侯，可别叫错了。"

"哪里叫错了，在臣心目中，足下永远是大王！樊某生平最敬佩的，除了圣上，就是足下！"

"哦？敬我什么？"

"敬大王奇谋巧计用兵如神，敬大王战场上威风八面，对了，最敬佩的，就是大王那股子天不服地不服的气派！"

"气派？哪有舞阳侯气派啊，云梦泽上，将军可气派得很啊！"

樊哙涨红了脸。云梦泽上，带领武士抓捕韩信的，正是樊哙。

樊哙再一次跪下，重重地磕头道："云梦之事，臣也是奉命行事，时过境迁，还请大王不要介怀！"

"那时候，舞阳侯也觉得，我要造反？"

"这个……朝堂上的事儿，樊哙不懂。后来，陛下不是赦免了大王吗？想必都是误会吧……"

"误会？好一个误会……"韩信伸手将樊哙扶起，微笑道，"本侯明白，云梦之事与舞阳侯无关，没有怪罪将军的意思，将军起来吧。"

樊哙憨笑道："大王不怪我，我就心满意足啦！"

"舞阳侯还真容易满足呀！"韩信环视厅堂，笑道，"我看舞阳侯这日子，过得还真是逍遥自在！"

"那可不！如今不打仗了，俺老樊有吃有喝，有妻有妾，要啥有啥，还有什么不满足？"

"是啊，还有什么不满足？还有什么不满足……"韩信喃喃自语，重复樊哙的话。

韩信也有吃有喝，有妻有妾，要啥有啥，可为什么樊哙活得这么心满意足，他却活得这般痛苦呢？韩信转念一想，也就释然了。如果我这么容易就心满意足，那么与樊哙这样的人何异？

樊哙续道："俺老樊生平最忘不了的，就是那一碗炖猪肉，打仗那几年，吃不上肉，把我给馋得呀！如今好啦，每天回到家中，只要有一碗香喷喷热腾腾的炖猪肉，俺老樊就死而无憾了。"

韩信取笑道："舞阳侯可不能死，死了还怎么享用炖猪肉呢？"

"也是啊，哈哈。"樊哙呵呵笑着。

"不多说了，本侯告辞了。"

樊哙冲着韩信离去的背影，再一次恭恭敬敬地跪地叩首，高声道："大王肯亲临寒舍，臣荣幸之至！惶恐再拜！"

出门后，韩信仰天长叹，放声大笑道："想不到，我韩信此生竟然沦落到与樊哙这样的人为伍了。"（信尝过樊将军哙，哙跪拜送迎，言称臣，曰："大王乃肯临臣！"信出门，笑曰："生乃与哙等为伍！"《史记·淮阴侯列传》）

"羞与哙伍"，韩信还是那个骄傲的韩信。他自视甚高，认为自己的地位功勋远在其他功臣列侯之上，朝廷大行封赏之时，他就羞与周勃、灌婴等将领同为列侯，更不用说樊哙这样的粗鄙武夫了。

狂放傲慢的背后是坚贞不屈的高贵人格。樊哙对韩信越是尊重，就越刺伤他的自尊，越让韩信清晰地感受到自己的沦落。骄傲是一种很微妙的感受，"羞与哙伍"之言，听起来狂妄自大、目中无人，但从根本上，韩信并不是在嘲笑樊哙，而是在嘲笑自己，嘲笑自己此时的处境，竟然沦落到了这种地步。

著序兵法，"兵仙"美名扬

如果说，软禁长安期间，韩信的人生还有什么光彩与乐趣可言，那就是序次兵法与著作兵书这两件事了。

西汉建立后，一改秦始皇焚书坑儒的文化灭绝政策，开始对先秦典籍进行全面的收集整理。（"汉兴，改秦之败，大收篇籍，广开献书之路。……于是建藏书之策，置写书之官，下及诸子传说，皆充秘府。"《汉书·艺文志》）这项浩大的文化工程中，关于兵法典籍的修订工作，朝廷交由韩信与张良共同主持。

韩信自幼酷爱军事、熟读兵法，被削王贬爵之后一直快快不乐、无所事事，如今终于有了一件感兴趣的事儿。在诸子百家之中，兵家占有一席之地，韩信所面对的，是从三代（夏、商、周）以来一直到西汉初年浩如烟海、卷帙浩繁的兵家典籍。经过搜集整理，总计一百八十三家兵法，韩信取其精华、去其糟粕，编排目次，校定文本，合并增删，最终形成了三十五家兵法定本。（"汉兴，韩信、张良序次兵法，凡百八十二家，删取要用，定著三十五家。"《汉书·艺文志》）这是我国历史上第一次大规模、系统性地对兵家思想进行整理。

在修订兵书的过程中，韩信有机会遍览古今兵法，感悟良多，却始终觉得不过瘾。韩信原本就敏锐好思，多年戎马倥偬的军旅生涯，更是给他留下了许多经验感悟。韩信发现，不少他从实战之中体悟到的兵法至理，前人都没有能够在兵法著作中书写出来。

韩信心痒难耐，不满足于"序次兵法"、总结前人经验，开始着手撰写《韩信》三篇。不同于那些在书斋里空想的理论家，韩信可是南征北战、戎马一生的大将军，还有谁能比他更真切更深刻地认识战争这件事呢？《韩信》三篇作为原创性的兵法著作，融合了他在楚汉战争中的实战经验与理论思考，是韩信作为战略家、理论家的智慧结晶。

只可惜，《韩信》三篇如今已经散轶，消失在了历史的尘埃里，只留存一个孤零零的篇目在《汉书·艺文志》中。

由班固编写的《汉书·艺文志》将《韩信》三篇归为"兵权谋家"的范畴，与《孙子兵法》《公孙鞅》《吴起》等著名兵法并列。"兵权谋家"的特点是，"以正守国，以奇用兵，先计而后战，兼形势，包阴阳，用技巧"。以此来概括韩信的用兵之道，倒是十分妥帖。

千百年来，韩信高超的用兵艺术为后世所推崇，后人对韩信的军事韬略赞叹不已、顶礼膜拜。南宋文学家陈亮盛赞："信之用兵，古今一人而已。"（《酌古录》）明代散文家茅坤赠予韩信"兵仙"美誉："予览观古兵家流，当以韩信为最。……古今来，太史公，文仙也；李白，诗仙也；屈原，词赋仙也；刘阮，酒仙也；而韩信，兵仙也！然哉！"（《史记评林》卷九二）

后人虽然无缘一览《韩信》三篇，无法知晓韩信究竟如何总结他自己的用兵之道，但是我们依然可以从楚汉战争中他所指挥的八次战役，一窥韩信兵法之妙。"信书虽不传，就本传所载战事考之，可见其纯用权谋，所谓出奇设伏，变诈之兵也。"（王鸣盛《十七史商榷》卷五）

韩信用兵之道，是"奇"与"正"的对立统一。

《孙子兵法》提出了"奇正相生"的理念，韩信将这一理念贯彻得淋漓尽致。"以正守国，以奇用兵"，在具有绝对优势的情况下，如灭代之战，韩信选择堂堂正正与敌力战，若实力居于弱势，就选择另辟蹊径、出奇制胜。奇正相辅相成、相伴相生，"正"是基础，"奇"是在"正"基础之上的生发。善出奇兵，没有常形，变化无方，无疑是韩信用兵最为显著的特征。暗度陈仓是惊奇，背水一战是离奇，木罂飞渡则是神奇。佯败、埋伏、奇袭、壅水淹军、疑兵示形……韩信的脑中似乎存有取之不尽用之不竭的奇谋巧计，总是能够出其不意、攻其不备，然后克敌制胜。

韩信用兵之道，是"理"与"实"的对立统一。

韩信谙熟兵法，将前人总结的兵法之道在战场上灵活运用，让理论接受实践的检验。他所指挥的八次战役，堪称《孙子兵法》中诸多兵家至理的实战注解版，《孙子兵法》在韩信这里"活"了过来，抽象高深的军事理论，忽然有了具象生动的实例。明修栈道，暗度陈仓，实践了"声东击西"之法；破魏之战，从夏阳潜渡奇袭安邑，完美演绎了什么叫"避实击虚，出敌之背"；井陉破赵之战，背水布阵，充分展现了什么叫"疑兵示形"；迫降燕国，生动诠释了"不战而屈人之兵"；潍水之战演示了"趁敌半渡而击之"；垓下之战践行了"十则围之、五则攻之"……凡此种种，不胜枚举。韩信是极为难得的既有理论积淀又富有实战经验的军事家，他总是能够找到书本上的兵法理论与复杂的现实情境之间那个完美的契合点。

韩信用兵之道，是"破"与"立"的对立统一。

韩信用兵，不仅仅能够用理论指导实战，更为难能可贵的是，韩信常用实战去打破理论。他既善于运用军事理论，又没有成为军事理论的奴隶，他谙熟兵法，但又不刻板地死守兵法。韩信指挥军队作战，充满创造力，"背水布阵"犯下兵家大忌，破坏了规则，违背了规律，却创造性地建立了新的"规则"与"规律"，一破一立之间，韩信成功避免陷入教条主义中。又如神奇的木罂飞渡，韩信打破渡河的常规方法，发明了奇特的新方法，充满想象力，大胆而富有开创性。韩信拒绝因循守旧、固守成规，因为他深知战场上的情况瞬息万变，实战与理论很多时候完全是两回事，唯有随机应变、与时俱进，既"破"又"立"，才能将全军将士带到胜利的彼岸。

韩信用兵之道，是"艺"与"术"的对立统一。

"用兵如神""出神入化"，这大概是后人对韩信连篇累牍的赞美之词中，出现频率最高的词汇。韩信用兵，超越了兵法"术"（技术、方法）的层面，抵达更高远的"艺"的境界。茅坤在将韩信誉为"兵仙"时，就对他在战场堪称奇诡神妙的表现如数家珍："破魏以木罂，破赵以立汉赤帜，破齐以囊沙，彼皆从天而下，而未尝与敌人血战者。"（《史记评林》卷九二）既然是"仙"，就像"诗仙"李白、"酒仙"刘伶与阮籍一样，"仙人"总是浪漫飘逸的，自有他超脱于凡俗的一面，韩信作为一个执着功名的世俗中人，他所有的浪漫情怀都体现在了战场上。战争当然是残忍血腥的，这毫无疑问，但韩信以他的智慧与才华，在某些时刻，将战争上升为艺术。他的创造力与想象力，让战争在某些层面具有了美感。不论是有形可见的排兵布阵之美、战争奇观盛景（如万罂飞渡）之美，还是形而上的战略精巧之美、奇谋妙计之美、兵理智识之美，后人透过韩信管中窥豹，对中国古代战争进行观察与解读，将难能可贵地得到兵法与艺术的审美体验。真可谓是，用兵多神妙，"兵仙"美名扬。

第十四章　淮阴之死

"淮阴之死"罗生门：听吕后讲故事

时光飞逝，转眼间韩信被软禁于长安已有五年。汉高帝十年（公元前197年）八月，北方边境惊变，代国相国陈豨自立为代王，起兵反汉，劫掠赵、代之地。

陈豨谋反早有前兆。

汉高帝七年（公元前200年）冬，汉高帝刘邦封陈豨为列侯，以代国相国的身份，统辖代、赵两国边防部队，抵御匈奴侵扰。后来，赵国相国周昌向刘邦检举陈豨。据周昌所言，陈豨喜好养士，门下宾客众多，而且总摆出平易近人的样子，对待宾客如布衣平民之交，不以富贵妄自尊大，于是有"贤者"之名，颇具威望。有一次陈豨回长安探亲，路过赵国，随从宾客车辆竟达千乘，声势浩大，邯郸所有的官舍驿站都被他们住满了。毫无疑问，陈豨俨然已是割据一方的豪强诸侯。更何况，陈豨独自统领精兵于赵、代边境数年，拥兵自重，时日一久，恐生异心。

大汉立国后，刘邦虽当上了皇帝，内心却一点儿都不安宁，他最恐惧的就是，满朝列侯功臣又有谁起来造反。所以，周昌的检举刘邦怎能不重视。他迅速派人暗中调查陈豨宾客中是否存在违法乱纪之事，希望以此牵连出陈豨。陈豨很快得到消息，大为恐慌，以重金疏通贿赂前来查案的使臣，使调查无功而返、不了了之。

汉高帝十年（公元前197年）七月，太上皇（刘邦之父刘太公）驾崩，刘邦下诏，命陈豨前来长安吊唁。去还是不去，陈豨左思右想、犹豫不决。一位门客提醒他："主公可还记得淮阴侯云梦之事乎？"陈豨顿悟道："足下一语惊醒梦中人，陛下已对我有猜忌之心，我若至长安，必将如韩信束手就擒矣！"于是陈豨称病不入朝。一个月后，陈豨起兵造反。

消息传到长安，刘邦叹道："陈豨追随朕多年，朕一向赏识、信任他，代地边境，朕极为重视，因此才封陈豨为列侯，以相国之位守代，没想到，连他也造反了！这满朝文武，一百四十五位列侯功臣，朕究竟还能相信谁？"

刘邦决定亲征陈豨。大军出发前，虽然不抱什么希望，但刘邦还是派人到淮阴侯府上，邀请韩信随同剿灭叛贼。

"禀陛下，淮阴侯回道：身染重疾，久病不愈，无法追随陛下平叛，愧对陛下圣恩，该当万死，惶恐惶恐。"

此时的刘邦，花甲之年，垂垂老矣，已经没有了壮年时动不动就发怒辱骂臣下的火暴脾气，只冷笑一声："又装病，还有没有点新鲜的？一个纵横沙场的大将军，竟然蔫成这副模样，一点儿活力都没有，可悲可叹……"

刘邦东征期间，交由皇后吕雉辅佐太子刘盈，打理政事。临行前，刘邦对吕后道："朕不在的这些日子，长安城内，有一人务必严加防范，给我看死盯牢了。皇后可知道是谁？"

吕后道："可是那位'胯夫'？"

刘邦轻轻点头。

"雄鹰已经被斩断翅膀，再也无法高飞，陛下何须忧虑？"

"燕雀再如何高飞，也只是燕雀而已，可断翅的雄鹰，终究还是雄鹰啊！"

吕后眼中闪出森然狠辣的光："燕雀也罢，雄鹰也罢，只要臣妾在，就没有什么鹰犬牲畜可以扰乱长安，请陛下放心……"

汉高帝十年（公元前197年）九月，刘邦领军向东，亲征陈豨，连战连捷，战事有条不紊地推进着。

汉高帝十一年（公元前196年）一月，驻军洛阳的刘邦收到一则来自长安的惊天消息——韩信死了！

吕后寄来的这封亲笔信里，简略说道：韩信谋反，已被她诛杀于长乐宫，夷三族。信中还说，吕后马上就将亲赴洛阳，当面陈说详情，与刘邦庆功。

韩信死了？韩信终于死了。韩信到底还是死了！

对于这个结局，刘邦并没有感到多么意外，但心里还是五味杂陈。据史载，那一刻刘邦"且喜且怜之"（《史记·淮阴侯列传》），喜悦，哀怜，唏嘘，慨叹，如释重负，又莫名似有一丝悲伤，各种情绪混杂在一起涌上心头，意绪难平，心乱如麻。

汉高帝十一年（公元前196年）二月，吕后一行浩浩荡荡来到洛阳。

"淮阴侯果真死了？"刘邦仍不敢置信，还需要向吕后当面确认。

"那还有假！此等大事，臣妾岂敢戏言！"

"哦，怎么死的？"

吕后开始讲述"淮阴之死"的经过。

"今年正月初，有人向臣妾密报，告发淮阴侯谋逆之事……"

告密者姓谢，是韩信舍人（门客）谢公胞弟。据谢公弟说，韩信其人，向来狂妄自大、脾气暴躁，时常苛责、辱骂府中下人。有一次，谢公酒后失言，调笑主公为"胯夫"，话传到韩信耳朵里，韩信勃然大怒，下令将谢公囚禁于府中密室，每日一顿鞭刑伺候，更扬言鞭满一个月之后，要将谢公凌迟处死。谢公趁韩信不在府上，买通府内人，觅得一次与弟弟见面的机会，谢公将韩信图谋造反之事和盘托出。此时皇帝远征，吕后执掌朝政，谢公嘱托弟弟务必向吕后上书告发韩信。

吕后对刘邦道："臣妾也是在那时方才知晓，原来韩信早有反心！"

据谢公说，汉高帝七年（公元前200年），陈豨被拜为代国相国，因曾为韩信旧部，赴任之前曾前往淮阴侯府向韩信辞行。

韩信屏退左右，挈起陈豨的手，二人信步于庭院。韩信仰天叹道："陈公是可以交心说话的人吗？我有几句心里话想对陈公说。"

陈豨道："侯爷但说无妨。"

韩信道："陈公即将赴任的代国，是天下精兵之所在。而陈公，是陛下亲信大臣。倘若有人检举陈公谋反，陛下必然不信。第二次有人检举，陛下就会开始猜疑；再有第三次，陛下必定大怒，信以为真。"

"臣子再忠心赤胆，也难逃君王无端猜忌，依淮阴侯之见，当如何是好？"

"陈公赴代之后，有兵，有国，有威望，与其被小人构陷谋反，不如真反之！公起兵于赵、代，我于长安举事呼应，里应外合，天下可图也！"

陈豨道："谨奉教！"

二人庭院密谈发生在汉高帝七年（公元前200年）。汉高帝十年（公元前197年），陈豨果然造反。

据谢公说，韩信听闻陈豨起兵后，兴奋异常，假称病不随同皇帝平乱，暗中派人送信到代国，对陈豨道："陈公尽管起兵反汉，吾将于长安举事，助公一臂之力。"韩信与家臣谋划，趁刘邦不在京城的大好时机，发动政变夺权。韩信手下无兵无将，于是想出一招，通过伪造皇帝诏书，赦免长安各衙署官府中的苦役、官奴、囚徒，集结成一支武装部队，突袭皇宫，诛杀吕后和太子。

故事讲到这儿，吕后对刘邦道："臣妾闻之，又惊又慌，一时没了主意，不敢轻举妄动，遂问计于萧丞相。"

"哦，萧丞相……"刘邦道，"萧何也来了？"

"来了，来了，臣妾请萧丞相此行务必随同前来，此刻丞相正在殿外候着呢，是不是传召面圣？"

"不忙，皇后继续，问计于萧丞相，然后如何？"

"萧丞相虽然与韩信有忘年之谊，但在大义面前，毅然摒弃私情，以家国为重，可敬可佩。丞相献上一条妙计，假称陈豨之乱已经平定，陛下即将归朝，命诸侯大臣入宫同庆，趁机将韩信孤身引入宫中，擒而杀之。臣妾左思右想，此计虽妙，但唯恐韩信又称病不愿来，臣妾对萧丞相言道，还须劳烦丞相亲自走一遭……"

刘邦忽然冷笑道："萧公痛快答应了？"

"哪有那般容易！丞相起先推三阻四，死活不愿亲自前往。臣妾颇费了一番唇舌，最后假借圣上君威，威吓了两句，方才说动丞相。丞相亲往淮阴侯府中，对韩信言道，陈豨已死，圣上即将归朝，请列侯群臣皆入宫庆贺。那韩信，做贼心虚，果然又称病不愿前来。丞相勉力劝诱，好话歹话说尽，韩信这才心不甘情不愿地随丞相同车入宫。只要韩信孤身入宫来，那就成了瓮中之鳖，剩下的就都好办了。臣妾命人将韩信引入长乐宫钟室，室内早已埋伏数十名武士。韩信一入瓮，武士一拥而上，将其制伏。"

"淮阴侯的性子脾气，朕再清楚不过，岂能这般容易束手就擒。"

"陛下说得是，当时臣妾就在钟室之外，那韩信被缚之后，依然猖狂无状，骂骂咧咧，实在可恨至极。臣妾命其认罪伏诛，求圣上宽仁免其一死，那厮竟然不知好歹，抵死不从，而且污言秽语，辱我皇室，是可忍孰不可忍！臣妾下令，当场斩杀韩信，夷三族。"

听完吕后的讲述，刘邦默然良久，才问道："淮阴侯私通陈豨，矫诏赦囚，密谋宫变，这一连串的事情，可都留有实据？"

吕后露出意味深长的笑容："陛下放心，怎会没有实据。人证、物证俱在，确凿无误，已经全数交给廷狱司理，白纸黑字，记录在册。不论廷司狱案上，还是史官文档上，都写得清清楚楚、明明白白：汉十一年春，淮阴侯韩信谋反关中，夷三族！"

刘邦"嗯"了一声，不再言语。

吕后道："对了，还有一事，请陛下圣裁。臣妾前来洛阳途中，在郑县遇到了罪臣彭越。"

"彭越？"刘邦道，"彭越不是去青衣县了吗？"

话说刘邦东征陈豨时，路过邯郸，要求梁王彭越带兵随同平乱。彭越推说身患疾病，只派手下部将领兵前往邯郸支援。刘邦大怒，派一名使者前往梁国都城定陶，替他狠狠谩骂了彭越一顿。彭越心怀恐惧，本来打算亲自前去向刘邦请罪。这时，彭越麾下一将名唤扈辄，劝道："大王最开始不去，现在被责骂了才去，去了必定会被皇帝所擒。不如趁此机会，发兵反汉！"彭越没有反心，虽然并未采纳扈辄造反的提议，但经此一劝，也打消了亲自前去向刘邦谢罪的念头，继续称病，蜗居于定陶。后来，不知因何事，梁国的太仆（官名，掌管车辆、马匹之事）惹怒了彭越，彭越正要斩杀他，太仆寻隙逃走，向刘邦告发彭越与扈辄密谋造反。对于功臣造反之事，刘邦向来宁可信其有，不可信其无，他一面继续征讨陈豨，一面命人秘密抓捕彭越，将其囚禁在洛阳。原本，有司遵照圣意，声称经过查证，彭越谋逆的情形已经核实详尽，请求依法判处死刑。就在这时，刘邦动了一念之仁，下令只废除彭越梁王之位，赦免为庶人，以传车（驿站的专用车辆）押送，发配至蜀地青衣县（今四川名山县北），余生不得归朝。

彭越被押送蜀地途中，在郑县（今陕西省华县）偶遇正从长安赶往洛阳的吕后一行。彭越认为妇人皆有仁慈心肠，自己这是遇见了救命稻草，于是在吕后面前泣涕涟涟，自言无罪，请求吕后替他向皇帝美言几句。

"臣不敢奢求其他，只求圣上恩准，倘若能够不去偏僻蜀地，有幸得以回到昌邑（今山东巨野县南）老家了度余生，就心满意足，再无他求了。"

吕后一口答应，将彭越一起带到了洛阳。

吕后谈完韩信之事，接下来轮到彭越。她对刘邦道："彭王，实乃壮士也！当年楚汉争雄，彭王在楚国后方，可谓耀武扬威。臣妾听闻，陛下下诏将其流放青衣，但陛下试想，今日若将此人放归蜀地，无异于放虎归山、养虎遗患啊！"

"那依皇后之见，当如何？"刘邦显得有些心灰意懒。

"以臣妾之见，与其徒留无穷祸患，不如当机立断，诛除之！臣妾将此人带来洛阳，正是等候陛下发落。"

"诛除之？就像是对待淮阴侯那样？"

"正是！功狗恶狼不除尽，陛下何日才能心安？"

"罢了，这些烦人事，皇后看着办吧……"

彭越万万想不到，他的"救命稻草"亲手敲响了他的丧钟。吕后得到刘邦授命，先指使彭越的舍人告发主人再次谋反，再安排廷尉（国家最高司法长官）王恬开审理此案，上奏皇帝请求依法将彭越灭族。一切"证据"、程序都完备了，刘邦这才开口应允，处彭越死刑，夷三族。

彭越被碎尸万段，剁成了肉酱分赐给诸侯功臣们。其中，与韩信、彭越同为"灭楚三杰"的淮南王英布收到这样骇人的礼物，就好像看到了自己的下场一样，大为惊恐，起兵反汉，最终也难逃西汉开国异姓王不得好死的命运。不过，这是后话了。

听吕后讲完了"淮阴之死"的故事，刘邦道："皇后车马劳顿，辛苦了，早些歇息吧。请萧丞相进前来……"

"淮阴之死"罗生门：听萧何讲故事

老伙计萧何来了，刘邦屏退左右，室内只有君臣二人。

刘邦第一个问题是："淮阴侯，可好生安葬了？"

萧何道："臣一接到陛下密旨，即刻于长安城郊，寻一无人僻静处，好生安葬了淮阴侯。"

刘邦似乎觉得有必要说明些什么："谋逆犯上的乱臣贼子，原本该抛尸荒野，不配拥有棺椁墓地。可是念在淮阴侯戎马一生，为大汉立下汗马功劳，留他一个全尸，就让他在无人知晓之处，入土为安吧，也不枉我与淮阴侯二人十年君臣一场。"

"陛下宽厚仁慈，淮阴侯泉下有知，定当感恩戴德。"

"感恩戴德？哼！"刘邦冷笑一声，"淮阴侯的禀性脾气，萧公还不清楚吗？他韩信眼睛从来都长在头顶上，不把天下人放在眼里，也从来没把朕放在眼里！指望他对朕感恩戴德？萧公你自己说，荒不荒唐？可不可笑？"

萧何无言以对。

刘邦正式开始问话，一上来便直奔主题："当时，皇后告知萧公，淮阴侯密谋造反，萧公是信还是不信？"

萧何低头俯身道："皇后之言，做臣子的怎敢不信？"

"那萧公得知挚友竟然图谋造反，心中作何感想？"

"臣没有什么感想，也不敢想、不必想，一切唯陛下、皇后之命是听。"

刘邦心中暗叫一声"老狐狸"，只能接着问道："后来，萧公到淮阴侯府上，所见情形如何？"

萧何战战兢兢、字斟句酌道："臣入府时，淮阴侯正在饮酒，看起来意兴阑珊的样子。起初，淮阴侯并不愿入宫，臣颇费了一番唇舌，才说动淮阴侯……"

那一天，萧何毕生难忘。

已是寒冬腊月，萧何来到淮阴侯府时，正值晌午。冬日的阳光暖暖洒在身上，舒服极了，萧何在淮阴侯府外逡巡许久，好像留恋这暖阳，半天不进门。他脚步沉重，入府这一步怎么也迈不出去。只因他明白，一旦入了这个门，对府中的韩信究竟意味着什么。"可是，我有得选吗？"萧何扪心自问，一咬牙，心一横，踏过了淮阴侯府的门槛。

韩信一人正独饮美酒。他已被软禁近五年，此时的状态不像头两年那般消沉阴郁，他是放松愉悦的，虽然颓然，但自有一股超然疏狂之气。

"萧公来啦，快来喝酒，我与萧公可好久没有共饮同欢了。"

"大白天的，侯爷怎么就喝起酒来了？"

"白日不喝酒，又能干什么呢？"

萧何不愿多谈，快快进入正题道："淮阴侯听说了吗？大喜呀！陛下已平定陈豨之乱。"

"是吗？平定也好，未平也好，与我何干？"韩信继续喝他的酒，一点儿都不关心远方的战局。

"怎么没有干系？宫中传来消息，叛乱既平，圣上即将班师回朝，文武群臣正纷纷入宫朝贺，与皇后、太子一起，恭迎陛下归来。侯爷还不快整束衣装，随我入宫。"

"入宫？"韩信面露厌烦之色，皱眉道，"我没那个心情，就说我病了，不去了。"

萧何急道："这些年，侯爷总是称病不朝，已令圣上不快，言辞间多有责备之意。如今边地平乱大喜，满朝同庆，侯爷再不露面，令圣上作何感想？还请侯爷打起精神，勉为其难，随我入宫。"

萧何一再劝说之下，韩信拗不过，答应了。

故事讲到这儿，刘邦问道："萧公诈称陈豨已死、引其入宫，淮阴侯难道没有一丝怀疑？"

"并未起疑。"

刘邦沉吟道："这也难怪，满朝文武，淮阴侯最信任的，大概就是萧公了吧。淮阴侯怀疑谁，也断然不会怀疑萧公啊。皇后寻得萧公这个好帮手，倒真是一着妙棋。"

萧何听了，只觉得脸上像被柴火烫着了似的，热辣辣的。

刘邦道："后来如何？"

韩信与萧何同乘一车前往皇宫。正午炽烈的阳光透过车帘铺洒进来，照得车厢内明晃晃的。韩信笑道："萧公，可还记得你我第一次见面的情景？"

"什么？"萧何神情恍惚，心不在焉。

"你我初见，是在南郑的粮仓中。那时我担任治粟都尉一职，正呼呼大睡，萧公前来兴师问罪：'都日上三竿了，怎么还在梦周公啊？'哈哈！我还记得，那时候，也是这样一个阳光炽热的正午。时光如梭，往事历历在目，算起来都已经过去十年了，萧公也老喽。"

"时日太久，记不清了……"萧何毫无兴致与韩信叙旧，敷衍应酬着，只因离皇宫越近，他就越心神不宁。

到了。列侯车驾依例停在宫门外，萧何、韩信下车步行入宫。

早有宦官在宫门口迎候，道："皇后召萧丞相议事，淮阴侯请随小臣先行到长乐宫歇息。"

霎时间，萧何冷汗涔涔直下，低头作揖与韩信拜别，始终不敢直视韩信的眼睛。韩信随宦官去了，萧何望着韩信的背影，恍惚间，那个背影好似当年他月下追韩信，远远瞧见的在寒溪边牵马独行的背影。当年瞧见这个背影，他的心情无比喜悦，今日复见，却是无尽的悲哀。

在宦官的引导下，韩信来到长乐宫的钟室。他迈过门槛，一踏入钟室，仿佛进入一座幽暗的阎罗殿，钟室窗牖封闭，光线昏昏，隐隐约约可以瞧见一座比人还高的大座钟，有如磐石般伫立在正中央。

"为何不开窗？"

韩信话音未落，背后从大门照进来的微弱光亮也暗淡下来，只听咔嚓咔嚓金属相交的清脆声响，大门从外面被锁上。

韩信心里咯噔一下，意识到自己又一次中计了。毕竟久经沙场，他很快平静下来，敏捷地迈步到大座钟边上，取下钟槌，那是手无寸铁的他此刻唯一能够拿到的武器。

"躲在暗处的刀斧手，都现身吧！"韩信朝黑暗中厉声喝道。

四面紧闭的钟室，空空荡荡，幽暗昏然。韩信明明听到了一丝窸窸窣窣的声音，但在一片死寂之中，还是没有回音。刀斧手们似乎在等待主人下令。

"刀斧手,抓捕逆贼!"钟室门外传来女人尖锐刺耳的声音。

明晃晃的刀光突然亮起,在昏暗中格外刺眼,韩信下意识地抬手遮面挡光,只听得铠甲铿锵之声骤起,埋伏在暗处的武士鱼贯而出。韩信放下手来,发现室中央的他须臾间已被四面包围,密密麻麻的刀枪剑戟正对着他的脑袋。除了近前这一层刀斧手,外面竟然还围着一层弓弩手,高高举起弓弩,箭在弦上,随时待命准备射杀韩信。在小小钟室的方寸之地,全副武装的武士们比肩接踵、人满为患,在黑暗中看不清究竟有多少人,韩信估计,没有一百,少说也有数十人,正要取他性命。

韩信被围得密不透风,插翅难逃。他心如死灰,举起钟槌重重地往大座钟上一敲,一声沉闷轰然的钟响,仿佛敲响了自己人生的丧钟。

"韩信!大胆逆贼!死期将至,你可知罪!"室外又传来女人尖厉的声音。

韩信往门口方向望去,阳光照射之下,窗牖上映出两个剪影,一男一女。

"笑话!韩信何罪之有!谁人在外?可是皇后?"

门外吕后喝道:"韩信!有人密告,趁陛下外出平乱之机,你密谋逼宫造反,还不认罪伏诛!"

韩信豪迈大笑道:"韩信若要反,早就反了,何须等到今日!"

"韩信,你只要认罪,向天下人坦承自己的罪孽,或许还能留住一条性命,否则,今日便是你的死期!"

韩信依然在大笑,笑声不再那么豪情万丈,平添几分悲凉决绝。

"韩信这一生,受尽屈辱,始终一忍再忍,忍辱而负重,只为成就大业。没承想,功业既成,依然逃脱不了见诬受辱的命运。只是这一次,我绝不认莫须有之罪!绝不受谣诼栽赃之诬!纵使头断血流,尊严不可丢,韩信绝不再忍!"

吕后冷笑道:"你认或不认,忍或不忍,又有什么要紧!廷狱文书、丹青史册之上,都将写得清清楚楚明明白白:汉十一年春,淮阴侯韩信谋反，被诛于长乐宫钟室。"

"公义自在人间，真相自在人心。韩信问心无愧，尔等改得了廷狱文书、丹青史册，改得了真相吗？"

"真相？我说什么是真相，什么就是真相！"

"真相岂是皇后一个人说得算的，真相在天下人的心里，在天下人的嘴里，敢问，皇后拦得住天下人悠悠众口吗？"

吕后大怒，正欲下令斩杀韩信，被身旁的萧何拦住。

萧何压低声音劝道："请皇后三思，以臣愚见，不如姑且饶过淮阴侯一命，将其押入大牢，等陛下归来再做处置。"

吕后双眼圆睁、血丝通红，恶狠狠道："恶狼已经跳入陷阱，不即刻诛杀，还等什么！"

"未经审讯便诛杀开国功臣，恐怕群臣列侯们不服……"

"天下都是我家的，谁敢不服！谁不服，就跟韩信一个下场！"

"可是萧公在外头？"虽然萧何尽力压低声音，但还是被韩信听出来了。

萧何心中一凛，不敢再言语。虽然韩信在钟室内看不到他，但萧何感到如芒刺背，就好像韩信正紧盯着他，他恨不能找个地方躲起来。

钟室内传出韩信的声音："萧公在外面吧？萧公可还记得，当年南郑寒溪暴涨，萧公月下追韩信之景？当年，萧公与韩信，都是那样意气风发，立志创下不世之业，不枉此生。如今功成名就，天下归一，却何以至此？那时的萧公，可曾想到会有今日？"

萧何的脸一阵红一阵白，他不敢回答，也不知道如何回答。

吕后怒道："全是废话！都给我上！斩杀逆贼！"

离韩信最近的一圈刀斧手，亦步亦趋地收拢包围圈，逼近韩信这个中心点。

韩信突然再次以钟槌猛力敲击座钟，方才只敲了一下，这回却无休无止敲个不停。

咚咚咚！咚咚咚！咚咚咚！

厚重沉闷的钟声，像是对这个不公义的世道满腔愤恨、带着血泪的控诉，在逼仄的密闭钟室里听来，如天旋地转、地动山摇，震人心魄。

刀斧手面面相觑，没有人敢上前。

吕后侧耳细听，钟室里半天没有动静，只有隆隆钟声敲得她心烦意乱。她歇斯底里地吼道："还不都给我上！不上前杀贼者，诛九族！首杀钟室逆贼者，赏黄金千两！快上！都给我上！"

室内昏暗之中，电光一闪，后方一个弓弩手率先扣动扳机，一支利箭刺入韩信腰间。韩信叱咤一声，抓住箭柄，猛力拔出利箭，手中突然多出一个武器，反手将箭柄狠狠刺入离他最近的那位武士的喉头。黑暗中鲜血四溅，分不清是韩信身上的还是武士脖颈上喷出的。韩信面前一大圈武士大惊失色，纷纷后撤几步。

第二支箭，第三支箭……后排弓弩齐发，韩信身中数箭，像一只刺猬似的，摇摇摆摆，眼看就要倒地，他后退几步，背部倚靠在大钟上，始终挺立着。

"杀啊！快杀啊！"窗牖被撕破一个口子，光亮透过口子照射进来，映出吕后那张面目狰狞、扭曲变形的脸。

武士们仿佛被吕后声音里的嗜血疯狂和歇斯底里所鼓舞，一刀刀、一剑剑刺向大钟上的韩信。

"我后悔当初不用蒯通之计，乃至于为妇人、小儿（指皇后吕雉、太子刘盈）所诈，岂非天意哉！"

临死前，伴着隆隆钟声，韩信发出一声决绝的怒吼，如杜鹃啼血，几多豪情，几多冤屈，几多悲愤，几多哀伤，都在这怒吼与钟声里。

韩信死了，背倚靠在大钟上，虽然身上插满刀枪剑戟，依然矗立在那里，像是一尊天神的雕像，神圣威严不可侵犯。门开了，正午的阳光铺洒进来，凡胎肉体的韩信仿佛染上了某种神性，正熠熠发光，驱散一切黑暗。

在生命的最后一刻，韩信留给这个世界的，依然是一个顶天立地、不屈不挠的英雄形象。他的目光如电，但并不是那种双目圆睁、死不瞑目的样子，威严不可侵犯之外，目光中竟然流露一丝安然平和。他终于不用在这个肮脏的世道里受辱苟活，他终于解脱了。

钟室的门打开，吕后又亢奋，又难掩恐惧，她一步一步靠近，确认韩信已死，得意忘形道："哼！韩信，也不过凡胎肉身而已，没什么可怕的！几十个武士，数十把弓弩刀剑，不也就杀了么！"

是啊，大英雄也是肉身凡胎，敌不过真刀真枪，更敌不过阴谋诡计，敌不过"敌国破，功臣亡"的悲剧命运。西汉王朝建立后，被除掉的功臣又何止韩信，这份长长的名单上，还有燕王臧荼、赵王张耳、梁王彭越、淮南王英布、韩王韩信……

"快！他的眼睛！快把他拽下来，把他眼睛给我挖出来！"吕后觉得韩信那睁着的眼睛，一直在狠狠瞪着她，惊怖大呼道。

韩信万剑穿心，直挺挺地矗立着。奇诡的是，任凭武士们怎么拉，仿佛有一股神力加持，韩信的尸身怎么也拽不下来。武士们个个心慌意乱，折腾了半天才发现，原来几支利箭穿透韩信的头发、衣裳，将他牢牢钉在了大钟上，韩信于是如雕塑般镌刻在大钟表面，仿佛与大钟融为一体。

武士们死活拉拽不下韩信尸身的画面，像是一个隐喻：大英雄也是肉身凡胎，肉身可以被消灭，但英雄却永远不能被打倒。

也许是在拉拽韩信的过程中，不知哪位武士敲动了座钟，钟声再一次响起。这一回，钟声没有了炽烈的控诉与怨恨，而是悠扬绵长，如泣如诉，犹如一曲忧伤的挽歌。

吕后如惊弓之鸟，喝道："谁敲的钟！韩信没死！韩信没死！"

吕后急急抢步出去，与门口的萧何撞个满怀。

萧何在门口站立半天，始终没有勇气踏入钟室，他侧着头，又想看又不敢看。瞥了一眼韩信的死状，马上扭头。心烦意乱之间，他强令自己忘掉钟室内的画面，但另一个画面却毫无预警地闯入脑海中，一直挥之不去。

那是汉高帝元年（公元前206年），寒溪暴涨，萧何月下追韩信，好不容易说服韩信不要离开汉国。那时候，朗朗月色之下，年轻的韩信笑容格外灿烂，他对萧何道："萧公，倘若将来韩信有所成就，全是先生的功劳。倘若时运不济，一事无成，我心底里也十万分、百万分地感激先生。因为您是这世上，第一个真心赏识我韩信的人，知遇之恩，韩信一辈子都不敢忘……"

然而，这时候的萧何，只想忘掉关于韩信的一切，但又如何忘得掉！

此刻在皇帝面前，萧何又一次回顾韩信死亡那一天的情景，有所选择地、概括粗略地向刘邦讲述他所亲历的"淮阴之死"。

刘邦听完了，只剩一声叹息，却意味深长。

"当年是丞相将韩信举荐于朕，如今又是丞相亲手将他……韩信还真是成败皆因丞相啊！"

萧何伏地叩首道："臣当年冒死举荐韩信，是为大汉，是为陛下；臣今日助皇后诛杀韩信，也是为了大汉，为了陛下！臣从一而终，一以贯之，忠于陛下之心，至死不渝。"

"快起来吧，老伙计，朕何曾怀疑过你的忠心。"刘邦道，"朕还想知道，淮阴侯临死前说了些什么？"

"临死之前，淮阴侯言道，悔恨当初不用蒯通之计。"

"蒯通？哦，那个齐国的辩士。淮阴侯为齐王时，此人曾劝韩信叛汉自立。传朕诏命至齐地府衙，缉捕蒯通，朕要抓活的。"

没过几日，蒯通被押送到刘邦面前。

刘邦问道："竖儒！当初是你教唆淮阴侯谋反的吗？"

蒯通面无惧色，从容自若道："没错，是我教唆他的。韩信竖子，不用我的计策，所以落得如此下场。倘若当初竖子用臣之计，敢问陛下还能这么轻松顺利地剪除淮阴侯吗？"

刘邦怒道："竖儒！烹了他！"

蒯通仰天长叹："嗟乎！冤哉烹也！"

"数次教唆韩信谋反，你小子何冤之有啊？"

生死之际，刀就架在脖子上，蒯通什么都没有，只有那如簧巧舌，可以救自己一命。

"昔日，暴秦法度紊乱，纲纪废弛。陈胜吴广起事，山东之地（函谷关、崤山以东）大乱，异姓诸侯并起，英豪俊才云集。秦失其鹿，天下豪杰共逐之，于是才华高者、脚步快者先得天下。上古之时，盗跖的狗冲着帝尧狂吠，并非帝尧不仁，只是因为帝尧不是狗的主人。当是时，臣唯独知韩信，非知陛下也。韩信是臣的主公，臣劝韩信反汉，只不过是献计为主而已。况且，天下磨刀磨枪，锐精持锋想要为陛下效命出力者数不胜数，只是许多人的力量还不足以帮助陛下而已，难道陛下要将他们全都烹了吗？"

刘邦沉思片刻，道："狂生所言有理，放了他吧。"于是蒯通被无罪释放。

淮阴侯死后，刘邦拜丞相萧何为相国，益封五千户，令一名都尉带着士卒五百人负责保卫相国的安全。相国的职务与丞相相同，但比丞相位尊权大，丞相分设左、右，但相国仅设一人。如今，萧何看起来真的是一人之下、万人之上。

所有人都向萧何表示祝贺，只有一个叫召平的人为萧何哭吊"大难将至也"。萧何询问因由，召平道："足下登相国尊位之日，祸患自此开始了。如今陛下冒死征战在外，而足下安守于国都之中，从未在沙场上尝过半点箭矢飞石的危险，却封相国高位，出行更有五百戍兵卫护，这难道是好事吗？足下不见淮阴侯之事乎？前车之鉴，后车之覆。愿足下明察：陛下安置这五百戍卫兵，并非恩宠足下，而是陛下猜疑足下之心啊！"

萧何眼见韩信、彭越等功臣一个接着一个被杀，更是战战兢兢如履薄冰，他隐约觉得这相国之位，就像是把自己放在火堆上面烤。召平把这层窗户纸捅破，使他惊出一身汗来，急道："依先生高见，当如何是好？"

召平道："在下正为献策而来。足下只须做两件事：第一件事，辞让不受五千户民、五百戍卫等一切封赏；第二件事，将家私财产悉数捐献出来，以供军需。这两项举动，都足以彰显相国并无扩张一方势力之意，皇帝必定圣心大悦。"

萧何遵照召平的计策行事，刘邦果然大喜。

至于诱发淮阴侯之死的"导火索"陈豨谋反之事，一直到了汉高帝十二年（公元前195年）冬十月，陈豨被绛侯周勃斩杀于当城，叛乱才被平定。自此，世人再也没有机会听陈豨本人说一说，当年韩信究竟有没有在自家庭院中拉着他的手，劝他造反。

"淮阴之死"罗生门：千古任人评说

"淮阴之死"的真相究竟是什么？千百年来，众说纷纭，争论不休。

原本，史籍档案里记载得清清楚楚："（汉高帝十一年）春正月，淮阴侯韩信谋反长安，夷三族。"（《汉书·高帝纪》）

不少人相信了这个版本的故事，并据此对韩信多有批评指摘。

《汉书》编纂者、东汉史学家班固对包括韩信在内被诛杀的六位异姓诸侯王作此评论："见疑强大，怀不自安，事穷势迫，卒谋叛逆，终于灭亡。"（《汉书·韩彭英卢吴传》）

唐代史学家刘知几毫不客气地批评韩信富贵而不知足，逆上引祸全是咎由自取。"淮阴初在仄微，堕也无行。后居荣贵，满盈速祸；躬为逆上，名隶恶徒。周身之防靡闻，知足之情安在？"（《史通·浮词》）

北宋政治家、史学家司马光认为，早在韩信自请为齐王、垓下战前不加封不来击楚时，就已经埋下了悲剧命运的伏笔。"及天下已定，信复何恃哉！夫乘时以邀利者，市井之志也；酬功而报德者，士君子之心也。信以市井之志利其身，而以士君子之心望于人，不亦难哉！"（《资治通鉴卷十二·汉纪四·高帝十一年》）在这里，司马光从为人臣子的立场上，批评了韩信贪图小利、要挟君王的"市井之志"。

明代思想家李贽将韩信败亡的根源，归结于贪利的人性。"识见如此，至自谋全不济，何也？利令智昏，贪令人愚也。"（《藏书·武臣传·大将·韩信》）

然而，在穿透时光的那条悠长的历史隧道里，更多的声音对正史版本的"淮阴之死"提出质疑。白纸黑字记录在案，就一定是真相吗？两千多年以来，"淮阴之死"一次又一次被谈论、质询、论辩、驳斥、反诘、辩诬、商榷……各种声音扰攘，不绝于耳。

宋代大儒朱熹直截了当言道："韩信反，无证见。"（《朱子语类》卷一三五）

明代散文家茅坤审慎地说："此情似诬。"（《史记评林》卷九二）

清代学者梁玉绳痛心疾首高呼："信之死冤矣！大抵出于告变者之诬词及吕后与相国之文致耳。"（《史记志疑》卷三十二）

清代词人朱彝尊对韩信毫无过错而惨遭杀戮愤愤不平："天下已定，信未尝有纤毫之过。"（《曝书亭集·卷五十九·韩信论》）

后世诸多文人墨客指出，正史版本的"淮阴之死"简直破绽百出，完全经不起推敲与审视。恐怕韩信"谋反"是假，刘邦、吕后"谋害"是真。极有可能的是，淮阴侯谋反，从司法角度看是一场汉朝廷狱罗织"莫须有"罪名的构陷诬告，从政治角度看则是一场经过精心策划诛杀功臣的卑鄙阴谋。

于是乎，一场为韩信"辩诬"的运动在历史长河里前仆后继、经久不息。所有致力于为韩信辩诬平反的人，共同提出了关于"淮阴之死"的十大疑问。

疑问之一：韩信与陈豨密谋造反之语，究竟是如何流传出来的？

韩信屏退左右，与陈豨密谋于庭院之中，那么舍人谢公又是怎么听到的呢？而且听得清清楚楚、一句不落，就连韩信泣涕流泪、与陈豨执手的动作细节，都一清二楚，仿佛舍人谢公就在他们二人身边。从汉高帝七年二人密谋，到汉高帝十年陈豨造反，过去了三年，舍人谢公竟然还能记得这么清楚。这些疑点，都令人对舍人谢公证词的可信度产生怀疑。

疑问之二：三年之前就预见陈豨谋反，韩信难道是未卜先知的神仙？

如舍人谢公的证词所言，韩信与陈豨的密谋，发生在陈豨赴任之前，那是汉高帝七年冬天。而陈豨真正谋反的时间是三年后的汉高帝十年八月。众所周知，陈豨谋反的直接原因，是赵国相国周昌的告发，引发刘邦对陈豨的猜忌。难道韩信早在三年前，就神仙般地预测到了这一切？

疑问之三："诈诏赦诸官徒奴"这等荒唐事，难道具有现实可操作性？

韩信困居长安，手下无兵，依照舍人谢公的证词，他竟然试图通过伪造诏书，连夜赦免释放官府衙署中的囚犯、官奴、苦役，来组成举事谋反的武装部队。要知道，韩信在长安城中，只是个被软禁的无任何权势的淮阴侯。试想当韩信伪造皇帝诏书、官府印信，前去假传朝廷旨意释放囚徒之时，以他这般特殊的身份，官府中人难道不会起疑，又有谁会相信他呢？

疑问之四：没有兵将，囚犯来凑？"诈诏赦诸官徒奴"造反也实在太荒唐了吧？

即便韩信释放囚徒成功，那些囚徒与韩信素未谋面、非亲非故，凭什么任由韩信调遣？凭什么冒着生命危险与韩信一起干造反这等杀头之事？再则，韩信可是打下大汉王朝半壁江山的千古名将，竟然妄想着，凭借连夜赦免未经训练的囚徒，组成一支堪称"乌合之众"的武装部队，以此袭击吕后、太子，占领重兵把守、戒备森严的皇宫？这等天方夜谭的念头，韩信怎么会昏头到这等地步？

疑问之五：韩信如果真要造反，为何坦坦荡荡地就随萧何入宫？

"上谒入贺，谋逆者未必坦率如斯。"（梁玉绳《史记志疑》卷三十二）当萧何诱骗韩信入宫时，韩信如果真的正在预谋造反，必定做贼心虚，具有极强的警惕性与戒备心。可事实是，韩信经萧何几句劝诱，就孤身犯险随萧何入宫，最终被吕后轻而易举地擒拿诛杀。韩信怎么就那么好骗？怎么一点防备心都没有？怎么这么轻易涉险、乖乖送上门去？这些不合常理之处，是否都在反证韩信内心坦荡、毫无谋逆的念头？

疑问之六：韩信谋反，为何不选择更强大的合作对象？

韩信无兵无权，若真有心谋反，就必须选择实力强劲的合作者，如淮南王英布、梁王彭越，他们都雄踞一方。可韩信最终却选择了实力平平的陈豨，况且陈豨远在赵、代边地，韩信被软禁于长安，二人音讯隔绝，又是如何联系商议造反之事？

疑问之七：舍人谢公与其弟的证词，是否具有可信度？

韩信谋反的所有证人证言，皆来自舍人谢公及其弟。舍人之弟告发韩信的缘由，是因为谢公即将要被韩信杀掉。以动机而论，舍人谢公及其弟证词的可信度就应该被打个折扣。有没有可能，舍人之弟为了救其兄长而造谣诬陷韩信？又或者此二人具有怀恨报复韩信的动机，又恰好受到了"上峰"的指示？

疑问之八：最该反的时候不反，最不该反的时候却反，韩信是不是傻？

韩信在天下未定、手握重兵之时，始终没有反汉自立，为何在天下归一、大势已定，而他本人无兵无权之时悍然造反？要知道，他手下没有一兵一卒，在长安朝堂也没有任何党羽盟友，谋反成功的可能性几乎为零。以韩信的智力，何至于做出这般愚蠢的举动？

这一点，许多人从司马迁在《淮阴侯列传》之后的评语中，读出了微言大义。太史公以生花妙笔讲述了韩信的一生之后，慨叹道："天下已集，乃谋叛逆，夷灭宗族，不亦宜乎！"晚清官员、文史学家李慈铭指出："'天下已集，乃谋叛逆'，此史公微文，谓淮阴之愚，必不至于此。"（《史记札记》）清代桐城派文学家方苞也持此论："方信据全齐，军锋震楚汉，不忍向利背义，乃谋反于天下既集之后乎？其始被诬以行县陈兵出入耳，终则见召被缚、斩于宫禁，未闻谳狱而明征其辞，所据乃告变之诬耳。"（《望溪先生文集·卷二·书淮阴侯传后》）

疑问之九：不经审讯，当场诛杀，吕后究竟在急什么？

吕后利用萧何，将韩信诱骗至长乐宫，待韩信一入钟室，当即将其诛杀，既不审讯，也不对质，如此匆忙仓促，迫不及待杀人灭口，究竟为何？

疑问之十：韩信案与彭越案"剧情"如出一辙，"剧本"为何如此雷同？

韩信被杀后，紧接着，吕后又主持诛除梁王彭越之事。与韩信案不同，吕后指使彭越的舍人诬告彭越谋反，这是史籍上清清楚楚的记载。（"于是吕后令其舍人告越复谋反。廷尉奏请，遂夷越宗族。"《汉书·韩彭英卢吴传》）怎么又是舍人告发，如同韩信案的翻版？怎么就这么巧？后来，同为开国功臣的卢绾曾直言不讳道："往年春，汉族（灭族）淮阴，夏诛彭越，皆吕后计。"（《史记·韩王信卢绾列传》），他将韩信与彭越之死相提并论，一个"计"字更是颇值得玩味。

说到吕后，她无疑是诛杀韩信的执刀人。她并不是针对韩信一个人，事实上，吕后是刘邦剪除功臣的重要帮手。"吕后为人刚毅，佐高祖定天下，所诛大臣多吕后力。"（《史记·吕太后本纪》）也许刘邦早有杀韩信之心，只是韩信的地位与功勋摆在那儿，担忧杀他引起朝中动乱，一直犹豫不决。这一切，吕后看在眼里，索性趁刘邦出征平乱之机，替皇帝办了这件事。

大清乾隆皇帝作为一国之君，对于此等后宫干政之举可谓义愤填膺："韩信之冤与否，姑弗论。然高祖在外，而后公然族诛大臣，回亦弗问，牝鸡司晨，成何国政？"（《乾隆御批纲鉴·卷十三·汉高皇帝》）

刘邦和吕后，究竟谁才是杀害韩信的幕后元凶？

究竟是吕后看出了刘邦的不忍，先斩后奏，替夫君担下了诛杀功臣的恶名？又或许是刘邦自己下不了手，故意留下了空隙，他通过情报网对长安城中发生的一切了若指掌，假作不知，默许了吕后的杀戮行动？抑或是吕后其实早就已经得到夫君的授意，刘邦才是真正的幕后主使？

历史有太多的"也许"，历史其实并没有"也许"。这些问题的答案，都深深埋进了历史的尘埃里，只怕再也无从知晓。

无论真相如何，毫无疑问，韩信的悲剧命运，揭露了君臣关系中最黑暗、最残酷、最肮脏的一面。

将略兵机命世雄，苍黄钟室叹良弓。

遂令后代登坛者，每一寻思怕立功。

这是唐代诗人刘禹锡的《韩信庙》，生动体现出刘邦、吕后诛杀功臣的行径，为后世留下了怎样的恶劣影响。韩信成为功臣遭戮的典型代表，此后历朝历代的功臣良将，一想到立功，不是欢欣鼓舞，而是心怀恐惧、担惊受怕。因为你的功劳有多大，结局就将有多悲惨。

敌国破，谋臣亡。自古以来，诛杀功臣的戏码不厌其烦地一再上演。君与臣之间，似乎注定了"可以共患难，而不可共乐处，可与履危，不可与安"（赵晔《吴越春秋》）。这是为人臣子的宿命与悲哀。后世文人墨客、正义之士不遗余力地为韩信"辩诬"，对韩信报以巨大的同情，某种程度上也是在为历代无辜被戮者鸣不平。

"游子殉高位于生前，志士思垂名于身后。"（陆机《豪士赋》）

韩信身后，名垂千古，评议论说从未间断。抛开"韩信是否谋反"这一难以得到实证的问题，人们试图站在更宏观的视角去追问和探讨：从根本上说，韩信究竟因何而死？

有人说，韩信死于他的性格缺陷。

性格决定命运。不乏有人指摘韩信贪功好利，恃才傲物，个性张扬，权谋诡诈面前不懂得自我保全。的确，韩信哪里懂得收敛锋芒，哪里懂得韬光养晦，他在云梦被捕之前全然没有意识到危险的处境，一直天真地"自以为功多，汉终不夺我齐"。司马迁痛惜于韩信的结局，曾做过这样的假设："假令韩信学道谦让，不伐己功，不矜其能，则庶几哉（那就差不多可以无患了吧）。"（《史记·淮阴侯列传》）可是，太史公难道不了解韩信是何等人？他可是在一无所有之时，面对帝王仍然锋芒毕露，还能说出"你带兵至多十万，而我多多益善"的人啊！如果真的能够做到"学道谦让，不伐己功，不矜其能"，那也就不是韩信了。

有人说，韩信死于西汉建立大一统中央集权国家的历史大势，死于他

"裂土封侯"这一不合时宜的人生理想。

西汉建立之初，天下初定，为了稳固政权，刘邦没有选择，只能分封八个异姓诸侯王，无一不是为他打江山立下汗马功劳的人。当政局逐渐稳定，刘邦就开始逐步推进"诛杀异姓王、扶持同姓王"的系列行动，这也是刘邦晚年最重要的"事业"。早在秦始皇时，行"分封制"还是"郡县制"就曾引发激烈争论。西周以来封邦建国的分封制度，终于走到了尽头，大一统中央集权是大势所趋，项羽分封十八路诸侯最终天下大乱就是明证。刘邦在加强中央集权的过程中，为了巩固万世一系的皇统，为了大汉王朝国祚绵延，作为"第一诸侯王"的韩信必须死。这是"淮阴之死"背后更宏大的历史背景。讽刺的是，韩信的人生志向，就是"裂土封侯"，这无疑与大一统的历史趋势相违背。有人认为，韩信根本死因在于他的政治观念落后于那个时代，成为"家天下"的牺牲者。但是牺牲者又何止他一个，八大异姓诸侯王一个个被废或被杀，只有弱小的长沙王吴芮一人得以善终，韩信并不特殊。

真相若何，是非功过，悠悠众口，千古任人评说。

真相也许永远埋进了历史的烟尘里，是非曲直自在世道人心之中。

韩信逝世一千多年之后，北宋苏轼造访淮阴，拜谒淮阴侯庙，作《淮阴侯庙记》，题写碑铭。文豪如椽之笔，文采斐然，写尽韩信一生。其文如下：

> 龙之所以为神者，以其善变化而能曲伸也。夏则天飞，效其灵也；冬则泥蟠，避其害也。当嬴氏刑惨网密，毒流海内，销锋镝，诛豪俊，将军乃辱身污节，避世用晦，志在鹊起豹变。食全楚之租，故受馈于漂母；抱王霸之略，蓄英雄之壮图。志轻六合，气盖万夫，故忍耻胯下。洎乎山鬼反璧，天亡秦族。遇知己之英主，陈不世之奇策。崛起蜀汉，席卷关辅。战必胜，攻必克。扫强楚，灭暴秦，平齐七十城，破赵二十万。乞食受辱，恶

足以累大丈夫之功名哉！然使水行未殒，火流犹潜，将军则与草木同朽，麋鹿俱死。安能持太阿之柄，云飞龙骧，起徒步而取王侯？噫，自古英伟之士，不遇机会，委身草泽，名湮灭而无称者，可胜道哉！乃碑而铭之。铭曰：

书轨新邦，英雄旧里。
海雾朝翻，山烟暮起。
宅临旧楚，庙枕清淮。
枯松折柏，废井荒台。
我停单车，思人望古。
淮阴少年，有目共睹。
不知将军，用之如虎。

韩信大事年表

本表依《史记》《汉书》整理。

韩信确切生年正史无载，故略。

秦二世二年（公元前208年）

韩信离开家乡淮阴，加入项梁军。

秦二世三年（公元前207年）

项梁兵败定陶，韩信追随项羽，任执戟郎。

屡次向项羽建言献策，项羽不用。

汉高帝元年（公元前206年）

随项羽入关中，弃楚归汉，加入汉王刘邦阵营。

随汉军南下入汉中，任连敖。

因夏侯婴举荐，升任治粟都尉。

随军抵达南郑，逃离汉国，萧何月下追韩信。

因萧何举荐，刘邦拜韩信为大将，韩信提出"汉中对"。

韩信暗度陈仓，反攻关中，还定三秦。

汉高帝二年（公元前205年）

彭城之战汉军战败，韩信驰援荥阳，破楚军于京、索之间。

刘邦擢升韩信为左丞相。

韩信领军攻打魏国，临晋设疑，以木罂从夏阳潜渡，灭亡魏国。

韩信灭亡代国。

汉高帝三年（公元前204年）

井陉之战，韩信背水布阵，击败赵国二十万大军，灭亡赵国。

韩信用李左车之计，迫降燕国。

刘邦晨闯修武军营，夺韩信兵权与军队，擢升韩信为相国。

汉高帝四年（公元前203年）

韩信进攻齐国，先占历下，再取临淄。

潍水之战，韩信水淹龙且二十万楚军，大破齐楚联军，灭亡齐国。

韩信向刘邦请立为齐王。

韩信拒绝武涉、蒯通三分天下的提议。

汉高帝五年（公元前202年）

刘邦许予齐、楚两国封地，韩信率齐军南下。

韩信指挥垓下之战，击败项羽楚军。

刘邦亲赴定陶军营，再夺韩信兵权与军队。

刘邦登基称帝，徙封韩信为楚王，都下邳。

韩信归封国，修淮阴韩母墓，赐漂母千金。

汉高帝六年（公元前201年）

韩信庇护故友、楚将钟离眜。

刘邦伪游云梦泽，韩信于陈地被擒。

韩信被赦免降为淮阴侯，此后被软禁于长安。

汉高帝十一年（公元前196年）

韩信以谋反罪，被吕后诛杀于长乐宫钟室，夷三族。

激发个人成长

多年以来，千千万万有经验的读者，都会定期查看熊猫君家的最新书目，挑选满足自己成长需求的新书。

读客图书以"激发个人成长"为使命，在以下三个方面为您精选优质图书：

1. 精神成长

熊猫君家精彩绝伦的小说文库和人文类图书，帮助你成为永远充满梦想、勇气和爱的人！

2. 知识结构成长

熊猫君家的历史类、社科类图书，帮助你了解从宇宙诞生、文明演变直至今日世界之形成的方方面面。

3. 工作技能成长

熊猫君家的经管类、家教类图书，指引你更好地工作、更有效率地生活，减少人生中的烦恼。

每一本读客图书都轻松好读，精彩绝伦，充满无穷阅读乐趣！

认准读客熊猫

读客所有图书，在书脊、腰封、封底和前后勒口都有"**读客熊猫**"标志。

两步帮你快速找到读客图书

1. 找读客熊猫

2. 找黑白格子

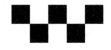

图书在版编目（CIP）数据

韩信：越强大的人，越懂得忍耐 / 苏城育著. ——
南京：江苏凤凰文艺出版社, 2020.4（2025.5重印）
ISBN 978-7-5594-4697-8

Ⅰ.①韩… Ⅱ.①苏… Ⅲ.①传记小说 – 中国 – 当代
Ⅳ.①I247.5

中国版本图书馆CIP数据核字 (2020) 第049621号

韩信：越强大的人，越懂得忍耐

苏城育 著

责任编辑　丁小卉

特约编辑　王彬彬　　乔佳晨

封面设计　温海英

封面插画　杨青凯

责任印制　刘　巍

出版发行　江苏凤凰文艺出版社

　　　　　南京市中央路165号，邮编：210009

网　　址　http://www.jswenyi.com

印　　刷　三河市龙大印装有限公司

开　　本　710 毫米 × 1000 毫米 1/16

印　　张　19

字　　数　253 千字

版　　次　2020 年 4 月第 1 版

印　　次　2025 年 5 月第 10 次印刷

书　　号　ISBN 978-7-5594-4697-8

定　　价　49.90 元